刘克庄与南宋后期文学研究

王述尧 著

东方出版中心

目 录 CONTENTS

绪论

刘克庄，字潜夫，号后村居士，莆田人。作为南宋后期的文坛领袖，其虽然诗名早著，但一生处在党争的夹缝中，政治上并无太大的作为。他的思想以儒家为主，但也深受佛道的影响。刘克庄的创作带有明显的阶段性，可以 62 岁为界，分为两个阶段：前期以《后村居士集》50 卷为代表，后期的作品则主要见于《后村先生大全集》（以下简称《大全集》）。需要指出的是，后村后期的作品在他的身后几乎没有流传，无论是诗选还是词选，几乎都出自《后村居士集》。所以在民国以前，人们所看到的基本上是半个刘克庄。

一、刘克庄诗歌研究

刘克庄的诗歌近 4 500 首，数量仅次于陆游和杨万里，为南宋一大家。他的诗歌不但数量大，而且内容十分丰富。对刘克庄诗歌，本书分三章加以论述，即：刘克庄与南宋社会、刘克庄与南宋文化以及他兼容众体的艺术追求。

（一）刘克庄与南宋社会

从某种意义上说，刘克庄的诗歌是南宋社会的一面镜子。

首先，他的政治诗和咏怀诗全面展示了处在南宋党争中的刘克庄在政治上进退维谷的窘境，与此同时，我们也通过这些政治诗和咏怀诗看出他的政治敏感性和爱国情怀。

抗击金、蒙(元)是刘克庄的政治诗中一个最本质的主题。面对战争,后村内心十分矛盾:他既希望百姓能安居乐业,又希望他们能为国出力。但当他亲睹这些士卒并不堪驱使、懈怠甚至毫无战斗力的时候,内心又十分痛苦和愤懑。同时,刘克庄对南宋屈辱侍金的政策深表愤慨,对南宋政治的腐败有深刻的认识并在诗中提出批评,对南宋统治者把战争的重担压在百姓头上,深感忧虑和不安。

刘克庄咏怀诗还全面展现出自己的诗学见解、读书创作生活、诗友唱和往来以及自己穷困潦倒和壮志难酬的感慨,涉及个人生活的方方面面,是我们研究其生活和思想的重要材料。

其次,刘克庄的咏史诗是对南宋后期普遍存在的偏安意识的反拨,在当时萎靡不振的诗坛,这是一种振聋发聩的声音。刘克庄或借歌咏历史人物以咏史;或者通过咏怀古迹以见证历史;或者通过读史总结历史的兴亡;或者通过杂咏来抒发对历史兴衰的感慨。作为一名历史学家,刘克庄的咏史诗风格明快犀利,见解深刻。

再次,刘克庄的咏物诗表现出一种特有的江湖清味,是南宋后期以物表德风气的反映。

刘克庄的咏物诗包括咏植物诗、动物诗、亭台和文化用品诗等几个方面,内容十分丰富和全面,从侧面显示出南宋文化的高度发达和繁荣,也显示出刘克庄丰富的文化个性。但不可否认,刘克庄有些咏物诗艺术表现程式化,显得"机械"和"滑溜",是其不足之处。

第四,刘克庄在田园诗和风景诗中展现出一种特有的隐逸心态。田园是刘克庄心灵的归宿,山水是其心灵的港湾。

刘克庄的写景诗有一个渐进的过程,首先是接受王维、姚贾和"四灵"的过程;其次是接受韩愈、孟郊等人;最后是一个熔铸议论,超越写景。首先,后村写景诗直书所见,绝无"滑溜机械"的缺点;其次,刘克庄出游时对古人的碑帖和题诗尤为感兴趣,总是一目十行地诵读或者长时间地把玩。因此,刘克庄的山水诗充满了浓郁的文化色彩。

刘克庄的田园生活诗真实描绘了他在农村的所见和感受:农村的风俗习惯,农村凋敝而艰苦的生活状态以及战争对农村的影响和破坏,客观地反映了南宋后期特定的历史面貌和时代背景,内容十分丰富。从这个意义上说,刘克庄的田园生活诗是南宋"四大家"田园诗,尤其是范成大《四时田园杂兴》的进一步发展。而刘克庄在田园诗中不但继承了中国田园诗的传统,而且在诗中加入了破败、荒凉的小屋和战争的烟尘,把南宋的广大农村置于宋金和宋元战争的大背景之下,更显出后村诗歌的全面性与深刻性。

(二)刘克庄与南宋文化

首先,刘克庄的挽赠诗全面展现了他的交往圈。刘克庄挽赠诗所写的对象主要是江湖之士、各类平民、各级官僚和自己的亲人。他前期的挽赠诗感情真挚,较少应酬的意味;但到了中后期,随着交往面的扩大和名气的增长,诗中应酬的成分明显增加,而且有不少作品显然是为文而造情,填充成语典故。但从他的挽赠诗中我们可以看出,宋人普遍爱诗,对文化充满浓厚的兴趣,表现出极高的文化修养。刘克庄与他们交往,实际上置身于一种特定的文化氛围中,接受时代文化的熏陶,从而具有更高的文化鉴赏眼光和审美趣味,更利于指导整个文坛。

其次,刘克庄的题跋诗、节俗诗充分展现了其诗歌的文化个性以及他和南宋文化的密切关系。

刘克庄的题跋诗甚多,包括题诗、题画、题碑帖等多方面的内容。研究题跋诗,一方面可以使我们对后村的诗学思想有更加深刻的认识,另一方面也可以了解后村在题跋诗这一题材方面取得的成就。另外,刘克庄的艺术修养极高,是继欧阳修、苏轼、黄庭坚等人之后,南宋后期最杰出的文化领袖。他的题画诗数量较多,而且显示出极高的审美鉴赏眼光。

刘克庄的诗歌具有十分浓厚的文化色彩,而他的风俗诗正是其文化个性最集中的体现。他的诗歌中所描写的节日很多,包括皇帝的圣节、官定的节日、节气性和季节性的节日以及宗教性的节日等。同时，刘克庄对南宋习俗也甚为关注，写过观看傩鼓戏，写过满村观听《法华经》的壮观场面。这些作品是我们全面了解南宋社会和南宋文化非常重要的第一手材料。然而，刘克庄在描写风俗时，一刻都未曾忘记西南和北方的烟尘；笔下南宋举国狂迷的情态从客观上显示出了南宋必然灭亡的历史命运，这也是刘克庄诗歌的深刻之处。

（三）刘克庄诗歌的艺术得失和渊源

刘克庄的诗歌，尤其是他的《南岳诗稿》（皆见于《后村居士集》），受到后世极高的评价，赵汝谈读《南岳诗稿》时就"称觞不已"。当时的大儒叶适更是赞许他说："建大将旗鼓，非子孰当？"由于种种原因，《大全集》未能广为流传，人们只读到《后村居士集》，也就是只读到他前期的作品，导致前人对后村的诗歌的评价不全面。

刘克庄诗歌的最大特色是兼容众体、不拘一格，这种特色和他的集大成思想是相一致的。他尤其强调对仗，对陆游的对仗表现出由衷的钦佩。但刘克庄诗歌的对仗过于工整，显得滑溜和机械，缺乏生气。刘克庄继承杜甫和江西的传统，对句律非常注重。为了追求音律的拗折排奡，他在诗中大量运用折句，甚至运用许多奇特的句法，这实际上是一种以文为诗的尝试。刘克庄一生写了近四百首六言诗，虽然并不成功，但对他在探索句律上所作出的不懈努力，我们还是应该给予充分肯定。刘克庄诗中大量用典，尤其好用本朝事入诗，被认为是"欠雅"。其实他这种做法使诗歌更贴近现实，更新鲜活泼，更亲切自然，正体现出其创造力和文化领袖的气魄与胸襟，是无可厚非的。刘克庄反对以"经义策论之有韵者"为诗，"然其自作则亦有时而不免"。由于深受时代风气的影响，刘克庄的诗歌（包括他的词）具有趋俗的审美特征。诗歌俗化是江湖诗派的共同特点。至于方回对他诗歌的深恶痛绝，其实是一种偏见。

刘克庄前期诗歌主要师法"四灵"和晚唐，后期则以杜甫、陆游、杨万里等为师。但他的诗歌取径甚广，不拘一家，是对前人创作的全面继承和熔铸。刘克庄虽然对杜甫和陆游的创作极为推崇，但对唐宋大小家数的作品，甚至对唐以前的文学遗产，包括屈原、建安七子、嵇康、阮籍、陶渊明、谢灵运、谢朓等大小家数，以及《诗经》、《文选》、《玉台新咏》等作品，都是下过一番细密的功夫的。

总之，刘克庄是南宋除陆游、杨万里和范成大外最杰出的作家，是南宋后期最杰出的文化领袖。虽然刘克庄的创作有种种不足和缺陷，但就其作品中的主要倾向而言，他确实无愧于这样的评价。

二、刘克庄词研究

除了诗歌，刘克庄在词的创作上也取得了重要成就。他的词，尤其是前期的作品，有一种爱国之音和悲愤之情，这种声音和情绪与辛弃疾词作的精神是一脉相承，因此后人把后村视为辛派词人的中坚和后劲；其次，刘克庄写过一定数量的咏物词和节俗词，一方面反映了南宋高度发达的文化，另一方面反映出他的爱国之思和焦虑之情。刘克庄的词取径较广，除了豪放疏宕的作品，他还写过一定数量的婉约词，清新可人。

首先，刘克庄词的基本风格是豪放疏旷，并且充满一股悲愤之气；其次，刘克庄词具有议论化和散文化的倾向，而且有不少作品颇得议论的好处；再次，刘克庄词中大量用典，有不少用典驱遣自如，叫人浑然不觉，但也有些作品，尤其是一些步韵词，因无感而发，只好堆垛典故，有掉书袋之嫌。另外，刘克庄词是在同南宋过分雕琢的格律派相抗争中创作出来的，深受当时趋俗的审美取向影响，有俗的一面，并颇得俗的好处。

由于刘克庄在后期写过很多祝寿词和步韵词，加之他后期情绪颓废和疏狂，因而后期的创作完全不能和前期相比肩，但也不能视而不见。因为一方面，刘克庄后期有成功之作，如《沁园春・梦中作梅词》、《汉宫春・秘书弟家赏红梅》等；另一方面，刘克庄后期的创作也是我们从整体上考察后村词的重要材料，完全舍弃这部分作品，那我们看到的就只能是半个刘克庄。

古时，由于刘克庄词版本流传的原因，古人只能读到《后村诗余》里的作品，所以他们读刘克庄词、选词大抵不出《后村诗余》的范围，而无法对其全部作品作出整体评价和审视。而现当代人，得益于现代的印刷术和现代技术，有条件读到刘克庄的全部词作，完全可以对一个完整的刘克庄作出评价和审视。然而，许多现当代人对刘克庄词的评价和取舍仍然完全建立在古人的基础之上，也就是建立在对其前期作品的评价和审视之上，而无视刘克庄的另一半作品，或者只是轻描淡写地以一言半语否定，令人十分遗憾。

三、刘克庄诗论研究

刘克庄诗论学、力、才、气并重，内容十分全面和深刻。首先，刘克庄诗论是对历代文学的全面总结，对当代文坛的批评和指导，以及对诗歌风格的全面分析。其次，刘克庄对《诗经》、《楚辞》、汉魏六朝诗歌、唐诗、宋代文学，尤其是对江西诗派、"四灵"和江湖诗歌进行了全面总结和深刻的批评，显示出其卓越的识力。在诗歌审美风格上，刘克庄崇尚大气魄、大境界和大家数，反对虫鸣和小家数。为此，刘克庄强调笔力和句法，主张锻炼、推敲和兼容众体。另外，后村继承了传统的"诗穷而后工"理论、本色论等诗学理论，崇尚自然，反对雕镌，主张大巧，反对人工。

刘克庄在诗论上最大的贡献，是对宋代文学以及前代文学进行了全面的总结，使自己的诗论具有集大成的性质。刘克庄诗论除了指诗歌具有奄有众长、吸纳万川的恢宏气势和格局，以及盛极而变、变而后衰的思想外，还包括诗歌必须继承风雅的传统，句律严密，情感动人，具有大气魄和大力量等内容。兼容风骚，融理学家和文学家的理论为一炉，这是后村诗论集大成思想的内核。融汇众体是刘克庄集大成诗论的理想，而包容平淡、华采，兼容锻炼与天成，则是其集大成思想的审美取向。刘克庄集大成诗论之所以能够产生，首先是因为南宋诗歌呈现出向唐诗回归的倾向；其次是南宋末期的文学处于文学的转型期，诗歌处于极度的变异时期。刘克庄集大成诗论的巨大意义，在于它充分肯定了宋诗的历史地位，为后人正确评价宋诗奠定了坚实的理论基础。

四、余论

刘克庄的骈文在南宋后期可谓一大家，散文在当时也得到理宗很高的评价，值得深入研究。除此以外，他的题跋，除了具有诗论的特色以外，其文学价值也不容忽视。由于时间和水平所限，这些问题只能留待以后研究。

第一章 刘克庄的生平、思想与创作分期

刘克庄(1187～1269),初名灼,后改名克庄,字潜夫,号后村,福建莆田人。刘克庄在《宋史》中无传,事迹见宋林希逸《后村先生刘公行状》①。另外,清乾隆《兴化府莆田县志》、民国《福建通志》中的刘克庄传与《行状》、《墓志铭》相同。亦可参考台湾学者孙克宽的《晚宋诗人刘克庄补传初稿》。②

刘克庄"生有异质,少小日诵万言,为文不属稿,援笔立就"③。"幼颖异,出语惊人,书过目辄成诵,为文未尝起草,弱冠以词赋魁。"④幼学于林井伯、林绮伯、方泽儒等人⑤。嘉定二年(1209),改名克庄,以"郊"恩补将士郎。婚林淑人节⑥。次年,调靖安县主簿,袁洁斋延为幕府教官⑦。嘉定六年,其父刘弥正卒,年57⑧。嘉定十

① 刘克庄年谱有张荃《刘后村先生年谱》(《之江学报》第1卷3期)、宋湖民《刘后村先生年谱》(《兴化文献》,吉隆坡1947年版)、李国庭《刘克庄年谱简编》(《福建图书馆学刊》1990第1、2期)、程章灿《刘克庄年谱》(贵州人民出版社1993年版)。

② 《东海学报》3卷第1期,1961年6月。

③ 《大全集》卷194《行状》。

④ 《大全集》卷195《墓志铭》。

⑤ 参看《大全集》卷90《城山三先生祠》、卷101《赵忠定公朱文公与林井伯帖》、卷165《陈光仲常卿》。

⑥ 参看《大全集》卷148《亡室墓志铭》、程章灿《刘克庄年谱》第23页。

⑦ 参看《大全集》卷112《杂记》、卷194《行状》。

⑧ 参看《水心先生文集》卷20《故吏部侍郎刘公墓志铭》。

年，李钰制置江淮，聘他为沿江制司准遣。他建议"抽调极边戍兵，使屯次边，以壮根本"①。意见不被采纳，外议归谤，自请南岳祠归里。嘉定十四年，胡榘经略八桂，他入桂阃，任经司准遣，相与唱酬，诗几成集。

理宗即位，刘克庄知建阳县，师事真西山。任职期间，乃戒诗癖，专习为吏，以政绩优闻于朝廷。宝庆三年(1227)，因他的《落梅》诗有"东风谬掌花权柄，却忌孤高不主张"句，监察御史李知孝、梁成大诬其谤讪时政。幸得郑清之极力辩护而得释②。绍定元年(1228)秋，秩满归里，妻林节卒于此年，年39。真德秀编选《文章正宗》，刘克庄负责诗选，意见不尽相同。刘克庄从绍定元年至五年主管仙都观。六年通判潮州，改吉州。

端平二年(1235)六月，刘克庄任枢密院编修官，兼权侍右郎官。轮对时说："服天下莫若公，今失之私；镇天下莫若重，今失之轻。"又说："陛下疑君子之无效，疑小人之有才，宣、靖之祸，陛下之殷鉴也。"③不久，被吴昌裔弹劾罢官，主管玉局观。

嘉熙元年(1237)，克庄改知袁州。上任后，颇著政声。"公在郡，一以崇风化肃纲纪防故家礼名贤为先务，因宽得众，郡以最闻殿中。"④仅数月，又被御史蒋岘所劾，和方大琮、王迈同日罢官，归主云台观。嘉熙三年，除江西提举，改广东提举兼市舶使。淳祐元年(1241)至二年，主崇禧观。四年，授江东提刑。"除江西提举，一意访求民瘼，泽物洗冤，效广信贪守，黥南康黜胥皆有奥扰者，公论称快。"⑤六年四月，令赴行在，道除大府少卿。八月，理宗以其"文名久著，史学尤精"，赐同进士出身，除秘书少监，兼国史院编修、实录院检讨、崇政殿说书。不久，被殿中侍御史章琰疏劾，罢官归里。七年四

---

① 《大全集》卷128《庚辰与方子默佥判》。

② 此为著名的"梅花诗案"，又称"江湖诗祸"。可参罗大经《鹤林玉露》乙编卷4、周密《齐东野语》卷16"诗道否泰"条及方回《瀛奎律髓》卷20刘克庄《落梅》注。另可参程章灿《刘克庄年谱·梅花诗案(江湖诗祸)考》。

③④⑤ 《大全集》卷194《行状》。

月，除直龙图阁，主明道宫。八年，除宗正少卿，依旧职知漳州，不久，除秘阁修撰，福建提刑。十一年，被召至京，兼太常少卿，直学士院。十二年至开庆元年（1257），提举明道宫。

景定元年（1260），后村任起居郎兼全中书舍人，入对曰："国以危惧存，以佚乐亡。臣愿陛下毋忘胡马饮江时；大臣毋忘入峡时，毋忘汉阳舟中与白鹿矶时；士大夫毋以清谈非务、以浮文妨要。人以为药石之言。"①不久，除权兵部侍郎兼中书舍人，直学士院，兼史馆同修撰。二年，"以古赋、古律诗、记、序、题跋、诗话共二十六卷奏进，皆辛亥以后所作也"②。三年，除权工部尚书兼侍讲。刘克庄身兼两职，论事不休，言无不尽。八月，除宝章阁学士，知建宁府。八月八日以《贺新郎·傅相生日壬戌》为贾似道祝寿③。以后数年皆有词为贾祝寿。据《行状》，刘克庄与贾似道关系甚密，贾似道亦甚喜好后村的文章，"公早受知忠肃贾公，辨章尤相亲敬……辨章师相尤奇公之文，每得公所作，必令吏录之"。由于贾似道后来身败名裂，也影响到轮对时的声誉，这实际上是一场历史的误会④。五年（1264），以目疾致仕。

咸淳四年（1268），刘克庄除龙图阁学士，仍旧致仕。五年正月二十九卒，享年 83。据记载，刘克庄卒后，"莆之士大夫皆挥泪以相吊，有方敛而往枕尸以哭者，有既殡而往拊棺以哭者，莫不尽哀。又数日，则泉南之南，闽北之北，吊唁往来，交驰于道。又数月，则四方交旧与凡得铭得序得跋得诗之友，不远千百里而来。力不能来，亦以书至，盖不知其几。皆曰：斯文无所宗主矣，吾侪无所质正矣，后进无所定价矣。茫茫宇宙，人物何限，其能擅一世盛名，自少至老，使言诗者宗焉，言文者宗焉，言四六者宗焉。虽前乎耆旧后乎秀杰之士，亦莫不退逊而推先，卒至见知于人主者，古今能几人

①② 《大全集》卷 194《行状》。

③ 参看钱仲联《后村词笺注》卷 2，上海古籍出版社 1982 年版。

④ 可参看拙作《历史的天空》一文，《兰州学刊》2004 年第 3 期。

哉！公虽得名得寿得禄，而爱公者犹以用公未尽为恨，是岂私所好耶！吁！若公者，可谓千载之士矣！"[①]由此可见刘克庄在当时的巨大影响，也可见出其作为文化领袖的崇高地位。刘克庄卒后，赠银青光禄大夫，谥文定，葬于莆田城北徐潭之原（在今城郊乡延寿村马坑）。

刘克庄自小聪慧，诗名早著，尤其是他得到叶适和真德秀等大儒的提携，很早就奠定了他作为南宋后期文化领袖的地位。但是，由于身陷晚宋的党争当中，后村在仕途上并不顺利。"后村生平，涉及晚宋政治上有三件大事，一是被牵入江湖诗案，与史弥远为敌，他终身论事也龈龈于济王案的昭雪。其二是和郑清之的关系，既跻身于端平朝列，又在淳祐间置身通显，可是和郑氏闹了个不欢而散。其三就是牵入史嵩之'夺情'案内，和史嵩之也成了不解之仇。"[②]

刘克庄的祖父刘夙、叔祖刘朔深通理学，是"隆（兴）、乾（道）第一流人物"，其父刘弥正也是好学不倦的人物[③]。刘克庄的母亲林氏出莆田林氏世家，知书达理，寡居后潜心佛教，对其影响甚大。刘克庄的家庭背景使他对理学，尤其是程朱理学情有独钟。后村常谈及"理"、"天理"和"气"等概念。在谈及"理"时，刘克庄往往理欲相对，如："盖理与欲对，善与利对，理不胜欲、善不胜利，同然者有时而相远，固有者有时而不存矣。"[④]再如："先哲王理欲明，界限严，能防其微，杜其渐耳。"[⑤]刘克庄的理欲观实际上是对程朱思想的继承和弘扬。其所谓"理"，实际上是一种超自然的存在；其所谓"欲"，实际上是指一种有悖于封建社会的言行和意志。同时，刘克庄认为人性各有中正之理，他说："盖人心各有中正之理，昔迷而今悟，昔违而今顺，

① 《大全集》卷194《行状》。

② 参看台湾学者孙克宽《晚宋政争中之刘克庄》，《大陆杂志》23卷第7期。

③ 《水心先生文集》卷20《故吏部侍郎刘公墓志铭》。

④ 《大全集》卷89《建宁重建明伦堂记》。

⑤ 《大全集》卷86《辛亥六月九日进故事》。

系乎此中之设与不设而已。”①颇类张载所谓的“天地之性”。另外，他还常提及“数”，认为数是理的体现，不能超出理而独立存在。如：“《易学》有二：数也，理也……天下岂有难同之书，亦岂有理外之数哉？”②数虽存乎理内，但数可名理，可以阐明理之本质状态。如：“公所作《逍遥游解》，尽黜旧注，自成一家，以数明理，以理断疑，如巧历然，起一算子而千岁之日可知。”③

由于深受母亲的影响，刘克庄很早就对佛教充满浓厚的兴趣，研读各种佛教典籍，具有深厚的佛学修养。刘克庄接受佛学时深受理学的影响，主张儒释异迹而同理，如：

> 余曰：儒释有异同之迹，伦纪无绝灭之理。世所传释氏事，多失之过而流于诞。其忠厚而蹈乎常者，余信之；乖悖而不近乎情者，余疑焉。试以其书考之，已入涅槃，犹起棺中，为母说法。他日迦叶本遗意以金缕僧迦黎衣属之何难？嗟乎！释氏何曾自外于伦纪哉！④
>
> 儒诋释为夷教，义理一也，岂有华夷之辨哉？吾闻身毒罽宾诸国，皆有城郭君民，其法度教令，虽不可得而详，窃意其奖忠孝而禁悖逆，大指无以异于中华，不然，则其类灭而国墟矣。⑤

刘克庄认为，从伦纪忠孝的角度来看，儒释并无异处。他还论及诗禅关系，认为诗禅相悖。如：

> 诗家以少陵为祖，其说曰：语不惊人死不休。禅家以达

---

① 《大全集》卷84《商书讲义》。
② 《大全集》卷95《季父易稿序》。
③ 《大全集》卷94《赵虚斋注庄子内篇》。
④ 《大全集》卷91《孝友堂》。
⑤ 《大全集》卷94《送高上人》。

摩为祖，其说曰：不立文字。诗之不可为禅，犹禅之不可为诗也。何君合二为一，余所不晓。夫至言妙义，固不在于言语文字，然舍真实而求虚幻，厌切近而慕阔远，久而忘返，愚恐君之禅进而诗退矣！何君其试思之。①

在刘克庄看来，诗禅之本质区别在于：诗须文字，禅则舍弃文字；诗真实而禅虚幻；诗情真而禅虚空。所见极为深刻②。

除了儒释，老庄思想也对刘克庄产生了深刻的影响。首先刘克庄和很多道士都有交往。如和钱道人、刘道士等人的交往③。不过刘克庄与这些道士的交往主要不是炼丹学道，而是为了切磋诗艺。刘克庄所谓的"诗非易作须勤读，琴亦难精莫废弹。忆上洪崖题瀑布，因游试为拂尘看"或许正是其自白④。其次，刘克庄多次以炼丹论诗艺。如：

诗贵轻清，恶重浊。王君诗如人炼形，跳出顶门，绝天下之轻，如人绝粒不食烟火，极天下之清。⑤

前辈有"学诗如学仙"之论。窃意仙者必极天下之轻清，然后易于解脱。未有重浊而能仙者。⑥

总之，在《大全集》的思想中，占有统治地位的是程朱理学，但其思想也往往是驳而不纯，兼容儒释道，用他自己的话说，就是"非儒非佛亦非仙"⑦。

---

① 《大全集》卷 99《何秀才诗禅方丈》。
② 此段参看向以鲜《非儒非佛亦非仙——刘克庄思想概说》(载《宋代文化研究》第4 辑)。
③ 参看《大全集》卷 1《赠钱道人》、《再赠钱道人二首》、《赠玉隆刘道士》等。
④ 《大全集》卷 1《赠玉隆刘道士》。
⑤ 《大全集》卷 99《王元度诗》。
⑥ 《大全集》卷 96《王与义诗序》。
⑦ 《大全集》卷 31《七十四吟》十首其九。

刘克庄一生的作品有《前集》、《后集》、《续集》和《新集》等四种。刘希仁谓:"后村公以文章名天下,有《前集》刊于莆。既而《后》、《续》、《新》三集复刊于玉融。"[①]据林希逸《序》:"予戊申备数守莆,方得《前集》刊之郡庠,于时纸价倍常。……二十年共成《后》、《续》、《新》三集。今此书传流遍江左矣。"[②]此《前集》即《后村居士集》50卷,由林希逸作序,刊于兴化郡斋。实由后村委托塾师林秀发编定[③]。此书筹划于淳祐八年(1248),刊于次年,所收作品都是刘克庄62岁以前的作品。其中诗16卷、诗话2卷、诗余2卷、文30卷。刘克庄的最后二十年的作品成《后》、《续》、《新》三集。

刘克庄在《大全集》卷193中的自跋中谓:"《续稿》五十卷,起淳祐己酉(1249)至宝祐戊午(1258)十年间之所作也。……开庆改元(1259)上巳日克庄题。"此《续稿》实即《后集》,是刘克庄63岁至72岁之间的作品。据《大全集》卷194《行状》记载:

> 初,上过东宫,见公书肆所传文集,喜之。未除兵侍前一日,中使传宣谕曰:"卿居间日久,著述必多,可录本进呈。"公辞以容臣缮写。俄有旨再索,公辞以史事猥冗,未及点对。越数月,以古赋,古、律诗,记,序,题跋,诗话,共二十六卷奏进。皆辛亥以后所作也。

又据《大全集》卷78《进文集札·辛酉》:

> 臣某近因进书毕,始于草制余暇,点对所作辛亥以后猥草,得古赋一卷,古律诗十一卷,记二卷,序二卷,题跋六卷,

---

① 刘希仁《后村先生大全集序》。
② 林希逸《后村先生大全集序》。
③ 采用程章灿的意见(见《刘克庄年谱》)。

诗话四卷，欲投间进。或谓臣……今二十六卷皆灯窗诸生呻吟占毕之作，田里老农歌咏击壤之词，何异乎奏俚音以溷天钧，美野芹以献玉食？其愚甚。臣曰：……谨缮写十三册，以告(吉)日戊戌投进。

据以上两条材料，刘克庄所献26卷实即《后集》的一部分，包括得古赋1卷，古律诗11卷，记2卷，序2卷，题跋6卷，诗话4卷。

据《大全集》卷53《科举诏》三首后注云："既归里，因治旧稿，见之漫存于此，以见陛下圣学高妙肆笔成书之盛。景定甲子(1264)十月题。"景定五年(1264)，刘克庄78岁，患偏盲①。此所治之旧稿应是《续集》。另据《行状》："其在《新集》者，半出于目眚之后。口诵成篇，子侄笔受。熔煅诸书，字字严密，无一篇不可垂训。"据此两条材料，则刘克庄的《续集》应是开庆元年(1259)到景定五年间的作品。而《新集》则是从景定五年到咸淳五年间的作品。

刘克庄的第三子山甫后来汇四集成《大全集》196卷，我们今天看到的《四部丛刊》本就来源于此。

刘克庄的创作大略可分为两期。前期主要是指62岁以前的创作，以《后村居士集》50卷为代表。前期的诗歌深受"四灵"的影响，诗风清新。后期的诗歌则以《后集》、《续集》、《新集》为主。此时的刘克庄似乎更注意用典和锤炼，尤重议论，宋诗的味道更浓些。后村学诗取径甚广，除了"四灵"，后村对王维、李白、杜甫、高适、岑参、韩愈、白居易、李贺、梅尧臣、苏轼、黄庭坚、陈与义及江西诗派的作品、杨万里、陆游、江湖诗人的作品等都有所取法。后村学诗是兼取唐宋的，他说："初余由放翁入，后喜诚斋，又兼取东都、南渡、江西诸老，上及于唐人大小家数，手抄口诵。"②可见他对唐宋，甚至包括唐宋以前的

---

① 参看《大全集》卷134《与丞相书》。

② 《大全集》卷96《刻楮集》。

大小家数，都是下过一番工夫的。

需要说明的是，在民国以前(《四部丛刊》编纂以前)，刘克庄的作品几乎只有《后村居士集》50卷(也就是《前集》)在社会上流传，这些作品只占他全部作品的1/4，而占3/4的《后集》、《续集》、《新集》几乎没有流传。因此，从选本中，我们只能看到《前集》中的作品，却无法一睹《后集》、《续集》、《新集》中的精华，读者所了解的只是1/4个刘克庄。钱钟书先生曾抱怨说："(《宋诗钞》)对于卷帙繁多的别集，它一般都从前面的部分抄得多，从后面的部分抄得很草率，例如只抄了刘克庄《后村居士诗集》卷一至卷十六里的作品。"[①]其实，岂止是《宋诗钞》，几乎所有的明清选本都未选《大全集》里卷17至卷48的诗作。

《大全集》为什么没能够很好地流传呢？这似乎是一个值得深入探讨的问题。从表面上看来，刘克庄的作品的确是卷帙浩繁，不利于流传。这或者可以算是其中的一个原因，但更重要的原因恐怕还不在此。笔者认为，刘克庄晚年与贾似道关系密切，以致贾似道身败名裂后，不但影响到他的声誉，而且也影响到其作品的流传。其次，江湖诗风在南宋后期流行一时，但随着时代风气的变化，诗风也随之发生了巨变，人们对江湖诗歌逐渐淡忘甚至唾弃。这恐怕也是刘克庄的诗歌不受后世重视的另一个重要原因。事实上，在后世的诗歌选本中，甚至包括一些著名的选本，如明李蓘《宋艺圃集》和清张景星等的《宋诗别裁集》等，竟连一首刘克庄的诗歌也不选，个中原因恐怕要从时代风气中去探讨了[②]。

作为南宋后期的文化领袖，刘克庄是一位全面型人才。他不但工于诗、词、四六和散文，而且精通史学和书画艺术。另外，他在政治上也表现出极大的才干，只是因为文名太盛而掩盖了这一点。正因为如此，刘克庄在生前获得了巨大的声誉，获得了当代人高度的赞

① 钱钟书《宋诗选注》第23页，人民文学出版社1989年版。
② 可参看拙作《从几种选本看后村诗歌的接受》，《社会科学家》2003年第6期。

扬。如真德秀赞他“学贯古今，文追《骚》、《雅》”（见《行状》）；叶适许以“大将旗鼓”；[①]赵履常称“其散语与水心相上下”（见《行状》）；赵昀称他“赋典丽而诗清新，记腴赡而序简古”（见《行状》），对这些赞誉刘克庄都是当之无愧的。遗憾的是，由于他的全集未能广泛流传，许多人对他的评价只是针对他的 1/4 的作品而发的，而对他的 3/4 的作品未能深入研究。因此，对我们当代研究者来说，研究刘克庄可谓仍然是任重而道远。

---

① 《水心集》卷 29《题刘后村〈南岳诗稿〉》。

第二章 刘克庄与南宋社会

第一节 以政治诗和咏怀诗看处在党争夹缝中的刘克庄

一、政治诗

由于特殊的家庭和时代背景，刘克庄一生都与晚宋政治有着不解之缘①，并且创作了一定数量的政治诗。政治诗的创作主要集中在他的前期，但其实他一生都未停止过政治诗的写作。在刘克庄大量的送别诗中，有很多都是关心现实政治的作品。当然，到了后期，刘克庄思想显得颓废，逐渐疏远现实和政治，作品也显得更加狂放，这一点似乎深受放翁的影响。

（一）现当代选本和文学史中的后村政治诗

在过去的选本中，大概是受时代风尚的影响，后村的政治诗是最受人们推崇的一种题材。我们首先来看钱钟书《宋诗选注》，所选的后村诗为：《北来人》(2 首)、《戊辰即事》、《筑城行》、《开壕行》、《运粮行》、《苦寒行》、《军中乐》等 8 首，除了《北来人》(2 首)，都是清一色

---

① 参看孙克宽《刘克庄的家世与交游》和《晚宋政争中之刘克庄》(收入《元代汉文化之运动》，台湾中华书局 1967 年版)。

的乐府诗。虽然所选大都是后村的代表作，但总叫人觉得这顶多只是半个刘克庄。不过钱钟书说得很清楚："它当初不够趋时，但终免不了也付出趋时的代价——过时，只能作为那个时期学术风气的一种文献了（着重号为引者所加）。假如文献算得时代风貌和作者思想的镜子，那末这本书比不上现在的清澈明亮的玻璃镜，只仿佛古代模糊的铜镜，就像圣保罗的名言所谓：'镜子里看到的影像是昏暗的。'它既没有鲜明地反映当时学术界的'正确'指导思想，也不爽朗地显露我个人在诗歌里的衷心嗜好。也许这个晦昧朦胧的状态本身正是某种处境的（再）清楚不过的表现。""这部选本不很好；由于种种缘因，我以为可以选的诗往往不能选进去，而我以为不必选的诗倒选进去了。""在当时学术界的大气压力下，我企图识时务，守规矩，而又忍不住自作聪明，稍稍别出心裁。结果就像在两个凳子的间隙坐了个空，或宋代常语所谓'半间部架'。"[①]这部诗选只能代表那个时代的风气，不能完全体现钱钟书个人的思想。随后的选本，如程千帆的《宋诗精选》[②]（实际上取材于他的《古诗今选》），因成书于 20 世纪 80 年代初，应该说也尚未脱离那个时代的影响，所选作品有《国殇行》、《军中乐》、《北来人》（2 首）、《赠防江卒》（6 首选 2）等，深受《宋诗选注》的影响。金性尧的《宋诗三百首》[③]，所选的作品有《明皇安乐图》、《筑城行》、《早行》、《闻城中募兵有感二首》（选 1）、《戊辰即事》、《和仲弟十首》（选 1）等 6 首。所选作品虽有很大改进，但政治诗依然占了所选作品的一半。可想人们在选后村诗的时候，首先考虑的还是他的政治性。

除了诗选，我们再来看看几种流行的文学史。

首先，游国恩主编的《中国文学史》评价后村的诗歌："'忧时元是

---

① 钱钟书《香港版〈宋诗选注〉前言》，《宋诗选注》第 297～299 页，人民文学出版社 1989 年版。

② 江苏古籍出版社 1992 年版。

③ 上海古籍出版社 1995 年版。

诗人职,莫怪吟中感慨多'(《八十吟十绝》),正是他的自白。"认为刘克庄那组乐府"是一幅幅鲜明的南宋后期的社会画面","他的确不愧为南宋后期陆游最好的继承者。"

其次,中国社会科学院文学研究所主编的三卷本《中国文学史》在《江湖诗派》一节中认为:"《后村诗集》中也有不少痛恨赋敛之急、征役之繁和反映民生疾苦之作,乐府诗如《运粮行》、《开壕行》、《苦寒行》、《筑城行》等等皆是。举一首《军中乐》为例……他还有一些不满权贵的作品,从这些作品可以见到他进步的一面。"①

再次,程千帆的《两宋文学史》论及刘克庄诗歌思想内容的时候,认为:"从他大量的诗篇来看,成就最高的还是写日常生活的五言律诗和咏时事的乐府。"②所举的政治诗篇有《国殇行》和《军中乐》两首。

另外,社科院文研所孙望、常国武主编的《宋代文学史》评论刘克庄作品的时候,认为:"刘克庄生活的时代,南宋王朝已濒临覆亡的边缘。作者深知时事之艰难,往往情动于衷,发为诗词,也就颇多佳构。其中反映民族矛盾的诗篇写得比较精彩,大都慷慨悲壮,笔力雄健,与当时其他一些诗人同类作品的掩抑凄凉颇异其趣。"③然后,作者谈到后村对昏庸的当权者的抨击和冷嘲热讽,对忠勇之士的赞颂和悼念以及对人民疾苦的同情。所提到的作品有:《有感》、《戊辰即事》、《苦寒行》、《军中乐》、《国殇行》、《筑城行》、《开壕行》、《运粮行》、《北来人》(2 首)、《梦丰宅之》、《书田舍所见》等。刘克庄被完全描述成一位政治诗人,与同侪大异其趣。这实际上是继续了过去拔高刘克庄的做法,得出的结论与后村作品的实际情况相去也甚远。

还有许总的《宋诗史》,作者认为:"刘克庄是江湖诗派中少有的官居高位者,但其创作实践在总体上仍然是'苦吟不脱晚唐诗',显示

① 社科院文研所《中国文学史》(二)第 676 页,人民文学出版社 1962 年版。
② 程千帆、吴新雷《两宋文学史》第 464 页,上海古籍出版社 1991 年版。
③ 孙望、常国武《宋代文学史》(下)第 217 页,人民文学出版社 1996 年版。

出与江湖派中大多平民诗人共同的艺术趣味。”[①]所引诗篇有《赠陈起》、《北山作》、《小寺》、《赠翁卷》、《北来人》(其一)、《同郑君瑞出濑溪即事》、《从军乐》、《筑城行》、《贫居自警》、《三月二十一日泛舟六绝》(其五)、《田舍即事十首》(其九)、《即事四首》(其一)、《出城》、《岁晚书事》、《病后访梅》等。作者已经把刘克庄从政治中解放出来,使他回到平民当中,选诗亦相对较为全面,朝着“使一个历史上完整的刘克庄从他自己的作品上活起来”[②]的目标迈出了坚实的一步。

(二) 对后村政治诗的梳理

南宋的后期民族矛盾异常尖锐,国家的危亡牵动着后村和每一位国人的心,因此,抗击外族入侵成为南宋诗歌中具有很大普遍性的主题。

抗击金蒙(元)也是后村的政治诗中一个最核心的主题。后村是一位政治敏感性很强的诗人,任何有关南宋危亡的事件都会牵扯那颗灵敏的诗心。如他早期的诗篇《北来人》[③]二首(卷 3033):

试说东都事,添人白发多。寝园残石马,废殿弃铜驼。
胡运占难久,边情听易讹。凄凉旧京女,妆髻尚宣和。

十口同离北,今成独雁飞。饥锄荒寺菜,贫着陷蕃衣。
甲第歌钟沸,沙场探骑稀。老身闽地死,不见翠銮归。

这两首诗写从金地逃亡南方的难民的悲惨生活。“饥锄荒寺菜,贫着陷蕃衣”两句写生活之苦。“凄凉旧京女,妆髻尚宣和”两句写出北地广大遗民的故国之思,使我们想起陆游《五月十一日夜且半……》中的两句:“凉州儿女满高楼,梳头已学京都样。”陆游诗作

① 许总《宋诗史》第 827 页,重庆出版社 1997 年版。
② 胡明《刘克庄诗词轨迹与心路历程》,《河北师院学报》1987 年第 4 期。
③ 文中所引刘克庄的诗歌见傅璇琮等主编《全宋诗》第 57 册,北京大学出版社 1998 年版。以后只标卷数。

于淳熙七年(1180)五月在抚州时,而后村此诗编在《南岳旧稿》,应是嘉定十二年(1219)以前的作品[①]。半个世纪以后,北地人民依旧怀念着故国,而南宋王朝却只能让北国的遗民身死异地。后村似乎特别擅长在历史的断砖片瓦中表现自己的怀古之思[②],如"寝园残石马,废殿弃铜驼"两句,把东都描绘得尤其撕人心肺。此诗情感沉痛郁结,深受杜甫的影响。

面对战争和士卒,刘克庄内心是十分矛盾的。他既希望百姓能安居乐业,又希望他们能为国出力。但当他真正看到这些士卒并不堪驱使、毫无战斗力的时候,后村的内心又是十分痛苦和愤懑的。

如《闻城中募兵有感二首》(卷 3033):

> 调发多年籍半空,虎符招补至闽中。庄农戎服来操戟,太守儒装学拍弓。去日初辞乡树绿,到时愁见戍旗红。募金莫作缠头费,留制衣袍御北风。
>
> 昔在军中日募兵,万夫鱼贯列行营。悬金都市招揽广,立的辕门去取精。二石开弓犹恨少,双重被铠尚嫌轻。伍符今属他人手,历历空能记姓名。

由于多年的战争和调发,也由于财政困难,南宋王朝的兵源日渐枯竭。而"庄农戎服来操戟,太守儒装学拍弓"的现实无疑告诉人们,南宋的部队多是这样的乌合之众。后村回想起过去募兵的情形,与此形成了鲜明的对比:"悬金都市招揽广,立的辕门去取精。二石开弓犹恨少,双重被铠尚嫌轻。"刘克庄对南宋士卒的懈怠和无能深表

① 《大全集》卷 1 注云:"公少作几千首,嘉定己卯自江上奉祠归,发故箧尽焚之,仅存百首,是为《南岳旧稿》。"

② 如他的咏史诗中的一些诗句:"短镞遗枪不可求,西风古意满原头。"(卷 3033《冶城》)"马嘶卫霍空营里,萤起齐梁废苑中。"(卷 3033《凤凰台晚眺》)"落日磬残邻寺闭,清天牛上废陵耕。"(卷 3033《雨花台》)"笳箫有主安新葬,蓑笠无人垦废田。兵散荒营吹戍笛,僧从败屋起茶烟。"(卷 3033《真州北山》)

忧虑。如他在《观射》中写道：

浪箭束如林，旁观笑不禁。蛮平无事久，卒惰可忧深。
各自分牛腩，何曾贯虱心。种侯青涧法，能费几黄金。

乍读此诗，我们很自然会想到北宋苏舜钦《庆州败》一诗中的描写："马肥甲重士饱喘，虽有弓剑何所施？连颠自欲堕深谷，骑虏指笑声嘻嘻……我军免奏乞死所，承制面缚交涕洟。逡巡下令艺者全，争献小技歌且吹。其余劓馘放之去，东走矢液皆淋漓。"①一旦战争爆发，这些"各自分牛腩"的士卒，恐怕也只能被人割去鼻耳而"东走矢液皆淋漓"了。

由于经济困难，南宋统治者把战争的重担压在百姓头上，这使后村深感忧虑和不安。如他在《书事二首》中写道(卷 3033)：

其一：粟空都内忧难继，甲出民间策恐疏。
其二：移民似蚁饥难给，侠士如鹰饱易扬。

再如：

自古虚心容议者，即今枵腹役耕民。(卷 3041《柬陈寺丞筑城》)
恃陋窃忧难御寇，加工却恐倍劳民。(卷 3041《梅雨癝城自用前韵》)

刘克庄对战争的态度是矛盾的，一方面希望国家能有效地抗击外族入侵，将士建功立业，另一方面又深为痛惜因将领无能而使士卒

① 吕留良等《宋诗钞·沧浪集钞》第 119 页，中华书局 1986 年版。

在战争中大量阵亡。如《赠防江卒六首》(卷3036)：

其二：壮士如驹出渥洼，死眠牖下等虫沙。老儒细为儿郎说，名将皆因战起家。

其四：身属嫖姚性命轻，君看一蚁尚贪生。无因唤取谈兵者，来向桥边听哭声。

再如《扬州作》(卷3033)：

几多精甲没黄沙，野哭遥怜战士家。瓜渡明月空粉堞，芜城烟断只昏鸦。似闻汉使攽王醯，尚喜胡儿剖帝羓。惆怅两淮蚕织地，春风不复长桑芽。

对那些为国捐躯的将士深表痛惜和崇敬。如：

力穷鏖转急，围厚突难开。(卷3033《二将石俣、韩仔》)

几载皖山耕，忽提孤剑行。战场中有骨，尺籍上无名。(卷3033《陈虚一》)

畚土筑城尘满面，握拳犹战胆通身。(卷3034《哭丰宅之二首》其一)

张巡须尽怒，先轸面如生。(卷3041《寄题邵武死事胡将祠堂》)

铁汉为挥涕，冰翁与雪仇。(卷3041《寄题沙县死事祝将祠堂文蔚之子》)

对自己的朋友，后村还是希望他们抓住机会建功立业，名垂青史。如：

只今西北多机会，吾子南归意若何。（卷3042《郑宁示边报走笔戏赠》）

起为楚舞何其壮，吟退胡兵在此行。（卷3042《送陈户曹之官襄阳斑二首》）

定有其谋裨玉帐，莫挥麈尾事清言。（卷3061《再送蒙仲二首》其二）

对百姓的不幸遭遇，尤其是对那些军人家属的不幸遭遇，刘克庄深表同情。如：

昨日人回问塞垣，阵前多有未招魂。营司不许分明哭，寒月家家照泪痕。（卷3037《戍妇词三首》其二）

还如《寄衣曲》（卷3040）、《征妇词十首》（卷3075）等，反映的都是这种情绪。

刘克庄具有很强的洞察力，对南宋的弊端和外族的侵略企图有着深刻的认识。如他写道：

猃狁至于泾，颛臾近于费。譬如寝积薪，徒幸火然未。（卷3061《送方蒙仲赴辟江阃分韵得既字》）

汉家固已收群策，胡运何曾有百年……莫云干腹是虚传。（卷3078《送胡石壁帅广西二首》其一）

同时，刘克庄对南宋屈辱侍金的政策深表愤慨，也对将领无能、人心背向表示出深切的忧虑。如《戊辰书事》（卷3033）：

诗人安得有春衫，今岁和戎百万缣。从此西湖休插柳，剩栽桑树养吴蚕。

鸣呼颇牧不复作，谁与儿郎共苦甘。（卷3056《无题二首》其一）

坏局今犹劳圣虑，穷途自叹失人心。（卷3064《书近事二首》其一）

刘克庄对南宋政治的腐败有深刻的认识并在诗中提出批评。如《郑丞相生日口号十首》(卷3042)：

乃知元祐调弦易，却是端平变局难。（其二）
金坞铜山二纪中，可无玉雪洗贪风。（其三）
惜渠不见端平相，召了西山召鹤山。（其五）
旷怀未许众人看，细行犹堪百世师。（其七）

在绍定元年(1228)，也就是后村42岁那年，他写了一组乐府，包括：《筑城行》、《开壕行》、《运粮行》、《苦寒行》、《国殇行》、《军中乐》、《寄衣曲》、《大梁老人行》、《朝陵行》、《破阵曲》(卷3040)等10首，可视为后村政治诗的代表作。尤其是这组乐府的前6首，通过尖锐的对比，深刻揭露了南宋军队中的黑暗和腐败。诗中写道：

汉家丞相方忧边，筑城功高除美官。（《筑城行》）

前人筑城官已高，后人下车来开壕。……壕深数丈周千里，役兵太半化为鬼。（《开壕行》）

霜寒晷短路又滑，担夫肩穿牛蹄脱。（《运粮行》）

押衣敕使来不来，夜长甲冷睡难着。长安城中多热官，朱门日高未启关。重重帷箔施屏山，中酒不知屏外寒。（《苦寒行》）

埋时先剥身上衣，标成丛冢高崔嵬。姓名虚挂阵亡籍，家寒无俸孤无泽。（《国殇行》）

看到以上的诗句，我们自然会想到曹松的名句：“一将功成万骨枯”（《己亥岁》其一）。南宋的官僚们枕在百姓的白骨上睡大觉，整天睡眼惺忪，实同禽兽。

不过写得最令人触目惊心的却是《军中乐》（卷 3040）：

> 行营面面设刁斗，帐门深深万人守。将军贵重不据鞍，夜夜发兵防隘口。自言敌畏不敢犯，射麋捕鹿来行酒。更阑酒醒山月落，彩缣百段支女乐。谁知营中血战人，无钱得合金疮药。

这让我们想起高适的《燕歌行》，想到他那有名的句子：“战士军前半死生，美人帐下犹歌舞。”将帅胆小如鼠，不恤士卒，腐败堕落，这恐怕是南宋灭亡的重要原因之一。

另外，《观调发四首》（卷 3061）也是一组颇具特色的乐府诗。这组诗深受杜甫《兵车行》、《新安吏》等的影响，而且后村极为矛盾和复杂的心情，也与杜甫颇为相似。如其一写道：“路旁纷纷送者谁，相顾泪下如绠縻。妻牵郎衣留不得，儿抱爷颈尤可悲。”这里的描写酷似《兵车行》，却比杜甫描摹得更加具体。后面的两句交代了这位士兵的悲惨遭遇，令人触目惊心：“边头战士寒堕指，霜风猎猎阵云起。”再如其二：

> 南州健儿生佛国，平时宽博如逢掖。一朝烟尘起荆益，半夜虎符来抽摘。逗挠法严羽檄迫，仓皇受甲面蓝色。病夫少也曾从戎，今成新丰折臂翁。儿郎行矣早策功，安知行间无吕蒙。虏来定作太尉公，虏去暴露赏亦浓。

“儿郎”等句可见出杜甫《新安吏》①中“况乃王师顺，抚养甚分

---

① 仇兆鳌《杜诗详注》卷 7。

明。送行勿泣血，仆射如父兄”等句的影响，诗情亦近似，可见后村乐府受杜甫影响之深。

刘克庄心系国家的安危，国家的每一次胜利都会使他兴奋不已，并形诸歌咏。如《蜀捷》(卷3055)、《淮捷一首》(卷3062)、《凯歌十首赠贾枢使》(卷3062)等。同时，对于朝廷的失败他也会痛心疾首，如《北耗》(卷3055)等。对南宋在端平、嘉熙年间助蒙灭金，后村写了《端嘉杂诗二十首》(卷3043)，反映了他十分矛盾和复杂的心情。如：

幅裂常包割地羞，扫平忽雪戴天仇。穹庐已喋完颜血，露布新函守绪头。(其一)

闻说关河唾掌收，拟为跛子看花游。可怜逸少与公辈，说着中原得许愁。(其二)

由北图南有混并，自南取北费经营。从今收起书生论，啖饭看人致太平。(其三)

不及生前见虏亡，放翁易箦愤堂堂。遥知小陆羞时荐，定告王师入洛阳。(其四)

这组诗作于端平、嘉熙年间，皆歌咏当时时事。前几首先叙述金哀宗完颜守绪之死，痛快淋漓。人们以为中原唾手可得，太平可致，放翁恢复中原的遗愿指日可待。但实际上南宋人只不过是空欢喜一场，他们联合蒙古灭金虽然痛快一时，却在客观上起到了助纣为虐的作用。面对金灭后留下的真空地带，南宋是无力收复的。所以刘克庄写道：“剩制赭袍添曲盖，中原假帝不胜多。”(其七)面对蒙古这个强大的对手，刘克庄异常清醒，他写道：

不妨割肉喂豺狼，和约依然堕渺茫。未必与吾盟夹谷，且须防彼劫平凉。(其十三)

后村的政治诗尚有多篇，如《循梅路口四首》(卷 3044)，《即事十绝》(卷 3055)，《景定初元即事十首》、《书事十首》、《得江西报六言十首》(卷 3063)，《诸公载酒贺余休致水村农卿有诗次韵十首》(卷 3067)，《杂兴四首》(卷 3068)，《书事三首》(卷 3070)，《耄志十首》(卷 3076)等，限于篇幅，不再详论。

(三) 对刘克庄政治诗的思考

首先，如何看待刘克庄诗歌的爱国主义主题。

由于身处一隅，南宋广大人民有着强烈的恢复中原的愿望，恢复中原的主题也就成为南宋文学中的 个重要传统。因此我认为没有必要过分强调这种传统，甚至一定要在整个文学史中把这个传统凸显出来。文学的优劣不应以题材来论，而应看它的艺术表现力。过去论述刘克庄的诗歌，往往夸大他的政治诗而忽略他的整体创作①，“没有使一个历史上完整的刘克庄从他自己的作品上活起来，未能使我们清晰看出那样一个时代、那样一种社会政治的形势下诗人文人的思想行为的动态轨迹。历来似乎只有半个刘克庄——积极入世、饱满忧患意识的刘克庄的亮相和表态”。②

如有人认为，刘克庄是一位政治性很强的诗人。“第一，他继承了白居易所开创的现实主义诗风，创作了不少新乐府诗，对社会的种种弊端进行了深刻的揭露……第二，他在诗歌中注重反映重大的社会问题，并表现出强烈的政治敏感。这主要是指宋蒙联合灭金一事而言。”“这不仅在同时期江湖诗人中罕见，即使放在整个南宋诗坛上，也是十分独特的。”③还有人认为：“后村的很多诗歌，大多是有感而发，深刻地揭露了那个时代尖锐的社会矛盾，广泛地反映了那个时代的生活。诸如统治阶级的昏庸腐朽，爱国将士的有志难酬，边地的阶级对立，北方移民的渴望恢复等，都形之于诗。激昂慷慨，感情强

---

① 后村的政治诗 220 余首，占全部作品的 5%左右。

② 胡明《刘克庄诗词轨迹与心路历程》，《河北师院学报》1987 年第 4 期。

③ 参看张宏生《融通与超越——论刘克庄诗》，《漳州师院学报》1994 年第 1 期。

烈，毫不掩饰诗人自己的爱憎态度。”①

其次，关于刘克庄政治诗的艺术成就和艺术渊源。

刘克庄的创作深受“四灵”诗风的影响，多律体而少古诗，因而显得拘谨，少奔放的气势。对此刘克庄本人也深以为恨，他曾在《瓜圃集序》反省自己道：“近岁诗人唯赵章泉五言有陶、阮意，赵蹈中能为韦体。如永嘉诗人，极力驰骤，才望见贾岛、姚合之藩而已。余诗亦然。十年前始自厌之，欲息唐律，专造古体，赵南塘不谓然，其说曰：‘言意深浅，存人胸怀，不系体格。若气象广大，虽唐律不害为黄钟大吕；否则手操云和，而惊飙骇电，犹隐隐弦间也。’余感其言而止。”②虽然后村最擅长的还是五七言律绝，但他更想利用古诗和乐府那种奔放的气势来展示自己的艺术才华。刘克庄的政治诗多采用古诗的形式，正是他这种努力的结果。

刘克庄的政治诗深受高适、杜甫以及白居易乐府诗的影响，艺术表现以乐府诗那种明快自然的风格为主，又不乏笔力雄健的个性，在南宋后期江湖诗风柔靡的时代，尤其显得不同凡响。这是我们评价刘克庄的政治诗所必须注意到的一点。

二、咏怀诗

刘克庄的咏怀诗约有 1 600 首，占全部作品的 36%左右，是刘克庄诗歌的主体部分，也是研究刘克庄诗歌思想性和艺术性的最主要依据之一③。过去撇开刘克庄的咏怀诗（包括他的咏物和挽赠等题材的诗歌）而大谈特谈他的政治诗，实际上是一种以偏概全的做法。下面我们就后村诗咏怀诗的基本内容进行一些探讨。

---

① 张瑞君《论刘克庄的诗歌创作成就》，《河北大学学报》1990 年第 2 期。

② 《大全集》卷 94。

③ 在给后村诗分类的时候，为了方便起见，我们把后村的唱和诗以及一些不易归类的作品都归于咏怀诗的范畴。后村的政治诗、咏史诗、风俗诗、田园生活诗等因有专门章节论述，在此文中不再详细论述。

（一）全面展现出自己的读书和创作生活

刘克庄在咏怀诗中全面展现出自己的文艺生活，尤其是他的读书生活。刘克庄诗之所以充满文化品位和艺术个性，除了刘克庄的艺术个性外，恐怕还和其在作品中所展现出的艺术生活有相当的关系。

刘克庄文艺生活的主体就是读书和写作，他的作品不但全面展现出这种生活，而且同时表现出本人的艺术个性，也许这就是后村诗歌的魅力所在。

刘克庄一生的大部分时间都是在窗前和书灯下度过的，读书成了他一生中必不可少的一部分。如：

> 浩如烟海积如山，……一生精力费窗间。（卷3036《题斋壁》）
>
> 萤影穿窗隙，蛩声出壁中。残书殊有味，读到角吹终。（卷3036《牢落》）
>
> 懒窥户外问晴阴，静向窗前阅古今。江国事稀聊袖手，钧天梦断久灰心。（卷3043《和仲弟十绝》其一）
>
> 忽得远书看百过，眼昏自起剔残灯。（卷3043《和仲弟十绝》其九）
>
> 老眼蝇书犹可读，微聋蚁闹不须听。（卷3055《忆昔》）
>
> 夜窗危坐乱书堆。……仍取残编更阖开。（卷3055《不寐二首》其一）
>
> 细读银钩卷复舒。……罢祠久绝支离粟，失势谁看闲杂书。（卷3055《长溪陈梦雷携表弟赵君玉书相访》）

由于生活贫困，后村甚至连蜡烛都用不起，只能就着月光看书，如：

垆寒烧叶回春意，烛尽携书就月明。（卷3056《即事二首》其一）

但对后村来说，只要能读书就是人生最大的享受。他不但读书，而且还抄书、校勘书。后村目力极好，到七十余岁的时候尚能读夹注书。如他写道：

日日抄书懒出门，小窗弄笔到黄昏。（卷3035《晚岁书事十首》其二）

勘书窗几有荧光。（卷3042《题林户曹寒斋》）

跌荡当年赋两京，晚抛笔砚事春耕。……读夹注书犹眼明。（卷3057《初秋感事三首》其二）

玄花生眼蜩鸣耳，贪校新抄数板书。（卷3057《夜坐二首》其一）

老去惟书作淡交。……蝇头尚可就灯抄。（卷3057《夜坐二首》其二）

但是到了晚年，刘克庄的记忆力大为下降，这对早年有着超人记忆力的诗人来说是一件非常痛苦的事情。如他写道：

肘后奇书懒更开，只今年鬓已相催。（卷3033《老叹》）

……蠹书数叶伴残更。闭门孤学无穷味，笑杀韩公皆后生。（卷3035《身在》）

性疏熟客来难记，意懒生书读易忘。（卷3035《书感》）

少作回看如双手，旧书重读似前生。……莫怪诗成呼烛写，小窗追忆欠分明。（卷3036《健忘一首》）

老无闲记性，读罢转头忘。（卷3058《纵笔二首》其一）

读过书皆遗忘，老来诗愈颠狂。（卷3075《纵笔六言七

首》）

但忆初强记，谁知晚健忘。（卷3078《理故书二首》其一）

但更让刘克庄痛苦的是，到了晚年，他的左目几乎失明，使他不得不减少甚至放弃读书，如诗人写道：

虚费灯窗一世勤，老师曾许与斯文。玉台不善谐新咏，金匮犹堪记旧闻。浅学安能演繁露，华堂苦爱诵微云。史香骚艳无穷尽，叹息何人共摘熏。（卷3058《纵笔二首》其一）

虽瞎吾眼犹劬书，平生无泪如唐衢。爱鹤天鲸海空阔，嫌羊肠鸟道崎岖。（卷3067《七十九吟十首和山谷荆江亭韵》其十）

一秋窗下少书声，目眚缠绵久未平。大德三麻如昨日，善和千卷付来生。聃兮虽视如无见，藉也于心固不盲。吹却残灯抛蠹简，拥衾危坐待天明。（卷3067《目眚》）

不过在很多时候，即使目力不济，刘克庄也会对灯开卷，伏在灯前不肯离去。这时候，诗人对大号字的"梵夹书"爱尤其不释手，对"巾箱书"则不胜烦恼。如他写道：

亲灯似鸱撮蚤，对卷如獭祭鱼。（卷3066《左目痛六言九首》其二）

喜梵夹书送老，恶巾箱本如仇。（卷3066《左目痛六言九首》其五）

一生爱书如命，刘克庄时常伴着满床的书册入梦，如：

床上乱书眠当枕，卷中警句摘为图。（卷3072《总戎徐伯侯东远访田舍赠诗二首》其一）

对自己心爱的图书精心保护，唯恐被虫蛀食，或被水汽浸湿。如：

宝开元画忧岚湿，惜善和书怕虫侵。（卷3055《久雨二首》其二）

书被老鼠啃食后，刘克庄甚至会痛心地责怪猫没有尽到义务。如：

饭有溪鳞眠有毯，忍教鼠啮案头书。（卷3038《诘猫》）

除了读书，刘克庄还在诗中多次写他的创作生活（唱和及一系列创作活动将在后面谈到）。他年轻的时候才思极为敏捷，提笔立就。但随着年龄的增长，后村对自己的诗作更注重锤炼，甚至后悔自己"初业小诗"。诗人写道：

立马飞书万众看，雪花满砚指皆寒。自怜衰惫今如此，枕上裁诗字未安。（卷3034《沧浪馆夜归二首》其二）

村饮妇常留烛待，山行童亦携书随。明时性学尤通显，却悔从初业小诗。（卷3034《偶赋》）

总体上讲，后村对自己早年的创作，尤其是对给他带来声名的《南岳稿》，还是颇为得意的，诗人写道：

世上升沉姑付酒，考中功状是吟诗。（卷3034《书考一

首》)

赖存南岳草,可答北山移。(卷3034《昔仕》)

到了晚年,刘克庄对诗歌创作更是孜孜不倦。而且为了在数量上追上陆游,他写诗甚至到了废寝忘食的地步。如:

思悭惟有吟差长,睡少方知老可憎。(卷3065《即事》)

蛩吟近作胜前作,鲸吸今年减去年。(卷3065《春寒一首》)

多作恶诗供世笑,晚持孤论谁予同。(卷3067《七十九吟十首和山谷荆江亭韵》其四)

衰飒秃翁垂八十,四更烛下作蝇头。(卷3064《壬戌首春十九日锁宿玉堂四绝》其二)

每到岁末,后村总是会挑拣自己一年的创作,从中感到无穷的快乐。如:

窗下老儒衣露肘,挑灯自拣一年诗。(卷3035《晚岁书事十首》其六)

后村写到整理诗稿的诗篇甚多,如《抄近稿六言二首》(卷3056),《题近稿二首》(卷3057),《题近稿》(卷3077),《抄戊辰十月近稿十首》、《又五言一首》(卷3078)等。

后村在作品中经常写到自己的失眠和夜坐,境况十分凄凉。如:

病梨虽以樵贺废,寿栎翻因臃肿全。(卷3050《病起夜坐读书一首》)

若非檐铁响,淡杀老书生。(卷3058《夜坐二首》其二)

他也常写到自己晚年的穷困和眼病。如：

荒苔野蔓上篱笆，客至多疑不在家。病眼看人殊草草，隔林迢递见梅花。（卷3035《晚岁书事十首》其一）

但面对孤灯，他有时会思接千载，与古代圣贤交流，其真诚可感日月。如：

我与昔贤生异世，昼思夜梦两微茫。（卷3074《有感》）

（二）描摹自己的穷困潦倒，感慨壮志难酬

由于连年的战争，南宋后期的国力衰微。刘克庄在他的诗歌中，尤其是在他的田园诗中，经常会提到自己的贫困[①]。在咏怀诗中，也会写到这种情况。如他在《答友生》（卷3033）中就写到了自己的贫困：

读易参禅事事奇，高情已恨挂冠迟。清于楚客滋兰日，贫似唐人乞米时。家为买琴添旧债，厨因养鹤减晨炊。君看江表英雄传，何似孤山一卷诗。

后村竟然穷困到向人乞米，可想他生活境地的窘迫。当然，即使如此，刘克庄也会借债买琴和养鹤，印证了他所谓的"千古文人一律愚"[②]的结论。

后村写到他穷困的诗篇甚多。他或者写自己院落的荒凉，如：

客方接话俄辞起，书未终编已辍看。架坏尽教花卧藓，

---

① 可参看本章第四节《隐逸的田园心态——以写景诗、田园诗为例》。
② 卷3058《仲晦昆仲求近稿戏答二首》其二。

砌荒亦任草侵兰。(卷 3036《懒》)

或者说自己田园收入的微薄。如:

关塞秋防急,田园岁入微。喟然投耒叹,事事与心违。(卷 3036《晚出》)

有时甚至叫家奴拾取遗穗,或者用苦薇做羹,吃赤粟、黄虀和菜根之类。如:

岁荒奴仅拾残穗,日晏婢方羹苦薇。(卷 3041《贫居自警三首》其一)

赤粟黄虀味最深,此生不恨老云林。(卷 3041《贫居自警三首》其二)

……棋劣常输敌手先。饥咬菜根美熊掌,穷烧柏子当龙涎。(卷 3063《居厚弟和余七十四吟再赋》其九)

一代文坛的领袖都尚且如此度日,一般百姓的日子就可想而知了。这实际上也从侧面反映出南宋末期整个社会的贫困,它的灭亡似乎也只是时间的问题。

由于南宋后期激烈的党争,尤其是梅花诗案的影响①,刘克庄的精神受到极大的打击,往往夜不能寐。如:

① 参看罗大经《鹤林玉露·诗祸》乙编卷 4:"渡江以来,诗祸殆绝。惟宝、绍间,《中兴江湖集》出,刘潜夫诗云:'不是朱三能跋扈,只缘郑五欠经纶。'又云:'东风谬掌花权柄,却忌孤高不主张。'敖器之诗云:'梧桐秋雨何王府,杨柳春风彼相桥。'曾景建诗云:'九十日春晴景少,一千年事乱时多。'当国者见而恶之,并行贬斥。"周密《齐东野语·诗道否泰》卷 15 和方回《瀛奎律髓》卷 20《落梅》注(李庆甲集评较点《瀛奎律髓汇评》,上海古籍出版社 1986 年版)也有类似记载。程章灿《刘克庄年谱》有《梅花诗案(江湖诗祸)考》。

客言诗惹谤，妻谏酒伤生。……近来尤少睡，打坐到钟声。（卷 3035《野性》）

起来呵手检衣篝，烛影蛩声伴小楼。（卷 3039《起来》）

由于残酷的党争，刘克庄感到自己就像一只孤飞的老鹤，孤立无援。他写道：

老鹤孤飞久失群，……狂生似腻宁堪近，佳士如香故可熏。……谁伴青灯辑旧闻。（卷 3036《怀友》）

胸中块垒难以铲平，壮志难酬，乾坤虽大却无处容身。刘克庄愤然写道：

横草壮心空慷慨，覆蕉残梦懒寻思。（卷 3037《来至桂州叶潜仲以诗相迎次韵一首》）

乾坤如许大，无地着孤臣。（卷 3042《离郡五绝》其三）

自古英才多顿挫，至今世运尚艰难。（卷 3044《道中读方孚若题壁有感用其韵》）

不过后村也会故作洒脱，也会在得救后说些痛快的“谎言”。如：

旧有峥嵘皆铲去，新无垒块可浇平。投床懒取骚经看，只嗅梨花解宿酲。（卷 3035《被酒》）

面对残酷的政治争斗，刘克庄想到了陶渊明和田园，认为那儿是人生的安稳之地。诗人写道：

白发羞弹铗，青山去荷锄。（卷 3036《答客》）

人生安稳惟田舍，归晚犹胜死不还。（卷 3051《又和八首》其四）

到了晚年，刘克庄似乎看透了人生，渐渐脱离道学而回归老庄。如：

一身槁梧上，百岁大槐中。（卷 3054《余辛卯岁卧病……次韵二首》其二）

拙射元非落雕手，村眉难比扫蛾人。（卷 3056《警斋吴侍郎再和余送行及居厚弟诗各次韵》其三）

自惭道学工夫浅，晚却逃儒入老庄。（卷 3056《警斋吴侍郎再和余送行及居厚弟诗各次韵》其四）

刘克庄在后期以陆游为人生和诗歌的最高典范，而陆游那种颓废狂放的个性十分逼近老庄，这恐怕是后村“逃儒入庄”的直接原因吧！

（三）记录唱和等文艺活动

刘克庄诗名早著，在他年轻时陈起就刊刻过他的《南岳稿》。和刘克庄交往的诗人很多，尤其是江湖诗人。也许是由于这种原因，刘克庄一直被视为江湖诗派的领袖。实际上，无论是在创作实践还是理论上，刘克庄都与江湖诗派有较大的距离。关于这一点，后文将专门加以论述。由于交游广泛，刘克庄一生参加的唱和活动特别多，他的诗友也遍及天下。这反映出宋朝诗坛所盛行的文人结社活动①。

由于诗友甚多，加之对唱和兴趣甚浓，因而刘克庄集中的唱和诗甚多，甚至有一韵数和的情况。如《次韵实之春日二首》(卷 3043)凡六和，《甲辰书事二首》(卷 3048)凡十和，《锦湖新亭告成宸翰大书水

① 可参考欧阳光的《宋元诗社研究丛稿》，广东高校出版社 1996 年版。

村二字以落之二诗辄附贺客之后》(卷 3066)凡五和,《次韵庾使左史中书行部二首》(卷 3070)凡三和,《和除字韵问大渊来期》(卷 3072)凡十和。尤可注意者,《观社行用实之韵》(卷 3075)凡五和,而且此诗用二十七韵,后有小序:"右《观社行》五首,淳祐乙巳亡友王实之唱和者。自实之仙去,社友多短章而少大篇,余亦衰退。似此五诗,今不复能作矣。姑录附于新稿。"可想后村此举是针对江湖诗人多短章小篇而作的。与后村唱和的诗友甚多,其中唱和次数最多、关系最亲密的,有方孚若、王迈、高九万等人。从后村的挽赠诗以及他的题跋诗文来看,与后村来往的文人当不在少数。

除了唱和,刘克庄也在诗歌中多次写到自己的创作以及他和当代文人的交往,使我们从侧面一睹一代文坛领袖的风采。

虽然在政治上屡次失意,刘克庄却凭着早年的诗名,很早就奠定了他在诗坛的领袖地位。对此他颇为得意地写道:

> 兵去未妨行酒令,印收不碍掌诗权。(卷 3036《书第二考》)
>
> 短剑旧曾交侠客,小诗犹足将偏师。(卷 3039《有感》)

刘克庄一生的大部分时间都是在农村度过的。从官场回到农村,刘克庄似乎可以过上普通人的生活了。但很快就有人来请他写诗题碑了。如:

> 西舍鸣笳索赋诗,东家拽石请书碑。(卷 3045《三月二十五日饮方校书园十绝》其四)

由于结交的诗人众多,刘克庄对他们的名字都辨不甚分明了,但对他们的句律却不能忘怀。如:

句律斩新过似旧，姓名略是复疑非。（卷3048《答循倅潜起》）

对刘克庄来说，人生最大的愉快莫过于阅读和作诗了，如：

晨坐黄堂夕未归，偶然闭阁句尤奇。……自惭属和悭才思，尤甚春船上水时。（卷3050《重次林守韵并柬臞轩二首》其一）

愈郊各洗饥寒语，甫白曾为汗漫期。（卷3050《重次林守韵并柬臞轩二首》其二）

晚年入朝以后，感到自己的才思大减，后村对此颇为遗憾，他不止一次地写道：

彩笔梦中先索去，不知持底作词臣。（卷3050《九月初十日值宿玉堂七绝》其一）

幼吹葱叶还堪听，老画葫芦却未工。（卷3050《九月初十日值宿玉堂七绝》其六）

自幼耽章句，年高竟未工。（卷3053《偶题二首》其一）

后村的创作态度十分严谨，他在诗中经常写到自己改诗和锻诗。如：

惟有改诗成一癖，消磨不尽少年心。（卷3056《新元二首》其二）

呵冻画灰锻诗，傍人笑汝白痴。（卷3057《村居即事六言十首》其二）

短章吟就改还涂。（卷3061《与林中书李礼部同宿囊

山三首》其二）

销磨未尽惟吟癖，锻了新诗改旧诗。（卷3070《老欢》）

病翁未得全无事，不作新诗改旧诗。（卷3076《晓意》）

谁将晓雪堆新鬓，自拨寒灰锻近诗。（卷3078《病起五首》其三）

刘克庄经常写到他“改旧诗”。这些旧诗当然是指他过去的未定形的诗稿，但有一点需要注意的是，在这些旧稿里有不少少作[①]。对这些少作，刘克庄经常加工润色，如《棋声花院闭》、《蒲鞭》（卷3060），《曹孟德》、《孙伯符》、《刘玄德》（卷3079）等篇标明是少作。另外，托名刘克庄的《后村千家诗》收录了《大全集》不收的诗篇36首[②]。种种迹象表明，刘克庄似乎并没有把他的少作几千首全部烧光，最多只是烧掉一部分而已。《大全集》卷1注云：“公少作几千首，嘉定己卯自江上奉祠归。发故箧，尽焚之，仅存百首，是为《南岳旧稿》。”这条注的真实性值得怀疑。

刘克庄在诗中多次提到自己的社友，每当社友到来，他总是倒屣相迎。他与自己的社友品诗论道，充分显示出一代文化领袖的魅力和吸引力。如：

诗派相邀容入社，酒泉虽远愿移封。（卷3066《四和》其一）

说易何妨遇于野，谈玄亦入妙之门。……不比酸寒杜陵老，破茅草屋傍江村。（卷3066《四和》其二）

稚子不知新社友，却问座上者谁欤。（卷3072《伯东留

---

① 刘克庄多次在诗中写道：“少作回看如双手，旧书重读似前生……莫怪诗成呼烛写，小窗追忆欠分明。”（卷3036《健忘一首》）“暮年字字费冥搜，少作如山弃不收。”（卷3067《病起十首》其八）

② 参看拙文《〈后村千家诗〉的真伪及〈千家诗〉的流传》，《古籍整理》2004年第1辑。

诗别余次韵》)

晚觉论心少,谁堪歃血盟。吾衰得吟友,不惮揽衣迎。(卷3076《次韵建安章南举投赠》)

当社友推尊他为盟主时,他总是推说自己年事已高,或者推荐别人。如:

公论无过月旦评,吾衰安敢主乡盟。(卷3074《公论》)

孰可执牛耳,君能贯虱心。(卷3072《再和张文学》)

刘克庄晚年对政治感到厌倦,回到农村以后,对园田倍感亲切,他写道:

人生惟有田园乐,未可轻将仕易农。(卷3066《五和锦湖新亭告成宸翰大书水村二字以落之二诗辄附贺客之后》其一)

诗人感到事业成空,唯有诗歌才可以给他带来"虚名"。此时的后村把一切精力都投入到诗歌创作中,诗歌成了诗人晚年最重要的精神寄托。如:

迂叟相邀入真率,乖崖安肯慕轻肥。(卷3067《诸公载酒贺余休致水村农卿有诗次韵》其一)

觅句瘦肩两山耸。(卷3067《诸公载酒贺余休致水村农卿有诗次韵》其二)

摘仙曲奏调羹赐,之问诗成夺锦归。(卷3067《诸公载酒贺余休致水村农卿有诗次韵》其八)

他日汗青无事业,惟诗犹可窃虚名。(卷3073《病中九

首》其五）

刘克庄诗中多次写到自己的贫困潦倒的生活。对自己的朋友无以为赠，只有“鬻文卖赋”了。如他写道：

年来懒与人谀墓，欲赠刘叉未有金。（卷3055《答赴补同人》）

吾穷有诗耳，资汝谒公卿。（卷3063《意一元枢称张君平星术相法小诗将行》）

鬻文卖赋今能几，穷薄常因病折磨。（卷3078《病起五首》其二）

刘克庄诗中写到的文艺活动是多方面的，除了我们前面所谈的几个方面以外，他还写到白牛溪上讲易、题诗黄鹤楼、吟对御诗等。如：

讲易白牛溪上，题诗黄鹤楼中。（卷3057《村居即事六言十首》其五）

懒犹堪草归田赋，钝岂能吟对御诗。（卷3062《次韵竹溪一首》）

（四）展现落拓不羁的个性和旷达的心胸

刘克庄早年的诗歌取径甚广，晚年主要师法陆游。这除了诗歌审美趣向和时代精神的影响外，最根本的原因恐怕还是他的旷达个性与陆游较为接近。后村一生处在党争的夹缝中郁郁不得志，尤其是梅花诗案更使他落拓十年。这些挫折无疑使后村变得更加旷达和不羁，使他的诗歌更具放翁的某些特质。

其一是对功名的失望和对人生的参悟。随着日月的流逝，诗人建立功名的愿望越来越淡薄，乃至成为泡影。如：

晚悟才为祟，深居学养生。（卷3035《晚悟》）

马上功名成画饼，林间身世似持棋。（卷3035《耕仕一首》）

妄想如冰已尽消，朱颜日向镜中凋。（卷3036《妄想》）

功名幻妄炊粱枕，岁月奔忙下坡轮。（卷3062《老欢》）

老子从来宠利轻，于棋待诏昧平生。（卷3076《记辛酉端午旧事二首》）

杜视王侯等蝼蚁，坡轻名利比蜗蝇。（卷3077《题近稿》）

其二是对世态炎凉的洞察。他认为人世间的争斗不过如庄子所谓的触蛮之争，人类不过如旋磨上的蚂蚁。如他写道：

孔墨达观无异道，触蛮角立有争端。……老子暮年亲勘破，束书阁上不须看。（卷3057《杂兴十首》其十）

……俯视磨蚁旋。居常哂触蛮……（卷3059《警斋侍郎和放翁与山五言寄余次韵一首》）

久客长安市，人情薄似云。（卷3039《久客》）

子美步归犹恋阙，浩然肩耸径还山。人情薄似平原酒，世路危于滟滪堆。（卷3062《翌日宫教惠诗次韵二首》其二）

世态众狙更喜怒，市声百鸟各喧啾。（卷3071《试笔二首》其一）

世间无过村田乐，莫怪庞公懒入城。（卷3071《试笔二首》其二）

后村甚至认为“醒愚醉贤”，如：

静中堪破人世间，醒者常愚醉者贤。（卷3078《绝句二首》其一）

他还尖锐地嘲讽道：

蚊虻纵使皆成佛，鸡犬何修得上天。（卷3078《先识一首》）

由于看破了世态，后村对青山白云有独到感悟，认为那是人生的归宿。诗人写道：

满身秋月满襟风，敢叹栖迟一壑中。（卷3036《示同志一首》）

荡胸太华供吟兴，照眼伊川洗宦情。（卷3040《和叶尚书解印二首》其二）

隐几饱看山变态，开轩惟对竹清修。（卷3042《寄题赵广文南墅》）

终须觅个安巢处，万叠青山缭碧溪。（卷3055《病起》）

也许是参透了群山和碧云，后村的胸次显得异常旷达，竟然不贮一丝闲愁：

老子痴顽耐远游，平生腹不贮闲愁。（卷3043《丁酉重九日宿顺昌步云阁绝句七首程味道明府》其二）

须弥身大安知痛，云梦胸宽不贮愁。（卷3055《和林肃翁有所思韵》）

其三，刘克庄在诗中写出了自己桀骜不群的个性。后村少年时代即卓然不群，中年以后更是狂放不羁，不与俗谐。诗中写道：

少时负不群，中岁乃见独。（卷3048《十月二十日至紫极宫……》）

老马虺隤不服骖，累然病起泛溪南。（卷3052《又和感旧四首》其四）

平生孤立懒随群，未爱标名附五君。（卷3055《门外》其二）

纵使老婆强搽粉，安能更复入时妆。（卷3071《有感》）

卓立不群之外，刘克庄最大的个性特点恐怕就是他那种旷达的胸襟，这也是后村取法放翁的最本质的原因。

后村个性豪爽，酒量惊人。晚年虽然因身体原因曾一度戒酒，但随即开戒：

老携诗卷入京华，……未妨痛饮插梅花。（卷3039《寄人》）

少时酒伴尽豪雄，……鲲鲸有量真溟涬，螟蠃无知妄异同。（卷3041《徐懋功饷酒用其韵》）

扑鼻诗情动，浇胸世事抛。暮龄寻旧好，如以漆投胶。（卷3061《余自戊申春得疾止酒十年戊午秋开戒小饮二首》其一）

暮年衰老读书慵，惟有杯中兴尚浓。（卷3062《小饮》）

百骸受病惟诗健，万事输人独饮豪。（卷3063《七十四吟十首》其一）

爱东皋子生沉醉，慕北山公死谥愚。（卷3066《漫兴一首》）

狂饮之后的后村似乎更能深切地感悟到放翁的旷达和颠狂，甚至欲与其争狂达。后村写道：

游戏人间又一年，非儒非佛亦非仙。……无端风月相勾引，不是先生爱放颠。（卷3063《七十四吟十首》其九）

晚与放翁争旷达，荔枝颠向海棠颠。（卷3064《采荔二绝》其一）

帝悯后村翁老病，即家除拜荔枝仙。（卷3064《采荔二绝》其二）

子美花狂已减，玉川茶兴方浓。（卷3077《和黄彦华帅机六言二首》其二）

老阅万般交态，病无一点世情。但忆懒残芋熟，都忘太乙藜青。（卷3077《和黄彦华帅机六言二首》其七）

后村的旷达是和他幽默的个性相联系的，如他对自己老态和目盲的描写：

貌丑似猴行者，诗瘦于鹤何师。（卷3056《揽镜六言三首》其一）

盲左邱明作传，瞎张太祝工诗。（卷3056《揽镜六言三首》其三）

对田园生活的满足和对自己诗学个性的高度自信，也是刘克庄旷达胸襟的重要原因。如：

邺下徐陈逐逝波，仅留老子尚婆娑。（卷3066《纵笔一首》）

何须求入耆英社，作老农夫也自贤。（卷3070《漫兴一

首》）

箧中诗又满，谁谓此翁贫。（卷3070《漫兴》）

柿被鸟残分亦好，李为螬食咽何妨。（卷3074《闲居》）

（五）其他

刘克庄咏怀诗中还有许多宝贵的诗学见解。刘克庄诗集可以说是一个诗学宝库，里面有十分丰富的诗学材料。过去研究刘克庄诗论，人们似乎只注意他的题跋和诗话，对他诗歌中所包含的丰富的诗学理论却很少注意，这不能不说是一种偏差。事实上，郭绍虞先生在比较严羽和刘克庄的诗学理论的时候就曾说过："沧浪之长在识，后村之长在学。重在识，故锋芒毕露或失之偏；重在学，则不拘一格，而转若无所见其长。《后村诗话》之不及《沧浪诗话》者在此。然而网罗众作，见取材之博，评衡惬当，见学力之精，如《四库总目提要》所云：'宋代诸诗，其集不传于今者十之六，亦皆赖是书以存。'则又《后村诗话》之长，而为《沧浪诗话》所不及者。盖沧浪长于识，则要言不烦，诗论可尽在诗话之中。后村长于学，故诗论可散见于文集，而诗话则只限于评诗。"①

刘克庄诗歌中的诗论散见于他的题跋诗、咏怀诗、政治诗、咏史诗、田园诗、风俗诗、写景诗、咏物诗、挽赠诗等各种题材中，尤其以题跋诗中的诗学思想为丰富和集中。主要包括：评论历代文学，表现出对文学的深刻洞察力；对自己的创作进行全面总结；探讨文学规律；阐述自己的诗学主张；对当时文坛给予批评和指导等。对此，我们后面将作专文加以论述。

除了诗学见解，刘克庄的咏怀诗还抒发了自己被罢免及受谗后的苦闷和痛苦之情。如：

① 郭绍虞《宋诗话考》第112～113页，中华书局1979年版。

塞垣榆落蝉初少，泽国芦疏雁已来。风露入怀诗笔健，关山满目笛声哀。（卷3039《秋热忆旧游二首》其一）

向来绮语祸机深，几效灵均欲自沉。（卷3042《次韵王元度二诗哀淬之子》其二）

病觉风光于我薄，老知书册误人多。（卷3043《再和二首》其二）

绝怜不及梁间燕，岁岁新巢巧自营。（卷3043《次张使君韵》）

对政治的关心，对百姓疾苦的同情，对国事的担忧，这些都是刘克庄咏怀诗的重要内容①。如：

时事累棋如许急，春愁抽蚕未为多。（卷3043《六和二首》其二）

纵观姑游目，殷忧欲碎心。（卷3045《癸卯上元即席次杨使君韵二首》其二）

共谈端平事，前局尚堪覆。（卷3048《答王侍郎和紫极宫诗》）

暮年未敢忘忧国，白发丹心每愿丰。（卷3070《次韵庚使左史中书行部二首》其二）

他还在咏怀诗中表现自己在党争中的坚韧个性。如：

一生欲唾奸佞面，千古难磨道义心。（卷3042《过章戴二首》其一）

狐鸣工作祟，鸦噪每为凶。（卷3043《再和四首》其一）

---

① 有关此方面的内容，可参看本章第一节、第二节和第四节的相关内容，在此不拟详论。

王绩何曾醉，刘蕡本不风。（卷 3043《再和四首》其二）

恶草匆留种，夭桃不待媒。（卷 3043《再和四首》其四）

老去尤当千箭镞，向来不踏两船舷。（卷 3050《无题二首》其一）

宁瘗焦山山下土，不将身托上林枝。（卷 3050《无题二首》其二）

小臣素著狂直，先皇数奖忠嘉。（卷 3071《杂兴六言十首》其六）

总之，刘克庄咏怀诗的内容非常丰富和全面，涉及他生活的每一个方面，是我们研究刘克庄思想和文学的重要材料。限于篇幅，我们只能就他咏怀诗的几个重要方面加以论述。需要说明的是，刘克庄的咏怀诗虽然不乏成功之作，但缺陷也是比较明显的。主要表现在：1. 用典过多。前人批评的后村的缺陷，如“滑溜得有点机械，现成得似乎店底的宿货”①，差不多全部体现在咏怀诗中（咏物诗和挽赠诗亦不免此病）。2. 粗制滥造。刘克庄的步韵诗动辄几和甚至十和，因情韵不足，只得依靠用典或安排成语来拼凑。到了后期，刘克庄好写组诗，少则十首，多则二十首，拼凑的痕迹亦十分明显。刘克庄是一位十分严谨的诗人，对自己的创作总是精雕细琢；但是后期为了追步陆游竟不惜粗制滥造，令人十分遗憾。

第二节　以咏史诗看刘克庄对偏安意识的反拨

刘克庄以自己的史才得到理宗的提拔和重用，并在 74 岁那年的

---

① 钱钟书《宋诗选注》第 250 页。

九月除兼权中书舍人，十二月九日兼史馆同检修撰。刘克庄在咏史诗中表现出来的见识和对历史危亡的忧患，正和他对历史的深刻洞察相一致。

就全部创作而言，刘克庄的咏史诗并不多①，但却表现出颇为深刻的历史见解，以及对南宋后期贫弱现实的深重忧患。

一、简单梳理刘克庄咏史诗

刘克庄或通过歌咏历史人物评价历史，或通过咏怀历史古迹见证历史，或通过读史对历史的兴亡进行总结，或通过杂咏抒发历史兴亡之感。

首先，刘克庄所歌咏的对象多是历史上的帝王将相、高士、文人墨客。尤其需要指出的是，刘克庄对历史上的发生过重要影响的女性给予了相当的同情和关注。

（一）刘克庄对历史上的帝王将相，对在历史进程中产生过重大影响的人物，尤其是对南方的王朝产生过重要影响的历史人物予以特殊的关注。如他在诗中吟咏过魏太武帝拓跋焘、吴大帝孙权、孙权之兄孙策、晋元帝司马睿、魏武帝曹操、三分天下的刘备等。刘克庄对入侵过南朝的帝王有一种潜在的贬斥之情，如对北魏的魏太武帝拓跋焘和三国的曹操；而对南国的皇帝所建立的基业却是非常羡慕和崇敬的。如：

> 荒凉瓜步市，尚有佛狸祠。俚俗传来久，行人信复疑。乱鸦争祭处，万马饮江时。意气今安在，城笳暮更悲。（卷3033《魏太武庙》）

透过表面的衰瑟，刘克庄想到了魏太武帝饮马长江的壮观景象，

---

① 如果把咏怀古迹、歌咏历史人物等和历史相关的内容都包括在内，后村的咏史诗在诗集中共有320首左右，占全部诗集的7%左右。

对目前的现实更感到隐忧和悲哀。他想到南宋日益衰落的国力和强大外敌的威胁。魏太武帝其实就是一面镜子，只不过是这面镜子由于时间的侵蚀变得有些模糊了。“俚俗传来久，行人信复疑。”人们似乎对魏太武帝的祠庙都将信将疑了。

后村对曹操似乎没有好感，如：

> 精舍观书二十年，偶窥沸鼎出馋涎。小豪已草黄巾檄，老大遭烧赤壁船。夜半宫嫔和泪诀，当时汉禅只心传。后来仍有朱三辈，欲比英雄恐未然。（卷3079《曹孟德少作》）

对后村来说，曹操只是一位“汉贼”而已，只是朱泚一流的人物，算不得什么英雄。他的人生形迹被后村概括在两句诗里，倒也十分恰当：“小豪已草黄巾檄，老大遭烧赤壁船。”

对这两位入侵江南的“武帝”，后村自然没有好感，但对孙策、孙权兄弟，对刘备，却颇多赞许之辞。如称赞孙策：“一千扫众横江去，十七成功自古无。”（卷3079《孙伯符少作》）怀念孙权：“露坐空山里，英灵唤不回。”（卷3033《吴大帝庙》）写刘备：“老瞒虐焰市朝空，宗室惟余大耳翁。”（卷3079《刘玄德少作》）

对历史上的著名将相，尤其是对那些功成身退的历史名人，如张良和范蠡等，刘克庄总是念念不忘，赞叹不已；而对历史上那些怀才不遇者则给予深切的同情。我们不难发现，后村所歌咏的对象或者与其本人有惊人的一致性，或者其人就是他的人生偶像。实际上，刘克庄有时是借别人的酒杯来浇自己的块垒，抒怀言志。

如他歌咏过南宋初期的抗金名将魏胜，高度赞扬了他的民族气节。他写道：“洒泣我来瞻画像，断头公耻立降旗。”（卷3033《魏胜庙》）汉代名将陈汤曾和人深入康居斩杀郅支单于，后村为其豪气所震慑，同时对吹毛求疵的文吏深恶痛绝：“调齐虏舌何其易，斩郅支头岂不豪。异代武夫犹夺气，当时文吏苦吹毛。”（卷3063《读陈汤传》）

而对刘琨和祖逖亦倍加敬慕(卷 3079《琨逖》)。然而到了南宋后期,魏胜这样的山东豪杰早已不复存在,更不会有深入敌后斩杀郅支单于的陈汤。在国家屡遭强虏入侵之时,面对许多不战而弃城逃跑的南宋将领,后村自然会想起在安史之乱中气节薄云的颜真卿:“世乱朝危节少全,鲁公大义薄云天。”(卷 3063《录颜鲁公事》)同时他想到了战国时不辱君命的范雎、魏齐(卷 3080《范雎魏齐》)。在很多时候,后村似乎更羡慕那些功成身退的名臣。如:

安石心夷旷,难将浅见窥。能拼百弓墅,只赌一枰棋。苻虏投鞭急,羊生对弈迟。土山今乞汝,泉石更由谁。侍女收残局,群儿走捷旗。拊筝并折屐,无喜亦无悲。(卷 3060《围棋赌墅》)

他写在淝水之战中大败苻坚的谢安,把他那指挥若定的神态全系于一局棋,切入的角度甚妙。他还在《赠防江卒六首》其六(卷 3036)中写道:“一炬曹瞒仅脱身,谢郎棋畔走苻秦。”可以说是对谢安羡慕不已。他写泛舟五湖的范蠡,“五湖足春水,一叶系扁舟”(卷 3060《扁舟五湖》),那种境界令人神往。他还写过“身从赤松子游”的张良(卷 3077《记汉事六言二首》其二、卷 3078《留侯一首》),不肯侍奉光武帝的严光(卷 3069《读严光传二首》)以及继承卧龙遗志的姜维(卷 3080《录姜伯约遗言》)等。有时候,后村对那些沉沦下僚未能为国出力的人物深表同情,如《冯唐庙》(卷 3042):“当馈而今渴将才,岂无枭俊尚沉埋。”另如《朱买臣庙》(卷 3042),对朱买臣的遭遇深感痛心。

(二) 刘克庄对历史上的文人墨客尤其感兴趣,或者可以理解为同病相怜吧。如他吟咏过孔子(卷 3060《梦见周公》、《西狩获麟》)、辕固生(卷 3076《辕固》)、司马相如(卷 3079《求凤曲》、卷 3035《汉儒二首》其二)、扬雄(卷 3035《汉儒二首》其一)、陆贾(卷 3044《陆贾二首》)、阮籍(卷3078《读阮籍传一首》)、陶渊明(卷3060《无弦琴》)、李白、杜甫(卷3079《李杜》)、韩愈(卷3044《韩祠三首》、卷3079《退之》)、白居易(卷3079《乐天》)、李贺(卷3079《昌谷》)、司马光(卷3079《涑水》)、苏轼(卷3044《东坡故居二首》)、唐子西(卷3044《唐子西故居二首》)等。

(三)刘克庄对在历史上被曲解和玷污的女性给予深切的同情和理解。如:

> 台上柏萧萧,空堂闭寂寥。芳魂三尺土,往事几回潮。堕翠寻难见,埋红恨未销。犹胜江令在,白首入隋朝。(卷3033《张丽华墓》)

作为妃子,张丽华无疑是被玩弄和伤害的对象,她的命运悲惨而不幸。但她却有着坚强的个性,这是陈朝那些遗老所无法望其项背的。尤其是最后两句"犹胜江令在,白首入隋朝",刘克庄在赞美张丽华的同时无情地嘲讽了那些白首入隋的遗老。刘克庄写女性的诗尚有《杂咏一百首》(卷3046、3047),《公主嫁单于》(卷3060),《杂题十首》(卷3061),《梅妃》、《广烈女传四首》(卷3080)等。尤其是《杂题十首》,对汉朝不幸的妃子,如王昭君、赵飞燕、戚夫人等都深表同情。

其次,后村通过对历史古迹的追怀,写出了自己对历史兴亡的反思和感叹。这类诗往往把对历史的反思融在一种淡淡的哀愁当中。如:

> 短镞遗枪不可求,西风古意满原头。(卷3033《冶城》)
>
> 马嘶卫霍空营里,萤起齐梁废苑中。(卷3033《凤凰台晚眺》)
>
> 落日磬残邻寺闭,清天牛上废陵耕。(卷3033《雨花台》)

筛篥有主安新葬，蓑笠无人垦废田。兵散荒营吹戍笛，僧从败屋起茶烟。（卷3033《真州北山》）

至今黄屋归何处，但见牛羊夕下来。（卷3044《越台》）

繁华销歇世代远，惟有漳水流无穷。时时耕者镬遗瓦，苏侵土蚀疑古铜。（卷3055《铜雀瓦砚歌一首谢林法曹》）

勋名一片石，户祝百年心。（卷3060《堕泪碑》）

“短镞遗枪”、“齐梁废苑”、“废田败屋”、“遗瓦”、“一片石”，这些都会刺激后村的创作灵感和怀古之思，阐发了深刻的历史识见，如：

兴亡毕竟缘何事，专罪清谈恐未公。（卷3033《新亭》）

东晋的灭亡与清谈虽然有关系，但它的灭亡的原因却是多方面的，专门指责清谈，把一切责任都算在清谈的头上，这是不公平的，至少是不全面的。

再次，刘克庄熟读前代或本朝历史著作，并形诸歌咏，抒发了作者对历史深刻的感慨和对现实深切的忧患。如：

岭外瘴魂多不返，冢中枯骨已加刑。（卷3034《观元祐党籍碑》）

作者对于元祐党人的遭遇深表同情，一洒痛惜之泪。如：

自入崇宁政已荒，由来治忽系毫芒。（卷3036《读崇宁后长编二首》其一）

陈迹分明断简中，才看卷首可占终。（卷3036《读崇宁后长编二首》其二）

炎绍诸贤虑未精，今追遗恨尚难平。区区王谢营南渡，

草草江徐议北征。（卷 3036《题系年录》）

翻来覆去几枰棋，靖国崇宁各一时。（卷 3050《读本朝事有感十首》其九）

刘克庄在咏史诗中表现出来的对历史事件的深刻洞察力，往往通古今之变，见始而察终，这恐怕与他熟读司马迁的《史记》不无关系。事实上，司马迁是他崇拜的对象。刘克庄曾写道："吾师太史公，江淮遍浪迹。……规模五字体，蟠屈万丈碧。"（卷 3037《谒南岳》）正因为如此，刘克庄对崇宁之政洞悉入微，对南宋初年的国策深表不满，而且对历朝都有自己深刻的见解。如：

亡秦天告由胡亥，非谓长城外有胡。（卷 3079《二世》）

人所难言敢纳忠，祖龙虽暴却英雄。（卷 3071《读秦纪七绝》其四）

土广曾吞九云梦，民劳因起一阿房。人皆怜楚三户在，天独知秦二世亡。（卷 3079《秦纪》）

他认为秦朝的灭亡是不施仁政，不恤民力。但他同时认为，秦始皇虽然残暴却是英雄。再如他认为"南朝有脂粉气"①可谓一针见血，指出了南朝最本质的特点。

刘克庄的《进读唐鉴徹章谢恩唐律一首二十韵》（卷 3064），对唐朝的历史的兴衰进行了全面的总结和回顾。范祖禹的《唐鉴》是一部著名的史书，后村此诗可谓是对《唐鉴》、也是对唐朝兴衰的全面总结。如诗中写道："贞观初勤恤，开元未怠荒……节镇私斋钺，兵权假贵珰。"

刘克庄通过读史书来咏史的作品还有《读金銮密记》（卷 3041）、《题林梦馨本朝杂咏》（卷 3050）、《春夜温故六言二十首》（卷 3056）、

---

① 卷 3056《冬夜读几案间杂书得六言二十首》其二十。

《录汉唐事六言五首》(卷 3058)、《读严光传二首》(卷 3069)、《史稿》(卷 3071)、《读史》(卷 3072)、《魏志》(卷 3079)等多篇。

除了以上几种形式，刘克庄也不乏直接怀古和抒发对历史兴亡的情思之作。如《感昔二首》(卷 3035)：

其一：谈攻说守漫多端，谁把先朝事细看。

其二：先皇立国用文儒，奇士多为礼法拘。……蝼蚁小臣孤愤意，夜窗和泪看舆图。

作者对宋朝重视文儒而轻视武臣，致使宋朝国力孱弱的政策提出了批评，也是抓住了宋朝最本质的症结。如：

虏入中原力不支，洛阳名胜浪相推。可怜挥麈人如璧，半夜排墙尚未知。(卷 3035《咏史二首》其一)

保惜金瓯未必非，台城至竟亦飞灰。隐侯老任梁朝事，却为闲情减带围。(卷 3035《咏史二首》其二)

"可怜挥麈人如璧，半夜排墙尚未知"以及"隐侯老任梁朝事，却为闲情减带围"等句，对梁朝一帮不恤国事、挥麈空谈的官僚进行了辛辣的讽刺。

《南唐一首》(卷 3078)一首亦写得非常痛快："可怜李主归朝晚，专靠江神立国难。"对无能的后主进行了无情嘲讽。

除此，刘克庄还有一些怀古诗，如：《记汉事二首》(卷 3076)、《记汉唐事六言二首》(卷 3077)、《记牡丹事二首》(卷 3062)、《有感二首》(卷 3069)、《又六言二首》(卷 3076)、《咏史五言二首》(卷 3077)、《两朝口号六言二首》(卷 3077)、《古意》(卷 3078)等，都写得极为深刻。

值得一提的是，后村还写过一组《杂咏一百首》(卷 3046、3047)(有十臣、十子、十节、十隐、十儒、十勇、十仙、十释、十妇、十妾、十豪、十辨、十智、十贪、十俭、十嬖、十医、十卜、十稚、十女）。这是一组规模十分庞大的诗篇，我们从中可以见出后村对历史人物的一些看法和对历史事件的评价，锋芒亦十分犀利。如：

太息臣无罪，胡为伏剑铓。悲哉四十万，宁不诉苍苍。（卷3046《白起》）

绝漠功虽大，长城怨亦深。但知伤地脉，不悟失人心。（卷3046《蒙恬》）

但总的来说，这组诗分类既不严密，人物形象也多不鲜明，整体上并不成功。

二、对刘克庄咏史诗的评价

首先，作为一名历史学家，刘克庄的咏诗史风格明快犀利，见解深刻。

刘克庄在《方汝一班史赞后跋》中曾说，治史的目的在于“佐王政赏罚之不及，其有益于世多矣”（《大全集》卷107）。正因为如此，所以刘克庄对历史事件往往能发表很深刻的见解，借以对苟安的南宋统治者进行辛辣的讽刺。如前面所引的《新亭》（卷3033），《咏史二首》（卷3035），《读崇宁后长编二首》、《题系年录》（卷3036），《进读唐鉴徹章谢恩唐律一首二十韵》（卷3064）等诗篇，虽是咏史，其矛头实际上是指向南宋统治者的。

其次，刘克庄的咏诗史很少用典，绝无“饱满四灵”①的缺憾。

---

① 对后村的作品，方回曾说过这样的话：“后村诗比‘四灵’斤两轻，得之易，而磨之犹未莹也。‘四灵’非极莹不出，所以难。后村晚节诗饱满‘四灵’，用事冗塞，小巧多，风味少，亦减于‘四灵’也。”（《瀛奎律髓汇评》卷42《寄赠类》）纪昀亦云：“亦不极莹。饱满‘四灵’，犹曰撑肠拄肚，纯是四灵语耳。”钱钟书说：“在方回骂刘克庄的许多话里，有一句讲得顶好：‘饱满“四灵”，用事冗塞’；意思说：一个瘦人饱吃了一顿好饭，肚子撑得圆鼓鼓的，可是相貌和骨骼都变不过来。”（《宋诗选注》第250页）

刘克庄的部分诗歌，如咏物诗、咏怀诗以及挽赠诗等用典较多，但他的写景、咏史等方面的诗却较少用典。或者可以认为，咏史诗本就是写史，本就是在一种古典的氛围之中，故不宜再多用典。

再次，刘克庄的咏诗史在他的全部创作中所占比例并不大，也没有明显的阶段性。

刘克庄的写景诗主要在早期，表现出明显的阶段性。而他的咏史诗却没有这种特点。翻开刘克庄全集我们就可以看出，刘克庄的咏史诗均匀分布于他创作的各个时期，风格特点也无明显变化，前后有相当的一致性。

另外，刘克庄的《杂咏一百首》有贪多、粗糙和率易的毛病，这是刘克庄创作中的通病，大约和他在创作数量上欲与陆游比肩有关①。刘克庄的某些作品有概念化的缺点，像是命题作文，不是有了情感然后去布局谋篇，而是先有了题目，然后去寻找相应的材料加以充填，因而显得苍白无力，令人难以卒读。

需要指出的是，在刘克庄的时代，“四灵”和江湖诗风流行诗坛，由于人们偏安意识的加强，咏史这种题材已为大多数人所抛弃。后村能够冲破世俗的局限，写出一定数量的咏史诗，这在当时萎靡不振的诗坛是很有意义的。

第三节　江湖清味——南宋后期以物表德风气中的咏物诗

刘克庄的咏物诗将近500首，占全部作品的11%略强。刘克庄诗歌具有深厚的文化特质，这一点在他的咏怀诗中表现得非常明显。

---

① 刘克庄十分羡慕陆游“六十年间万首诗”的伟业。他曾在《八十吟十绝》其八说过：“诚斋仅有四千首，惟放翁几满万篇。老子胸中有残锦，问天乞与放翁年。（《大全集》卷38）

但是，刘克庄诗歌的缺陷，如堆垛成语和典故，"滑溜"甚至"机械"等，在这类诗歌中同样也表现得很突出。另外，刘克庄诗歌在不同的题材中所表现出来的特点是不同的，我们研究刘克庄诗歌必须注意到这一点。

刘克庄咏物诗所歌咏的内容十分丰富，其中描写的花卉有28种①，描写植物果蔬达17种②，描写禽类有19种③，描写哺乳动物6种④，描写昆虫13种⑤，描写文房用品共计20种⑥，题写园林厅堂的作品有30首⑦，描写自然现象、人体器官等18种⑧。另外，他的《石竺山二十咏》描写紫云洞、石室等自然奇观亦达20种之多。

不难看出，后村咏物诗的内容十分丰富，从侧面显示出南宋文化的高度发达和繁荣。本文拟就后村的咏植物诗、动物诗、厅台和文化用品诗等几个方面加以论述，以见后村咏物诗的基本特点。

一、吟咏植物

吟咏植物的诗篇在刘克庄的咏物诗中所占比重最大。诗中所描写花卉将近30种，描写的树木果蔬也达17种之多。

---

① 如梅花、山茶、兰花、山丹、橘花、蔷薇花、旱莲、紫薇花、荷花、海棠、榴花、瑞香花、菊、笑花、茉莉、水仙、葵花、牡丹、真珠花、玉榴种、素馨、酴醾、杏花、长春、蓼花、玉蘂花等。

② 如竹、松、桃树、龙眼、桂、柚、芭蕉、桧、荔枝、杏、柏、李、笋、苏柑、韭、萱草、藕等。

③ 如燕、孔雀、锦鸡、晓鸡、鹊、老鹤、杜鹃、接客、恶姑、行不得哥哥、提葫芦、脱布袴、布谷、婆饼焦、郭公、雁、白鹇、鸳鸯、雀等。

④ 如马、驴、牛、驼、虎、猫等。

⑤ 如蚁、蚊、蝇、蚋、蜚、蚕、蜂、萤、蝉、蚍蜉、蚤、虱、蝶等。

⑥ 如书灯、羊豪笔、石鼓、手杖、马腾膝、砚、道冠、汉镜、墨、纸、笔架、剪刀、唤铁、纸拂、图书、压纸狮子、界方、研滴、灯檠、擠案木等。

⑦ 如钟贤良咏归堂、方氏听蛙亭、赵别驾委斋、中和堂、方阶一轩、友于轩、徐仲晦须友堂、宋景高友于堂、杨懋卿孝感堂、尤溪赵氏连桂堂、竹溪平远轩、上饶方氏野堂、梁抚干见一堂、高端礼竹屋、徐侯雨山堂、陈复祖节推留远堂、徐总管雨山堂、山庵、题铁笔堂、陈主学达观堂、建阳马氏亦乐园、碧溪草堂、真继翁司令新居（听雨楼、阁轩）、卓刑部乐山楼、达卿侄别墅等。

⑧ 自然现象如云、瀑布、大雪、风、日、月等；人体器官如发、耳、目、口、鼻、腰、手、足等。另外，写蛙、龟2首，写棋类2首。

（一）咏梅诗

刘克庄一生酷爱梅花，在他的咏花诗中数量最丰富的当属咏梅诗，并因此而受到政治上的打击和迫害，但他对梅花的痴情至老不改。据初步统计，他的咏梅诗共计 130 余首。若是考虑到遗失的 30 首咏梅诗，则数量应该更多。

宋代咏梅诗十分发达，傅璇琮等主编的《全宋诗》收诗 25.4 万多首，咏梅之作4 700多首，占 1.85%，是宋以前咏梅诗总数的 50 倍[①]。“宋代梅花审美意识的发展，可以说是由注重‘形似’到着意‘神似’，或者如宋人所说是由‘取其姿’而‘取其意’进而‘取其德’的过程。由林逋对梅花暗香疏影闲静意趣的发现，到梅品‘梅格’的整体建立，再到气格意志、道德襟抱、江湖野逸清苦之心、遗民绝世忠国之志等人格志趣寄托的广泛参与、充分展开，梅花愈来愈超越芳菲姿容的形象属性，走向人的品格寄托，体现人的心志追求，最终成为崇高人格的典型象征，完成了其人文化、精神化、符号化的过程。”[②]程杰先生这段话对宋代梅花审美意识发展的概括可谓提纲挈领。

刘克庄酷爱梅花，曾因写《落梅》而遭到权贵的诽谤，并因此被“累十年”[③]。他的《落梅》诗共两首，其一云：“一片能教一断肠，可堪平砌更堆墙。飘如迁客来过岭，坠似骚人去赴湘。乱点莓苔多莫数，偶粘衣袖久犹香。东风谬掌花权柄，却忌孤高不主张。”因其中的“东风谬掌花权柄，却忌孤高不主张”和《黄巢战场》（此诗已逸）中的“未必朱三能跋扈，都缘郑五欠经纶”涉嫌谤讪时政，被议下大理逮治。幸因郑清之相救，免遭遣谪。但刘克庄对梅花的痴迷之情并未因此而有所收敛，相反，他对梅花的情感与日俱增，简直到了不可一日无此君的境地。

---

① 参看程杰《宋代咏梅文学研究》第 17 页，安徽文艺出版社 2002 年版。

② 程杰《宋代梅花审美认识的发展及其成就》第 65 页。载莫砺锋编《第二届宋代文学国际学术讨论会论文集》，江苏教育出版社 2003 年版。

③ 《病后访梅九绝》其一（卷 3042）：“梦得因桃数左迁，长源为柳忤当权。幸然不识桃并柳，却被梅花累十年。”

刘克庄最有名的咏梅诗是他在淳祐庚戌年(1250)腊月写的《梅花绝句答石塘二林》(卷 3049)。此组诗应为十叠一百首(又称《梅花百咏》),但遗失第四叠三首,五至七叠三十首,第八叠前四首及第五首的大半。实际上,完整存下来的《梅花百咏》只有 62 首。这百首梅花诗是后村与南塘二林——林同、林合的唱和之作(二人为后村妻兄林公遇寒斋子,后来皆因抗元而死)。

刘克庄此诗一出,和者甚众。据刘克庄后来说:"余二十年前有百梅绝句,和者甚众,或缙绅先生,或江湖社友,体制各异。"①"和余百梅绝句者二十余家。"②"昔为《梅百咏》,和者十余人,如袁相子、赵克勤、方蒙仲、王景长皆已物故。"③不但有人和其诗,而且为其作注:"乡友徐贡士用虎和余百梅诗,又篇篇下注脚。"④

刘克庄诗集中也多次提到和诗的情况,如《赵礼部和余梅花十绝送林录参微而婉哀而不怨杂之万如诗中殆不可辨老拙不敢当也别课一诗以谢》(卷 3052)、《诸人颇有和余梅花诗者各赋一首》(九首)(卷 3052)、《又答袁卿相子一首》(卷 3052)、《答吴□和梅百咏》(卷 3054)、《林知录和余梅百咏》(卷 3057)等。

刘克庄的《梅花百咏》可视为南宋后期咏梅诗的集大成之作。后村不但掀起了一轮咏梅文学的新高潮,而且更重要的是,后村对南宋咏梅诗的审美理念进行了全面的总结和概括,为宋代的咏梅文学画上了一个完美的句号。

程杰先生在论及南宋后期梅花审美意义的深入发展时曾指出:"在南宋后期愈演愈烈的植物表德风气中,梅花是最常见的选择,梅亭、梅屋、梅涧、古梅一类室名别号比比皆是。梅花之咏更是不胜其繁。江湖士人之赏梅咏梅重在一个'清'字,多写古梅老枝、枝疏花

---

① 《大全集》卷 98《徐贡士百梅诗序》。
② 《大全集》卷 108《题黄户曹梅诗》。
③ 《大全集》卷 100《题江咨龙注梅百咏》。
④ 《大全集》卷 111《题徐贡士百梅诗注》。

稀，多强调梅花之湖山野处，多涉笔枝冷香零之景，多渲染其瘦骨崚嶒、清凉幽冷，这些都使梅花在清狷冷峭中更添凄清寥落的意味，体现着江湖士人贫狷自怜、'骚雅'相兼的独特'江湖清味'。这种意态与当时文坛的'晚唐异味'一样在封建社会广大中下层文人尤其是所谓文人骚客中又有着广泛的共鸣，这是梅花象征意义在宋元之后进一步流行的社会基础。"①后村虽然不能算是真正意义上的江湖之士，但作为当时文坛的领袖，他的作品不可能不包括这种"江湖清味"。如：

无梅诗兴阑珊了，无雪梅花冷淡休。懊恼天公堪恨处，不教滕六到南州。(《梅花十绝答石塘二林》其三)

有香影处即追攀，岂必西湖水月间。若问何人传此诀，后村翁授小孤山。(《梅花十绝答石塘二林》其九)

晚作园翁自荷锄，春风那肯到吾庐。且须怜意着芳洁，才说和羹俗了渠。(《二叠》其一)

百卉凋零独凛然，谷风栗烈涧冰坚。阴山餐雪有臣节，中野履霜无母怜。(《二叠》其六)

暮年鼻塞等薰莸，高摘浓薰两罢休。奴妍长枝汲薪水，老夫不复置香篝。(《二叠》其七)

看来天地萃精英，占断人间一味清。唤作花王应不忝，未应但做水仙兄。(《二叠》其八)

呕出心肝捻短髭，篱边沙际动移时。獠奴窃笑翁迂阔，因斫梅诗忘午炊。(《二叠》其九)

锦囊玉笛昔追从，度曲联诗雪月中。老对梅花无意味，欠诗欠笛欠花翁。(《二叠》其十)

濡墨先愁染素衣，和铅亦恐涴冰肌。后村老子无声画，

① 程杰《宋代梅花审美认识的发展及其成就》第62～63页。

压倒花光与补之。(《三叠》其九)

名见商书又见诗,畹兰难拟况江蓠。灵均苦要群芳聚,却怪骚中偶见遗。(《九叠》其七)

天子封松作某官,相君复报竹平安。梅花一点无沾惹,三友中间独岁寒。(《十叠》其八)

《大全集》认为,梅花除了它特殊的香影以外,还有它的品格,即它那种耐寒和高洁的本性,这也是南宋后期士人所追求的人格品质。

另外,《大全集》似乎更推崇梅花那种质朴而不施粉黛、自然而不事雕镌的本性。如:

斧残留得半株斜,相对微吟到暮鸦。堪叹病翁无绮语,不如枯树有琪花。(《梅花十绝答石塘二林》其七)

生在荒山野水傍,可曾倚市更窥墙。幽妍丑杀施朱女,高洁贤于傅粉郎。(《二叠》其二)

汉魏诸贤韵已卑,六朝人物复何为。平生老子羞由径,不识虫儿与玉儿。(《二叠》其三)

脂粉形容总未然,高标端可配先贤。不陪严子羊裘后,即傍王郎麈尾边。(《三叠》其八)

早知粉黛非真色,晚觉雕镌损自然。天巧千林均一气,人痴一叶费三年。(《三叠》其十)

贵家选色斛量珠,洗尽铅华绝代无。老子效颦聊复尔,名昆仑婢作琼奴。(《九叠》其四)

国色名花俱绝代,玉人甘后本双身。劝君薄薄施朱粉,莫遣名花妒玉人。(《九叠》其六)

花离京洛缁尘少,诗到齐梁绮语多。老子七言虽淡泊,不曾一字犯阴何。(《十叠》其三)

后村在《梅花百咏》的后记中曾说："李伯玉百咏者……惜其太脂粉气，简斋便自邈然。余妍词巧思，不及李远甚，特未知使简斋见之，以为何如耳。若李之下字清新，用事精切，音节流利，有二宋、王仲之、晏叔原之风，近世惟姜尧章似之，则有不可掩者。"这段话表明了后村对咏梅诗的态度。即认为诗歌不宜"太脂粉气"，而应该"下字清新，用事精切，音节流利"。这实际上是要求咏梅诗的表达与梅花的精神相统一。

后村这种观点在他赠答别人的和诗中也表现得非常明显。如：

更无一点涴铅华，状出冰枝糁玉葩。十绝顿令侬北面，万如元住子东家。自羞贫女钗边朵，难傍宫人额上花。纵使朔风如铁劲，未妨雪月照槎牙。（卷 3052《赵礼部和余梅花十绝……》）

诗至中山不可加，直将幽澹扫秾华。（卷 3052《诸人颇有和余梅花诗者各赋一首》其一）

可怜和靖掏香影，更笑花光着色空。自许铁心坚晚节，渠能粉面向春风。（卷 3052《诸人颇有和余梅花诗者各赋一首》其二）

写真影过于形好，凿窍香来与鼻通。（卷 3052《诸人颇有和余梅花诗者各赋一首》其六）

百篇端可补诗亡，行秽何堪在玉傍。（卷 3052《又答袁卿相子一首》）

即今同社几千首，当日孤山只一联。眼饱谁他忍饥腹，句寒耸我口吟肩。（卷 3054《答吴□和梅百咏》）

直须著意描香影，和靖宗人合咏梅。（卷 3057《林知录和余梅百咏》）

后村的咏梅诗除了讲究"江湖清味"、不施粉黛和反对雕镌外，还特别强调梅“韵”和梅的“精神”。如：

节方静女尤专一，韵比高人更少双。（卷3037《再和五首》其二）

诗在简斋和靖里，追攀真以寸筳撞。（卷3037《再和五首》其四）

到得离披无意绪，精神全在半开中。（卷3040《再和十首》其一）

木落山空独占春，十分清瘦转精神。（卷3081《梅花》）

除了著名的《梅花百咏》外，后村的咏梅诗尚多，如：《忆真州梅园》（卷3035），《和方孚若瀑上种梅五首》、《再和五首》（卷3037），《道旁梅花》（卷3038），《梅花五首》（卷3039），《熊主簿示梅花十绝，诗至，梅花已过，因观海棠，辄次其韵》、《再和十首》（卷3040），《病后访梅九绝》（卷3042），《梅花一首》（卷3056），《梅花》（卷3081）等，足见《大全集》对梅花的钟情和痴迷。

（二）咏其他花卉诗

刘克庄对花卉有着特殊的爱好。除了梅花之外，刘克庄在自己的作品中还吟咏了大量其他的花卉，如荷花、菊花、海棠等多种。诗人赏花时十分痴迷，有时会在花间坐至半夜，如：“露坐花间至夜分”。（卷3035《橘花》）有时会和他的诗友吟讽把玩到月斜，如：“吟讽攀翻到月斜，众惊奇宝聚贫家。”（卷3040《太守林太博赠瑞香花》其四）

花的耐寒本性，孤高的品格，和而庄的意态，清凉而无脂粉气的质地，都会引起后村特别关注。

后村对荷花也有所钟情，专写荷花的作品有《旱莲》（卷3036）、《癸水亭观荷花一首》（卷3038）、《种莲一首》（卷3061）、《芙蓉》（卷3062）、《芙蓉二首》（卷3039）等多首。如：

悴若放臣临楚泽，厄于学士蹈秦坑。（《旱莲》）

远无膏粉气，近有冰雪凉……离骚谱灵草，品尔列众芳……词人更儇薄，比咏犹妃嫱……意色和而庄……余诗纵枯淡，一扫时世妆。（《癸水亭观荷花一首》）

池上秋开一两丛，未妨冷淡伴诗翁。而今纵有看花意，不爱深红爱浅红。（《芙蓉二首》其二）

纷纷亭锦映池塘，艳冶姿容淡泊妆。（《芙蓉》）

荷花端庄的姿容和淡薄的个性正是后村所追求的人生境界，而荷花这种品格与梅花品性又是多么相似！

除了荷花，后村写到的花卉还很多，如兰花、茶花、菊花、茉莉花等。这些花的品性不但与作者的理想人格相一致，而且也与作者所描写的梅花的品性相统一。

我们先看看他的《水仙花》（卷3042）：

岁华摇落物萧然，一种清芬绝可怜。不许淤泥侵皓素，全凭风露发幽妍。骚魂洒落沉湘客，玉色依稀捉月仙。却笑涪翁太脂粉，误将高雅匹婵娟。

在刘克庄笔下，水仙花那种清芳幽妍的品格不但与作者的个性相统一，而且与梅花的精神有着惊人的相似之处。另外，刘克庄更注重花卉耐寒和高雅的本性，如：

性迟故故待霜天，珠蕾金苞带露鲜。（卷3062《菊》）

霜菊尤宜晚，才开一两葩。不随蒲柳变，索性待梅花。（卷3079《霜菊》）

性晚每经寒始拆，色深却爱日微烘。（卷3035《山茶》）

孤高可挹供诗卷，素淡堪移入卧屏。（卷3035《兰》）

一种秾纤态，三郎未必知。浪将妃子比，妃子太浓肥。（卷3063《海棠七首》其三）

刘克庄还十分注重花的清香，如：

一卉能令一室香，炎天尤觉玉肌凉。野人不敢烦天女，自折琼枝置枕傍。（卷3041《留山间种艺十绝·末利》）

受性老弥辣，开花晚更香。（卷3068《记小圃花果二十首·桂花》）

生得粟来大，妆成蜡样黄。落金遮蚁穴，酿蜜满蜂房。月下高低影，蜂前远近香。夜深清到骨，幽梦绕胡床。（卷3081《桂花》）

刘克庄虽然对多种花卉有着特殊的爱好，但是，他偶尔也会对某种花卉表示自己的不悦之情。如：

忆昔矜容色，如今懒抹涂。谁能面皮皱，施粉又施朱。（卷3068《记小圃花果二十首·酴醿》）

刘克庄也喜爱花卉的红紫和浓艳。如：

怪疑朱草非时出，惊问红云甚处来。（卷3035《山丹》）

海棠妙处有谁知，全在胭脂乍染时。……玉环又自觉离披。（卷3039《黄田人家别墅缭山种海棠为赋二绝》其二）

绿荫蔽朝曦，朱艳夺暮霞。始犹一二枝，俄已千百葩。（卷3039《池上榴花一本盛开》）

花如云锦翻新样，叶似官袍染御香。（卷3050《小圃有

双莲……》其一)

总之,刘克庄对各种花卉都表现出浓厚的兴趣并形诸笔端。在刘克庄的笔下,花的耐寒本性,孤高品格,和而庄的意态,清凉而无脂粉气的质地,都和刘克庄所追求的人生境界相一致,也与南宋后期愈演愈烈的植物表德风气相统一。

(三)吟咏树木果蔬诗

刘克庄描写树木果蔬的作品有《栽竹》(卷3037)、《道旁松一首》(卷3038)、《留山间种艺十首》(卷3041)等近60首,歌咏的树木果蔬20种左右,其中歌咏荔枝的作品达41首之多①。

刘克庄晚年喜啖荔枝。据蔡襄《荔枝谱·第四》:"荔枝食之有益于人。《列仙传》称有食其华食为荔枝仙人,《本草》亦列其功。葛洪云:'蠲渴补髓。'所以唐姜疏曰:'未必延年益寿。'盖云:'虽有其传,岂果能哉?'亦谏止之词也。或以其性热,人有日啖千颗未尝为疾。即少觉热,以蜜浆解之。"后村享年八秩以上,也许与他食荔枝不无关系,他在诗中亦多次写到此点。如:

谁言长卿渴,且咽上池肥。(卷3062《荔厄一首》)

解使冰肠暖,能令玉色腴。谁能补丹诀,素女绛罗襦。(卷3056《采荔子十绝》其五)

村叟相持捋白髭,羡侬健似去年时。野儒枯槁无师授,传得单方服荔枝。(卷3057《樗庵采荔二绝》其一)

---

① 包括《陈寺丞续荔枝谱》(卷3034)、《和赵南塘离支五首》(卷3040)、《荔枝盛熟四首》(卷3048)、《次韵张祕丞皱玉诗》(卷3050)、《温陵太守赵右司惠诗求荔子适大风雨扫尽辄和二绝》(卷3054)、《荔枝二首》(卷3055)、《采荔子十绝》(卷3056)、《樗庵采荔二绝》(卷3057)、《摘玉堂红皱玉二绝》(卷3057)、《溪庵种艺六言八首·荔枝》(卷3061)、《荔厄一首》(卷3062)、《以宋香方红送听蛙翁荅柬云两年来啖荔颗则动气按本草等书云荔枝能蠲渴补髓未闻其动气也口占一首发翁一笑》(卷3062)、《食早荔七首》(卷3068)、《买陈紫》(卷3068)、《荔枝龙眼二绝》(卷3069)等。

活八十年头雪白，啖三百颗面桃红。（卷3068《食早荔七首》其二）

不是尚方要包贡，暮年赖此助精神。（卷3068《食早荔七首》其三）

后村深知荔枝对养颜和延年益寿的妙用，因而对自己的朋友方审权（号听蛙）所谓的食荔枝则“动气”的说法赠诗一笑①。

后村不但食荔枝，而且还深研荔枝谱，尤其对蔡襄的《荔枝谱》更是赏玩不已，评价极高。如：

蔡公绝笔山川歇，荔子萧条二百年。（卷3034《陈寺丞续荔枝谱》）

牡丹姚魏荔方陈，欧蔡亡来罕识真。纵使有文堪续谱，未知楷法属何人。（卷3048《荔枝盛熟四首》）

帖报能生采薪疾，谱言曾有荔枝仙。（卷3062《以宋香方红送听蛙……》）

谱与本经俱过眼，食之不老者何人。（卷3069《荔枝龙眼二绝》）

蔡襄的《荔枝谱》成书于嘉祐四年，论述了福建荔枝的品种、产地及栽培、加工、储藏等方法，是我国最早的荔枝专书。其七专门介绍荔枝的品种达32种之多，尤以陈紫为荔枝中的珍品，品列第一。“其树晚熟。其实广上而圆下，大可径寸有五分。香气清远，色泽鲜紫，壳薄而平，瓤厚而莹。膜如桃花红，核如丁香母。剥之凝如水晶，食之消如绛雪。其味之至，不可得而状也。”（《荔枝谱·第三》）对此珍品，刘克庄实在无法抑制住自己的馋涎，终于在癸亥冬（此年刘克庄

① 见卷3062《以宋香方红送听蛙翁荅束云两年来啖荔颗则动气按本草等书云荔枝能蠲渴补髓未闻其动气也口占一首发翁一笑》。

77岁)花去二十万的巨资买了一株丹荔,也就是陈紫。过了两年,在乙丑那年的夏天,此株荔枝树终于结出了"形魁梧而味甘滋"的果实,刘克庄喜不自胜,为赋《买陈紫》(卷3068)以抒怀:

典刑无复蒲人见,风味曾经蔡谱夸。券买贪痴宁论价,摘尝甘美不逢渣。岂无人笑铁炉步,疑有神司玉蕊花。说与子孙须记取,此翁赖有此传家。

诗中写到的"风味曾经蔡谱夸"即我们前面引到的那段话。刘克庄一生并不富裕,但因"贪痴"这株荔枝,不惜耗费二十万的巨资,并打算"赖此传家",此中情结,恐怕只有下面这首诗才能加以解读:"向来唤做荔支颠,浪得颠名不记年。帝悯此翁颜色老,即家除拜荔支仙。"(卷3068《食早荔七首》其六)食荔枝本为一件很简单的事,刘克庄却把它和自己癫狂的个性融为一体。

刘克庄作品中提到的荔枝品种除了陈紫,尚有宋香、方红、法石白、太仓红等。前三种均见于蔡襄的《荔枝谱·第七》。方红又称"方家红",仅次于陈紫和江绿。而宋香很可能就是"宋公荔枝",位居第五。而太仓红则不见蔡谱。另外,刘克庄还写到"皱玉"和"红皱玉",也称"玉堂红"[1],大概是同一个品种。这种荔枝不但色红早熟,而且甘甜无比。如《次韵张袐丞皱玉诗》(卷3050):

雨湿红裳靡待秋,摘来深愧木瓜投。祇今陈紫无真本,比昔姚黄胜一筹。聊荐金盘蠲渴肺,不烦绮席啭歌喉。圣朝仁远停包贡,赖有公诗为拔尤。

再如前文已引的《摘玉堂红皱玉二绝》。

---

① 卷3054《温陵太守赵右司惠诗求荔子适大风雨扫尽辄和二绝》其一:"吾家邹玉玉堂红,粹美宁非间气钟。"

这个品种不见蔡襄的《荔枝谱》，大约是后出的新品种，应是上等的荔枝，价格亦非常昂贵，每颗值百钱①。如《和赵南塘离支五首》其三（卷3040）中写道：

十颗千钱品最珍，北人鲐背未濡唇。若生京洛豪华土，买断丹林肯筭缗。

虽然价格高得吓人，但京洛中的豪华之士照样可以“买断丹林”，可想南宋后期贵族的奢华和腐败。

荔枝虽好树难栽，“初种畏寒，方五六年，深冬覆之以护霜霰”（《荔枝谱·第五》）。等到好不容易开花结实以后，还必须防止小偷、栗鼠、蝙蝠及蜂蚁之属。如：

坠壳纷纷满树间，更抛墙外费防闲。（卷3057《樗庵采荔二绝》其二）

树头栗鼠往来频，时遣髽童作徼巡。（卷3068《食早荔七首》）

至于自然灾害则就防不胜防了。如《荔厄一首》（卷3062）：

怒潦浮槎去，狂飚拔木飞。不饶后村荔，如夺首阳薇。任土包茅阙，过时硕果稀。谁言长卿渴，且咽上池肥。

另外，刘克庄在《温陵太守赵右司惠诗求荔子适大风雨扫尽辄和二绝》（卷3054）中还写到了另一场自然灾害。

刘克庄喜啖荔枝固然是出于延年益寿的考虑，但从某种意义上

---

① 卷3040《和赵南塘离支五绝》其三注曰：“皱玉盛时颗值百钱。”

说，食荔枝更像是一种文化活动。刘克庄除了研读荔枝谱，与人品评荔枝[①]，“即家除拜荔支仙”外，他还高度赞扬自己的朋友续写荔枝谱，使“萧条”了二百年的荔枝谱系传下去。如《陈寺丞续荔枝谱》(卷3034)：

> 蔡公绝笔山川歇，荔子萧条二百年。选貌略如唐进士，慕名几似晋诸贤。岂无品劣声虚得，亦有形佳味不然。题遍贵家台沼后，请君物色到林泉。

刘克庄反对选那种浪得虚名的品种，也不主张把那种“形佳味不然”的品种选入谱中。他希望陈寺丞除了到贵族家，还应亲自到林泉中去寻找和物色佳品。

总之，刘克庄食荔枝含有一种浓厚的文化意味，体现出南宋文人高雅的情趣，是南宋高度发达的文化的体现。

除了荔枝，后村所写到的树木植被尚多，如竹、松、柳、兰、芭蕉等。如《栽竹》(卷3037)：

> 借居未定先栽竹，为爱疏声与薄阴。一日暂无能鄙吝，数竿虽少亦萧森。窗间对了添诗兴，郭外移来费俸金。自笑明年在何处，虚檐风至且披襟。

竹、梅和松同为“岁寒三友”。宋人对竹有特别的爱好，而苏轼的“可使食无肉，不可居无竹”的名言[②]，更使这种植物成为士人必不可少的精神慰藉。刘克庄不惜用俸金买来竹子，种在借居的窗前，不但可以获得竹子带来的“疏声与薄阴”，以此来增添诗兴，而且还可以扫除自己的“鄙吝”，借以提高自己的精神境界。再如：

---

① 见卷3039《题洪使君诗卷》：“日惟坐啸熏沉水，间亦摇毫品荔枝。”卷3054《温陵太守赵右司惠诗求荔子适大风雨扫尽辄和二绝》：“绝喜诗来相品藻，安知物有不遭逢。”

② 见《苏轼诗集》卷9《於潜僧绿筠轩》。

卿辈败人清思，此君有岁寒心。宁许子猷借宅，莫放阿戎入林。（卷3061《溪庵种艺六言八首·竹》）

汝馋犹可忍，吾俗恐难医。（卷3057《惜笋二首》其二）

除了竹，刘克庄还写过松，他认为松树不但具有挺拔的个性，而且还能保持晚节。如他写道：

山秃林疏万窍风，独全晚节傲严冬。（卷3052《赋得老松老鹤各一首》其一）

一寸林根蟠地，十年黛色参天。（卷3061《溪庵种艺六言八首》）

物循天刑少，人全晚节难。（卷3060《岁寒知松柏二首》其二）

因而刘克庄对闽地的古松遭到斧钺的破坏深表愤慨。如他写道：

蠢兹惰游民，深夜腰斧出。斫根取脂肪，窃负如鬼疾。譬如人刖趾，僵仆立可必。供君一瞬光，夭彼千岁质。（卷3038《道旁松一首》）

除了“岁寒三友”，刘克庄还写到柳树。在他笔下，柳除了温柔多姿的一面，更具有疏狂的特点。如：

静是无憀动是狂，秋蝉两两抱斜阳。（卷3081《柳》）

刘克庄写到其他不少植物，如：

萧艾敷荣各有时，深藏芳洁欲奚为。世间鼻孔无凭据，且伴幽窗读楚辞。（卷3041《留山间种艺十首·兰》）

深林不语抱幽真，赖有微风递远馨。开处何妨依藓砌，折来未肯恋金瓶。孤高可挹供诗卷，素淡堪移入卧屏。莫笑门无佳子弟，数枝濯濯映阶庭。（卷3035《兰》）

搅醉妨眠挟雨声，碧丛宜看不宜听。而今一任萧萧滴，华发鳏翁彻夜醒。（卷3041《留山间种艺十首·芭蕉》）

兰草乃是孤高芳洁之物，芭蕉亦能助人诗兴。在刘克庄笔下的花草多具表德之性质和特色，这与他本人是一位文学家兼理学家以及南宋后期理学的发达都不无关系。

二、吟咏动物诗

刘克庄吟咏动物的诗篇也甚多，包括燕、孔雀、锦鸡等禽类19种；马、驴、牛等哺乳动物6种；蚁、蚊、蝇等昆虫13种。

后村对鸟禽有特殊的爱好，曾亲自养过锦鸡（卷3037《吊锦鸡一首呈叶任道》）、白鹇（卷3061《竹溪惠白鹇三绝》）、鸳鸯（卷3064《子真子常饷双鸳将以五言效颦三首以谢》）等鸟类。后村笔下的禽鸟多具比况意味，如《燕二首》（卷3036）：

曾客乌衣看落花，春风吹影傍天涯。茅檐亦有安巢地，何必王家与谢家。

野客柴门日日开，且无栏槛碍飞回。劝君莫入株帘去，羯鼓如雷打出来。

这两首诗显然是表达作者不慕权贵、安于贫困的精神品质。

后村对世间不辨“真赝”的风气深感不满，如他的《邻家孔雀》：

初来毛羽锦青葱，今与家鸡饮啄同。童子有时偷剪翅，主人常日少开笼。峤南岁月幽囚里，陇右山川梦寐中。因笑世间真赝错，绣身翻得上屏风。（卷3036）

后村深受道家思想的影响，深知“文采累人”。如他的《吊锦鸡一首呈叶任道》（卷3037）：

炎州产文鸡，毛羽固天禀。朱丹饰尾距，彩绣错衿衽。主人极珍怜，餔合分俸廪。置诸后园中，小奴司啄饮。地荒笼栅疏，客见辄危懔。黠狸出没精，豪鼠窥伺稔。谅垂彼馋涎，或瞰君高枕。骇机中夕发，果以毙来谂。裂冠首立碎，啮嗉声已噤。酷哉三尺喙，残此一段锦。长嗟命瘗埋，讵忍付烹饪。始为文采累，终欠智虑审。老瞒戕孔公，千载愤凛凛。黄祖杀处士，粗暴犯流品。况兹毒螫物，尤索防闲甚。善视双翠衣，夜凉勿嗜寝。

诗人一面慨叹“酷哉三尺喙，残此一段锦”，另一方面又告诫人们“始为文采累，终欠智虑审”和“尤索防闲甚”。刘克庄虽然是借题发挥，但考虑到他一生都在党争的夹缝中挣扎，并且陷入“梅花诗案”中被“累十年”，我们就会明白，此诗实际上是借锦鸡之不幸遭遇来抒自己之怀抱。

到了中后期，刘克庄更注重明哲保身，对功名利禄看得很淡，这也深受老庄的影响。如：

年来无复中宵舞，自笑功名一念轻。（卷3038《晓鸡》）

腥腐年来懒啄吞，褵褷惟有顶丹存。长吭偏到清霄唳，病翅犹当霁日翻。云杪孤飞因避箭，壳中新鷇各乘轩。士衡晚抱无穷恨，谁向华亭酹一樽。（卷3052《赋得老松老鹤各一首》其二）

栖非梧不憩，渴以醴为浆。回首笑鸱辈，方争腐鼠忙。
（卷3064《子真子常饷双鸳将以五言效颦三首以谢》其二）

顾影矜毛羽，晴川偶泳游。不知谁打鸭，惊去不回头。
（卷3064《子真子常饷双鸳将以五言效颦三首以谢》其三）

“长吭清霄”的丹顶鹤，“顾影自矜”的鸳鸯，正是刘克庄孤傲狂放个性的化身；而白鹇洁净的羽毛以及名称中所蕴含的闲义，正是刘克庄喜爱此鸟的原因。如：

白雪通身洁，丹砂传顶红。赠余有深意，鹇义与闲通。
（卷3061《竹溪惠白鹇三绝》其一）

需要特别注意的是，后村曾写过《禽言九首》（卷3056），包括《杜鹃》、《接客》、《恶姑》、《行不得哥哥》、《提葫芦》、《脱布袴》、《布谷》、《婆饼焦》、《郭公》等九首。这组诗颇近乐府民歌，风格自然流畅。如《脱布袴》：

贵家纨袴金梭织，贫家布袴才蔽膝。半夜打门持文书，脱袴贳酒待里胥。何时赎袴要御寒，亦为官掩催租瘢。

再如《布谷》：

墙壁虽有劝农文，不如禽语尤殷勤。春泥滑滑陂水满，晨出下秧薄暮返。乌呼三农养一兵，汝曹努力勿惰耕。朱门日高眠未起，却嫌布谷声聒耳。

除了禽鸟，刘克庄也写过几首描写动物的诗，如马、牛、驴、骆驼、虎和猫等。刘克庄喜欢养猫，他的作品中有好几首写猫的诗篇，如

《猫捕燕》(卷 3036)：

文采如彪胆智非，画堂巧伺燕雏微。梁空宾客来俱讶，巢破雌雄去不归。莺闭深笼防鸷性，蝶飞高树远危机。主人置在花墩上，饱卧徐行自养威。

再如《失猫》(卷 3039)：

饲养年深情已驯，攀墙上树可曾嗔。击鲜偶羡邻翁富，食淡因嫌旧主贫。蛙跳阶庭殊得意，鼠行几案若无人。篱间薄荷堪谋醉，何必区区慕细鳞。

还如《诘猫》(卷 3038)：

古人养客乏车鱼，今汝何功客不如。饭有溪鳞眠有毯，忍教鼠啮案头书。

刘克庄一方面对猫饱食之余对鼠类不闻不问深致不满，如“饭有溪鳞眠有毯，忍教鼠啮案头书”；但另一方面，他对自己驯养了多年的猫情有独钟，一旦丢失，他会朝思暮想，觉得它的一举一动都妩媚可爱，如“饲养年深情已驯，攀墙上树可曾嗔”，“蛙跳阶庭殊得意，鼠行几案若无人”。

刘克庄还写过不少昆虫，如蚁、蚊、蝇、蚋、蜚、蚕、蜂、萤、蝉、蚍蜉、蚤、虱、蝶等。

他嘲讽蚍蜉不自量力以及“憎景日”和“泄天机”，如《蚍蜉一首》(卷 3056)：

梅月炎官尚敛威，[illegible]。扑灯似怕光芒掩，撼树都忘力量微。因爱积阴憎景日，逆知将雨泄天机。未应蚁子浑无援，时至皆能插羽飞。

他还痛斥过蚊蝇“侵枕簟”和“败樽罍”，如《蚊蝇五言一首》（卷3074）：

蚊集殊难散，蝇驱已复回。偏能侵枕簟，尤喜败樽罍。恰则噬脐去，何曾洗足来。化工生育尔，岂不甚仁哉。

刘克庄称赞蚂蚁能防患于未然，而批评谋国者见事迟缓。如《穴蚁一首》（卷 3034）：

穴蚁能防患，常于未雨移。聚如营洛日，散似去邠时。断续缘高壁，周遭避浅池。谁为谋国者，见事反伤迟。

刘克庄曾写过《昔陈北山赵南塘二老各有观物十咏笔力高妙暮年偶效颦为之韵险不复和也》（卷 3054），歌咏过所谓“五憎”，即蚊、蝇、蚋、蜚、蛙；“五爱”，即蚕、蜂、萤、蝉、龟。因韵险，后村本不打算和诗，但后村后来自食其言，连和两组，即《诘旦思之世岂有不押之韵辄和北山十首》（卷 3054）和《又和南塘十首》（卷 3054），并且强为之辩曰：“世岂有不押之韵？”然而后村诗之弊端在此种强押的险韵中暴露无遗。

三、歌咏楼阁亭台和文化用品等

宋代的文人具有极高的文化品位，他们不但出游唱和，而且建造许多精美的楼阁亭台，并在上面题记和题诗以明志。宋代出现了大量的题记，当与宋人大量兴建馆阁楼台有关①。

① [illegible]散文研究》第十章《宋代散文体裁样式的开拓与创新》，人民文学出版社 2002 年版。

刘克庄题写楼阁亭台的诗歌有30余首。这些题诗或者以儒家孝敬和雅为归，充分体现南宋后期理学对后村的思想和创作的影响。如《再题钟贤良咏归堂》(卷3040)、《梅州重建中和堂》(卷3043)、《题林琦友于轩》(卷3050)、《寄题徐仲晦须友堂二首》(卷3054)、《寄题建阳宋景高友于堂》(卷3054)、《寄杨懋卿孝感堂》(卷3057)等。但到了后期，刘克庄深受道家的影响思想显得十分颓废，因而他对达观堂一类的楼堂更感兴趣，如《题陈主学达观堂二首》(卷3073)、《次韵寄题建阳马氏亦乐园》(卷3074)等。总的来说，刘克庄的这一类诗歌说教气息很浓，堆砌成语典故，诗味不足。

由于刘克庄的文人个性，使得他在诗中更多地描写一些文化用品，尤其是文房四宝。如他的诗集中仅描写砚台的作品就有8题12首[①]。砚台在他笔下被描绘得玲珑剔透，如《获砚》(卷3041)：

> 二砚温如玉琢成，信知天地有精英。马肝紫润尤宜浴，鸲眼青圆宛似生。未爱潘郎呼作友，便教米老拜为兄。今年几案多奇获，应是穷儒命渐亨。

刘克庄曾有一小端砚，在被盗多年以后偶然得之，喜不自胜，并写诗以记之[②]。刘克庄把自己一生的事业都系于笔砚间，诚如他所言："由来事业由勤苦，不信磨穿道不亨。"[③]

除了砚台，刘克庄还写过书灯、羊豪笔、墨、笔架、剪刀、唤铁、纸拂、图书、压纸狮子、界方、研滴、灯檠、揞案木、邛杖、道冠、汉镜、石鼓等[④]。

---

① 包括《蟾蜍砚滴》(卷3036)，《获砚》、《再获一砚自和》(卷3041)，《题研(砚)六言四首》(卷3058)，《余常用小端砚失之经年忽在常卖人手中以钱赎归纪实二首》(卷3062)，《又盗弃端砚一首》(卷3066)，《戏咏文房四友》(卷3068)，《砚》(卷3076)等。

② 卷3062《余常用小端砚失之经年忽在常卖人手中以钱赎归纪实二首》。

③ 卷3041《再获一砚自和》。

④ 见《书灯》(卷3035)，《羊豪笔》、《邛杖》(卷3036)，《石鼓》(卷3038)，《大源寄道冠汉镜各答以一首》(卷3067)，《戏咏文房四友》、《戏效屏山书斋十咏》(卷3068)，《书》(卷3081)等。

需要指出的是，刘克庄对中国象棋有独到的造诣，留下一首著名的《象弈一首呈叶潜仲》(卷3037)。全诗如下：

小艺无难精，上智有未解。君看橘中戏，妙不出局外。屹然两国立，限以大河界。连营禀中权，四壁设坚械。三十二子者，一一具变态。先登如挑敌，分布如备塞。尽锐贾吾勇，持重伺彼怠。或迟如围莒，或速如入蔡。远炮勿虚发，冗卒要精汰。负非繇寡少，胜岂系疆大。昆阳以象奔，陈涛以车败。匹马郭令来，一士汲黯在。献俘将策勋，得隽众称快。我欲筑坛场，孰可建旗盖。叶侯天机深，临陈识向背。纵未及国手，其高亦无对。狃捷敢饶先，讳输每索再。宁为握节死，安肯屈膝拜。有时横槊吟，句法尤雄迈。愚虑仅一得，君才乃十倍。霸图务并弱，兵志贵攻昧。虽然屡克获，讵可自侈忕。吕蒙能馘羽，卫瓘足缚艾。南师未宜轻，夜半防斫寨。

这大约是1222年在桂林胡榘幕时呈广西漕幕叶潜仲之作。此诗除了较为完整地描绘了象棋的体制外，还提出了一些南宋时期初步的象棋理论，可与南宋的《棋经论》相阐发①。例如所谓"先登如挑敌，分布如备塞"，实际上是强调先发制人，但要求后方巩固，不可授人以缝；而"尽锐贾吾勇，持重伺彼怠"则是强调战略相持之时要慎重，不可轻举妄动，一旦敌人有所松懈和漏洞，则要锐师入垒，拿下敌城；所谓"负非繇寡少，胜岂系疆大"，要求注重子力位置，合理运子。这里实际上阐述了子力价值和子力位置的辩证关系，也是现代象棋理论所关注的焦点和难点。刘克庄还说，"冗卒要精汰"，也是强调子力的价值和位置问题。至于"或迟如围莒，或速如入蔡"，则是说明古

① 《棋经论》作者似为洪适。可参考朱南铣的《中国象棋史丛考》(中华书局2003年版)和张如安《中国象棋史》(团结出版社1998年版)。

代象棋的两种战法，即速战速决和持久战，对我们了解南宋的象棋之法不无帮助。

刘克庄还写过一首《棋》，也很生动：

> 十年学弈天机浅，技不能高谩自娱。远听子声疑有着，近看局势始知输。危如巡远支孤垒，狭似孙刘保一隅。未肯人间称拙手，夜斋明烛按新图。

“远听”一句对将要败棋一方所虚张声势描绘得甚为精妙，而“危如”一联以张巡、许远守孤城，以孙刘守江南比喻危局，恰到好处。

总之，刘克庄的咏物诗不但全面展现了南宋高度发达的文化，也全面展现出自己的文化性格，对我们全面把握南宋文化以及刘克庄的诗歌创作都是十分有益的。但不可否认，他的咏物诗也有不少写得程式化[①]，“机械”和“滑溜”。

第四节　隐逸的田园心态——以写景诗、田园诗为例

一、写景诗

刘克庄的创作最早是从江湖获得灵感的。南宋诗歌发展到后村，进入“四灵”和江湖的时代，整个时代弥漫着江湖的习气。

刘克庄前期的作品题材是多方面的，有写景、咏物、挽赠、咏史、政治等。从其全集来看，他的诗歌题材最多的是咏怀、挽赠、题跋等

① 如《腐草化为萤》、《四更山土月》、《雁足书》、《棋声花院闭少作》、《掬水月在手》、《弄花香满衣》、《爱月夜眠迟》、《岁寒知松柏二首》（卷 3060）等作品，大都是为文而造情之作。

几个方面，写景诗在全集中所占的比重并不太大①。但是刘克庄的创作却是从写景诗开始的，他所受到的前人影响，尤其是受晚唐和“四灵”影响也主要表现在写景诗一面（当然还有咏物诗）。刘克庄的写景诗主要集中在他的前期。到了晚年，随着游历的减少和兴趣的转移，他的诗歌题材主要转移到咏怀和挽赠等题材上。但这并不意味着后村写景诗的结束，事实上，他在后期也写了一定数量的写景诗，并且表现出相当高的艺术水准。只是为什么诗人在前期大量写景，而到了后期却很少关注这种题材呢？这里面除了自身客观条件发生变化外，其中最本质的原因恐怕还是和他欲摆脱“四灵”及江湖诗的作风，想独辟蹊径有关。实际上，“四灵”和江湖的创作在很大程度上是对唐诗的回归，缺乏创造性和独辟蹊径的勇气和魄力。被称为宋诗的“假繁荣”②。作为后来文坛的泰斗的刘克庄，虽然对这种诗体和题材有着浓厚的兴趣，但为了宋诗的发展和前途，后村毅然放弃了风景诗的创作，把创作的重心转移到其他方面，使自己的创作面貌迥别于“四灵”和江湖诗派③。对于刘克庄的写景诗，尤其是他在诗中所表现出来的创造力，我们还是应该予以充分肯定的。

（一）刘克庄写景诗的发展阶段

刘克庄的写景诗有一个渐进的过程。首先是接受王维、姚贾和“四灵”的时期，这一时期的主要作品是《南岳诗稿》；其次是接受韩愈、孟郊等人的时期，这段时间主要是指从嘉定己卯焚稿到端平元年九月至京除宗正簿，也就是从后村 33 岁到 48 岁；最后是写景逐渐减

---

① 刘克庄的诗在《大全集》中共 48 卷，2 552 题，4 385 首；另《全宋诗》第 58 册补诗 1 卷，32 题，42 首（误收戴复古诗 1 首，实为 41 首）；据《分门纂类唐宋时贤千家诗选校正》可补 17 首。刘克庄诗实为 4 443 首。粗略统计，后村的写景诗 300 首左右，在全部诗集中占约 7%。

② 莫砺锋在《“九僧”和“四灵”》一文中认为：“‘四灵’的风靡一时只是一种虚假的繁荣，‘四灵’的诗风貌似革新而实为复古，是缺乏时代气息的。”载《推陈出新的宋诗》第 229 页，辽海出版社 1998 年版。

③ 笔者认为后村的创作和理论与江湖诗人有较大距离，不宜被视为江湖诗派的领袖。对此问题拟另文介绍。

少的过程。当然，这个过程是很复杂的，对前人的学习也是全方位的，我们只能就其写景诗中所表现出的一些明显特点加以论述，难免有不周之处。

首先，刘克庄早期的写景诗深受王维、姚贾和四灵诗风的影响。

刘克庄早期的写景诗，尤其是他年轻时期的作品，受唐诗和四灵的影响非常明显。如《早行》(卷3033)：

> 店姬明灯送，前村认未真。山头云似雪，陌上树如人。
> 渐觉高星少，才分远烧新。何烦看堠子，来往暗知津。

《瀛奎律髓》卷14《晨朝类》选了此诗，方回认为"三四句可观"；纪昀认为"后村老境颓唐，此语有意"；冯班认为"中二联似唐"。的确，三四句真切而不落痕迹，写出早行之境况。此类早行诗当以温庭筠《商山早行》中的"鸡声茅店月，人迹板桥霜"，堪称绝唱。此诗为刘克庄的少作，可见出他的诗歌才能。

再如他的《北山作》(卷3033)：

> 骨法枯闲甚，惟堪作隐君。山行忘路脉，野坐认天文。
> 字瘦偏题石，诗寒半说云。近来仍喜聩，闲事不曾闻。

方回的《瀛奎律髓》卷23《闲适类》、陈衍的《宋诗精华录》选有此诗。"字瘦"一联甚有姚贾风味，亦颇似四灵。但整首诗的"思路较四灵巉刻，境界较四灵幽峭，思新句工，语淡情浓"①。

还如《暝色》(卷3035)：

> 暝色千村静，遥峰带浅霞。荷锄归别墅，乞火到邻家。

① 程千帆、吴新雷《两宋文学史》第464页，上海古籍出版社1991年版。

疏鼓闻更远，昏灯见字斜。小轩风露冷，自起灌兰花。

《瀛奎律髓》卷15《暮夜类》选有此诗。纪昀认为此诗："虽乏深致，而不失雅音。异后村他作之粗野。"纪昀评诗以温柔敦厚为归，崇尚诗歌的雅化，在艺术上极具眼力，评析入微，但对俗文学，尤其是江湖诗派的作品，多持排斥的态度。但他对后村的少作，尤其是他的写景诗却有不少好评。不过我们从反面可以见出，刘克庄此类诗尚未脱离晚唐和四灵的羁绊，尚未完全形成自己的风格。

刘克庄早期的写景诗名句尚多，我们不妨抄一些：

居人收柏实，客子办梅诗。（卷3033《浦城道中》）

生来拙性嗜清幽，因过山家为小留。（卷3033《小梓人家》）

江南词客惜春老，清晓披衣拾堕红。（卷3033《晚春》）

荠花满地无人见，唯有山蜂度短墙。（卷3033《豫章沟二首》其一）

圃晴菜拆经霜甲，林暖梅飞遍地花。（卷3034《立春二首》其一）

晚风一阵无端急，不为山人惜柚花。（卷3034《深村》）

坠絮飑萍生细浪，惊鱼避鹭没深潭。（卷3034《方湖泛舟得南字》）

砌倾苔色侵堂上，厨废炊烟起草中。（卷3034《空寂院》）

帘影静垂斜日里，磬声徐出落花间。（卷3034《紫泽观》）

只携诗草至，尚觉磬声烦。（卷3034《灵宝道院》）

经雨房基润，依山井气冰。……对此专宜静，为诗亦不应。（卷3034《东岩寺避暑》）

积雨晴来湖面阔，残花落尽树阴多。……所恨前峰含暝色，不然和月宿烟波。（卷3034《方寺丞……》）

岸回初见遥峰出，浦尽新疏别港通。月照鹭身明石畔，风翻萤影没荷中。（卷3034《孟夏泛方湖得同字》）

潮落洲分派，林疏塔见层。（卷3035《瑞峰寺》）

暂无尘事汩，便觉长吟情。（卷3035《平床岭》）

睡起无人小院空，南华一卷磬声中。（卷3035《春日二首》其一）

静怜朱槿无根蒂，开落惟销一阵风。（卷3035《暮春》）

鸟过投林急，樵归度嶂迟。（卷3036《野望》）

晚山青妥贴，野水白纵横。鹭立沙头影，蜂喧树底声。（卷3081《乍晴》）

日炙桐阴晚，烟蒸豆穗繁。密红双鹭迹，深绿一鸥喧。（《昼》卷3081）

闲拂午窗惊野马，梦游天竺听华鲸。（卷3081《春暮》）

以上所引诗句总体风貌或细腻柔和或清新活泼，代表了他早期写景诗的基本特色。但也有雄放开阔的作品，如：

巨石神鞭至，悬崖帝凿开。（卷3035《瑞岩》）

悲壮张瑶瑟，迷濛展画缣。（卷3036《瀑上值雨》）

毒蟒喷时林尽黑，怒龙裂处石中开。（卷3036《西淙山观雨》）

其次，刘克庄的写景诗深受韩孟诗派的影响。

刘克庄第二个阶段的写景诗深受韩孟诗派的影响，总体的风格显得雄奇和奔放，迥别于“四灵”和江湖的诗风，也有别于作者前一阶段的作品。

如《辰山》（卷 3038）：

……万态谁镌镂。或如植宝幢，或如缀珠旒。或如鲲鲸飞，或如龙鳞游。……长斧樵青壁，短蓑耘绿畴。

这首诗深受韩愈《南山》诗的影响。对韩愈的《南山》后村曾给予极高的评价："韩《南山》诗，设'或如'者四十有九，词义各不相犯，如缫瓮茧，丝出无穷。"[①]后村此诗不但直接效法韩愈的"或如"，而且其恢宏的气势和瑰奇的比喻，亦酷似韩诗的风格。但诸家选本却并未选此诗，个中原因恐怕还是后村对韩愈诗风学而未融，模仿的痕迹过于明显。如《荔枝岩》（卷 3038）：

崖然张蟾吻，光怪腹中贮……眠獒若将吠，坠果疑可咀……向非薪烛力，往返何异瞽。

此诗亦有韩诗光怪陆离的作风，风格亦属豪放，学韩的痕迹还是很明显的。另外，此种诗歌似也有贾岛、孟郊等人怪奇的一面。

还如《龙隐洞》（卷 3038）：

中有无底渊，黑浪常荡潏……雷嗔斧山开，龙怒裂石出……我来欲题名，腕弱墨不食。摩挲狄李碑，文字尚简质。

南方瑰奇的山川刺激了他的创作灵感，使他逐渐摆脱了"四灵"那种温润玉洁、玲珑剔透的诗风，而更多地倾向于杜甫和韩愈诗中所表现出的那种碧海鲸波般的雄奇境界。但由于个性和时代氛围的不同，刘克庄未能在此方面有进一步的发展，这个阶段在整体创作上显

① 《后村诗话·后集》卷 2。

得很短暂。

这一段时间,刘克庄的游历较广,因而写了不少山水诗,总体风格也大都是雄健奔放的。如:

天势去随帆际尽,海声来傍枕边多。昏窗微见灯明屿,霁阁遥看日沐波。(《大全集》卷5《海口三首》其一)

风挟寒声从树起,潮分末势过桥来。……归忆斯游非冷淡,如尝橄榄味初回。(《大全集》卷5《海口三首》其二)

夜窗看到千峰黑,枕上犹贪落涧声。(《大全集》卷五《宿别瀑上二首》其二)

信步未知险,回头方可惊。(《大全集》卷5《黄熊岭》)

开窦送云出,扫壑延月入。(《大全集》卷6《佛子岩》)

千峰环野立,一水抱城流。(《大全集》卷6《簪带亭》)

这些诗句以气势取胜,除了韩愈,我们似乎还可以看到李杜的影子。

但后村也有不少轻松活泼的作品,显示出刘克庄山水诗总体风貌的一致性。如:

蒜溪一脉涓涓水,只绿庵西数丈田。(《大全集》卷5《蒜溪》)

经行爱此人烟好,面俯清溪背负山。……远闻清磬来林杪,忽有朱栏出竹间。(《大全集》卷5《崇化麻沙道中》)

笛起渔汀上,鸥飞县郭前。若无州帖至,令尹即神仙。(《大全集》卷5《祁阳县》)

传舍临清泚,官亭占翠微。(《大全集》卷5《全州》)

墙缭青苔里,舟藏绿阴间。(《大全集》卷6《悠然亭》)

境胜小诗难写尽,……独游不恨无人语,满壑松声可细

听。(《大全集》卷6《千山观》)

溪移驿已临高岸,潮退帆多聚浅沙。快著征衫鞭瘦马,要看二十里梅花。(《大全集》卷6《怀安道中》)

梅皓枫丹三百里,笑人短幅写寒林。(《大全集》卷7《入浙》)

小家两三户,荒巘万千重。有月犬时吠,无人泉自春。(《大全集》卷7《夜登甘露山二首》其一)

不知何处磬,迢递过山来。(《大全集》卷7《夜登甘露山二首》其二)

这些充满画意的诗句,更多的是受王维以及大历诗人的影响。

再次,刘克庄后期的写景诗大为减少。

由于游历的减少和兴趣的转移,后村后期很少有写景物的作品。诗人对景物的兴趣似乎大为衰退,即使是外界有美好的景致,也似乎没有足够多的时间和心情去把玩。如刘克庄在《江山道中》写道:"可惜一溪桃李树,贪程不得过桥看。"《春阴》中又写道:"客舍无谁相管领,半檐红日苦留人。"而且由于老病缠身,精力衰退,刘克庄似乎又回到了姚贾和四灵的怀抱,对那些幽微和纤弱的景物投入了更多的关注。如《暮春一首》:"苦嫌野蔓萦纡竹,甚爱残花点缀苔。老送病来推不得,欢随春去挽难回。"诗人竟至于"甚爱残花点缀苔",这种心态是何等的纤弱啊。再如《九日游华严寺二首》:"残僧远避游山屐,饥雀空亏施食台。"但刘克庄有时亦有豪气,如《辟支岩》:"狂欲片帆浮巨浸,老扶双拐到危巅。"(《大全集》卷37)这段时间,刘克庄也写过一些较为出色的作品,《全宋诗》卷3044中的《木棉铺》、《潮惠道中》、《丰湖三首》、《罗湖八首》、《夫胥三首》、《药州四首》、《十五里沙》等。如《潮惠道中》:

春深绝不见妍华,极目黄茅际白沙。几树半天红似染,居人言是木棉花。

这种健康明快的风格以及南国奇异的风光，绝不似四灵和姚贾，倒像是“诗中有画，画中有诗”的王维的诗风。

再如《十五里沙》：

> 只见如山白浪飞，更堪动地黑风吹。渺茫直际九州外，汹涌常如八月时。河伯岂能穷海若，灵胥仅可吓吴儿。惜无散发骑鲸友，共了南游一段奇。

读此诗，又可使我们想起李白的《横江词》六首。可见刘克庄的写景诗所受的影响是多方面的。

不过到了后期，刘克庄写景诗的注意点已不在山水，因而写景诗大大减少。

二、刘克庄写景诗的几点检讨

首先，刘克庄诗的某些缺点，如钱钟书所批评的“滑溜得有点机械，现成得似乎店底的宿货”，在他的挽赠诗和咏物等诗中有不同程度的存在，是无可怀疑的，但这些缺点在他的写景诗中并不存在，因为他在写景诗中很少用典，皆是书写目前所见。就是刘克庄后期的写景诗也很少用典，像《记游十首》、《暮春一首》(卷 3066)，《辟支岩》(卷 3069)等都是如此。如《记游十首》其二：“扪萝伏虎岩，把钓斩蛟潭。偶有樵夫过，呼来与共谈。”情味盎然，率真可人。

对刘克庄的作品，方回曾说过这样的话：“后村诗比‘四灵’斤两轻，得之易，而磨之犹未莹也。‘四灵’非极莹不出，所以难。后村晚节诗饱满‘四灵’，用事冗塞，小巧多，风味少，亦减于‘四灵’也。”①纪

① 李庆甲《瀛奎律髓汇评》第 1501 页，上海古籍出版社 1986 年版。

昀亦云:“亦不极莹。饱满‘四灵’,犹曰撑肠拄肚,纯是四灵语耳。”钱钟书对此加以发挥:“在方回骂刘克庄的许多话里,有一句讲得顶好:‘饱满“四灵”,用事冗塞’;意思说:一个瘦人饱吃了一顿好饭,肚子撑得圆鼓鼓的,可是相貌和骨骼都变不过来。”方回明确说是后村的“晚节诗饱满‘四灵’,用事冗塞”,姑且不论实际情况是否如此,是到了纪昀和钱钟书,就不再提“晚节”二字,给人的感觉好像是刘克庄的全部作品都是如此。事实上,刘克庄前期的作品(尤其是他的《南岳诗稿》),可以说是“饱满‘四灵’”,但却并没有“用事冗塞”,这一点方回是心知肚明的。而刘克庄后期的诗歌虽然“用事冗塞”,但却并没有“饱满‘四灵’”。刘克庄受“四灵”的影响主要在年轻的时候,也就是在他焚稿之前。而到了后期,刘克庄的诗歌取径甚广,决不是“四灵”的诗风所能涵盖得住的。方回痛恨江湖诗派,认为刘克庄诱坏了江湖小子,罪不可赦,因而对他的作品极尽痛骂之能事,这也在情理之中。

其次,刘克庄年轻时出游的目的乃是为了寻诗和写诗。因为宋朝人认为诗在山水当中,在风雪中和灞桥上。事实上,在那种幽僻的环境中读书写作,不时地把玩前人留下的碑帖题诗,对年轻的诗人来说,无疑就是在和前人进行心灵的交流,这是一种何等的享受!

太史公遍游大江南北的经历使后村深受启发,他也遍游江淮,以光大自己的学问和诗才,并借以遍识名流。刘克庄在《谒南岳》(卷3037)中曾写道:

> 吾师太史公,江淮遍浪迹……规模五字体,蟠屈万丈碧。

他确信诗在山水和游历当中,如他在诗中写道:

> 西风何处无诗料,水际山巅亦去寻。(卷3034《西风二

首》其二）

自古诗从登览得，莫辞绝境共追攀。（卷 3037《海口三首》其三）

桐庐道上雪花飞，一客骑驴觅雪诗。（卷 3039《桐庐》）

正因为游历的目的十分明确，因此每到一处，题诗写诗便成了诗人的头等大事。如下面的诗句：

诗成莫洒酒家壁，题遍青山题白云。（卷 3033《书山壁》）

最爱粉墙堪试笔，苦无才思又空还。（卷 3034《紫泽观》）

小斋自理画并琴，匣贮香熏怕蠹侵。出塞已忘传檄梦，入山犹有著书心。（卷 3034《小斋》）

暂无尘事汩，便觉长吟情。（卷 3035《平床岭》）

记得横塘风景好，归程摹入小诗来。（卷 3037《横塘》）

一月山行未有梅，晓来戏看小诗催。（卷 3037《谢坟》）

深溪通秉炬，小窦劣容舟。岂敢轻题咏，同官尽柳刘。（卷 3037《游水东诸洞次同游韵二首》其一）

小窗了却观书课，几首残诗旋补成。（卷 3037《春日五首》其三）

天恐锦囊犹见阙，又添乳洞入诗来。（卷 3038《乳洞》）

在寺院、岩洞或者水边读书，大概是最能刺激诗人创作灵感的行为了。如：

睡起无人小院空，南华一卷磬声中。（卷 3035《春日二首》其一）

驿亭幽绝堪垂钓，岩室虚名可读书。（卷3037《零陵》）

老懒何心更出嬉，闭门终日读陶诗。（卷3037《春日五首》其四）

甚至，在山水中和屈原、宋玉、贾谊、杜甫、柳宗元等前人交流，更会使诗人的诗才大进。如他的《湖南江西道中十首》（卷3038）：

其一：酒与离骚难捏合，不如痛饮是单方。

其二：贾生废宅草芊芊，路出长沙一怅然。

其三：少陵阻水诗难继，子厚游山记绝工。

其五：蛮府参军鬓发苍，自调欸乃答渔郎。从今诗律应超脱，新吸潇湘入肺肠。

其七：每嘲介甫行新法，长恨欧公不读书。浩叹诸刘今已矣，路旁乔木日凋疏。

其九：派里人人有集开，竟师山谷友诚斋。只饶白下骑驴叟，不敢勾牵入社来。

再次，后村出游时对古人的碑帖和题诗尤为感兴趣，总是一目十行地诵读或者长时间地把玩。因此，后村的山水诗充满了浓郁的文化色彩。

刘克庄游览的兴趣似乎并不简单地在山水，而更多地在于山水中的古迹，尤其是碑帖。面对前人留下的碑帖诗人往往读之忘倦，一直读到夕阳西下。如：

木碑无世次，石洞断人踪。（卷3033《幽居寺》）

细认苔间字，方知铸塔时。（卷3033《铁塔寺》）

断碑莫怪千回读，近代何人笔力同。（卷3037《訾家洲二首》其二）

雨打荒碑缺，苔封古洞深。（卷3037《舜庙》）

平生酷嗜朱翁字，细看荒碑倚石栏。（卷3037《黄檗寺一首》）

颇能读古碑，所恨侵夕阳。（卷3038《泛西湖》）

划去五季衰，挽回六籍醇。（卷3038《书堂山》）

城中楚楚银袍子，来读曾碑有几人。（卷3039《福州道山亭南丰作记》）

诗人在诗中多次提到唐碑，可想在后村时代唐碑之多，也可见后村对唐碑的兴趣之浓。如诗人写道：

下山欲与唐碑语，先遣奴兵细拂尘。（卷3037《春日五首》其二）

来访唐时事，荒州暮霭青。（卷3037《訾家洲二首》其一）

来瞻石像看唐碑，一径苍松映碧漪。（卷3038《玄山观》）

刘克庄一方面对前人的碑帖被毁感到可惜，另一方面又对前人所题的恶诗深恶痛绝，对精美的岩壁被毁感到十分痛惜。如：

高吟杂骚选，序酌逮髫穉，涤崖去恶诗，扪石认缺字。……兰亭感慨多，未了生死事。杜陵更酸辛，穷眼眩珠翠。……岩扉滑如玉，岁月可镌识。（卷3037《上巳与二客游水月洞分韵得事字》）

大陆题诗小陆和，定鞍画戟传呼过。两片顽碑未百年，已有牧儿来打破。（卷3037《环翠阁》）

惜哉题识多，苍玉半镵毁。安得巨灵凿，永削崖谷耻。（卷3038《伏波岩》）

总之，刘克庄的写景诗是在广泛接受前人影响的基础上创作出来的，表现出既有别于唐诗，也有别于"四灵"的独特个性，表现出宋诗所特有的书卷气和文化气质，值得我们重视。

三、田园诗

刘克庄一生仕途坎坷，虽然四度入朝，但大部分时间却是在他的莆田老家度过的①。这种特殊的经历，使刘克庄创作了一定数量的田园诗②。这些诗篇真实地反映南宋后期的农村生活，反映出诗人在农村那种特定的环境下的悲欢离合。虽然后村的反映可能是间接的，可能只是一个角落，但这个角落就是大海里的一滴水，是秋天里的一片落叶，它能使我们得以一探南宋农村的面貌。从这个意义上说，刘克庄对农村的反映是真实的、生动的，甚至可以说是深刻的。

关于中国的田园诗，钱钟书在《宋诗选注》中有一段深刻的评述，认为田园诗"到范成大的《四时田园杂兴》六十首才仿佛把《七月》、《怀古田舍》、《田家词》这三条线索达成一个总结，使脱离现实的田园诗有了泥土和血汗的气息，根据他的亲切的观感，把一年四季的农村和生活鲜明地刻画出一个比较完全的面貌。田园诗又获得了生命，扩大了境地，范成大就可以跟陶潜相提并称，甚至比他后来居上"③。应该说，田园生活是南宋诗人的一个重大主题，无论是初期"南宋四大家"的陆游、杨万里、范成大、尤袤，还是后期的刘克庄、戴复古等，都有相当数量的田园诗。甚至是著名的词人辛弃疾等的词，也都有大量写田园的内容。这一方面和他们大都有一段相当长的农村生活经历有关，另一方面和宋代诗人普遍崇尚陶渊明有关④。南宋末期，

---

① 参看李国庭《刘克庄年谱简编》，载于《福建图书馆学刊》1990 年(1～2)期；程章灿《刘克庄年谱》，贵州人民出版社 1993 年版。

② 粗略统计，刘克庄的田园生活诗有 170 余首，占全部作品的 5%左右，与风俗诗的数量大体相当。

③ 钱钟书《宋诗选注》194 页。

④ 参考李剑锋《元前陶渊明接受史》，齐鲁书社 2002 年版。

江湖诗人普遍效法渊明，个中原因很多，但最重要的原因还在于“处于末世的江湖诗人或与世不偶、落拓江湖，或隐居田园、安贫乐道，而因境生情，与陶归去来兮的心声、清高孤傲的人格、超然物外的志趣产生共鸣……在南宋末季，建功无望、情趣内敛的江湖诗人在社会、自然、人生的种种境界、情境下都能从陶诗中取得心灵的慰藉”①。

宋代的田园诗生活诗，到范成大可以说是达到了顶峰，要想在此方面有所突破是不容易的。中国的诗歌到了南宋，尤其是到了南宋的后期，处在极度的变异状态中。作为南宋后期的文化领袖，刘克庄不是落入前人的窠臼，而是对许多题材进行新的开拓，使这些题材有新的发展。田园诗就是刘克庄努力的方向之一。

刘克庄创作田园生活诗是有明确目的的，他说：“少耽章句老明农，无意为文忽自工。戏作小诗说场圃，细看似可续豳风。”（卷 3057《秋旱继以大风即事十首》其十）也就是说，刘克庄写田园是以续写《诗经·七月》为宗旨的。而且刘克庄回归田园似乎并不是被动的，而是为了在农村获得更多的创作灵感。由于有了明确的创作目的，后村田园生活诗的创作就显得特别丰富和全面。

首先，真实地写出了诗人在农村的生活和感受。

刘克庄有不少作品就是一幅幅南宋末年特定的生活画卷。如《田舍》（卷 3033）：

稚子呼牛女拾薪，莱妻自鲙小溪鳞。安知曝背庭中老，不是渊明辈行人。

这大约是刘克庄最早的田园诗②。那庭中曝背者大约刚从外打鱼回来，正在享受着西斜的阳光。妻子正忙着脍炙那小溪的鲜鱼，而

① 李剑锋《元前陶渊明接受史》第 397 页。

② 《大全集》卷 1 注：“公少作几千首，嘉定己卯自江上奉祠归。发故箧，尽焚之，仅存百首，是为《南岳旧稿》。”《田舍》见于《大全集》卷 1，属《南岳旧稿》里的作品。

他们的儿子正在呼牛回圈，女儿正忙着拾薪做饭。画中的四人静动结合，姿态各异，真是一幅绝妙的生活画卷！这种和谐多姿的画卷在后村集中尚有多幅，如《书小窗所见》(卷3034)：

干接枝分整复斜，随缘装点野人家。小窗有喜无人见，兰在林中出一花。

这种构图的才能和捕捉画面的本领，除了得益于姚贾和"四灵"，恐怕更多地还是来源于王维。再如《楮树》(卷3037)：

楮树婆娑覆小斋，更无日影午窗开。一端能败幽人意，夜夜墙西碍月来。

刘克庄把窗前那株婆娑多姿的楮树写得意趣盎然。它既为后村遮挡住阳光，贮满清阴；却也遮挡了那一轮明月，败坏了诗人的幽兴。世间的事情大约真的很难两全其美。刘克庄此类诗尚有不少，如《小园即事二首》(卷3035)、《书壁》(卷3037)等都写得很有趣味。不过刘克庄写得最多的还是自己的田园生活。诗人在那里读书、饭牛、种田，颇有些"久在樊笼中，复得返自然"的感觉，而诗人那种无拘无束的个性，也似乎只有在那远离尘嚣的农村才能得到尽情的挥洒①。

在农村那种安静的环境下读书，对刘克庄来说，无疑是人生中最大的享受。如他写道：

老子平生无长物，陶诗一卷枕屏边。(卷3036《伏日》)
浅倾家酿酒，细读手抄书。(卷3036《有兴》)
自是诗人才思窘，清风明月有何穷。(卷3036《秋望二

① 参看孙克宽《晚宋政争中之刘后村》，载于《大陆杂志》第23卷第7期。

首》其二）

惟应小窗月，长记读书声。（卷3037《移居二首》其二）

小窗残卷在，未敢便偷闲。（卷3058《田舍即事十首》其二）

对刘克庄来说，每日坐在小窗前，拿着一卷陶诗，目赏着农村田园的景象，无疑会在心灵上和渊明相交融。

作为文人的刘克庄，大部分时间是在读书中度过的，但他也参加生产劳动，或者喂牛、舂米。如《病起窥园十绝》其一（卷3052）：

夜起饭牛薄暮舂，古人既老始明农。残年尚欲勤东作，未肯将身傍瘦筇。

或者学习种田。如《田舍二首》其一（卷3062）：

雨逗余寒晓露浓，絮衣着破索重缝。清狂昔作戴花监，衰病今为卖菜佣。负耒耦耕沮桀溺，操杯三祝弃句龙。暮年饱识西畴事，不问家邱问老农。

但刘克庄并不是真正的农民，他所写的更多的是文人雅趣。如：

爱敬古梅如宿士，护持新笋似婴儿。（卷3039《为圃二首》其一）

可怜岁晚闲双手，种罢芜菁撷菊苗。（卷3039《为圃二首》其二）

卖得荒郊五亩余，旋营花木置琴书。（卷3039《即事四首》其一）

抱瓮荷锄非鄙事，栽花移竹似清谈。……晚觉齐民书

最要，惜无幽士肯同参。（卷3039《即事四首》其二）

有时刘克庄也会带着僮仆去郊游，领略南国特有的农村田园风光。如《郊行》（卷3036）：

一雨饯残熟，忻然思杖藜。野田沙鹳立，古木庙鸦啼。失仆行迷路，逢樵负过溪。独游吾有趣，何必问栖栖。

农村特有的景象在刘克庄诗中更是经常出现。如：

圃晴菜拆经霜甲，林暖梅飞遍地花。（卷3034《立春二首》其二）

豪鼠喧深夜，高蝉响半空。（卷3036《夏夜》）

废井通邻汲，深墙隔市声。（卷3036《闲居即事》）。

蜗牛不晓虫鱼法，作意麻搽篆粉垣。（卷3053《小园即事五首》其一）

栖亩牛羊饱，开囷雀鼠忙。（《卷3058田舍即事十首》其六）

这些描画细腻传神，不是在农村那种特定的环境中亲身经历和目睹，断是写不出的。那在墙壁上缓缓爬行的蜗牛，甚至包括那夜间喧闹的老鼠，都良多趣味，耐人把玩。

其次，写出了农村的风俗习惯。

南宋的农村节俗甚多，刘克庄写过农民迎社日、看傩鼓戏、看市优表演楚汉相争的故事，也写过满村看说《法花经》的壮观场面①。

看社戏是我国南方农村的一大习俗，鲁迅的小说《社戏》就专门

---

① 可参看本书第四章第二节。

写绍兴农村的社戏。宋代以立春后第五个戊日为春社，立秋后第五个戊日为秋社，朝廷和各州都举行祭祀社稷的活动①。刘克庄写过五首《观社行》，我们看他的第一首《观社行用实之韵》(卷 3075)的片段：

鲜妆袨服出空巷，钿车绣毂来塞涂。展乌丝栏拥小玉，设锦步障盛绿珠。尔时病叟亦随喜，携添丁郎便了奴。非惟儿童竞嗤笑，更被傀儡傍揶揄。平生不识琥珀枕，况敢击碎珊瑚株。□言香火埒蒋霍，渐觉风俗侔徽衢。一国若狂孰醉醒，宋玉奚必讥登徒。杀牛欲赛西邻祭，苦狗翻哂东门儒。恍然堕在化人境，又似跳入仙翁壶。

刘克庄写出社日这天人们“鲜妆袨服”空巷而出，一国欲醉的热闹场面。刘克庄写社日的作品尚有《春旱忽雨五绝》(卷 3065)等。如其五：“鲑菜馌耕者，鸡豚赛社公。不闻车轧轧，但见鼓冬冬。”气氛很热烈。除了社日，后村还多次写到傩戏，如《观傩二首》(卷 3058)：

烟熏野狐怪，雨熄毕方讹。惟有三彭黠，深藏不畏傩。
祓除啸梁祟，惊走散花魔。切莫驱穷鬼，相从岁月多。

驱傩的过程写得非常生动逼真，气氛却多少有些恐怖。不过后村写得最动人的恐怕还是写农村争看市优表演楚汉战争和万衲听说《法华经》的场面。如《田舍即事十首》其九(卷 3042)：

儿女相携看市优，纵谈楚汉割鸿沟。山河不暇为渠惜，听到虞姬只是愁。

---

① 参看程大昌《演繁露》卷 12；吕原明《岁时广记》卷 14《二社日》。

相信当时优人所表演的楚汉相争的战争场面一定非常动人，对项羽勇猛无比的英雄个性的渲染也一定非常成功。从人们对虞姬充满同情的脸上，我们实际上已经看出来人们对项羽失败的无限惋惜之情。再如《村居书事四首》其二(卷 3040)：

新剃阇梨顶尚青，满村看说法华经。安知世有弥天泽，万衲如云座下听。

这种壮观的场面，倘不是经刘克庄的描写，我们是很难想象的。由此，我们可以得知以《法华经》为经典的天台宗在南宋的流传情况，是佛教史上不可多得的第一手材料。

再次，写出了农村凋敝和艰苦的生活。

由于宋代统治者对东南地区实行竭泽而渔的政策，到南宋后期财政已难以维持，百姓更加贫困不堪①。刘克庄对这种财政窘境也多有奏折，如《与都大司联衔申省乞为饶州科降米状》："此处秋税所入较之所应支，所亏将近半数，窘况毕露。"(《大全集》卷 79)刘克庄在他的田园诗中，写农村艰苦的生活和农村凋敝的诗篇有多首。如《劳农二首》(卷 3040)：

江浙膏腴动渺然，惟闽硗薄少平川。可怜老子扶凋邑，绝似吾民垦瘠田。稍喜一犁翻宿雨，聊为三爵礼高年。太平主相调元气，春在桑畦麦垄边。

画檐一夜雨飘萧，际晓阴霾扫碧霄。有日暂看旗脚展，无风初觉鼓声调。纷纷竭作趋南亩，稍稍新妆出北桥。白发长官尘土杀，尚能觅句补风谣。

---

① 汪圣铎《两宋财政史》(下)第 165 页，中华书局 1995 年版。

面对贫瘠硗薄的土地，面对凋邑的人民，刘克庄只能像白居易那样“唯歌生民病，愿得天子知”，只能“觅句补风谣”而已。

刘克庄在自己的诗中多次写到自己的贫困，这实际上是从侧面写出了南宋农村的凋敝和农民的贫困。试想，刘克庄作为士大夫当中的一员都尚且如此的贫困和艰难，那作为普通农民的日子就可想而知了。如刘克庄在诗中写道：

屋山无笋圃无蔬，釜冷樽空客至疏。说与厨人稀作粥，老夫留腹要盛书。（卷3035《春旱四首》其三）

身老深村负岁华，青苔径里是贫家。晚风一阵无端急，不为山人惜柚花。（卷3034《深村》）

满望梅天雨，谁知日转骄。畦蔬新住摘，盆树久停浇。粟贵粮囷尽，泉干汲路遥。未遑忧世事，灾已到颜瓢。（卷3036《夏旱》）

昨者匆匆掷印归，六年岑寂闭柴扉。岁荒奴仅拾残穗，日晏婢方羹苦薇。宁渴莫赊邻近酒，尽寒不着借来衣。中年但祝身强健，要卧松风坐钓矶。（卷3041《贫居自警三首》其三）

蔬是侬家野八珍，小畦自灌极艰辛。清晨卧听檐声喜，余惠分沾抱瓮人。（卷3054《喜雨口号九首呈潘侯》其一）

士穷犹可忍，拾穗亦可歌。岁事还如此，畦间有穗么。（卷3059《夏旱五首》其五）

耕不逢年仕背时，萧然井臼掩茅茨。贫求生墓为谋早，病学还丹见事迟。马上功名成画饼，林间身世似持棋。未应对客呈饥面，尚有荒园可种葵。（卷3035《耕仕一首》）

蔬肠贤牧通斋禁，菜色愚民有喜容。（卷3051《又和六首》其一）

贫汉殉财夸死权，世间廉退者差贤。高门炙手今罗雀，

废冢枯髅昔珥蝉。薄糁藜羹诳雷腹，旋蒙帽絮暖霜颠。时人莫笑侬寒俭，自古臞儒近列仙。（卷3070《田舍一首》）

造成农民普遍贫困的原因是多方面的，但封建社会的高额地租和各种巧立名目的捐税恐怕是其中最重要的原因。刘克庄在诗中不止一次提到交租纳税的情况，也提到那条所谓的“狗”①。如：

不觉离乡久，南来驿使疏。羁臣一掬泪，慈母两行书。租税闻输毕，田园说歉余。何时真宦达，处处奉潘舆。（卷3037《得家讯一首》）

薄收仅足了冬输，晚觉明农胜业儒。小船杨柳阴中泊，大斗杏花深处沽。（卷3066《和徐常丞洪秘监唱和又四首》其三）

眦血滴耕夫，愁眉蹙贾胡。良辰风雨至，不复田禾苏。（卷3066《中秋大风雨五绝十四夜》）

甚歉不烦官踏旱，先输莫待吏催租。辛勤终日拾遗穗，展转通宵据槁梧。（卷3068《夏旱四首》其四）

赐帛恩深优故老，催租人至败重阳。（卷3069《即事一首》）

刘克庄在这里有令人触目惊心的描写，“眦血滴耕夫，愁眉蹙贾胡”，农夫滴血，商贾蹙眉，人民遭受着怎样残酷的剥削和压迫！

除了统治者竭泽而渔的政策，无常的自然灾害也是造成农民贫困的原因。刘克庄在诗中也多次提到旱灾，如《秋旱继以大风即事十首》（卷3057）、《夏旱五首》（卷3059）、《夏旱四首》（卷3067）等。一

---

① 钱钟书说过：“我们看传统的田园诗，也常常觉得遗漏了一件东西——狗，地保公差这一类统治阶级的走狗以及他们所代表的剥削和压迫农民的制度。”（《宋诗选注》第194页。）

年之计在于春，当春种之时遇见旱灾，不能及时耕种，农民会长歌当哭，欲哭无泪。如《夏旱四首》其一（卷3068）：

沟堪揭厉难车水，雨怕讥证不入诚。沃野燥刚妨种艺，老农歌哭不成声。

正因为如此，所以当久旱逢雨之时，农民会感到异常的兴奋，会喜极而泣。如《喜雨五首》、《久雨五首》（卷3059），《久雨》（卷3063），《春旱忽雨五绝》（卷3065），《和徐常丞洪秘监唱和又四首》（卷3066），《久雨六言四首》（卷3076）等。

第四，写出了战争对农村的影响和破坏。

由于连年战争，到南宋后期，农村经济受到巨大的破坏。由于金兵和蒙元兵的几度入境，西起关陕、东到江淮，几千里广阔的地域都变成了战场。百姓逃亡，村落化为废墟，到处是一片残破的景象[①]。对此，后村在他田园生活诗歌中多有反映。前面我们论及农村生活贫困的时候已经多有涉及，下面再举几例。如《立春二首》（嘉定庚辰奉南岳祠）其一（卷3034）：

恰归旧隐再逢春，村巷荒凉草没人。犬坏园中门作窦，盗规坟上树为薪。官如巫祝难羞贱，家似樵渔敢讳贫。闻说邻醅低价卖，病夫一滴未沾唇。

此诗作于嘉定庚辰（1220年）的春天，这一年作者仍监南岳寺。诗歌所描写的是一副衰瑟凋敝的田园景象，是真实的农村写照。由于战争，人们流离失所，村户荒落。春天本是耕种的季节，但后村看到的是“村巷荒凉草没人”的惨象。在这样荒凉凄惨的农村，诗人的

① 汪圣铎《两宋财政史》（下），第163～175页。

贫困潦倒就是很自然的事情。倘若这首《立春》还是远离战尘的话,那么下面两首诗就仿佛写到了战火和烟尘:

> 兵火间关鬓欲丝,归来聊卜草堂基。架留手泽书堪看,爨有躬耕米可炊。畏湿先开通水窦,贪明稍斫近檐枝。旋移梅树临窗下,准备花时要索诗。(卷3034《葺居》)
>
> 时事浑如坐井窥,逢人不敢问边机。连营未寄寒衣去,故里何心昼锦归。笑矍铄翁鸢跕堕,爱元真子鳜鱼肥。绿阴多处宜垂钓,莫管楸花落满矶。(卷3067《诸公载酒贺余休致水村农卿有诗次韵》其六)

前一首诗开篇便写道“兵火间关”,也就是战火不断。这仿佛是电影镜头里的一个大背景,南宋人民就是在这个大背景下艰难地耕作和生活。刘克庄也在此读书写作,享受着最后几缕阳光。后一首写诗人远在福建莆田老家,对战事似乎是了无所知,但实际上他并非不知,而是不敢知不欲知,因为所知的失败的消息实在太多了。刘克庄是一位非常关心国事的诗人,在此国家危难之时,却学唐代的元真子垂钓,不过是故作洒脱之态,强遣自己的失望情绪而已。

总之,刘克庄的田园生活诗真实地反映了南宋后期特定的历史面貌和时代背景,内容十分丰富和全面。从这个意义上说,刘克庄的田园生活诗是南宋“四大家”田园诗,尤其是范成大《四时田园杂兴》的进一步发展。而刘克庄的田园诗不但继承了中国田园诗的传统,而且还加入了破败和荒凉的小屋以及战争的烟尘,把南宋的广大农村置于宋金和宋元战争的大背景之下,更显出其诗歌的全面性和深刻性。

第三章 刘克庄与南宋文化

第一节 南宋文化领袖的交往圈——以挽赠诗为例

刘克庄的挽赠诗在集中将近 1 000 首，约占他全部诗歌的 22%。作为南宋后期的文化领袖，刘克庄和当时的社会各界，尤其是文化界，有着非常紧密的关系。正因为如此，后人把刘克庄目为江湖诗派的领袖。从刘克庄的挽赠诗来看，他的交往面非常宽泛，有道士、和尚、儒者、相士、日者、医者、术者、隐士等多种类型，但后村交往最多的还是各级官僚。

刘克庄的挽赠诗有不少成功之作，也受到后人的重视。如吴之振等编选的《宋诗钞·后村诗钞》共选诗 496 首，其中挽赠诗就有 138 首，占全部诗选的 28%。《宋诗钞》所依据的是 16 卷本的铁琴铜剑楼旧藏宋本《后村居士集》，共有挽赠诗将近 470 首，所占比例近 30%。需要指出的是，《后村先生大全集》在后世流传不广，而较为流传的只有 16 卷本的《后村居士集》（《四库全书》系抄本，和此书属同一系统）①。毋庸讳言，后村的挽赠诗中也有不少败笔，确实"滑溜得

① 可参考祝尚书《宋人别集叙录》卷 26，中华书局 1999 年版。

有点机械，现成得似乎店底的宿货"，但也不乏成功之作。下面我们就后村挽赠诗的对象和特点作一点简单的剖析。

一、刘克庄挽赠诗的对象

刘克庄挽赠诗的对象主要包括三个方面，即以江湖之士为代表的各类平民、各级官僚以及自己的亲人等。下面我们对这三者方面逐一论述。

（一）刘克庄的挽赠诗写了一定数量的江湖之士和各类平民，显示出他思想深处的平民本色和平民意识。

后村早年与江湖人士密切交往，其创作也深染江湖之风。后村早年交往的江湖诗人有"四灵"、陈起、赵庚夫、敖陶孙、高翥、曾极、裘万顷、戴复古等。

如《别敖器之》(卷3033)：

> 旧说闽人苦节稀，先生独抱岁寒姿。老年绛帐聊开讲，当日乌台要勘诗。东阁不游缘有气，草堂未架为无赀。轻烟小雪孤山路，折剩梅花寄一枝。

敖陶孙(1154～1227)，字器之，号臞翁，福清人。曾陷《江湖集》诗案中，有《臞翁诗集》。事迹见后村的《臞庵敖先生墓志铭》(《大全集》卷148)。后村在诗中高度赞扬了敖陶孙不慕名利、"独抱寒姿"的气节。整首诗亦写得清气逼人，代表了后村早期诗歌的基本特色。

再如《赠陈起》(卷3039)：

> 陈侯生长纷华地，却以芸香自沐熏。炼句岂非林处士，鬻书莫是穆参军。雨檐兀坐忘春去，雪案清谈至夜分。何日我闲君闭肆，扁舟同泛北山云。

陈起，字宗之，号芸居，钱塘人。有《芸居乙稿》。他曾把后村的《南岳诗稿》刻入《江湖集》中，使刘克庄的诗名在江湖间大振[①]，并因刊刻《江湖集》而坐罪。后村在诗中赞扬陈起虽处纷华之地，却能芳洁自守，精心炼句，彻夜清谈。整首诗透着一股清爽之气。

还如《赠翁卷》(卷3039)：

非止擅唐风，尤于选体工。有时千载事，只在一联中。
世自轻前辈，天犹活此翁。江湖不相见，才见又西东。

翁卷，字续古，一字灵舒，永嘉人，有《苇碧轩集》，是"永嘉四灵"之一。后村早年的诗歌深受"四灵"诗风的影响。他在诗中非常准确地指出了"四灵"诗歌凝练紧凑的特点，即"有时千载事，只在一联中"。同时也在诗中表示出对这位前辈的由衷敬佩和怀念之情。方回的《瀛奎律髓》选了此诗，在诗下评曰："后村诗比'四灵'斤量轻，得之易，而磨之尤未莹也。'四灵'非极莹不出，所以难。后村晚节诗饱满'四灵'，用事冗塞，小巧多，风味少，亦减于'四灵'也。"[②]方回不喜欢江湖诗人的作品，因而对刘克庄的诗歌评价甚低。其实"斤两轻"、"得之易"、"磨未莹"、"小巧多"、"风味少"等所谓"缺陷"，正是"四灵"以及刘克庄前期诗歌的特点，也是宋诗的基本特色。对宋诗抱有偏见的纪昀认为此诗"前四句鄙浅，五、六稍健而语太激，"可谓求全责备。但宗唐诗的冯班认为"次联似唐人"，而宗宋诗的查慎行则认为"五、六不减少陵，非'四灵'可比"[③]。

另外，刘克庄还写过《赠高九万并寄孙季蕃二首》(卷3040)：

诸人凋落尽，高叟亦中年。行世有千首，买山无一钱。

---

① 方回："陈起宗之……刊《江湖集》以售，《南岳稿》与焉。"(《瀛奎律髓汇评》卷20)
②③ 李庆甲集评校点《瀛奎律髓汇评》卷42《寄赠诗》。

紫髯长拂地，白眼冷看天。古道微如线，吾侪各勉旃。

菊涧说花翁，飘蓬向浙中。无书上皇帝，有句恼天公。世事年年异，诗人个个穷。筑台并下榻，今岂乏英雄。

高翥（1169～1241），字九万，号菊涧，舜江人，寓居余姚，有《菊涧集》等。孙惟信（1179～1243），字季蕃，自号花翁，婺人。工诗词，善谈谑，但并未被列入江湖诗人的大名单[①]。刘克庄与他交情甚深，并在《大全集》中多次提及他[②]。刘克庄在诗中对诗人的贫困深表同情，他所写到的诗人"行世有千首，买山无一钱"、"世事年年异，诗人个个穷"等，未尝不是自己的生活写照。

对刘克庄前期清冷莹洁的诗风，我们从上面的几首诗中可见一斑，从中我们也深感刘克庄的创作深受江湖和"四灵"的影响之大。

刘克庄早年所交往的人物大都是平民，如道士、术士、僧人等。这一方面反映了早期的刘克庄官职卑微，社会地位低下；另一方面却反映了他具有强烈的平民意识。刘克庄在这一方面的诗歌数量相当丰富[③]。如《寄韩仲止》（卷3033）：

昨仕京华豪未减，脱靴不问贵游嗔。诗家争欲推盟主，丞相差教作散人。闭户自为千载计，入山又忍十年贫。几思投劾从公去，背笈肩琴涧水滨。

---

① 参考张宏生《江湖诗派成员考》，见《江湖诗派研究》，中华书局1995年版。

② 如《戏孙季蕃》、《同孙季蕃游静居诸庵》、《送孙季蕃》（卷3034）、《哭孙季蕃二首》（卷3045）、《夜口故书得……二首》（卷3055）、《余平生不至庐山……纪以二诗》（卷3057）等。

③ 如《哭薛子舒二首》、《赠川郭》、《赠钱道人》、《赠邹景仁》、《赠玉隆刘道士》、《再赠钱道人二首》、《寄韩仲止》（卷3033），《赠翁定》、《哭毛易甫》、《挽柯东海》、《哭宋君辅倚》、《答翁定》、《李文饶一首》（卷3034），《忆毛易甫薛子舒》、《答郑闽清》（卷3035），《答杨双》（卷3041）等。

韩仲止，事迹不详。但据刘克庄此诗可知，他的个性豪纵，我行我素，颇似李白。此人虽仕途多艰，生活贫困，但诗名却非常卓著。正因为此，刘克庄对他羡慕不已，“儿思投劾从公去，背笈肩琴涧水滨”，可见他的人格魅力所在。

再如《赠钱道人》（卷 3033）：

除了布裘外，都无物自随。跣能行大雪，饥但咽华池。说相言多验，嫌钱事更奇。一般难晓处，装背贵人诗。

此道人穷困潦倒，几不能自存，但并不以生计为念，却“装背贵人诗”，真非常人所思。但刘克庄却对他非常敬仰，并再次写了《再赠钱道人二首》（卷 3033），希望“若见仙人知去处，却来相引到山中”。

还如《赠玉隆刘道士》（卷 3033）：

观中曾访老黄冠，尔尚为童立醮坛。新染鹭衣披得称，旧泥丹灶出来寒。诗非易作须勤读，琴亦难精莫废弹。忆上洪崖题瀑布，因游试为拂尘看。

刘克庄一生对儒释道采取兼收并蓄的态度，但由于特殊的生活经历和时代风气的影响，他似乎更倾向于老庄，对道家有着更浓厚的兴趣。不过，刘克庄和道家交往的基础，除了思想旨趣之外，更重要的恐怕还在于诗歌创作。事实上，在名山大川，除了可以炼丹求道外，更可以在那里获得创作的灵感。也可认为，刘克庄对道家的兴趣更多的是在于结交道家的诗友以切磋诗艺。如他结识的刘道士其实就是他的诗友，他们曾共同游历山川并形诸歌咏，曾在洪崖上题写瀑布。后村和他切磋技艺，认为“诗非易作须勤读，琴亦难精莫废弹”，的确是经验之谈。

除了道士、隐士、和尚、相士之流，刘克庄还写了许多不得志的读书人和诗友，如翁定、川郭、毛易甫、宋君辅、邹景仁、薛子舒等。

如《赠翁定》：

相逢乍似生朋友，坐久方惊隔阔余。遍问诸郎皆冠带，自言别业可樵渔。住邻秦系曾居里，老读文公所著书。十七年间如电瞥，君须我鬓两萧疏。

翁定，字应叟，别字安然，号瓜圃，有《瓜圃集》。翁定是刘克庄的诗友，两人交往多年。除了这首诗，刘克庄还写过《答翁定》（卷3034）和《别翁定宿瀑上》（卷3035）等诗。刘克庄与翁定相交甚欢，不忍分别，如他在《别翁定宿瀑上》中写道："崖色无苔通涧底，月光如练抹林间。平生所历同邮寄，独到庵中不忍别。"

千古文人一律穷。文人的待遇在宋代虽然达到了登峰造极的地步，但依然有大量的饱学之士得不到重用，甚至老死山林。

如《哭毛易甫》（卷3034）：

至尊殿上主文衡，谁料台中有异评。垂二十年犹入幙，后三四榜尽登瀛。白头亲痛终天诀，丹穴雏方隔岁生。策比诸儒无愧色，自缘命不到公卿。

本来是"策比诸儒无愧色"，却只因"台中有异评"，致使他一事无成，令后村扼腕叹息。

刘克庄也写过一些颇有魏晋风度的人物，如《赠川郭》（卷3033）：

川郭颠狂甚，平生挟术游。老犹携侍女，贫不谄公侯。用药多投病，酬钱或掉头。金陵官酒贵，应典旧貂裘。

在刘克庄笔下，川郭是一位为民除病的豪侠之士，但他用药多投病，并不计较报酬；虽穷却不拜谒权贵，而是用自己的旧貂裘去换昂贵的官酒。从川郭身上，我们似乎还能感觉到宋人身上的魏晋风度和气质。

刘克庄此类诗歌虽然数量并不太多，而且主要集中在他的前期，但由于作者所挽赠的对象都是平民，而且与他们有非常深厚的情感，因此这类诗歌往往写得情真意切，显示出其艺术上的深刻造诣。

（二）刘克庄的挽赠诗写了各级官僚和他们的孺人、淑人等。

刘克庄前期创作的挽赠诗多达近 470 首，占全部挽赠诗的近一半。而《宋诗钞》所选此方面的诗歌也近 140 首，在整个诗选中占约 28%。刘克庄前期挽赠诗的内容十分广泛和深刻，而且感情真挚。

首先，刘克庄对为国捐躯的将领给予高度的评价，同时对他们的不幸遭遇表示深切的同情。如《二将石俣、韩存》（卷 3033）：

> 二将同时死，路人闻亦哀。力穷鏖转急，围厚突难开。战骨寻应在，残兵间有回。伤心邮递里，隔日捷书来。

刘克庄对石俣、韩存的死亡表示深切的惋惜和哀痛，而最后一句"隔日捷书来"尤使二将之死生辉，使人更欲落泪。

再如《闻何立可李茂钦讣二首》（卷 3036）：

> 初闻边报暗吞声，想见登谯与虏争。世俗今犹疑许远，君王元未识真卿。伤心百口同临穴，极目孤城绝救兵。多少虎臣提将印，谁知战死是书生。
>
> 何老长身李白须，传闻死尚握州符。战场便合营双庙，太学今方出二儒。史馆何人征逸事，羽林无日访遗孤。病夫畴昔曾同幕，西望关山涕自濡。

刘克庄与何立可、李茂钦本为同僚①，他们的死亡尤使后村伤痛，然而更使他悲愤的是，“世俗今犹疑许远，君王元未识真卿”。许远和张巡同为抗击唐朝安史乱军的英雄，但在他们牺牲之后，却有人对他们提出非议，韩愈愤然写了《张中丞传后叙》以辩污。令刘克庄更气愤的是，“多少虎臣提将印，谁知战死是书生”，武将不去打仗，让书生血洒疆场，这实际上也是对宋朝的绝妙讽刺。

但写得最慷慨多气的恐怕是《梦丰宅之二首》(卷3035)：

一别茫茫隔九京，梦中慷慨语如生。老犹奋笔排和议，病尚登陴募救兵。天夺伟人关气数，时无好汉共功名。残胡仍在王师老，宝剑虽埋愤未平。

斯人古少况于今，每恨诸贤识未深。朝给赙钱方掩骨，家无余帛可为衾。向来天子真知己，近世门生喜负心。惟有天涯华发掾，独挥衰涕望山阴。

虽然对为国捐躯的英雄叹惋不息，但刘克庄还是希望人们为国出力，如《送陈户曹珽之官襄阳二首》(卷3042)：

丞相曾参督府谋，郎君今复赞边筹。彼哉金谷饮长夜，去矣玉关防盛秋。尺度岂能拘快士，功名断不在中州。习池水满堤花艳，安得相陪赋远游。

幕府秋风事日生，参军匹马戴星行。起为楚舞何其壮，吟退胡兵在此行。且喜岘山碑有跋，不愁江表传无名。老儒那复封侯梦，止愿躬耕看太平。

襄阳是南宋的门户，是南宋后期和蒙古人决战的主战场。刘克

① 后村诗中自注曰：“二君皆旧同官。”

庄深知陈斑此去的意义和价值，因此鼓励他建功立业，史上留名。尤其是第二首中“起为”四句，其中充满多少豪兴，同时又给予了陈斑多么深切的希望！

其次，刘克庄写了很多中小官吏，并对他们的不幸给予了极大的同情。事实上，刘克庄一生也郁郁不得志，几起几落。对这些中小官吏的同情，不过是借别人之酒杯以浇自己之块垒罢了。

如写“白首除郎”的杨通老只有“残稿漫成堆”而已（卷3033《哭杨吏部通老》）；写黄直卿不为身谋，不贪己功，“督府凯旋先请去，坚城筑就独无功。身谋彼此皆迂阔，国事中间偶异同”（卷3036《哭黄直卿寺丞其二》）；写谭户录“胸次有千年，囊中乏一钱”，而最后两句“伤心邻巷里，废斋锁寒烟”，写得尤其意味深长，感人至深（《哭谭户录二首》卷3038）；写赵简叔“劫火难隳节，浮云肯动心”（卷3043《挽赵漕简叔二首》），气节高迈。

还如《送周监门》（卷3033）：

> 一领青衫似败荷，奈君母老秩卑何。三年幕府无人荐，常日柴门有客过。身畔担轻藏俸少，江头船重载书多。故人若问军中事，为说防秋夜枕戈。

周监门衣着褴褛，母老秩卑，在幕府三年却无人举荐，境况可怜。但却有一腔爱国热情和满腹的诗书，令人肃然起敬。由于冗官的大量存在和不堪支付的军事开支，致使南宋的中下级官僚俸禄偏低，甚至无法自存，这也是南宋官场腐败成风的重要原因。

不过，到了中后期，随着官职和社会地位的提高，刘克庄的社交面逐渐扩大，求他写诗的人越来越多，而诗人与所挽赠的许多人并无真情实感，这就使他不得不去寻找成语典故加以填充，因此他的挽赠诗逐渐程式化，变得更加“机械”和“滑溜”。

不过，刘克庄在这一时期也写过一些感人至深的作品，如《临江

使君陈华叟哀诗二首》(卷 3064):

众闻鸣镝惊麏散,独奋空拳跃马迎。嚼齿骂声殊未绝,归元血面尚如生。睢阳合祀无南八,河北诸城有杲卿。可惜援师来已晚,当时巷战只州兵。

去岁相过寂寞滨,心如符券迹参辰。骨香万死何曾腐,膝屈千生不复伸。哀仲行诗谁续古,补中丞传岂无人。短歌虽愧招魂作,或可留传达史臣。

陈华叟在众人溃退之后独自迎敌,终因寡不敌众而被俘,刘克庄写他被俘后"嚼齿骂声殊未绝,归元血面尚如生"的形象,尤其感人。

不可忽略的是,刘克庄所交往的几位高官,对他的生前和死后都产生了重大的影响,他们是真德秀、郑清之和贾似道。

真德秀(1178～1235),号西山,事迹见《宋史》卷 437,后村写有《真西山文忠公行状》(《大全集》卷 168)。刘克庄受业于西山,是他的"门人"。真西山是南宋大儒,对刘克庄的一生产生了深刻的影响。刘克庄说:"某畴昔受西山先生罔极之恩,阳岩所知。自幼至老所以粗有植立于世者,谁之力也？某终身不敢忘。"①刘克庄写到西山的诗文甚多,如《送真舍人率江西八首》(卷 3034),《送西山再镇温陵》、《题郑宁文卷》、《陪西山游鼓山》(卷 3042),《和朱簿四首》其一(卷 3052),《怀真赵二公一首》(卷 3078),《真西山祭文》(《大全集》卷 137)等。

郑清之(1173～1248)字德源,号安晚,事迹见《宋史》卷 414。他曾两度出任宰相,不但使后村免受"梅花诗案"之苦,而且在政治上大力提携后村。后村在诗文中多次提到郑清之,如《丞相忠定公行状》(《大全集》卷 170),《郑丞相祭文》、《贺郑丞相启》(《大全集》卷 117),

① 《大全集》卷 133《答洪侍郎书》其二。

《与郑丞相书》(《大全集》卷 129),《郑丞相生日口号十首》(卷 3042)等。

贾似道(1213～1275),字师宪,台州人,宋末宰相。在《宋史》卷 474 被列入“奸臣”传。刘克庄与贾似道之父贾涉关系甚密,因此他和贾似道是世交,并得到贾似道的援引。由此招致了后世的口诛笔伐,如王世贞首论其非①,后世对此亦多有辩论②。刘克庄在贾似道为相期间写过不少诗词和文,如《凯歌十首呈贾枢使》(卷 3062),《贺新郎・傅相生日壬戌》、《满江红・傅相生日癸亥》、《满江红・傅相生日甲子》、《汉宫春・丞相生日乙丑》、《沁园春・平章生日丁卯》(钱仲联《后村词笺注》卷 2),《贺贾丞相拜太师启》、《贺贾太师再相启》(《大全集》卷 120),《与贾丞相书》、《谢贾丞相饯行诗》(《大全集》卷 132),《与淮阃贾知院书》、《又与丞相书》(《大全集》卷 134)等。《大全集》在他身后流传不广③,原因是多方面的,但其中最重要的原因恐怕是和他与贾似道的交往带来的消极影响有关。

(三)刘克庄的挽赠诗有不少内容写到自己的亲人。

刘克庄对自己的亲人,上至父母兄弟姐妹,下至爱子,都写过不少感情真挚的好诗。

如《悼阿昇》(卷 3034):“宝惜吾儿如拱璧,那知变灭只须臾……坐客相宽云梦幻,故人来吊讶清癯。荒山岁晚无行迹,心折原头树孤影。”其肠千转不穷,其情哀痛无绝。其他如《忆殇女》(卷 3033),《送表弟方时父》(卷 3045),《工部弟哀诗二首》、《季父习静哀诗四首》(卷 3048)等诗都写得很动人。

刘克庄有三子(强甫、明甫、山甫)一女(适安知县陈琰),强甫为

---

① 见王世贞《弇尾集・刘后村集跋》(《四库全书》本)。

② 见台湾孙克宽《晚宋政争中之刘后村》(《大陆杂志》第 23 卷第 7 期)、李国庭《刘克庄生平三考》(《福建论坛》1991 年第 1 期)、明见《刘克庄贺贾之作新论》(《文学遗产》2003 年第 5 期等)。

③ 《瀛奎律髓》、《宋诗钞》、《石仓历代诗选》、《御选宋金元明四朝诗》、《宋金元诗永》等书所选诗似都不出 16 卷本《后村居士集》的范围。

长子，朝奉郎，历任晋江主簿、三省架阁、添差福州通判等[①]。刘克庄诗中写到强甫的作品甚多[②]，从中足见其舐犊之情，而且这种情感随着时间的推移愈加浓烈。

如《寄强甫二首》其一：

出户询来使，能言别后臞。病余双鬓改，俸外一钱无。撰杖陪诸老，篝灯课二雏。梅天费调燮，善保不赀躯。

虽然自己年老多病，但对自己在远方的儿子却无时无刻不在思念，每有来使他总是仔细询问，殷切地希望他善自调燮，舐犊之情跃然纸上。但同时后村还希望他："勿发泥涂叹，姑持玉雪身。"（其二）

再如《送强甫注籍》：

老别亲朋已动情，可堪玉树离阶庭。新吟不数苍蝇窍，多病真成碧鹤形。翁迫崦嵫迟暮景，儿看风雪短长亭。早归共举屠苏酒，莫爱西湖柳色青。

与亲朋相别都不能自持，况且和自己的儿子呢？面对将要远去的强甫，后村恋恋不舍，话语中似乎带着恳求和哀婉，如"翁迫"、"早归"等句，读了叫人如何不动情呢？

还如《忆强甫》：

临岐约共屠苏酒，及饮屠苏汝未归。纵使举头瞻日近，可堪返顾见云飞。索长安米难淹久，回剡溪船果是非。别

① 事迹见《福建通志·列传》卷14。

② 如《寄强甫二首》（卷3050），《用强甫蒙仲韵十首》（卷3051），《忆强甫》、《送强甫注籍》（卷3053），《强甫西上》、《连日寒甚忆强甫二首》、《送山甫铨试二首并寄强甫》（卷3058），《送强甫赴惠安六言十首》（卷3062），《用居厚弟强甫韵》（十二首）（卷3072），《送强甫赴漳倅二首》（卷3073），《示强甫》（卷3079），《寄强甫》（卷3080）等。

后安书加束笋，眼穿新岁雁来稀。

本约好元旦相见①，但强甫却未能归来，刘克庄坐立不安，“纵使举头瞻日近，可堪返顾见云飞”其况实属可悯。而此诗最后“眼穿新岁雁来稀”一句，写出诗人的盼子之情，感人泪下。

刘克庄在赠子诗中，除了表达对儿子的思念之情外，还希望他宽以待民，表现出刘克庄人性中非常宽厚的一面，如《送强甫赴惠安六言十首》：

其二：予夺平生足矣，痛痒以身体之。薤本何须先拔，蒲鞭不可妄施。

其五：脑上笔不会插，心头肉其忍剜。乍可侬无花判，莫教渠有租瘢。

其六：警报环四面至，急符寓一分宽。吾儿行矣无怨，太守似元次山。

刘克庄恳切地希望强甫体察民情，把百姓放在自己的心头，以唐代的元结为榜样，宽以待民，不妄施蒲鞭。事实上，这也是后村的为官之道，后村可谓善于言传身教！

还如《送强甫赴漳倅二首》其二：

平生受用语，祖道试重拈。御下慈亲恕，持身处女严。民歌齐相静，守说许丞廉。宽作期年别，吾衰勿久淹。

中间“御下”四句与其说是刘克庄对强甫殷切的希望，倒不如说

---

① 元日又称元旦、正旦、旦日，俗称年节、新年。民间用鸦青纸或青绢剪成大小幡，由长者带之，或贴于门楣。每家饮屠苏酒或术汤，吃年馎饦。朝廷举行大朝会，盛况空前。（参考《东京梦华录》卷6《正月》、《元旦朝会》；《梦粱录》卷1《元旦大朝会》。）

是刘克庄本人的政治理想。后村为人宽厚，不但表现在为官上、为人上，也表现在教子上，如："争名古有笞儿语，任运吾无责子诗。"(《送山甫铨试二首并寄强甫》)

除了对儿子，后村对自己的三个弟弟克逊(1189～1246)、克刚(1199～1254)和克永(1207～1262)亦情意深厚，并写过不少诗篇以抒怀。但他最钟情的却是族弟居厚，在诗词中先后数十次写到居厚，可见二人情意之深①。

二、对刘克庄挽赠诗的总体评价

刘克庄的挽赠诗，尤其是前期的作品，感情真挚，较少应酬的意味，成功之作甚多。除了我们前文中所引到的作品，刘克庄此类作品还有不少，如《送叶尚书奉祠二首》、《答留通判元崇》(卷 3040)，《挽陈北山二首》(卷 3041)等，都很真切感人。但是到了中后期，随着交往面的扩大和名气的增长，刘克庄挽赠诗中应酬的成分明显增加，而且有不少作品明显是为文而造情，填充成语典故，尤其是挽赠淑人、孺人一类的作品，这一缺陷更加明显。如：

月照梁鸿案，尘凝孟母机。(卷 3058《挽方宜人二首林直院内子》其二)

诲子如陶母，持身比伯姬。(卷 3063《题孙母陈孺人墓

① 后村写到居厚的诗篇有《送居厚弟堂稟二首》、《居厚不果行次韵二首》、《闻居厚得祠复次韵二首》(卷 3045)，《居厚弟示和诗复课十首》、《居厚弟诗将活鹿寿余次韵一首》(卷 3051)，《居厚弟改提举鸿禧一首》、《又次居厚弟韵一首》(卷 3055)，《警斋吴侍郎再和余送行及居厚弟诗各次韵》(卷 3056)，《和居厚弟一首》(卷 3058)，《戊午生朝和居厚弟五绝》(卷 3061)，《送居厚弟二首》(卷 3065)，《居厚弟得玉局祠》(卷 3068)，《用居厚弟强甫韵》(卷 3072)，《和居厚弟韵》(卷 3077)，《居厚弟乞以碍止……》(卷 3079)等；写到居厚的词有《贺新郎·忆昔俱年少》、《好事近·老不计生朝》、《洞仙歌·眇难揽镜》、《鹊桥仙·我如龚胜》(钱仲联《后村词笺注》卷 2)，《水调歌头·岁晚太玄草》、《念奴娇·素馨茉莉》(钱仲联《后村词笺注》卷 3)，《贺新郎·老去光阴驶》、《鹊桥仙·俱登瀛馆》、《鹊桥仙·女孙笄珥》、《清平乐·居厚弟生日(冰轮万里)》、《清平乐·居厚弟生日(人间喘汗)》(钱仲联《后村词笺注》卷 4)等。

志》)

吾常才道韫,汝竟妻南容。(卷3065《方氏侄女哀诗》)

从以上几例可以看出,刘克庄学问虽然渊博,但如此整齐地排在诗中,确实是有“机械”和“滑溜”之感,毫无警策可言。此种诗歌纯属一种文字“功夫”(我们姑且称之为“功夫”,而不是文字游戏,因为悼亡诗不宜游戏文字),缺乏理趣和韵味,因而并不成功。个中原因甚多,但最根本的原因恐怕还是为文而造情。

刘克庄前期的挽赠诗和中后期的挽赠诗结构也有所不同。一般来说,前期挽赠诗一次是一首,而后期却是二首、三首,甚至出现了组诗,明显是一种求多的心理在起作用。

刘克庄一生所交往的大多是平民和中下层的官吏,其目的主要是为了文学创作。他所结交的人群实际上是其文学创作的大背景。这些各级人士虽然社会地位不同,但有一点是相同的,那就是对文学和艺术的共同爱好和志趣。他们普遍爱诗,对文化充满浓厚的兴趣,表现出极高的文化修养。

后村和僧人的交往十分频繁,关系甚为密切,因而他写到僧人的作品也甚多。如:

禅堪拈出众,诗亦长于前。(卷3033《示观老》)

僧中能结客,禅外又谈兵。喜听诗家语,多知虏地情。(卷3033《聪老》)

师举旧诗余不记,茫然恐是梦中题。(卷3035《示宝上人》)

几度剧谈俱抵掌,有时大醉劝留须。探梅尚忆陪山屐,……(卷3035《怀保宁聪老》)

师瘦能吟无本诗,吾穷难赠大颠衣。(卷3063《赠天台通上人》)

社友携诗访，怜余满面尘。么么今出局，不是社中人。（卷 3064《酬净慈纲上人三首》其三）

可以看出，刘克庄所交往的僧人皆有极高的文化素养，而且都是刘克庄的诗友。他们或者谈禅论诗，或者“剧谈抵掌”，或者谈兵论敌，或者讨论国事。可以说这些僧人主要是文化人士，而决非一般意义上的佛教徒。

刘克庄在与所交往的对象谈诗论道的同时，也把自己置身于一种特定的文化氛围当中，从而接受时代文化的熏陶，使自己具有更高的文化鉴赏眼光和审美趣味，发表更多高超的诗学见解，以利于指导整个文坛。如：

先贤平易以观诗，不晓尖新与崛奇。若似后儒穿凿说，占人字字总堪疑。（卷 3040《答惠使君韵二首》其二）

古人高妙处，不过览山川。（卷 3045《送陈霆之官连州》）

方当夭矫惊春蛰，未可呻吟学冻蛩。（卷 3055《答徐雷震投赠》）

诗家事业可怜生，骨朽人间有集行。锻炼鬼犹惊险与，折磨天亦妒虚名。长骑驴背嫌肩耸，欲拔鲸牙恨力轻。（卷 3057《和黄户漕投赠二首祖润又二首》其二）

微露毫芒足奇怪，少加锻炼愈高深。（卷 3058《答括士李同二首》）

商颂以前殊简短，卫风而下稍淫哇。鹤天鲸海无边际，莫费功夫纳百家。（卷 3066《答林文之》其二）

生涯悬罄尽，诗句弹丸圆。（卷 3072《送谢眸之温陵》）

刘克庄的诗学思想十分丰富和全面，以上所引不过是他挽赠诗中的一小部分而已，但足以使我们感觉到其诗学思想的深刻性了。刘克庄主张诗歌应以平易为主，反对过分尖新和崛奇，强调诗歌应该有力度而反对虫鸣和呻吟，同时后村希望对诗歌进行锤炼，使诗句达到圆转流美如弹丸的境界。另外，后村还指出，古人诗歌的高妙处在于山川和自然。后村这些诗学思想和以往的诗歌主张是相一致的。需要注意的是，后村认为“鹤天鲸海无边际，莫费功夫纳百家”，这也许是后村对自己文学实践的最深刻的总结，因为后村的诗歌风格虽然多样，但总给人一种杂而未融的印象。

需要指出的是，后村诗集中的大量挽赠诗和唱和诗，实际上也是南宋后期享乐之风大盛，士大夫普遍不恤国事，唯以游览山水和咏诗唱和为务的必然反映①。这可以说是从另一个方面显示出南宋必然灭亡的历史命运，因而刘克庄的这些诗歌也是南宋社会的一面镜子。

总之，刘克庄的挽赠诗为我们展现出了南宋特定文化背景下的文人交往和唱和，是我们研究后村的生平和交往圈的重要材料，也是我们研究南宋社会和文化的最丰富、最具体的感性材料。

第二节　南宋文化的缩影——以题跋诗、节俗诗为例

一、题跋诗

(一) 题诗诗

题跋诗是宋代文化高度发达的产物。以诗论诗，最早见于《诗经》，如《大雅·蒸民》：“吉甫作颂，穆如清风。”《大雅·嵩高》：“其诗孔硕，其风肆好。”但严格意义上的论诗诗，则是杜甫的《戏为六绝

① 可参考[法]谢和耐著、刘东译《蒙古入侵前夜的中国日常生活》，江苏人民出版社1998年版；欧阳光《宋元诗社研究丛稿》，广东高校出版社1996年版。

句》。此种体例对后世影响甚巨，如宋代戴复古的《论诗十绝句》和金代元好问的《论诗绝句三十首》等，都深受其影响。在清朝，此种体例更加发扬光大。

在刘克庄之前，宋人早已广泛利用题跋文这种体裁品艺论道，如苏轼、黄庭坚等都创作过大量的题跋，使其成为宋代散文的重要形式，并对后来的文学产生了重大的影响。与此同时，以诗论诗这种形式也为宋人所广泛利用，如王禹偁、梅尧臣、欧阳修、王安石、苏轼、陈师道、张耒、陈与义、陆游、杨万里、戴复古等著名文学家都有论诗诗。刘后村使这种形式发扬蹈厉，蔚为大观。

刘克庄题诗诗甚多，在宋诗中可谓翘首。它们或论前一代的诗人，或论当代的诗人，甚或论自己的作品，充分体现了后村的艺术卓见和在当时文坛的崇高地位。但后人在论及后村的诗论时，多留意于他的题跋和诗话，却很少留意这部分诗跋，这是十分令人遗憾的。事实上，刘克庄的诗学思想不但见于他的题跋和诗论，也见于他的诗跋和其他作品。正如郭绍虞所分析的那样："沧浪之长在识，后村之长在学。重在识，故锋芒毕露而或失之偏；重在学，则不拘一格，而转若无所见其长……盖沧浪长于识，则要言不烦，诗论可尽在诗话之中。后村长于学，故诗论可散见于文集，而诗话则只限于诗评。"①刘克庄的诗学见解散见于他的全部著作，而诗跋则是体现他诗学思想的一个重要方面。若能将之和他的诗话及题跋进行比对，无疑更能全面准确地了解他的诗学思想。

首先，刘克庄题诗诗充分利用诗歌这种特殊的体裁，对前人的诗歌境界和艺术性进行了全面探索，显示出其极高的艺术功力和艺术嗅觉。

如《十月二十二夜同方寺成宿瀑庵读刘宾客集》(卷 3037)：

---

① 郭绍虞《宋诗话考》第 112～113 页。

瀑山木落霜寒夜，共读吾家梦得诗。坐对遗篇忘漏尽，手遮残烛怕风吹。森严似听元戎令，机警如看国手棋。千载愚溪相对垒，未应地下友微之。

全诗通过"元戎令"和"国手棋"这两个非常贴切准确的比喻，准确地把握住刘禹锡诗歌特点。而且刘克庄还结合特定的环境来读梦得的诗歌，通过暗示、象征等艺术手段，更使人有身临其境之感。

其次，刘克庄在题诗诗中对历代作家作出评价，显示出其喜欢品评的性格以及他作为文化领袖的特色。如《读太白诗一首和竹溪》(卷 3067)：

翰林万里出峨眉，曾受开元帝异知。只道高爷能毁鬲，无端环子亦嗔痴。空传飞燕当时句，难觅骑鲸以后诗。的是长庚星现世，秕糠伯友与王师。

此诗无疑是一篇太白小传。再如《唐诗》(卷 3071)：

瀛洲学士风流远，中叶唐惭贞观唐。灵武拾遗晚羁旅，开元供奉老佯狂。戏苕翡翠非伦拟，撼树蚍蜉不揣量。赖有元和韩十八，骑麟被发共翱翔。

这可谓一首小型的唐诗史。诗中肯定了李白、杜甫、韩愈在唐代文学史上的崇高地位，同时也表明了后村的诗歌审美理想，即对他们诗歌的巨大气魄和力度的崇尚之情。另外，后村在《李杜》、《退之》(卷 3079)中论述了这三位他认为唐诗里气魄和力度最大的诗人。其他的诗篇如《五言长城》、《无弦琴》(卷 3060)，《昌谷》、《乐天》(卷 3079)等，亦可作为作家小传来看。

总之，刘克庄对前辈诗人，尤其是对唐代诗人，如李白、杜甫等，都表现出极大的崇敬和理解，显示出极高的艺术眼力。当然，刘克庄对唐代和前辈诗人较少利用诗跋这种形式加以品评，这主要是因为，在《后村诗话》和题跋中已经专门对这些诗人进行了研究和品评，故无需再加以重复。

再次，刘克庄对当代诗人的创作进行全面的品评，显示出其作为一位诗坛领袖的眼光和魄力。

在刘克庄的诗跋中，品评最多的是当代诗人。如《题方武成诗草》（卷3034）：

> 性僻爱诗如至宝，借君诗卷百回看。吟来体犯诸家少，改定人移一字难。束瀑为题犹夭矫，吞山入句尚苍寒。嗟余老钝资磨琢，安得同衾语夜阑。

再如《题许介之诗草》、《还杜子野诗卷》（卷3038），《题洪使君诗卷》、《敖茂才论诗》（卷3039），《跋某人诗卷》、《还黄镛诗卷》（卷3041），《题赵子固诗卷》、《题庐陵罗生诗卷》（卷3042）等。这些品评或画龙点睛，或提纲挈领，寥寥几句诗便表现出对所品评作品的看法，显示出其极高的学养和诗识。

刘克庄在这些题诗诗中表现出很深刻的诗学思想，值得我们深入研究。概括起来，主要包括如下几点：

首先，刘克庄推崇杜甫诗中所表现出来的“脍鲸”之力。

刘克庄认为杜甫的诗歌之所以不同于江湖和“四灵”等小家数，就在于他的诗歌不但有句法，而且语句有骨气（参看《后村诗话》前集卷1）。刘克庄曾说过：“余谓善评杜诗，无出半山‘吾观少陵诗，谓与元气侔’。万世不易之论。”（《后村诗话》新集卷1）除了在《后村诗话》新集卷1中论杜诗外，还专门在卷2中摘录杜诗并加以评析，足见杜甫在后村心目中的地位。杜甫诗歌中那种强调才学、注重用典、文字锤炼的诗句，以及诗句所表现出的力度，正是后村诗歌的理想和

榜样。因此,后村在评诗的过程中,一再以杜诗作为诗歌的最高典范。请看下面的一组例子:

曾伴灵芝湖上吟,当年一悟至如今。源流不乱知归趣,篇什无多见苦心。贯虱功夫须切近,脍鲸力量要雄深。暮年谁可谈兹事,盎有村醪且自斟。(卷3041《还黄镛诗卷》)

行世安能保不刊,自怜蔽帚笑傍观。熏香未可疏班马,抓痒无过看杜韩。雷挟六丁来取易,天教两鸟不鸣难。吾闻海上鲸堪脍,休把鸾刀切蚁肝。(卷3059《温陵诸贤接刊拙稿竹溪直院有诗助噪戏和一首》)

诗境高吟太白伦,梧州下笔李潮亲。今观天马非凡种,肯厌家鸡问外人。力大鳌来吞钓饵,心专虱看似车轮。盛年出手追风雅,莫与香奁作后尘。(卷3063《题方海丰诗卷》)

三千首探骊颔宝,九万里抟鹏背风。欲往从之翅羽短,碧天无际海连空。(卷3064《题竹溪近稿二首》)

叔季词人杂雅哇,喜君诗卷美无瑕。朋侪却走避三舍,句律斩新成一家。肯学小儿烹虱胫,要看大手拔鲸牙。村翁岂敢持衡尺,直为痴年两倍加。(卷3065《题林文之诗卷二首》)

其次,刘克庄强调锤炼和苦吟,反对率易。

刘克庄一再反对率易的诗风,强调锤炼和功力。如他认为,“长庆体太易,不必学”①,批评赵蕃“晚年诗太坦率,几于风德之衰矣!”②刘克庄谈到锻炼的地方甚多,如“诗贵苦思精炼,集中诸人,可谓思之

① 《后村诗话·前集》卷1。
② 《后村诗话·前集》卷2。

苦、炼之精矣”①,“义山之作尤锻炼精粹,探幽索微,不可草草看过”(《后村诗话》新集卷4)。

在刘克庄看来,是必须锻炼才会精粹,才会达到上乘的境界,如:

掏肾搜肠极苦辛,先贤曾叹费精神。(《大全集》卷32《壬戌首春十九日锁宿玉堂四绝之四》)

暮年字字费冥搜,少作如山弃不收。(《大全集》卷34《病起》)

诗必穷始工,必老始就,必思索始高深,必锻炼始精粹。(《大全集》卷106《跋赵孟頫诗》)

少狂费尽一生心,丛稿如山雪满簪。扬子雕镌夸赋丽,唐人锻炼说诗深。寒来尚可披裘钓,穷杀何妨带索吟。社友萧疏吾老大,安知来者不如今。(卷3078《抄戊辰十月近稿七首》其六)

再次,刘克庄崇尚大家数,鄙视虫鸣。

由于早年深受“四灵”和姚贾诗风的影响,因此刘克庄对他们的缺陷洞若观火,认为他们的作品缺乏气魄,多呈“寒俭刻削之态”。在刘克庄看来,江湖诗人也是“轻清华艳,如露蝉之鸣木杪,翡翠之戏苕上,非不娱耳而悦目也,然视古诗,盖有等级,毋论骚选”②。因此,刘克庄推崇大家数,坚决反对虫鸣。请看下面的例子:

方当夭矫惊春蛰,未可呻吟学冻蛩。(《大全集》卷23《答徐雷震投赠》)

不但行吟又卧披,掩卷因有感于斯。竟为蛙蚓号鸣态,乌睹龙鸾夭矫姿。(卷3043《丁酉九月十四日黄源岭客舍

① 《大全集》卷108《跋起余诗草堂诗》。

② 《大全集》卷97《晚觉翁稿》。

题黄瀛父近诗》)

世间小家数，不瘦失之寒。都未饱鲸脍，徒然烹虮肝。于今无对垒，亘古有荒坛。改窜无全句，明朝更取看。(卷3057《题近稿二首》其二)

在刘克庄看来，小家数之所以寒瘦，就是因为缺乏气魄，缺乏“饱鲸脍”的力量。

第四，刘克庄崇尚自然、反对雕镌。

刘克庄论诗崇尚自然，反对过分雕镌，反对有过多的脂粉气，认为这样会破坏诗歌的自然和浑成①，如：

真妍非粉黛，至巧谢雕镌。(《大全集》卷6《题许介之诗草》)

早知粉黛非真色，晚觉雕镌损自然。(《大全集》卷17《三叠》)

在刘克庄看来，南朝、晚唐诗歌之所以缺乏骨力，就在于有过多的脂粉气和秾华，因此主张扫除。如：

南朝有脂粉气，李唐夸锦绣堆。(《大全集》卷24《冬夜读几案间杂书得六言二十首之二十》)

诗至中山不可加，直将幽澹扫秾华。(《大全集》卷12《诸人颇有和余百梅诗者，各赋一首》)

刘克庄认为，诗歌的境界应该是“不经意”和“非常巧”。这是一种高境界，非经千锤百炼不能达到，如：

---

① 请参看第六章《集大成的诗论》第二节《刘克庄的诗学理想》。

若不经意而穷天下之思索，若不修辞而极文章家之巧妙。(《大全集》卷108《跋真窖遗文》)

织千机锦非常巧，熏一铢香已觉多。(《大全集》卷10《题庐陵罗生诗卷》)

第五，刘克庄强调才学和用典。

刘克庄最崇拜的诗人是杜甫，而且深受江西诗学的影响，因此他论诗最强调用典和才学。这也充分显示出这位文化领袖的艺术本性。请看刘克庄的观点：

诗道不胜玄，难于问性天。莫求邻媪诵，姑付后儒笺。至质翻如俚，尤癯始似仙。吾非肝肺异，先得子同然。(卷3039《敖茂才论诗》)

冥搜险韵搅枯肠，音义时乎取断章。吾窭仅能茅破屋，君材真可栋明堂。居然挺挺过苍柏，胜似萧萧种白杨。识草木名须博览，夜窗灯火恰新凉。(卷3071《次竹溪韵跋志仁工部柞木诗》其一)

在刘克庄看来，诗是一门艺术，其中有着玄妙的天机，必须"冥搜险韵搅枯肠"，是不可率易马虎的。

但是，刘克庄反对以记闻和学问为诗，如他认为"资书以为诗，失之腐；损书以为诗，失之野"(《大全集》卷96《跋韩隐君诗》)，足见他深通诗学的辩证法。

第六，刘克庄对词的看法。

除了诗，刘克庄还在题跋诗中表达了自己的词学见解。如他在《跋方寔孙长短句》(卷3050)中认为：

金针玉指巧安排，直把天孙锦剪裁。樊素口中都道得，春莺啭处细听来。欲歌郢客声难和，才误周郎首已回。可惜禁中无应制，等闲老却谪仙才。

再如《夜检故书得孙季蕃词有怀其人二首》(卷3055)：

贪听樵更夜未眠，偶拈一卷向灯前。凤箫按谱声声叶，鲛帕盛珠颗颗圆。洛叟曾规秦学士，蜀公晚喜柳屯田。江湖冷落词人少，难起花翁傍酒边。

中年豪宕以词行，醉墨淋漓一座倾。昔竞捧笺求少蕴，今谁沥酒吊耆卿。戴花起舞生无闷，荐菊为肴死亦清。愁绝水仙祠畔路，萋萋原草几枯荣。

从上面所举的例子看来，刘克庄是坚持词的本色的，也就是说，他论词强调词要叶律，要字正腔圆，即“凤箫按谱声声叶，鲛帕盛珠颗颗圆”。这充分说明，把后村完全置于豪放的境界中，不但忽略了他创作的整体风貌，也有悖于他的词论。

当然，由于个性和时代风气的影响，刘克庄选调独取豪放，论词强调阳刚之气，也在情理之中。如其“自寓其词品”(刘熙载语)的《贺新郎·戏上闻歌有感》中的“粗识国风关雎乱，羞学流莺百啭。总不涉、闺情春怨”，“我有平生离鸾操，颇哀而不愠，微而婉”等句子。

第七，刘克庄对文的看法。

除了题跋诗词，刘克庄诗中还有大量的题跋文的诗，如《跋方云台文稿二十韵》(卷3036)，《题胡仲威文稿》(卷3038)，《题郑宁文卷》、《题汤伯纪程文》、《题袁秘书文稿》(卷3042)，《题张簿蔚槎溪集》(卷3043)，《题萧令山则文编二首》(卷3044)，《题永嘉黄仲炎文卷二首》(卷3045)，《读汤伯纪大人赋》(卷3050)，《读友人奏稿》(卷3054)，《跋青阳尉古赋》(卷3057)，《题临江郭君季韩文卷》(卷3065)等。

刘克庄的题文诗亦如他的题诗诗，显示出他对文学的深刻见解，是我们了解其文学思想的重要材料。如他的《跋方云台文稿二十韵》（卷 3036）：

文人何琐碎，夫自独雄尊。击水移南海，追风出大宛。黑潭龙怒起，碧宇鹘孤骞。翕留波澜涌，须臾电雹奔。笔锋山突兀，墨沉雨倾翻。轩豁青天露，凄迷白昼昏。至微该草树，极大括乾坤。金鼓条侯壁，旌旗渭上屯。聚如群玉圃，散似建章门。览岱亲临顶，穷河直至源。檄书传绝漠，诗句落中原。猛虎堪须捋，修鲸可气吞。寂寥时数语，浩荡或千言。神与经营力，谁窥斧凿痕。流行通象桂，模刻遍湘沅。欲拣皆逢宝，将芟不见繁。居然开奕奥，讵肯闯篱藩。坎井疑天大，溪流笑海浑。不妨儿辈撼，姑付后人论。拙咏虽卑弱，因公傥并存。

整首诗气势磅礴，元气弥漫，这正是刘克庄所推崇的鲸海碧波的大力量和大气魄。其中“猛虎堪须捋，修鲸可气吞”两句，正可以表现这种审美理想。此诗学韩愈，风格类《调张籍》。

刘克庄虽然出自大儒真西山之门，但论文更强调情感和文学的艺术性，显示出他作为文坛领袖的卓越之处。如《题郑宁文卷》（卷 3042）：

昔侍西山讲习时，颇于函丈得精微。书如逐客犹遭绌，辞取横汾亦恐非。筝笛岂能谐雅乐，绮纨元未识深衣。嗟余老矣君方少，勤向师门扣指归。

“筝笛岂能谐雅乐，绮纨元未识深衣”两句正可以反映出刘克庄对文学的深刻见解，这也是他作为文坛领袖，高出当时的理学家之处。

对于此事，刘克庄在自己的《诗话》中也曾提到，他说："《文章正宗》初萌芽，西山先生以诗歌一门属余编类，且约以世教民彝为主。如仙释、闺情、宫怨之类，皆勿取。余取汉武帝《秋风辞》，西山曰：'文中子亦以此词为悔心之萌，岂其然乎？'意不欲收，其严如此。然所谓'携佳人兮未能忘'之语，盖指公卿群臣之扈从者，似非为后宫设。凡余所取而西山去之者大半，又增入陶诗甚多，如三谢之类，多不入。"刘克庄的文学见解比真西山高明之处自不待言。

总之，刘克庄的题诗诗中文学思想十分丰富，值得我们认真开掘和利用。

（二）题画诗

题画诗虽开创于唐代，却大盛于宋朝。宋代题画诗在苏轼、黄庭坚等人的倡导下，风行文坛。后村是继欧阳修、苏轼之后，南宋后期最杰出的文化领袖。他在琴棋书画诸方面都有相当高的造诣，而题画诗正是他文化个性最集中的体现。由于后村对书画鉴赏能力极高，因而，他的题画诗为我们留下了许多早已失传的古画的最初也是最生动的记忆。刘克庄的题画诗较多，共计 60 题，75 首。下面我们就他题画诗的特点作简单的评析。

1. 山水画题跋诗

首先，刘克庄对山水有着特殊的爱好，对山水画也情有独钟，如他著名的《郭熙山水障子》（卷 3039）：

高为峰岚下涛江，极目森秀涵苍凉。始知著色未造极，一似丑女施铅黄。惊泉骇石聚幽怪，巨楠穹柏蟠老苍。鹿门寺，华子冈，是耶非耶远莫详。疑闻钟声起晻霭，似有帆影来微茫。陌穷渡绝雪满坂，驴鞍钓笠分毫芒。炎曦亭午试展玩，坐觉烟雨生缣缃。古来绝艺必名士，俗史辟易安敢当。大年脂粉米老狂，先朝仅数燕侍郎。吾闻汾阳子，贵购父画一笔不许他人藏。矮屏短轴已可贵，况此四幅垂华堂。呜呼主人谨护守，神雷鬼电或取将。

郭熙的山水继承李成，又自出胸臆，受到神宗的喜爱，从而形成北宋宫廷山水画的一个主要派别。李成的山水画"淡墨如梦雾中，石如云动，多巧少真意"①。郭熙发明山水画的皴法，后世俗称"卷云皴"以圆转、波动的线条来刻画山石树木，确有云动的特点，但比李成更"多真意"，即"写实"。郭熙的理论由他儿子郭思整理成《林泉高致集》。书中总结了山水画"写实"的理论，并提出了著名的"三远法"。

李成的山水画尺幅一般比较小，又大都以平远寒林擅长；而郭熙因多作壁障，故大都为大幅格局。如著名的《早春图》大轴及《窠石平远图》轴等，幅面都不小。刘克庄所藏的这四幅山水障子亦是大幅画轴，"矮屏短轴已可贵，况此四幅垂华堂"，而且这几幅画确实云烟满纸，气势飞动。如"极目森秀含苍凉"，"疑闻钟声起晻霭，似有帆影来微茫"，正是郭熙山水画给人的基本印象。后村认为"始知著色未造极，一似丑女施铅黄"，这也和他的诗学理论"绵绘损自然"、"真妍非粉黛，至巧谢雕镌"相一致。

再如《关仝骤雨图》(卷 3039)：

四山昏昏如泼墨，行人对面不相觌。凄乎太阴布肃杀，暗然混沌未开辟。千丈拿空蛰龙起，一声破柱春雷疾。我疑人间瓠子决，或是天上银河溢。异哉烟霏变态中，山川虚市明历历。茅寮竹寺互掩映，疏舂残磬渺愁寂。叟提鱼出寒裂面，童叱牛归泥没膝。羊肠峻坂去天尺，驴饥仆瘦行安适。林僧卸笠窘回步，海商抛矴忧形色。纵览鲲鹏信奇伟，戏看凫雁亦萧瑟。乃知画妙与天通，模写万殊由寸笔。大

① 米芾《画史》。

而海岳既尽包，细如针粟皆可识。向来关生何似人，想见丘壑横胸臆。呜呼使移此手为文章，岂不擅场称巨擘。

关仝为五代后期北宋初期的著名山水画家。他的山水画的特点是“粗山，工关河之势，峰峦少秀气”①。“石体坚凝，杂木丰茂。”②师承荆浩，史称“荆、关”。刘克庄所见的这幅《骤雨图》，确有磅礴的气势和酣畅的笔墨，如“四山昏昏如泼墨，行人对面不相觌。凄乎太阴布肃杀，暗然混沌未开辟。千丈拿空蛰龙起，一声破柱春雷疾。我疑人间瓠子决，或是天上银河溢”一节的描写，但关仝的画师承荆浩，亦很注意细节的描模，如对林叟、童子、凫雁、饥驴瘦仆、林僧、海商形象的刻画都很工致细腻，显示出山水画由唐向宋过渡的痕迹。故后村评析此画曰：“乃知画妙与天通，模写万殊由寸笔。大而海岳既尽包，细如针粟皆可识。”同时，刘克庄也认为，关仝画中有诗，此幅山水的情境可移置于诗。正可谓“呜呼使移此手为文章，岂不擅场称巨擘。”

刘克庄另有《题江贯道山水十绝》(卷 3045)。江参，字贯道，北宋末南宋初山水画家。他的山水继承董源、巨然，而风格更加豪放，如他的代表作《千里江山图》。刘克庄所见的这幅画藏于洪迈家的万幅平远楼，亦是一幅大气磅礴的山水画，如其二所写：“一棹微茫里，孤亭紫翠间。恍疑涉彭蠡，又似访庐山。”刘克庄还有《跋江贯道山水》(《大全集》卷 102)一文，介绍他在林希逸家所见的一幅江参的山水巨轴。

2. 花鸟画题跋诗

刘克庄一生喜欢花鸟，尤其对梅花的热爱，前文已有论。除了写出著名的《梅花百咏》外，后村的咏梅诗尚多，如《忆真州梅园》(卷 3035)、《和方孚若瀑上种梅五首》(卷 3037)等，足见刘克庄对梅花的钟情和痴迷。除了赏花，后村还对鸟禽有特殊的爱好，并亲自养过锦

① 米芾《画史》。

② 郭若虚《图画见闻志》。

鸡(《吊锦鸡一首呈叶任道》卷3037)、白鹇(《竹溪惠白鹇三绝句》卷3061)、鸳鸯(《子真子常饷双鸳鸯将以五言效颦三首以谢》卷3064)、鹤(钱仲联《后村词笺注》卷2《贺新郎·二鹤》)等禽鸟。

刘克庄题跋花鸟的代表作品有《尉侄寄百雀图》(卷3057)、《信庵丞相为余作墨梅二轴谢以小诗》(卷3065)、《再题信庵墨梅》(卷3073)等。

如《再题信庵墨梅》(卷3073):

> 信庵墨戏古无之,元气淋漓尔许奇。特与此翁挥匹楮,不为彼相作横枝。秘藏扫学辋川画,曾序调羹沂国诗。九十老农尤宝惜,时时开卷拂蛛丝。

信庵即赵葵,曾拜左相,《宋史》卷417有传。赵葵不但是一位武将,而且能诗善画,擅长墨梅。后村对赵葵的墨梅评价很高,认为:"信庵墨戏古无之,元气淋漓尔许奇。"另外,他在《信庵丞相为余作墨梅二轴谢以小诗》(卷3065)、《信庵墨梅》(《大全集》卷102)、《跋信庵为包君用作墨梅》(《大全集》卷109)都提到赵葵的墨梅,如他在《信庵墨梅》中认为:"其苍枝老干、槎牙突兀者,元晖、宣仲不及也;其繁葩疏花、幽妍芳洁者,华光、补之复出也。"(《大全集》卷102)

刘克庄不但喜爱巨幅的山水画卷,也喜爱工致的花鸟画,如《尉侄寄百雀图》(卷3057):

> 犹子知余嗜,封来半尺绡。谁将一兔颖,写作百鹪鹩。具体侔针粟,卑飞集苇苕。笑他九万里,辛苦上云霄。

在半尺绡上画百只鹪鹩,所画的物象一定是很工致的,故后村赞之曰:"具体侔针粟,卑飞集苇苕。"刘克庄对画中细致的笔法似乎情有独钟,这和他的审美趣味是一致的。

3. 人物画题跋诗

刘克庄诗集中的人物画甚多,如《题龙眠十八尊者》(卷 3042),《蒙仲以二画寿余生朝各题一诗》、《题崔白访戴图》(卷 3061)等都是有代表性的作品。

如《题龙眠十八尊者(卷 3042)》:

> 尝闻天台境,肉身往无从。仁夫示此图,恍惚游其中。应真一一若旧识,或踞怪石临飞淙。山鬼投牒何敬恭,天女问法尤丰茸。盆鱼謦欬等针粟,放去夭矫拿空濛。山深无人地祇出,被服导从侔王公。前驱鸷兽后夔魍,徐行殿以一瘦筇。巉巉苍壁谡谡松,下有老宿眉雪浓。石桥灭没云气断,似是鬼国非天宫。层冰融结挟怒瀑,毒虺喷薄含腥风。至人于此方入定,坏衲幂首枯株同。等闲一坐六十劫,汝技有尽吾无穷。书生往往谈性命,怵以祸福犹儿童。倒持手版口劝进,对此宁不面发红。我知龙眠笔外意,要与浊世针盲聋。退之云释擅变幻,恺之谓画能神通。幻耶神耶两莫诘,与子持扣西山翁。

此龙眠即北宋著名的文人画家李公麟,字伯时,号龙眠居士。据《宣和画谱》记载,李公麟不仅擅长人物鞍马、神仙佛道,而且又能画山水花鸟。"文人水磨花竹、山水兴起之际,流风又波及于人物鞍马之属,最大的代表人物为李公麟。他把文人意趣渗透到人物画领域,遂进一步改造了风靡一时的吴道子传统——从宗教题材转换为世俗生活,从壁画移至卷幅,大大淡化了人物画的'宣教'功能,使之具有近似于山水、花竹之类题材的'赏悦'性质,进一步开拓了'文人画'的疆域。"①

① 徐书城《宋代绘画史》第 159 页,人民美术出版社 2000 年版。

伯时这幅《十八尊者》虽取材宗教，但画中除了十八尊者外，尚有山鬼、天女、盆鱼、祇兽、夔魍、瘦筇、老宿等多种形象，而且刻画得很具意态。如“盆鱼鬐鬣等针粟，放去夭娇拿空濛”写鱼的夭娇，“巉巉苍壁谡谡松，下有老宿眉雪浓”写老宿的飘逸之态，都十分传神写照。而且，伯时把这些形象都置于云笼雾绕的仙境之中，更使这些形象仪态横生，使画充满了文人意趣。

除了这首题跋诗，刘克庄尚有《伯时临韩幹马》、《李伯时十国图》（《大全集》卷 102）及《龙眠画四大天王》（《大全集》卷 107）等题跋，说明他对李公麟画有着特殊的爱好。

再如《题崔白访戴图》（卷 3061）：

> 好事过子云，谪仙访贺老。载醪谈文字，其乐侔击考。子猷稍崖异，入剡殊草草。船头一籧篨，船尾一村僚。飞扬滕巽怒，飘瞥林岫缟。何曾携爨具，清景自可饱。溪边处士庐，雪深无人扫。肯来斯已奇，倏去良亦好。游子有饥色，主人省行搅。异世觉绘事，拊掌为绝倒。

崔白是北宋著名的宫廷花鸟画家，他的作品状物工致、传神生动，尤擅画花竹翎毛①。崔白的画使中国画的“写实”精神和技巧达到了历史上前所未有的高度。

这幅《访戴图》虽非崔白的代表作，人物和山水亦非其所长，但画中的描写如“船头一籧篨，船尾一村僚。飞扬滕巽怒，飘瞥林岫缟。何曾携爨具，清景自可饱。溪边处士庐，雪深无人扫”，亦传神生动，显示了画家高度的写实技巧。

此外，尚有《孟浩然骑驴图》（卷 3036），《苏李泣别图》、《明皇按乐图》（卷 3039），《题真仁夫画卷》、《跋周忘机画一首》（卷 3042）

---

① 参看郭若虚《图画见闻志》卷 4；《大全集》卷 102《戴崧牛》。

等多篇①。

这些诗或借环境的描写为历史人物壮行色，如“风云惨凄，草木枯死。笳鸣马嘶，弦惊鹘起”（卷3039《苏李泣别图》）。

或借题画表达对历史兴亡的感叹，如“古来治乱本无常，东封未了西幸忙。辇边贵人亦何罪，祸胎似在偃月堂。今人不识前朝事，但见断缣妆束异。岂知当日乱离人，说着开元总垂泪”（卷3039《明皇按乐图》）。

或表现对历史上圣贤论道析疑的羡慕和留恋，如“定是当时有难疑，一贤指画众肩随。而今纵有人挥麈，问者为谁听者谁”（卷3050《跋唐贤论史图》）。

或借画评价历史人物的功绩并对其表示深切的同情，如“棋边指麾百万秦，温浩二子非其伦。中原热血方相泼，江表有此暇整人。暮年功高忧谗惎，回首故山归不遂”（卷3051《游东山图》）。

或借画写出自己快意和洒脱的个性，如“老夫少年亦酣畅，衰病着身屏盆盎”（卷3051《三醉图》）；再如“余鼻久塞耳骤聋，虱无附丽头已童。惟背负暄觉奇痒，麻姑之爪未易逢”（卷3051《四快图》）。

刘克庄对历史上文人骚客的肖像画有独特的爱好，并在题画诗中表达出自己的敬慕之情。如“世间老手唯工部，曾伏先生句句新”（卷3036《孟浩然骑驴图》）。

再如《题放翁像二首》其一（卷3068）：“三百篇寂寂久，九千首句句新。譬宗门中初祖，自过江后一人。”

还如《题诚斋像二首》其一（卷3068）：“欧阳公屋畔人，吕东莱派外诗。海外咸推独步，江西横出一枝。”刘克庄对陆游极为崇拜，睹

① 后村的题跋人物画的诗甚多，如《跋唐贤论史图》、《跋张敞画眉图》、《题四贤像》（卷3050），《达摩渡芦图》、《游东山图》、《唐二妃图》、《三醉图》、《四快图》、《三笑图》、《卧雪图》、《莲社图》、《赤壁图》、《过水罗汉图》、《石虎礼佛图》、《梁武修谶图》、《老子出关图》、《孔子问礼图》、《明皇幸蜀图》、《绿珠》、《蔡奴》（卷3051），《记杂画》（10首，卷3053），《击壤图》、《题周从龙养生图》（卷3055），《示画者》（卷3058），《题读碑图》、《郦生长揖图》（卷3061），《题放翁像二首》、《题诚斋像二首》（卷3068），《题福清薛明府太平禾图》（卷3075），《得旧藏大士肖像》（卷3077）等。

画思人，其虔诚之情是可以想见的。

当然，面对自己的画像，刘克庄也会题上几句，来几句幽默，以表达对画者的谢意。如《示画者》(卷3058)：

> 眉宇巑岏鬓秃残，愧君模写向冰纨。削瓜古有形相肖，掷果今无众聚观。且可夷犹狎鸥鹭，不消夭矫比龙鸾。去为将相开生面，莫貌山翁骨相寒。

刘克庄有时甚至在梦中题画，足见他对绘画艺术的痴迷之情。如《梦中为人跋画二绝》(卷3050)：

> 三相入朝马，诸妻照夜骢。故应留小蹇，专载拾遗公。
>
> 花鸟皆诗料，江山即画图。暮归锦囊重，压杀小溪奴。

除了题画诗外，刘克庄尚有许多题画的跋文，如《孚若赠翁应叟岁寒三友图》、《杨补之墨梅》、《惠崇小景》、《赵大年小景》、《李伯时罗汉》(《大全集》卷99)，《林氏瑞云山图》(《大全集》卷100)，《伯时临韩幹马》、《戴崧牛》、《王摩诘渡水罗汉》、《江贯道山水》、《厉归真夕阳图》、《韩幹三马》、《信庵墨梅》、《李伯时画十国图》、《跋马和之觅句图》、《石鼎联句图》、《杨通老移居图》、《又题》、《石虎礼佛图》、《明皇听笛图》(《大全集》卷102)，《西园雅集图》、《巨然春溪欲雨图》、《胡笳十八拍》(《大全集》卷104)，《卢鸿草堂图》、《御赐滕王发画马图》、《小米画》、《花光补之梅》(《大全集》卷105)，《龙眠画四天王》、《杨补之词画》、《花光梅》(《大全集》卷107)，《信庵为包君用作墨梅》、《崇兰图是跋》、《再题》(《大全集》卷109)等多篇，可与其题画诗相互参看，以见后村对绘画艺术的深刻见解。

4. 简短的结论

通过以上的分析我们可以看出，后村对各种画，尤其是对山水、花鸟和人物画，有着独特的爱好和准确深刻的艺术判断。诗人虽然没有画传世，但通过他的题跋诗，我们有理由揣测，刘克庄本人的绘画水平已达到了相当的高度。同时通过他的题跋诗，我们也分明可以体会到这位南宋后期文化领袖的艺术风度和涵养。

（三）后村题碑帖诗及其他

刘克庄书法造诣很高，虽无作品传世，但他却有作为第一流书法家的眼光和鉴赏力。

后村对碑帖的题跋主要见于他的题跋文①，但也有一些题跋诗，如《蔡忠惠家观墨迹》（卷3039）、《米元章有帖云老弟山林集多于眉阳集然不袭古人一句子瞻南还与之说茫然叹久之似叹渠偷也戏跋二首》（卷3042）、《题弋阳方友民所藏紫岩西山二帖》（卷3048）、《题灵石日长老所藏寒斋遗墨》（卷3053）、《东涧为余序后稿余以国帖唐碑古壶润笔反成口桃抛引小诗谢之》（卷3062）、《题陶穀朝林山楼帖》（卷3073）、《题法帖》（卷3078）等。

刘克庄本人是一位书法家，对古代的墨迹碑帖有着浓厚的兴趣，而且又有很高的鉴赏水平。如《蔡忠惠家观墨迹》（卷3039）：

> 维蔡郡之望，过者必式闾。严严端明厅，遗像犹肃如。颇闻手泽富，傥许窥珍储。主人命发笥，棐几同卷舒。比颜倍秀丽，视柳加敷腴。亳杭两记在，妙与蜡本殊。洛桥字尤佳，其大径尺余。班班名臣帖，煌煌昭陵书。坐令承学士，若睹庆历初。向来旧家物，聚散何忽诸。祭器抱它适，玉轴弃路隅。端明梦奠时，应门惟一孤。厥裔日以蕃，庙院蜂房居。寸纸惜如金，不博明月珠。乃知儒泽远，浮荣无根株。勖哉守视者，巾袭防蠹鱼。

① 参看《大全集》卷99、100、101、102、103、104、105、107、108、110、111。

蔡忠惠事迹详见刘克庄《蔡忠惠》(《大全集》卷103)、《跋蔡忠惠公国论要目真迹》(《大全集》卷107)等。他在仁宗时任谏臣，在英宗时任三司使。

后村为了答谢友人的厚意，有时不惜以自己心爱的墨宝相赠，如《东涧为余序后稿余以国帖唐碑古壶润笔反成□桃抛引小诗谢之》(卷3062)：

玄宴欣然托序行，缊袍被衮岂非荣。家徒四壁穷难讳，字答三缣礼尚轻。金薤银钩俱妙绝，石泉香饼太清生。如何更费公搜索，缄送松煤与水晶。

由于对碑帖的赏爱，后村对砚也有特殊的情感，十分珍惜，不许它沾上一丝尘埃。如《题砚》(卷3039)：

吾砚平生极自珍，涂云抹月发清新。临归携就西湖洗，不受华东一点尘。

刘克庄题砚的诗尚有几首，如《获砚》《再获一砚自和》(卷3041)、《余大父著作尝以所得沈元用给事歙砚遗水南林府君后七十年石氏子大鼎以端研遗余答以小诗》(卷3043)、《铜雀瓦砚歌一首谢林法曹》(卷3055)、《余常用小端砚失之经年忽在常卖人手中以钱赎归纪实二首》(卷3062)、《戏咏文房四友》(卷3068)等。

总之，刘克庄的题跋诗全面体现了其艺术精神和艺术境界，是其作为南宋后期文化领袖的最好证明。

二、节俗诗

由于对南宋的风俗十分关注，刘克庄的诗歌具有十分浓厚的文化色彩，这些节俗诗正是其文化个性的集中体现。他的诗歌中所描写的节序甚为丰富，有除夕、元日、天基节、人日、灯夕、立春、寒食和清明、端午、中秋节、重阳节、冬至等。这些节日包括皇帝的圣节(理宗生日天基节)、官定的节日、节气性和季节性的节日以及宗教性的节日，内容十分丰富。同时，刘克庄对南宋习俗也非常关注，写过观看傩鼓戏，写过满村看说《法华经》的壮观场面，尤其是写道"满城士女斗艳妆，无药能医一国狂"，让人一窥南宋末年士人的举止和心态。

(一) 对节俗的描写

1. 除夕

农历十二月三十日称为除夕，也称除日、除夜，或称大节夜。白天人们一般要打扫门庭，挂钟馗像，钉桃符贴春联，祭祀祖先。晚上则彻夜守岁，欢笑达旦。杭州则要举行驱傩活动，燃放爆竹，迎接新年①。

后村写除夕的诗有《除夕》(卷 3033)、《乙卯岁除》(卷 3055)、《岁除二首》(卷 3058)、《岁除即事十首》(卷 3079)等十余首。如：

井灶萧条岁又残，呼童扫地具杯盘。村春堪笑生涯俭，家祭方知拜起难。衲坏蒙头寒自若，烛烧见跋夜将阑。卧闻傩鼓咚咚过，不与诸孙作伴看。(《乙卯岁除》)

天子未知工草书，邻人或倩写桃符。夜寒别有穷生活，点勘离骚拥地炉。(《除夕》)

儿童烧爆竹，妇女治椒花。(《岁除二首》其一)

丁宁小儿女，不必看乡傩。(《岁除即事十首》其三)

细切如丝菜，添斟献颂椒。未曾守除夜，早已问元宵。(《岁除即事十首》其七)

闻说醉乡里，家家设酒垆。(《岁除即事十首》其八)

桃符聊塞白，免谤作诗人。(《岁除即事十首》其九)

---

① 参看孟元老《东京梦华录》卷 10《除夕》；吴自牧《梦粱录》卷 6《除夕》。

这些诗歌较全面地反映出当时的习俗，如看傩戏、喝椒酒、写桃符、祭祀祖先等。

2. 元日

元日又称元旦、正旦、旦日，俗称年节、新年。民间用鸦青纸或青绢剪成大小幡，由长者带之，或贴于门楣。每家饮屠苏酒或术汤，吃年馎饦。朝廷举行大朝会，盛况空前①。

刘克庄描写元日的诗篇有《元日》、《丙辰元日》（卷 3055），《戊午元日二首》（卷 3058），《己未元日》（卷 3062），《乙丑元日口号十首》（卷 3067），《元日七言二首》（卷 3070），《丁卯元日十首》（卷 3072）等近三十首。如：

> 元日家童催早起，起搔冷发惜残眠。未将柏叶簪新岁，且与梅花叙隔年。（《元日》）
>
> 旋遣厨人挑荠菜，虚劳座客颂椒花。不施郁垒钧编户，虽饮屠苏殿一家。二十宦游今七十，于身何损复何加。（《丙辰元日》）

元日是所有节日中最受重视的节日，刘克庄写元日的诗篇也最多。这些诗篇写出了南宋一些特定的风俗，如在新年戴柏叶、饮屠苏酒等。

但对年事已高的刘克庄来说，新年只意味着在有限的岁月里又减去一岁，即如他说："俗情讳老难藏老，暮年添年是减年。"（《乙丑元日口号十首》其二）所以新年的到来只会增加他对时光的留恋，只会使他加倍努力写诗，或许只有这样才是对他心灵最好的慰藉。如后村写道：

---

① 《东京梦华录》卷 6《正月》、《元旦朝会》；《梦粱录》卷 1《元旦大朝会》。

再加孔子从心岁，三倍周郎破贼年。（卷3058《戊午元日二首》其一）

卧闻儿女夸翁健，诗句年光一样新。（卷3058《戊午元日二首》其二）

浮世事浑忘记了，暮年诗转用功深。（卷3070《元日七言二首》其二）

垂髫孙各欣新岁，华发翁偏惜旧年。（卷3072《丁卯元日十首》其一）

人言晚节高初节，自喜新诗胜旧诗。（卷3072《丁卯元日十首》其九）

惟有春风不知老，年年傅粉又施朱。（卷3072《丁卯元日十首》其十）

3. 灯夕

元宵在早期节庆形成过程之时，只称正月十五日、正月半或月望，隋以后称元夕或元夜。唐初受了道教的影响，又称上元，唐末才偶称元宵。但自宋以后也称灯夕。到了清朝，就另称灯节。京城开灯五日，外地三天，城门弛禁，通宵开放①。

刘克庄写灯夕的作品有《灯夕》（卷3034），《灯夕二首呈刘帅》、《次韵二首并呈仓使》（卷3044），《癸卯上元即席次阳使君韵二首》（卷3045），《和张秘丞灯夕韵四首》（卷3051），《和乡侯灯夕六首》（卷3052），《灯夕守舍》（卷3056），《灯夕二首》、《又和宋侯三首》、《和居厚弟一首》、《宋侯和灯夕诗再用韵二首》（卷3058）等二十余首。如《灯夕》：

千炬金栀映玉蕖，台城昨梦又年余。断无弦索鸣华屋，

① 《宋会要》礼57之28《上元节》。

惟见炊烟起草庐。儿报瓶空因止酒，婢言油尽暂停书。蓬窗亦有精勤士，何必燃藜向石渠。

刘克庄一方面写出了都城中“千炬金栀映玉蕖”的壮观场面，同时却又写出他在元宵节“油尽暂停书”的窘境。

再如《灯夕二首呈刘帅》：

士女如云服珥鲜，暂陪猎较亦欣然。清于坡老游杭市，俭似乖崖在剑川。使指何功烦卜夜，遨头此念可通天。粤人拥道千层看，不见狨鞍三十年。

陌上游人趁筦弦，岂知君相尚筹边。细听野老交谈处，犹记兵端未动前。草市收灯如许早，端门瞻跸定何年。书生万抱忧时志，归画残灰理旧编。

刘克庄一边写出南粤地区“士女如云”的壮观景象，但同时却写出自己的忧时怀抱，“书生万抱忧时志，归画残灰理旧编”，在那种特定的灯火辉煌的节日气氛中，这种怀抱尤其显得可贵。再如《灯夕二首》：

久矣庞公懒入城，偶逢节序尚牵情。盛鸱夷酒出行乐，铸袅蹄金难买晴。不与遗毫竞华发，且随儿女看优棚。老儒更为明时喜，闻说西南黑祲清。

本子流传自柳荣，着行线彩斗鲜明。似从傀儡家传出，又说熙河帅教成。边地烽烟差向里，中州灯火尚承平。何尝夜夺昆仑隘，真为君王奏凯声。

刘克庄看到出游行乐的人群，一方面自己的情绪会受到感染，另一方面他会想到西南的战火，内心就会产生深切的忧患，但也会为眼下的和平而欢喜，如："老儒更为明时喜，闻说西南黑祲清"；再如："边地烽烟差向里，中州灯火尚承平。"

后村此类诗句尚多，如：

永日庭中私谒少，丰年陌上醉人多。(《和张秘丞灯夕韵四首》其一)

冶容淇上多游女，群饮街头有醉人。(《灯夕守舍》)

春风才扇已微和，灯市新年笑语多。时有老农行拾穗，岂无太史笔归禾。(《又和宋侯三首》其一)

铃斋教令得民和，月色今宵十倍多。节物人家俱插柳，霁华田舍可鞭禾。坐中客醉傲傲舞，陌上花开缓缓歌。(《又和宋侯三首》其二)

处处笙歌杂诵谣，盍簪一笑共今宵。(《和居厚弟一首》)

应该说后村写出了南宋后期那种举国行乐奢靡之态，这一方面是南宋高度发达的经济和文化的客观反映，另一方面却也说明，南宋在强大的外敌入侵之时，士大夫不恤国事、及时行乐，它的灭亡实属必然。作为一位忧国忧民的士大夫，后村却与那帮及时行乐的官僚有着不同的心态。他在《宋侯和灯夕诗再用韵二首》其二中写道："未得军前实消息，强歌安得有欢声。"(卷 3058)此种声音在那歌舞升平的气氛中确属凤毛麟角，不同凡响。

4. 立春

后村写到立春的作品有《立春七首》、《和方时父立春》(卷 3070)等八首，但写春日的诗尚有《春日五首》(卷 3037)、《春日六言十二首》(卷 3070)等多首。

春日对年轻人来说是一种新的刺激，但对刘克庄来说却使他在明媚的春光里感到了自己的衰老，于是他更觉得时光的可贵。如他在《春日五首》写道：

其一：眼前桃李过匆匆，镜里衰颜岂再红。

其四：老懒何心更出嬉，闭门终日读陶诗。

刘克庄的《立春七首》一方面写出了后村自己老树逢春的喜悦心情，另一方面又全面反映出南宋立春的风俗特色。如：

其二：生后至和嘉佑时，老身犹及见淳熙。都忘满镜星星发，带了春幡便出嬉。

其四：解冻依然风栗烈，鞭春才了雨帘纤。街坊遏密无傩鼓，村落丰登有酒帘。

其七：存五千篇吟笔老，加三百户赞书新。官分彩胜簪华发，僧送乌薪暖曲身。

立春前一日，开封或临安举行劝耕活动，称为"劝春牛"。各州县也举行"打春"仪式。刘克庄所提到的"鞭春才了雨帘纤"就是指此事。另外，朝廷在立春日赐百官幡胜。刘克庄头上戴的"春幡"和"彩胜"即是朝廷所赐①。

面对新来的春天，刘克庄会诗兴大发，会冒着料峭春寒去牛栏西畔觅诗。如他在《和方时父立春》中写道："忘却玉堂供帖子，牛栏西畔觅诗回。"

5. 端午

刘克庄写端午的诗有《乙卯端午十绝》(卷 3054)，《端午五言三首》、《又七言三首》(卷 3072)等十余首。如《乙卯端午十绝》：

① 《东京梦华录》卷 8《立春》；《梦粱录》卷 1《立春》。

其三：餐菊饮朝露，平生不歠醨。与龙争角黍，无乃谤湘累。

其四：唤起龙泉老，侬今把钓缗。还公旗与鼓，别付夺标人。

其七：客屦自来去，山翁病不知。座无掬道士，门有艾天师。

其八：儿女需京缬，经时买未归。似嫌无艾虎，不肯换生衣。

其九：韩庙坡为记，罗池愈制碑。老农不识字，自唱送神诗。

其十：朝朝贵太平，日月御延英。欲识太平处，鼕咚社鼓声。

《又七言三首》：

其一：蛾眉已被生前妒，鱼腹犹遭死后诬。把似与龙争角黍，何如随俗饮菖蒲。

其二：田翁有酒邀村饮，地主存羊饷节仪。不喜人题木居士，何曾鬼怕艾天师。

端午又称端五、重五、重午、天中和木兰节。这是一个纪念屈原及祛邪禳灾的复合型节日。人们在此日除了划龙舟还要祭天神，买桃艾、五彩丝，续命缕（百索），画天师，结艾人，掺艾虎等等。节日食品有香糖、果子、粽子、百团等①。这些节日风俗在刘克庄诗中均有反映。但同时，随着岁月的流逝，刘克庄对节日，对那些在节日中争相炫耀的弄潮儿，颇有些“无意苦争春，一任群芳妒”的傲姿。但这只

① 《梦粱录》卷3《五月》；陈元靓《岁时广记》卷21《端午》上。

是一种表面上的旷达，事实上，刘克庄对岁月的流逝是很伤感的。

尤应注意的是《端午五言三首》其一：

绮纨贵家子，旗鼓少年场。屡舞众人醉，鲜妆一国狂。

刘克庄把南宋末年贵族那种狂醉享乐的场景写得触目惊心。正如法国人谢和耐所评述的那样："13世纪的上层城市居民是神经过敏的，而且由于他们对时尚极度敏感并且喜欢炫耀和自我戏剧化，看上去甚至毋宁说是柔靡颓废的。不断的寻欢作乐、酗酒以及纵欲无度，耗费了他们的精力，并加强了其天性中较弱的一面。"①后村所描写的场面和谢和耐的评述可谓相互映照。人们从中也可以看出，从某种意义上说，南宋是自取灭亡。

6. 寒食和清明

自冬至后一百零五天，称寒食节、一百五日、百五节、禁烟节、冷烟节、熟食节等。寒食第三天即清明节。人们在此节向邻居乞取新火、扫墓、踏青春游等②。

后村诗中描写寒食和清明的作品也有十余首，如《清明》、《寒食》(卷3063)，《寒食清明十首》(卷3065)，《寒食二首》(卷3070)等。

"清明时节雨纷纷，路上行人欲断魂。"每到清明，人们自然会想到那些故去的亲人，刘克庄亦不例外。但在同时，他更关心西南和北方的战尘，如《清明》：

挟弹飞觥迹已陈，赏心事去负芳辰。数经风雨花尤厄，试说关山柳亦颦。人到苍皤方觉老，天无红绿不成春。近来未有池塘梦，谁道先生意尚新。

---

① [法]谢和耐《蒙古入侵前夜的中国日常生活》第189页。

② 《东京梦华录》卷7《清明节》；吕原明《岁时广记》卷15《寒食·插柳枝》，卷17《清明》、《取新火》、《乞新火》。

清明寒食时节，刘克庄也会觉得自己的衰老，感觉到失去的岁月加之于他那颗诗心上的沉重压力。如他的《寒食》：

闻道江乡吹战尘，巨堪鼙鼓震于邻。荒城少有飞花处，高冢多无擘纸人。沙塞榆枯难取火，玉关柳少化为薪。遥知玉座焦劳处，闲却龙舟阁水滨。

他这种情绪在别的诗篇中也随处可见，如《寒食清明十首》其六："不能系白日，且可买青春。"对刘克庄来说，他似乎已成为"湿灰"和"槁木"，而无心去陪孙儿观社。如他写道："孙同鱼队忙观社，翁入鸡窠且守家。已是湿灰并槁木，不知榆火与杨花。"（《寒食二首》其一）

除了以上的节候，后村还写过冬至[①]（卷 3055《冬至二首》、卷 3069《冬至四绝》）、瑞庆节（《昔方孚若主管云台予监衡岳每岁瑞庆节常聚广化寺拈香癸未此日独至寺中辄题一绝》）、天基节（卷 3058《天基节口占二首》）[②]、上巳节[③]（卷 3041《上巳》）、人日（卷 3058《人日》）[④]、重阳节（卷 3061《九日二首》、卷 3077《戊辰重阳绝句》）[⑤]、中秋节[⑥]（卷 3066《中秋大风雨五绝》）等节日。其中瑞庆节在十月十九日，为宋宁宗生日。天基节在正月五日，是理宗的生日。人日在正月七日，上巳在三月三日，为宗教性节日，这说明后村诗中所描写的节日是非常全面的。

（二）对习俗的描写

除了描写节日，刘克庄还有大量的描写习俗的诗篇，这些诗篇全面反映了南宋文化的繁荣和发展。如《湘潭道中即事二首》其二（卷

---

① 《武林旧事》卷 3《冬至》。
② 《宋会要》礼 57《诞圣节》、《节日》。
③ 《岁时广记》卷 18《上巳上》。
④ 《北史·魏收传》。
⑤ 《东京梦华录》卷 8《重阳》；《梦粱录》卷 5《九月》。
⑥ 《梦粱录》卷 4《中秋》；《武林旧事》卷 3《中秋》。

3037)：

傩鼓咚呼匝庙门，可怜楚俗至今存。屈原章句无人诵，别有山歌侑佳尊。

这首诗写的是楚地风俗，写那里的傩鼓戏和特有的民歌。屈原的《楚辞》虽然从中取得灵感，但文人的创作与民间的传唱毕竟相去甚远。关于傩戏，刘克庄在作品中多有描写，如《观傩二首》（卷3058）：

烟熏野狐怪，雨熄毕方讹。惟有三彭黠，深藏不畏傩。
祓除啸粱祟，惊走散花魔。切莫驱穷鬼，相从岁月多。

刘克庄在这里描写的驱傩过程非常具体生动，气氛也甚为恐怖。后村还写过万衲听《法花经》的壮观场面。如《村居书事四首》其二（卷3040）：

新剃阇梨顶尚青，满村看说法华经。安知世有弥天释，万衲如云座下听。

这首诗所反映的场面对我们了解南宋佛教的发展，感受那种特殊的气氛是非常有益的。

除了写楚俗、傩戏、万衲听法花经，刘克庄还写到市优表演楚汉大战的场面以及项羽的妃子虞姬。如《田舍即事十首》其九（卷3042）：

儿女相携看市优，纵谈楚汉割鸿沟。山河不暇为渠惜，听到虞姬直是愁。

此诗对于了解南宋的戏剧的发展以及对三国戏的研究都有重要意义。

另外涉及宋代习俗的作品有：

> 踏破侬家一径苔，双鱼去换只鸡回。（卷 3035《岁晚书事十首》其三）
>
> 白发社巫云日吉，明朝渫井更苫墙。（卷 3035《岁晚书事十首》其四）
>
> 闽人务本亦知书，若不耕樵必业儒。惟有桐城南郭外，朝为原宪莫陶朱。（卷 3044《泉州南郭二首》其一）
>
> 瓜果跽拳祝，睺罗扑卖声。粤人重巧夕，灯火到天明。（卷 3044《即事十首》其五）
>
> 村乐殊音节，蛮讴欠雅训。（卷 3055《神君歌十首》其六）
>
> 一国若狂孰醉醒，宋玉奚必讥登徒。（卷 3075《观社行用实之韵》）
>
> 满城士女斗艳妆，无药能医一国狂。（卷 3076《杂兴四首》其二）

这些诗或写“双鱼换鸡”，或写“白发社巫”，或写闽粤风俗，或写“村乐蛮讴”，或写“一国若狂”的士女，这些都是南宋风俗和文化非常重要的第一手材料，值得我们认真研究。

刘克庄写习俗的作品尚有不少，如《寿昌》（卷 3039）、《广州劝驾一首》（卷 3044）、《无题二首》（卷 3054）、《骥孙晬日》（卷 3073）等。

限于篇幅，我们只能对后村的风俗诗进行简单的探讨。总之，后村诗集中风俗诗的内容是相当丰富的①，这些作品既是我们全面了

---

① 据粗略统计，后村描写风俗的诗篇有 170 首左右，占全部作品的约 5%。

解南宋社会和南宋文化的第一手材料，又充分体现了刘克庄的文化性格和修养，使他无愧于南宋后期文化领袖这一称号。需要指出的是，后村在描写风俗的时候，一刻都未能忘记西南和北方的烟尘；而且写出了南宋举国狂迷的情态，从客观上显示出南宋必然灭亡的历史命运，这也是后村诗歌的深刻和卓绝之处。

第四章　兼容众体的艺术追求

第一节　刘克庄诗歌艺术的得失和渊源

一、历代对后村诗歌的评价

刘克庄诗名早著，获得了叶适、真德秀、陈孔硕、赵汝谈等人高度的评价。据林希逸《后村行状》记载："西山在朝，以公学贯古今，文追骚雅荐。"又："或问北山（陈孔硕）：潜夫诸作如何？北山曰：不患不好……只患忒好。"又："公归自桂林，迂道见南塘（赵汝谈）于三山，读公《南岳稿》，称觞不已，自此遂为文字交。"（《后村行状》）叶适更谓："刘潜夫年甚少，刻琢精丽，语特惊俗，不甘为雁行比也。今四灵丧其三矣……而潜夫思益新，句益工，涉历老练，布置阔远，建大将旗鼓，非子孰当？"①当时江湖之士和各界名流也对其诗歌给予高度的评价。如：

衔上官虽显，吟边兴不衰。细评《南岳稿》，远过后山

① 《水心集》卷 29《题刘后村〈南岳诗稿〉》。

诗。才大人多忌，名高上素知。瓣香吾敢后，幸见召还时。①

江湖从学者，尽欲倚刘墙。②

斯文海内声名阔，犹是干淳一脉余。须信昌黎曾得谤，可怜太史未成书。碧鸡有地吟诗老，金马无心待诏初。甚欲见君三十载，春风今日侍巾车。③

以上评论都是针对刘克庄早期的作品《南岳诗稿》的，且刘克庄此稿在后世也确实产生了深远的影响，可以说真正确定其在诗歌史上地位的，主要是其《南岳诗稿》以及他前期其他作品，也就是《后村居士集》中的十六卷诗。而他后期的大量作品，由于未能很好地传播，实际上影响并不大。

下面再看看当时的江湖领袖戴复古写给刘克庄的两首诗：

朝廷不召李功甫，翰苑不着刘潜夫。天下文章无用处，奎星夜夜照江湖。④

八斗文章用有余，数车声誉满江湖。今年好献南郊赋，幕府文章有暇无。⑤

有意思的是，石屏显然是在赞誉刘克庄的文章，而非其诗。这实际上是给我们透出一个信号，那就是，在这位江湖领袖的眼中，是这位南宋后期的文坛领袖的文章使他获得了更多的声誉，而非他的诗歌，至少在石屏的眼中是如此。

关于刘克庄的对仗，刘辰翁说过下面的话：

---

① 武衍《适安藏拙乙稿·刘后村被召》。
② 胡仲弓《苇航漫游稿》卷2《王用和归从莆水寄呈后村》。
③ 宋庆之《饮冰诗集·碧鸡草堂呈刘后村》。
④⑤ 戴复古《石屏诗集》卷6《寄后村刘潜夫》。

刘后村仿《初学记》，骈丽为书，左旋右抽，用之不尽，至五七言名对亦出于此，终身不敢离尺寸，遂欲古诗少许自献，如不可得。①

这段话是对刘克庄诗歌中过于精工的对仗的不满和批评。而宋末元初的方回就对后村的诗歌提出了严厉的批评，如：

刘潜夫以晚唐诗自鸣，诱坏江湖小生。②

刘潜夫初亦学四灵，后乃少变，务为放翁体，用近人事，组织太巧，亦伤太冗。③

乾淳以后学无师，嘉、绍厌厌士气衰。何等淫辞《南岳稿》，不祥妖谶晚唐诗。④

方回所向，显然是指四库全书在当时影响巨大的《南岳稿》。方回此论也是针对江湖诗歌而发的，未必是针对后村个人。

宋元以后，四库全书诗主要见于《后村居士集》中的十六卷，而人们对后村诗歌的评价也主要是指后村前期的作品。如《四库全书总目提要·后村集》：

其诗派近杨万里，大抵词病质俚，意伤浅露。故方回作《瀛奎律髓》，极不满之。王士祯《池北偶谈》，亦论其诗与四六皆好用本朝故事，与王义山稼村集同讥。然其清新独到之处，要未可尽废。《瀛奎律髓》载其十老诗，最为俗格。今《南岳第二稿》惟存三首而佚其七，则此集亦尝经删定，非苟

① 《须溪集》卷6《赵仲仁诗序》。
② 《桐江续集》卷34《汪虞卿鸣求小集序》。
③ 《瀛奎律髓》卷20翁卷《道上人房老梅》题下注。
④ 《续桐江集》卷17《送紫阳王山长俊甫如武林五首》其一。

存矣。文体雅洁，较胜其诗。题跋诸篇尤为独擅，盖南宋末年江湖一派盛行，诗则汩于时趋，文则未失旧格也。

《四库全书总目》一方面指出四库全书诗（实际上是指其前期作品）“词病质俚，意伤浅露”，又指出其诗有“清新独到之处，要未可尽废”。一面指出其缺陷（我看是一种偏见），一面又指出其优长，持论还算平正。

在清代，刘克庄的诗歌受到很高的评价，如：

后村年甚少，刻琢精丽，与之并驱。已而厌之，谓诸人极力驰骤，才望见贾岛、姚合之藩而已。欲息唐律，专造古体。……后村感其言而止。然自是思益新，句愈工，涉历老练，布置阔远。论者谓江西苦于丽而冗，莆阳得其法而能瘦、能淡、能不拘对，又能变化而活动。盖虽会众作，而自为一宗者也。（吴之振等《宋诗钞·后村诗抄》卷89）

所论实际上继承叶适之观点，充分肯定后村既能得四灵之长，又能得江西之法，“能瘦能淡”，“能变化而活动”。台湾学者孙克宽对此有阐发，认为：“谓其‘能变化而活动’，诚道出后村句法之长，而不知其晚年老堪颓唐之时，则近于伧俗，江西之丽，又庸可及乎？惟其诗喜论事，纪时政，如集中端嘉杂诗，寿郑丞相诗，及晚作耄志十首，有时得意之句，则仍是宋诗本色。”①所论洵是。

有人甚至认为后村诗乃“南渡之翘首”，可以和陆游、杨万里比肩。如：

刘克庄诗，乃南渡之翘首，读之忘倦。②

---

① 孙克宽《晚宋诗人刘克庄补传初稿》，《东海学报》3卷1期。
② 张谦宜《絸斋诗谈》卷5。

南宋诗人,放翁、诚斋、后村三家相当。[1]

以上是古人对后村诗的评价,从中我们可以得出以下几点结论:

首先,在后世流传的基本上是后村的前期作品,尤其是《南岳诗稿》。其次,后人对后村诗歌艺术性的评价基本上继承了水心《题刘后村〈南岳诗稿〉》的结论。也就是说,在肯定后村诗风清新的前提下,充分认识到后村诗歌句法、音节以及结构安排深受江西诗法影响的特点。再次,由于后村的诗歌有将近四分之三未能流传,而古人对他的诗歌的认识和评价只是他前期的作品,因此我们要想全面了解后村的诗歌并做出全面的评价,就必须脱离古人的成说,对后村的作品进行全面观照,以期对后村有更加深入的认识。

下面让我们来看看近现代人对后村诗歌的认识和评价。

近现代研究宋诗较早的著作,无疑要推民国庄蔚心的《宋诗研究》,他在此书中对刘克庄的诗歌给予了很高的评价,他认为:

刘后村格律雄厚,而词义简练,身当四灵之时,而毫不濡染,力趋于古,实在很为难得。昔人称其"思益新……"今看其诗,气象混成,而格整声响,今体尤极工好。兼苏黄之长,而矫四灵之弊,实为南宋的杰出了。[2]

庄氏指出刘克庄诗歌不为"四灵"所拘,并以苏黄之长以矫其弊,具有"气象混成"和"格整声响"的特色,所论可谓别具只眼,非深于后村者不能道。

其次,由商务印书馆1935年出版的胡云翼的《宋诗研究》,

---

① 叶矫然《龙性堂诗话》。

② 庄蔚心《宋诗研究》,上海大东书局1925年版。

对宋诗进行了较为全面和系统的研究，也是较早的一部研究宋诗专著[①]。胡云翼此书的下编第十七章《反江西的诗人》中论及刘克庄，认为："他也和陆游一样是具有英雄气魄的诗人，在他的晚年时诗里面还常常流露着激越悲壮的意概。……克庄的诗，论者谓其近杨万里。就文字的俚俗讲，这两位诗人也实在是有几分相像。"[②]指出后村诗中具有英雄气魄以及晚年诗中所流露出来的悲壮意概，这是胡云翼自己对后村诗全面观照的结果，但所引的《梦方孚若二首》其二收入《后村居士集》，作于淳祐四年(1244)，后村 54 岁[③]，可以说并不是其晚年的作品。

柯敦伯则谓："刘克庄诗派近杨万里。大抵词病质俚、意伤浅露，然清新独到之处，亦未可尽废。初年颇乐四灵刻琢之细，后乃自有所得称其诗者，至谓：'涉历老练，布置阔远，融合众作，自为一宗。'盖在江湖派中，诚亦复乎不可尚已。"[④]前面实际上是继承《四库全书总目提要》的观点，后面则是水心的意见。

中国社会科学院文学研究所《中国文学史》(二)论及后村时谓：刘克庄"诗融合晚唐姚合、贾岛、许浑等家为一体，亦有专学李贺而很精妙的，魏庆之《诗人玉屑》举后村古乐府《齐人少翁招魂歌》等篇，以为李长吉集中亦不多见，足见他对唐代名家诗是从多方面学习的。律诗好引用故实，信手拈来，毫不费力似的，但诗味并不多"[⑤]。此段实际上涉及两点：一是后村对唐代名家多方学习，二是后村诗好用故实。

游国恩等主编《中国文学史》(三)认为，刘克庄是"南宋后期陆游

---

① 谢桃枋认为胡云翼的"这部著作应是我国研究宋诗的第一部专著"，恐怕不准确。(见《宋诗研究的起点与曲折历程——胡云翼〈宋诗研究〉重印序》，《宋诗研究》，巴蜀书社 1993 年版。)

② 同前，第 134 页。

③ 参看程章灿《刘克庄年谱》。

④ 柯敦伯《宋文学史》第 122 页，商务印书馆 1934 年版。

⑤ 中国社会科学院文学研究所《中国文学史》(二)第 672～673 页，人民文学出版社 1963 年版。

的最好继承者”,但作品里不时流露“头巾气”,“议论有时极其迂腐可笑”。在总体评价江湖诗人的时候说:“在艺术表现上,他们往往十首八首,三和四和,摇笔即来,漫不经心。除刘克庄喜用本朝故事,表示诗人对当代政治形势的关心,值得一提外,一般流于肤浅,缺乏创新精神。”[①]虽然也道着了后村诗歌的缺点,但却并未点出后村诗歌的艺术本质,而且对其议论基本上采取否定的态度。这说明,在那个时代,要想全面认识宋诗,透彻地评价刘克庄和江湖诗人的创作是非常困难的。顺便来看两种深受时代风气影响的文学史。一种是吉林大学中文系编的《中国文学史稿》(唐宋部分),论及后村时说:“他的诗接受了陆游的影响,而其词则有稼轩词的风格。他的作品无论思想性和艺术性都是比较高的。……这种悲愤忧国的激情……代表着人民的愿望和呼声。”[②]另一种就是复旦大学中文系古典文学组学生集体编著的《中国文学史》(中),也高度赞扬了刘克庄的创作,认为:“刘克庄从陆游、辛弃疾的手里接过了爱国主义的旗帜,在苦难深重、国家濒近危亡的年月里发出了强烈的光辉!”[③]由于时代的需要,刘克庄被着意夸大和拔高了,成为时代精神的传话筒。

不过在那个时代,有一部著作可谓是卓立不群,那就是钱钟书的《宋诗选注》。虽然钱先生在《〈宋诗选注〉前言》中声称这部诗选“只能作为那个时期学术风气的一种文献了。假如文献算得时代风貌和作者思想的镜子,那末这本书比不上现在的清澈明亮的玻璃镜……它既没有鲜明地反映当时学术界的‘正确’指导思想,也不爽朗地显露我个人在诗歌里的衷心嗜好”[④]。而且这部诗选确实是“在当时学术界的大气压力下”产生的,但这部诗选却是代表了那个时代宋诗研

① 游国恩等主编《中国文学史》(三)第153页,人民文学出版社1964年版。

② 吉林大学中文系编的《中国文学史稿》(唐宋部分)第435～436页,吉林人民出版社1959年版。

③ 复旦大学中文系古典文学组学生集体编著《中国文学史》(中)第283页,中华书局1959年版。

④ 钱钟书《〈宋诗选注〉前言》,《宋诗选注》(香港版)第297～298页。

究的最高学术水平。钱钟书在论述刘克庄时说：

> 他是江湖派里最大的诗人，最初深受“四灵”的影响，蒙叶适赏识。不过他虽然著重的效法姚合、贾岛，也学其他晚唐诗人像许浑、王建、张籍，还模仿过李贺，颇有些灵活流动的作品。后来他觉得江西派“资书以为诗失之腐”，而晚唐体“捐书以为诗失之野”，也就是晚唐体那种轻快的诗里大掉书袋，填嵌典故成语，组织为小巧的对偶。因此，他又非常推重陆游的作“好对偶”和“奇对”的本领。他的两个后辈刘辰翁和方回对他的批评最中肯。刘辰翁说……我们只知道刘克庄瞧不起《初学记》这种类书，不知道他原来采用了《初学记》的办法，下了比江西派祖师黄庭坚还要碎密的“帖括”和“饾饤”的功夫，事先把搜集的典故成语分门别类作好了些对偶，题目一到手就马上拼凑成篇。“诗因料少不成联”，因此为了对联，非备料不可。这可以解释为什么他的作品给人的印象是滑溜得有点机械，现成得似乎店底的宿货。在方回骂刘克庄的许多话里，有一句讲得顶好：“饱满‘四灵’，用事冗塞”；意思说：一个瘦人饱吃了一顿好饭，肚子撑得圆鼓鼓的，可是相貌和骨骼都变不过来。①

在这段话里有几点是需要注意的：首先，关于刘克庄的用典。刘克庄深受江西和“四灵”的影响，同时又深知各自的弊端，这就是刘克庄在晚唐体里掉书袋的原因。但是细读刘克庄前期的作品，尤其是他的《南岳稿》，我们并不觉得他是在大掉书袋。事实上，对于不同题材的诗歌刘克庄的用典情况并不相同。他前期的写景诗实际上很少用典，题跋诗、咏史诗等用典也不多。用典最多的是他的挽赠诗、咏

---

① 钱钟书《宋诗选注》(香港版)第250页。

物诗和一部分咏怀诗。因此对后村的用典要具体情况具体分析，不可一概而论。其次，关于后村的对仗。从《诗话》中的大量摘句，我们可以看出，后村特别关注对仗。陆游的作品对他的创作产生了巨大的影响，而其对偶的本领尤令刘克庄敬佩。但刘克庄诗歌的机械和滑溜恐怕也源于此，这是他始料未及的。其实陈孔硕说他的诗"不患不好……只患忒好"，恐怕也是看出了刘克庄诗中的这种弊端。再次，钱钟书所指出的缺点，在刘克庄后期创作中是普遍存在的，甚至是非常严重的。但就他的前期作品而言，这种批评似乎是过于苛刻了。

最近二十年以来，出现了几种较有影响的文学史。

首先让我们来看看程千帆、吴新雷著的《两宋文学史》。该书在论及刘克庄时说："他虽属江湖派，但能看到四灵和江湖之失，力矫其弊，取长补短，转益多师，从而开拓自己的创作道路。他的思想和才力确实高出同时诸家。"①准确地指出作为文化领袖的刘克庄超越四灵和江湖的卓越之处。但此节所引诗似乎都出自前期(《后村居士集》)，而对他后期的作品一首未引，这应该说是一个疏漏。

其次是许总的《宋诗史》。这是国内第一部宋诗通史。作者指出：刘克庄的"创作实践在总体上仍然是'苦吟不脱晚唐诗'，显示出与江湖中大多数平民诗人共同的艺术趣味……不过，刘克庄在大量的创作中毕竟未局于四灵一体，而对晚唐诗风能够较广泛地接纳容受，不仅以贾岛、姚合、孟郊、许浑等人为主，而且包括了王建、张籍，甚至还着意以李贺为学习对象……此外，刘克庄并不一味'捐书以为诗'，推崇陆游的'奇对'本领，作诗采用《初学记》中……的办法，又极类江西派的那种'帖括'、'饾饤'的工夫。因此，即使是对四灵诗，刘克庄也往往从贾、姚之外作新的观照"②。许总认为，刘克庄的诗歌具有"与江湖中大多数平民诗人共同的趣味"，而且对四灵诗"从贾、

---

① 程千帆、吴新雷《两宋文学史》第 464 页，上海古籍出版社 1991 年版。

② 许总《宋诗史》第 827～829 页，重庆出版社 1997 年版。

姚之外作新的观照”，这些观点都有独到之处。

再次，孙望、常国武主编的《宋代文学史》，在论及后村诗歌的内容时认为：“其中反映民族矛盾的诗篇写得比较精彩，大都慷慨悲壮，笔力雄健，与当时其他一些诗人同类作品的掩抑凄凉颇异其趣。”①在论及后村的艺术特点时说：他的诗“笔力比较雄健，气势较为开阔……其次，大量史事用典也是后村诗的一个特点……有时信手拈来，运用自如，也颇收言简意赅之效。这些都与永嘉四灵和江湖派其他诗人有所不同。但后村诗在雄健之中常流于粗野、浅露，用事冗塞的结果又往往流于机械甚至滑熟，影响了诗的形象和韵味。他常常喜欢以文为诗，如……只是押韵的散文，过于缺少诗味……他还经常采用生硬拗捩的句法入诗……偶一为之可使诗笔健拔，连篇累牍便使人生厌了”②。作者拈出“笔力雄健”四字，确实能抓住刘克庄作品的本质特征。与此同时，又指出刘克庄在用典、以文为诗和句法方面的特点和缺失，所论是很全面和深刻的。

除此之外，还有两种文学史值得我们注意。一是赵仁珪的《宋诗纵横》，另一种是张毅编著的《中国文学史》(中)。

赵仁珪在《宋诗纵横》下卷《南宋末期的诗歌》中论及刘克庄，认为：

> 刘克庄的创作风格较为开阔，那些咏叹国事的作品虽不如陆游慷慨激越，但颇富悲咽之气……其他内容的作品或能得白居易、梅尧臣之古淡，尤其是古体诗；或能得半山、诚斋、四灵之圆转，尤其是律绝。这样，他的风格就显得较为适中，既不像四灵那样魄力狭小，才思拘窘，又对他们的清新流畅、警策峻雅、多用白描而绝少用典有所吸收；也不像江西那样“杂博伤正气，绨绘损自然”(《退庵集》)，又对他

① 孙望、常国武主编《宋代文学史》(下)第217页，人民文学出版社1996年版。
② 孙望、常国武主编《宋代文学史》(下)第220页。

们的“涉历老练，布置阔远”(《宋诗钞》)尽力继承。[①]

赵仁珪指出，刘克庄的诗歌对四灵和江西诗歌的优长都有合理的继承，因此使自己的诗歌具有“适中”的特点。这是对刘克庄诗歌特点很深刻的把握。

张毅认为：

> 刘克庄的诗歌创作涉历老练，布置阔远，能汇众作而自为一家。他作诗除向陆游、杨万里看齐外，还接受杜甫、韩愈、李贺及晚唐诗人的影响。他的部分诗歌，在拗折排奡的笔势上好不逊色于韩愈，直可与之比肩。他还学习张籍、王建乐府，在短短的篇幅中频频换韵，音律错综，富于变化驰骋之妙。由于多方面吸收唐诗的艺术营养，并熔铸了宋诗的时代内容，以发挥自己的艺术创造力，他能于“四灵”、晚唐体外自为新体，成为江湖诗人中成绩最大的诗人。但他的古体诗常逞才使气，多议论而流于直露浅率，然其清新独到之处，亦未可尽掩。[②]

充分肯定了刘克庄在句法和音律上的成就以及他在诗歌上的创造力，所见甚是。但认为其古诗有“清新独到处”，所论似有偏颇。事实上，刘克庄的律诗，尤其是他的《南岳诗稿》中的律诗，确实给人以清新之感；而他的古诗大多写得笔力雄健，给人的感觉也多是快俊悲壮的。

---

① 赵仁珪《宋诗纵横》第 271 页，中华书局 1994 年版。另外郭预衡主编《中国古代文学史》(三)(上海古籍出版社 1998 年版)相关章节论述刘克庄的内容与此基本相同，可参看。

② 罗宗强、陈洪主编，张毅撰《中国古代文学发展史》(中)第 375 页，南开大学出版社 2003 年版。

二、对刘克庄诗歌的艺术评价

首先，刘克庄诗歌给人最深刻的印象是兼容众体。

在论及自己的学诗过程时，刘克庄曾说过下面一段话：

> 初，余由放翁入，后喜诚斋，又兼取东都、南渡、江西诸老，上及唐人大小家数，手抄口诵。（《大全集》卷96《刻楮集序》）

由此可见，刘克庄学诗是兼取唐宋诸家之长的，并不局限于某一家。刘克庄自己也不止一次地表达兼容众体的集大成思想。如："然融液众作而成一家之言，必有大气魄，陵暴万象而无一物不为吾用，必有大力量。"（《大全集》卷109《陈秘书集句诗》）"惟敬叟才气清拔，力量宏放，险夷、浓淡、深浅、密疏，各极其态，不主一体。"（《大全集》卷94《陈敬叟集序》）正因为如此，后村的诗歌明显地表现出兼容众体的特色。如他的古体诗，显然有白居易、王建、张籍的乐府诗的特色。他前期的律体，深受姚、贾和"四灵"的影响，而后期的作品则具有杜甫和江西句律的特色。对此问题，我们将在后文中继续探讨。另外，王揖唐曾说："诗至《江湖集》可谓集南宋之大成，今日以江湖派为讥四方游士、专骛声闻者之词，未为的解。宗子威有句云：'平生不薄江湖派，野逸萧疏爱四灵。'可谓知言矣。"①可见刘克庄诗兼容众体的集大成思想也是和当时文坛的集大成现象相一致的。

其次，刘克庄诗歌中追求工稳的对仗。

刘克庄好对仗，一部《后村诗话》，其中引了大量的对句，便是其在此方面异常用心的证据。对刘克庄的作品，和他同时代的陈孔硕

① 王揖唐著《今传是楼诗话》第260页，辽宁教育出版社2003年版。

就曾说“忒好”①，恐怕就是指他的作品对仗太工。另外，后来的刘辰翁、方回等人都批评他的作品过于工巧。近现代人对此的批评，尤以钱钟书的“机械”和“滑溜”之语为深刻。刘克庄对陆游甚为崇拜，原因甚多，但敬佩其对偶的本领，认为“古人好对偶，被放翁道尽”②，恐怕是一个非常重要的原因。其实，陆游诗中有些对仗已经显得工整而无生气。对此，钱穆有过一段文字分析：

> 最近偶然看《红楼梦》，有一段话，现在拿来做我讲这个问题的开始。林黛玉讲到陆放翁的两句诗：
>
> 重帘不卷留香久，
> 古砚微凹聚墨多。
>
> 有个丫环很喜欢这一联，去问林黛玉。黛玉说：“这种诗千万不能学，学作这种诗，你就不会作诗了。”下面她告诉那丫鬟学诗的方法。她说：“你应当读王摩诘、杜甫、李白跟陶渊明的诗。每一家读几十首，或者一两百首。得了了解之后，就会懂得作诗了。”这一段话讲得很有意思。
>
> 放翁这两句诗，对得很工整。其实则只是字面上的堆砌，而背后没有人。若说它完全没有人，也不尽然，到底该有个人在里面。这个人，在书房里烧了一炉香，帘子布挂起来，香就不出去了。他在那里写字，或作诗。有很好的砚台，磨了墨，还没用。则是此诗背后原是有一人，但这人却叫什么人来当都可，因此人并不见有特殊的意境，与特殊的情趣。无意境，无情趣，也只是一个俗人。尽有人买一件古玩，烧一炉香，自己以为很高雅，其实还是俗。其实在这个环境中，换进别一个人来，不见有什么不同，这就算俗。高

① 林希逸《后村行状》：“或问北山（陈孔硕）：潜夫诸作如何？北山曰：不患不好……只患忒好。”

② 《大全集》卷177《诗话·前集》。

雅的人则不然，应有他一番特殊的情趣和意境。①

钱穆所析入微入妙，道出放翁对仗中的缺陷，实际上也间接地指明了刘克庄诗歌滑溜和机械的本质原因。除此以外，刘克庄的某些诗句太对，也使诗歌显得毫无生气可言。陈衍对此提出了批评："后村诗名颇大，专攻近体，写景、言情、论事，绝无一习见语，绝句尤不落俗套，惟律句太对，如'难'对'易'、'如'对'似'、'为'对'因'、'无'对'有'、'觉'对'知'、'疑'对'信'之类，在在而有。"②这实际上就是刘辰翁和钱钟书等所批评的学《初学记》的见证。过于强调对仗的工整，实际上破坏了诗歌应有的灵动自然和元气，不过这也是宋诗书卷气的一种表现形式，是宋诗更加实用的一个证明。

再次，刘克庄诗歌中对句律的追求。

在论及黄庭坚诗时，刘克庄曾说过"会粹百家句律之长，究极历代体制之变"的话③。实际上，刘克庄一生追求音律的拗折排奡，并为此付出了不懈的努力。在七言诗里，一般以上四下三为常规，如果上三下四就被称为"折句"。宋代人有一些人曾尝试把三字尾和两字尾结合在一起用，写过一些折句诗，其中刘克庄诗句中折句极多。如：

三钱千谩曾弹铗，十九人谁肯捧盘。（《大全集》卷12《道中读方孚若题壁有感用其韵》）

散花魔已降摩诘，裹饭人谁访子来。（《大全集》卷35《病起十首》其一）

宰上碑何惭有道，城中人少识庞公。（《大全集》卷35《挽陈岩方隐君二首》其二）

① 钱穆《谈诗》，《中国文学论丛》第112～113页，三联出版社2002年版。
② 蔡义江等《宋诗精华录译注》第535～536页，上海古籍出版社1999年版。
③ 《大全集》卷95《江西诗派·黄庭坚》。

太平期恰当今日，嬉戏翁浑如小儿。(《大全集》卷35《乙丑元日口号十首》其三)

旧田庐我先人业，某水邱吾童子游。有杞菊姑安蒲里，无蒲萄可博凉州。(《大全集》卷35《七十九吟十首》其八)

牛角书堪教村学，鱼羹饭胜食堂厨。(《大全集》卷37《和宿囊山三首》其二)

执爨婢权呼小玉，拾樵童暂假奴星。(《大全集》卷46《抄戊辰十月近藁七首》其四)

刘克庄的七言诗还有许多奇特的句法，不限于两字尾的节奏，无非是以文为诗的一种尝试。如：

华表归三千岁鹤，具区有四十蹄牛。(《大全集》卷25《次韵黄户曹问讯二首》其二)

压尽晚唐人以下，托诸小石调之中。(《大全集》卷34《自题长短句后》)

活八十年头雪白，啖三百颗面桃红。(《大全集》卷36《食早荔七首》其二)

今无百斤金买赋，古有九千缣作碑。(《大全集》卷47《老叹一首》)

可见刘克庄是有意识地在创新，想突破近体诗中三字尾和两字顿的基本节奏，然而并没有造成多大影响，没有取得成功的经验。①

需要指出的是，刘克庄还对六言诗进行了不懈的探索，一生创作过近四百首六言诗。刘克庄选唐宋绝句，尤其注意六言诗。认为："盖六言尤难工。柳子厚高才，集中仅得一篇。惟王石丞、皇甫补阙

---

① 本节参考程毅中《中国诗体流变》第92～94页，中华书局1992年版。

所作绝妙，今学古者所未讲也。使后世崇尚六言自余始，不亦可乎？”[①]又云：“六言如王介甫、沈存中、黄鲁直之作，流丽似唐人而妙巧过之。后有深于诗者，必曰翁之言然。”[②]刘克庄对宋朝的六言诗不无自豪地说：“野处编六言，终唐三百年，止得三十余篇。余于本朝得七十篇，倍于唐矣！”[③]虽然由于句式、节奏和韵脚等方面的先天缺陷[④]，刘克庄的六言诗创作并不成功，但对他为探索句律所作出的不懈努力，我们还是应该给予充分肯定的。

第四，刘克庄诗歌好用典和多议论。

大量用典是刘克庄诗歌的一个重要特点。宋人的以学问为诗主要表现在用典上，而苏黄的典故更使宋诗的特点表现得淋漓尽致。但抄书以为诗，或者斗才使气，都不足以表现宋诗的优长。苏黄即不免此病，刘克庄也深受感染。方回批评后村“饱满四灵，用事冗塞”[⑤]，洵然。对此我们已经反复区分明晰，不能一概而论。譬如他的写景诗、咏史诗、政治诗等，用典就相对比较少。而他的咏怀诗，尤其是挽赠诗和咏物诗等，用典就比较多。

刘克庄喜用本朝故实，对此，王士禛认为“欠雅”。他说：

> 或谓作诗使事必用六朝已上为古，此说亦拘墟不足信。要之，唐宋事须选择用之，不失古雅乃可。如刘后村诗专用本朝故实，毕竟欠雅。如：“炼句岂非林处士，鬻书莫是穆参军”、“艰虞夷甫方谋窟，老懒尧夫少出窝”、“未爱潘郎呼作友，便教米老拜为兄”、“山房惜未从公择，书局闻曾拟道原”、“立志如欧母，生儿似富公”、“野人只识羹芹美，相国安知食笋甘”、“事先白傅求闲后，衔似温公约史年”、“公闲去

① 《大全集》卷97《唐绝句续选》。
② 《大全集》卷97《本朝绝句续选》。
③ 《大全集》卷97《中兴绝句续选》。
④ 参看刘继才《论唐代六言近体诗的形成及其影响》，《文学遗产》1988年第2期。
⑤ 方回《瀛奎律髓》卷42。

伴种司谏，我懒思寻靖长官"、"清于坡老游杭市，俭似乖崖在剑州"、"军皆歌范老，民各像乖崖"、"贾董奇才无地立，欧苏精鉴与人同"、"安知李膺挥门外，不觉刘几入彀中"，此类数十联，皆宋事也。后见后村四六亦然。①

其实用本朝事正可以使诗歌更贴近现实，更新鲜活泼，更亲切自然，正体现出刘克庄的创造力和文化领袖的气魄和胸襟，是无可厚非的。

刘克庄诗好发议论，这实际上是宋人的爱好。但刘克庄对过分议论和押韵之文是非常反感的，他曾说过："迨本朝，则文人多诗人少，三百年间，虽人各有集，集各有诗，诗各自为体，或尚理致，或负材力，或逞辨博，少者千篇，多至万首。要皆经义策论之有韵者尔，非诗也。自二三巨儒及十数大作家，俱未免此病。"②但他自己也未免此病。元代刘埙说："后村'经义策论之有韵者'一句最道着宋诗之病，然其自作则亦有时而不免。岂知而故犯者邪？"③此论可谓击中了刘克庄的要害。

第五，求俗是刘克庄诗歌的重要特征。

由于深受时代风气的影响，刘克庄的诗歌（包括他的词）具有趋俗的审美特征，诗歌俗化是江湖诗派的共同特征。如他的《十老》诗，应该说是深得俗的好处的。但方回批评其俗，而且对江湖诗歌甚为厌恶。《四库全书总目提要·后村集》谓："其诗派近杨万里，大抵词病质俚，意伤浅露。"清人贺裳亦曰：

杨用修称刘后村《李夫人招魂歌》、《赵昭仪春沐行》、《东阿王纪梦行》，然仅窃西昆之似，且他篇粗卤者甚多。所

① 王士禛《池北偶谈》卷14《诗使本朝事》条，《全闽诗话》卷5引。
② 《大全集》卷194《竹溪诗》。
③ 刘埙《隐居通议》卷10《后村论诗有理》。

作《十老》诗，尤多鄙俗。如《老兵》“金疮常有些儿痛”，《老儒》“专巧三场恐未然”，真堪笑倒。即如《老妓》“偏呼狎客少时名”，《老妾》“闲时拥髻尚风情”，似能刻画，亦终不雅。①

雅俗之争，一直是宋代诗人的热门话题。后村一方面欣赏唐音的白描、意境，一方面对宋调的才大学博爱不释手。他除了具有江湖诗人所追求的平易外，还力求典雅。从某种意义上说，刘克庄是一位调节雅俗、要求亦雅亦俗的文化领袖②。

三、刘克庄诗歌的渊源

刘克庄的诗歌粗略可分成前后两期。前期师法“四灵”和晚唐，后期以陆游、杜甫等为主。但事实上，刘克庄取法前人并不主一家，而是对唐宋大小家数进行了全面的学习和继承。甚至可以说，对宋以前的文学遗产，包括屈原、建安七子、嵇康、阮籍、陶渊明、谢灵运、谢朓等大小家数，以及《诗经》、《文选》、《玉台新咏》等作品，他都下过一番细密的工夫。

刘克庄学诗从“四灵”和晚唐入，其诗风也与此一脉相承。请看下面一组作品：

骨法枯闲甚，惟堪作隐君。山行忘路脉，野坐认天文。字瘦偏题石，诗寒半说云。近来仍喜聩，闲事不曾闻。（卷3033《北山作》）

夜深扪绝顶，童子旋开扉。问客来何暮，云僧去未归。山空闻瀑泻，林黑见萤飞。此境唯予爱，他人到想稀。（卷

① 《清诗话续编》(上)贺裳《载酒园诗话》刘克庄条，上海古籍出版社 1983 年版。
② 可参考吕肖奂《宋诗体派论》第八章《江湖诗派：宋调的变异》，四川民族出版社 2002 年版。

3033《夜过瑞香庵》)

行向石栏立,清寒不可云。流来桥下水,半是洞中云。欲住逢年尽,因吟过夜分。荡阴当绝顶,一雁未曾闻。(赵师秀《清苑斋诗集·雁荡宝冠寺》)

闻说居官处,千峰近九疑。合流皆楚水,高石半唐碑。香草寒犹绿,清猿夜更悲。其中多隐者,君去得逢谁?(翁卷《西岩集·寄永州徐三掾曹》)

北门杨柳叶,不觉已缤纷。值鹤因临水,迎僧忽背云。白须相并出,清泪两行分。默默空朝夕,苦吟谁喜闻。(贾岛《长江集》卷4《秋暮》)

若不看具体的作者,你恐怕会误以为是一人的作品,可见刘克庄前期,尤其是《南岳诗稿》中的作品,对"四灵"和姚贾的作品是下过一番工夫的。无论用词还是意境,两者都十分逼真,令人难以分辨。

在唐朝的大家数中,对后村影响最大的是杜甫、白居易、王建、韩愈等人。如《九日次方寺丞韵》(卷3035):

木落山凋水见涯,感时短发半苍华。人陪桓大将军宴,谁管陶潜处士家。砧动寒衣贫未剪,杯空邻酒贵难赊。病身索漠如黄蝶,绕匝篱边未有花。

此诗感慨深刻,情调凄楚,颇似杜甫的《宿府》:

清秋幕府井梧寒,独宿江城蜡炬残。永夜角声悲自语,中天月色好谁看。风尘荏苒音书绝,关塞萧条行路难。已忍伶俜十年事,强移栖息一枝安。

杜诗连续用"井梧寒"、"永夜角声"、"中天月色"、"关塞萧条"等物象烘托出一种悲凉的气氛，而后村在开首用“木落山凋水见涯”一句，给全诗定下悲凉沉郁的基调。接下来数句写自己的穷困潦倒。杜诗的结句用《庄子·逍遥游》“鹪鹩巢于深林，不过一枝”的比喻，喻其十年之苦，后村则用黄蝶无枝可栖，看出后村演进老杜之迹。再如后村的《郭熙山水障子》和杜甫的《奉先刘少府心画山水障歌》，两者继承的关系甚为明显。另外，在字句的锤炼以及句律、对仗等方面，后村继承杜甫之处也甚多，在此不一一论述。

韩愈奇谲的想象和险异挺拔的语言，也对后村产生了巨大的影响。如后村的《跋方云台文稿二十韵》(卷 3036)，此诗学韩愈的痕迹甚为明显。除了在拗折排奡的笔力上堪与韩愈比肩外，后村此诗更加奇幻、扬厉和铺张。其锐利的笔锋，如突兀的山峰；浓墨重彩处如倾盆大雨，显豁处如天高气爽，迷离处如白昼昏暗，至微处如草树细腻，概括处涵盖乾坤。形容其大气包举的格局，猛虎可捋，长鲸可吞，则得力于韩诗之“刺手拔鲸牙，举瓢酌天浆”的想象。形容其不待求工而自工，“神与经营力，谁窥斧凿痕”，则完全化用韩愈“徒观斧凿痕，不瞩治水航”。而嘲笑那些讥谤方云台文章的人是“坎井疑天大，溪流笑海浑”，比韩愈的“不知群愚儿，那用故谤伤”，青出于蓝①。

再如《辰山》(卷 3038)：

> 或如植宝幢，或如缀珠旒。或如鲲鲸飞，或如龙鳞游……长斧樵青壁，短蓑耘绿畴。

这首诗深受韩愈《南山》诗的影响。对韩愈的《南山》刘克庄曾给予极高的评价，“韩《南山》诗，设‘或如’者四十有九，词义各不相犯，如缫瓮茧，丝出无穷”②。刘克庄此诗不但直接效法韩愈的“或如”，

---

① 此节参考张瑞君《刘克庄与唐诗》，《河北大学学报》1994 年第 4 期。
② 《大全集》卷 176《后村诗话·后集》。

而且其恢宏的气势和瑰奇的比喻，亦酷似韩诗的风格。①

在绍定元年(1228)，也就是后村42岁那年，他写了一组乐府(见《大全集》卷3040)，包括《筑城行》、《开壕行》、《运粮行》、《苦寒行》、《国觞行》、《军中乐》、《寄衣曲》、《大梁老人行》、《朝陵行》、《破阵曲》等10首，可视为刘克庄政治诗的代表作。这组乐府诗的风格深受杜甫、白居易、王建和张籍等人乐府诗的影响。

刘克庄还有3首乐府诗，即《齐人少翁招魂歌》、《赵昭仪春沐图》和《东阿王纪梦行》，“此三篇绝类长吉。其间精妙处，恐贺集中亦不多见也”②。

除了唐代大小家数，宋代诗人的创作也对刘克庄产生了积极的影响。其中对他影响最大的当属陆游，其次是杨万里。刘克庄曾说“余初由放翁入，后喜诚斋，又兼取南渡江西诸老”③，刘克庄认为陆游学问、力量和才思都是一流的，是宋朝的集大成者④。因此，刘克庄对陆游崇拜有加，赞叹不已⑤。正因为如此，后村对陆游诗歌中豪迈悲壮的格调、奇伟的气势、铿锵的韵律都用心揣摩，加之他们的思想风貌多有相似之处，因此，刘克庄的某些诗歌的风格酷似陆游。如《秋热忆旧游》其二(卷3039)：

> 塞上秋光冷似冰，当年豪举气凭陵。打球不用炎方马，按猎初调异国鹰。山寨凄凉闻戍鼓，水村摇落见渔灯。而今病暍茅檐底，追记犹堪洗郁蒸。

这首诗的风格甚似陆游的《书愤》和《九月一日夜读兵书有感走

---

① 可参考拙文《试论后村的写景诗》，《社会科学家》2004年第2期。
② 魏庆之《诗人玉屑》卷19。
③ 《大全集》卷96《刻楮集序》。
④ 参看《大全集》卷177《诗话·前集》。
⑤ 刘克庄写过《题放翁像二首》(《大全集》卷36)和《八十吟十绝》其八(《大全集》卷38)等。

笔作歌》。其中的句子如“打球不用炎方马”，很容易让我们想到陆游的诗句“打球筑场一千步”。关键不在词句，而在于其精神风貌酷似陆诗。

陆游很善于在短小的尺幅里反映深刻的社会矛盾，后村亦善此道。如《书事》其二：

> 人道山东入职方，书生胆小虑空长。遗民似蚁饥难给，侠士如鹰饱欲扬。未见驰车修寝庙，先闻铸印拜侯王。青齐父老应流涕，何日鸾旗驻路旁。

此诗乃记宁宗嘉定十二年九月“金张林以山东诸君附李全来归”，实际上是“来归以自固”事①。刘克庄对自己壮志未酬，遗民在失地遭受蹂躏，统治者不事恢复表现出巨大的愤慨。此诗与陆游的《关山月》所表现出来的精神本质是十分接近的，而且其凝练的风格也如出一辙。不难看出，刘克庄和陆游诗歌和精神世界有着惊人的相通之处。

其他作品如《闻城中募兵有感》、《横塘》等，也深得陆诗的精神。

杨万里创“诚斋体”，在白描中透出一种诙谐、幽默、风趣，构思巧妙，充满理趣。刘克庄个性中也有风趣幽默的一面，因而对“诚斋体”以及他的写法独有心会。请看下面的例子：

> 莫言下岭便无难，赚得行人错喜欢。正入万山围子里，一山放出一山拦。（杨万里《诚斋集》卷35《过松源晨炊漆公店》其五）
>
> 路危防陟远，溪黑阻穷深。凉月如高士，频招未出林。（卷3036《宿山中十首》其五）

---

① 参看毕沅《续资治通鉴》卷161。

野菊荒苔各铸钱，金黄铜绿两争妍。天公支与穷诗客，只买清愁不买田。（杨万里《诚斋集》卷14《戏笔》）

山中无价宝，月色与泉声。莫向贵人说，将为有力争。（卷3036《宿山中十首》其八）

从上面的诗中可以看出，刘克庄对“诚斋体”的把握是多么深刻准确，把《宿山中十首》其五和其八置于《诚斋集》中，常人恐怕难以分辨。

刘克庄这类风格的作品尚多，如《归至武阳渡》（卷3033）、《早春》其三（卷3034）、《谢坟》（卷3037）、《新春二首》（卷3079）等诗篇，皆得“诚斋体”的神韵①。

除了陆游和杨万里，刘克庄对梅尧臣、苏轼、黄庭坚、陈与义以及“四灵”、江湖诗人的作品都多有研究，其《后村诗话》以及作品中大量题跋可作为他学习宋诗的凭证。限于篇幅，我们不能一一论述。

总之，刘克庄的作品兼容众体，对唐宋大小家数都下过一番细密的工夫，表现出他集大成的创作意识和总领文坛的气魄，不愧为南宋后期的文坛领袖。

第二节　从几种选本中看后村诗歌的流传和接受②

作为南宋文化领袖，刘克庄的诗歌在南宋后期产生了重大的影响。有关刘克庄诗歌的总集，影响较大的有如下几种：1. 托名刘克庄编选的《后村千家诗》，选刘诗91首；2. 谢枋得、王相选注的《千家诗》，选刘诗2首；3. 宋末元初方回的《瀛奎律髓》49卷，其中选刘克

① 请参看张瑞君《刘克庄与杨万里诗歌的继承关系》，《河北大学学报》1995年第4期。

② 此文发表于《社会科学家》2003年第6期。

庄的诗40首；4. 宋陈思编、元陈世龙补的《两宋名贤小集》380卷，其中卷311～312有刘克庄的《南岳诗稿》辑本，共收诗136首；5. 明代曹学佺选编的《石仓历代诗选》506卷，其中卷68选刘诗122首，后附方信孺诗8首；6. 明代王化淳的《积书岩宋诗选》，选刘诗97首；7. 清张豫章等奉敕选的《御选宋金元明四朝诗》312卷，此书按诗体选诗，选刘克庄诗歌69首；8. 清吴之振等选的《宋诗钞》106卷，选刘诗496首；管庭芳等的《宋诗钞补》选刘诗77首（其中和《宋诗钞》重出者6首）；9. 吴绮的《宋金元诗永》20卷，补遗1卷，选刘诗35首；10. 陈焯选编的《宋元诗会》100卷，选刘诗107首；11. 清厉鹗的《宋诗纪事》100卷，其中卷66选刘诗10首，诗句1；12. 清陈衍选编的《宋诗精华录》4卷，选刘诗27首，诗句6；13. 清严长明选的《千首宋人绝句》10卷，选刘诗24首。另外成书于明永乐年间的类书《诗渊》录刘诗648首。而现当代的选本有钱钟书的《宋诗选注》选刘诗7首；其次还有程千帆选的《宋诗精选》选刘诗5首、《古诗今选》选刘诗6首；以及金性尧的《宋诗三百首》选刘诗6首等。

一、宋元人对刘克庄诗歌的接受

刘克庄是南宋末期成就和影响最大的诗人。他早年的诗歌从晚唐入手，深受四灵的影响，后转而学习陆游，成为江湖诗派的领袖人物。他诗名早著，而奠定其文坛地位的作品是他早年影响广大的《南岳诗稿》。此诗一出，立即在社会上获得了高度的评价。如叶适评价说："刘潜夫年甚少，刻琢精丽，语特惊俗，不敢为雁行比也。今四灵丧其三矣。……而潜夫思益新，句益工，涉历老练，布置阔远。建大将旗鼓，非子孰当？"①又如林希逸《行状》云："公归自桂林，迂道见南塘于三山，读公《南岳稿》，称觞不已，自此遂为文字交。"又云："时《南岳稿》、《油幕谏奏》初出，家有其书。"②

---

① 《叶适集》卷29《题刘后村〈南岳诗稿〉》。
② 《大全集》卷196。

宋元人的宋诗总集主要有以下几种:托名宋刘克庄的《后村千家诗》,宋谢枋得选、明王相注的《千家诗》,宋末元初方回的《瀛奎律髓》和宋陈思编、元陈世龙补的《两宋名贤小集》等。

托名刘克庄编的《后村千家诗》,大约是江湖人士或者南宋后期的书商所编。书中选刘诗 91 首,有 36 首不见于《大全集》,最早的作品如《秋风》、《西山》是刘克庄 24 岁时的作品,而最晚的作品则是作者 47 岁时的《上巳》。因此可以认为,《后村千家诗》所选基本上是后村中年以前的作品,而以年轻时为多,尤其是保存了《大全集》中不存的少作,弥足珍贵。书中所选的作品更多显示出刘克庄学习晚唐和四灵的一面。但总体上来讲,由于受题材和选者眼光的影响,所选的作品相当片面,并不具有代表性,因而流传并不广。与此相反,倒是《千家诗》在明清广为流传。

影响较大的应首推方回的《瀛奎律髓》。这部诗选比较全面地体现了宋代"江西派"的诗学观点。方回评诗注重"格",认为:"诗以格高为第一。"[①]这里所说的格高是指苍劲瘦硬的风格。他还特别注重"拗字"、"变体"等法则。除了系统地总结"江西诗派"的诗学理论,方回还提出了"一祖三宗"的著名论点以壮大江西派的阵营,指出:"古今诗人,当以老杜、山谷、后山、简斋四家为一祖三宗,余可配飨者有数焉。"[②]《瀛奎律髓》选刘诗 40 首。方回虽然不喜江湖诗人的作品,对刘克庄也多有贬抑,但所选的作品却多是刘克庄代表作。如选了后村的《早行》、《暝色》、《书事》、《赠翁卷》、《客中》、《北山作》等受晚唐和四灵影响的作品,也选了些被纪昀等人评为粗俗的宋调,如《尧庙》、《落梅二首》、《梅花》、《老吏》、《壬子九日》等。但由于方回选诗注重格高、拗字、变体等,并不能接受江湖派的诗歌风格,所以对刘克庄的许多社会意义较为重大、思想性较强的作品亦多所忽视。如《北来人》、《从军乐》、《筑城行》等作品都未能选入。

---

① 方回《桐江集·唐长孺艺圃小集序》。

② 《瀛奎律髓》卷 26。

由于江湖诗祸，后村影响最大的《南岳诗稿》未能流传，而宋陈思编、元陈世龙补的《两宋名贤小集·南岳诗稿》只是个辑本。但这个辑本对我们了解后村诗歌的传播和接受有十分重要的意义，其中辑了后村《南岳诗稿》的作品共两卷138首，几乎为《宋诗钞》全盘抄录。

二、明人对刘克庄诗歌的接受

明朝人学诗以盛唐为法，公然声称宋无诗，对宋诗采取全盘否定的态度。明人曹学佺《石仓历代诗选》共560卷，卷帙浩繁，选诗不乖风雅，但选诗以唐诗为准绳，不能尽显宋诗的精华。选宋诗107卷，其中卷68选刘诗一卷，选诗122首，后附方信孺诗8首。其中所选的刘克庄诗歌几乎全部被《宋诗钞》和《宋诗补钞》所涵盖。见于《宋诗钞》的《石仓历代诗选》诗歌有43首诗，占全部122首诗的35.2%。见于《宋诗补抄》的有72首，占了全部诗选的将近60%。《宋诗钞》选刘克庄诗496首，《石仓历代诗选》所选43首诗占全部的8.7%左右，说明两者的标准差别较大。倒是《宋诗补钞》共抄77首，除了前面的《题孺子亭》、《题忠勇庙》、《周汉国公主挽词》、《落梅》和《病梅》5首外，其余全部照抄《石仓历代诗选》。由于照抄的缘故，还有6首抄重了。值得注意的是，《石仓历代诗选》由于以唐诗为准绳，所以选刘克庄《南岳诗稿》里的作品较多，其余作品亦多选刘集里的唐调，而宋诗风味稍嫌不足。

明人还有一部著名的宋诗选本，那就是李蓘的《宋艺圃集》。这部总集选了237人的作品22卷。李蓘有鉴于前后七子的教训，“独阐幽抉微，撰为此书，其学识有过人者”①，但所选仍不能远离唐音。遗憾的是这部诗选未能选入刘克庄的作品，未免有些褊狭。

值得注意的是明人王化淳所选的《积书岩宋诗选》。这部诗选按体选诗，选刘克庄诗多达97首。其中七古11首，五律13首，七律46

① 王士禛《香祖笔记》卷3。

首，五绝 2 首，七绝 25 首。刘克庄最有成就的体裁是五七言近体诗，尤其是七言律绝。在七言律中作者选苏轼作品 17 首，王安石 27 首，黄庭坚 6 首，陈与义 10 首，范成大 19 首，陆游 41 首，刘克庄占第一位。在七言绝中，选苏轼诗 18 首，黄庭坚 6 首，范成大 27 首，陆游 29 首，杨万里 11 首，刘克庄占第三位。从中我们可以明显地看出选者对刘克庄五七言律绝，尤其是七言律绝的重视，也可以看出明人对宋诗尤其是对江湖诗派的态度及对其诗歌的取舍。

另外，与《永乐大典》编于同时或稍后的类书《诗渊》，抄录刘克庄诗 648 首，是录刘克庄诗最多的选本。

总体上来看，明人选诗重宋诗中的唐音，与明人"诗必盛唐"的诗学主张是相一致的。所选刘克庄多是他年轻时的创作，尤其是《南岳诗稿》中学习晚唐和四灵的作品。

三、清人对刘克庄诗歌的接受

清代的宋诗选本颇多，清初吕留良、吴之振、吴自牧选的《宋诗钞》是在当时影响很大的一种。目录列 100 家，一百零六卷，实收八十四家，九十四卷。作家评语及注几乎都出吕留良之手。所选多为格高句健者，尽显宋诗之长。这部诗选中的《后村诗钞》抄诗 496 首，几乎全部抄录了《两宋名贤小集・南岳诗稿》中的作品。《南岳诗稿》共辑诗两卷，138 首，除了《龙隐洞》、《赠友》、《寄韩仲止》、《出城二绝》等少数作品外，余悉选入。而且抄录的痕迹也十分明显，现整理如下：《宋诗钞・后村诗钞》从《南岳诗稿》的第 18 首《北山作》开始抄起，一直抄到第 73 首《黄熊岭》。接下来插入《零陵》、《深溪驿》、《全州》、《出城二首》等在《南岳诗稿》中的最后 5 首，即第 134 首到第 138 首。《出城二首》后接第 74 首《移居》，一直抄到第 89 首《赠陈起》。接下来的 1 首《赠翁卷》在《南岳诗稿》中则是第 2 首。下面 2 首是《为圃二首》，为第 90 和 91 首。随后是第 3～10 首，即《芙蓉二绝》、《即事四首》、《答叶使君奉祠》和《答留统判元崇》等八首。第 92

首《答惠州曾使君韵》则处在《即事四首》和《送叶使君奉祠》中间。从93首《柬陈寺丞筑城》到132首《题蔡炷主簿诗卷》基本上是按照《南岳诗稿》的顺序抄录的。只是在98首《赠钟主簿父子》后抄入第11首《获砚》,在第100首《送真西山再镇温陵》后抄入第12首《题龙眠十八尊者》,在第109～110首《和仲弟二首》后抄入第13～15首《丁酉重九日宿顺昌步云阁绝句三首呈味道明府》,在第118首后抄入第16～17首《送项使君季约二首》。

《南岳诗稿》是代表刘克庄早年创作成就的诗集,显示出早年刘克庄在诗歌创作方面的卓越才能。《宋诗钞》是一部全面体现宋诗成就的诗选,其中的《后村诗钞》不但选取了许多刘克庄的宋调,充分展现其他对宋诗的贡献;同时又大量选取《南岳诗稿》中受唐诗影响的作品,显示了选者艺术眼光的犀利和选诗的全面性。

管庭芬、蒋光煦的《宋诗补钞》,补抄《宋诗钞》所缺的16卷,他家名作亦多抄录,总录诗为2 780首。其中的《后村集补抄》收诗77首,有7首和《后村诗钞》重出。所选77首诗,除了前五首,即《题孺子亭》、《题忠勇庙》、《周汉国公主挽词》、《落梅》和《病后访梅》外,其余皆抄自明人曹学佺的《石仓历代诗选》第68卷的刘克庄诗。这些诗多为历代诗选中常见的作品,为《宋诗钞》所摈弃,《宋诗补钞》所抄多少弥补了《宋诗钞》的缺憾。

曹庭栋《宋百家诗存》,共100家,28卷,所选各家均有集传世,凡潘是正《宋元诗》、吴之振《宋诗钞》、陈讦《宋十五家诗》选者皆不录,而大量收小家作品,和《宋诗钞》合观可见宋诗之大略。

吴绮选《宋金元诗永》20卷,补遗1卷,选诗以唐律宋,不见宋诗面目。共选刘克庄诗35首,其中五古1首:《寄衣曲》;七古5首:《运粮行》、《筑城行》、《苦寒行》、《军中乐》、《朝陵行》;五律7首:《郊行》、《张丽华墓》、《郊行二首》、《篸带亭》、《祁阳道中》、《杜丞》;七律12首:《答翁定》、《凤凰台晚眺》、《方寺丞新第》、《为圃二首》、《冶城》、《送叶知郡》、《乌石山》、《方寺丞新居》、《方寺丞艇子初成》、《孟夏泛方湖又得湖子》、《淮安道中》；五绝1首：《乍归》；七绝9首：《桃花》、《秋风》、《题壁》、《中书秋日怀青社旧友》、《秋怀》、《南平驿》、《宫祠》、《马上口占》、《芙蓉》。所选诗歌以刘克庄的唐音为主，尤以《南岳诗稿》里的作品居多，不主宋调。

邵啬选《宋诗删》2卷，选诗300余首，大体不出《宋诗钞》的范围。虽然选诗较精，但往往倾向于唐音。汪景龙、姚壎《宋诗略》18卷，433家，1 200余首，选诗"要使尊宋者无过其实，毁宋者无损其真"（自序），所选作品充分体现出宋诗之长。张景星、姚培谦、王永祺《宋诗别裁集》，收137家，600余首。此书所收作品多四平八稳之作，不见宋诗精彩之处。姚鼐《五七言今体诗钞》选宋七律3卷，强调"气健"，所选多格高调响之作。

严长明《千首宋人绝句》10卷，选七绝686首，五绝216首，六绝98首，总计千首，365家。潘德舆认为："较之洪容斋《万首唐人绝句》，纂次颇核，亦较胜王渔洋《唐人万首绝句选》本。"[①]这个选本选得最多的是苏轼的诗，共46首；其次王安石28首。余为黄庭坚21首，秦观16首，陈与义11首，范成大24首，杨万里21首，陆游21首，姜夔22首，刘克庄24首。刘克庄和范成大并排第三位，说明刘克庄的绝句，尤其是他的七绝在后人心目中的地位。

陈衍所选的《宋诗精华录》共4卷，选129家的诗690首。这部诗选选诗宽严适度，态度较为公允，评语亦多精到。选者将宋诗分为初盛中晚四期，每期一卷，以见出宋诗的变化。一、二卷为初盛宋，即北宋；三、四卷为中晚宋，即南宋。选诗最多的为苏轼，有88首；杨万里55首，排第二；陆游54首，排第三；其次为黄庭坚39首、王安石34首、刘克庄27首、陈师道26首、梅尧臣24首、陈与义21首。这部诗选收得最多的是七绝和七律，近体占全部诗选的79%以上。所选刘克庄27首诗中，《北山作》、《夜过瑞香庵作》、《哭薛子舒二首》四首为

---

① 《养一斋诗话》卷5。

五律。余为《答友生》、《夜城》、《西山》、《归至武阳渡作》、《出郭》、《再赠钱道人》、《方寺丞新第二首》、《岁晚书事十首》录四、《燕》、《七月九日》、《少日》、《示同志一首》、《郊行》、《见方云台题壁》、《记梦》、《为圃》、《病后访梅九绝》录三皆为七言律绝,而七言律绝正是刘克庄最擅长的。另外录句若干。需要指出的是,所选 27 首诗大半出自《南岳诗稿》,由此可见选者对这部书稿的重视。

另外,由厉鹗辑纂、成书于乾隆年间的《宋诗纪事》,是一部规模宏大的宋代诗歌总集,保存了大量丰富的材料。其中选刘克庄诗 10 首,诗句 1。见于《后村集》的有《题孺子亭》、《题忠勇庙》、《秋风》、《周汉国公主挽词》2 首、《落梅》、《病后访梅》等 7 首。另外《齐人少翁招魂歌》、《东阿王记梦行》、《赵昭仪春浴行》等 3 首只见于《诗人玉屑》。

此外,还有两种大型宋诗选本值得注意。一为陈焯编的《宋元诗会》100 卷。"是编裒辑宋元诸诗,自云散录零钞,或得诸山水图经,或得诸崖碑摩搨,以及市坊村塾,道院禅宫,弊簏残蹏,穷极蒐求,积累岁时,成兹巨帙,凡九百余家。"①其中卷 48 选刘克庄诗 107 首。选诗既重唐音又有宋调,较为全面地反映出刘克庄的诗歌成就。

另一巨帙是张豫章等奉敕编的《御选宋金元明四朝诗》,选宋诗 78 卷,作者 321 人。这部诗集按诗体选诗,共选刘克庄 69 首。其中乐府歌行 2 首;五古 2 首;五律 6 首;七律 17 首;五绝 11 首;七绝 31 首。从中我们可以看出选者对刘克庄五七言律绝,尤其是七言律绝所取得成就的重视和肯定。

总体上来讲,清人对刘克庄诗歌的接受比明人更广泛而全面,不但重视刘诗当中的宋调,亦不抛弃其中的唐音,显示了清人更宽的视野和胸襟。需要说明的是,《南岳诗稿》在清人的选本中占的比重依然很大,充分说明了这部《诗稿》在刘诗的接受过程中所起的作用。

---

① 《四库全书总目提要》卷 190。

四、现当代人对刘克庄诗歌的接受

现当代的宋诗选本首推钱钟书 20 世纪 50 年代选编的《宋诗选注》。选 80 家的诗 300 余首,多选七绝,集注释、考据及文艺评论为一体,有很高的学术价值和可读性。但因受时代风气的影响,选者完全否定了宋诗的书卷气,所选亦多是宋诗里的“唐音”,因而不够全面。其中选刘克庄诗八首:《北来人》2 首、《戊辰即事》、《筑城行》、《开壕行》、《运粮行》、《苦寒行》、《军中乐》。所选大部分是刘克庄不太擅长的乐府歌行,真正体现刘克庄诗体上的成就的律绝,尤其是七言律绝只选了 1 首,不能不说是一种缺憾。

另外一种宋诗选本是程千帆的《宋诗精选》。这部诗选主要体现在精上,选诗 150 首多是宋诗中的精品,诗后有精到的品评,确实起到了“使读者对有异于唐诗的宋诗风味尝鼎一脔”的效果。书中的《前言》对宋诗的以文字为诗、以议论为诗、以才学为诗作了精确的解剖和全面的肯定。所选刘克庄诗 6 首:《国殇行》、《军中乐》、《北来人》2 首、《赠江防卒》6 首选 2。这个选目和选者 1983 年出版的《古诗今选》基本相同(其中《北来人》只选了 1 首)。也许和选者的初衷有关,所以对刘克庄的律绝选得较少,也不足以全面反映出他的创作成就。

还有一种较为流行的本子,那就是金性尧的《宋诗三百首》,共选诗 337 首。其中选刘克庄诗 6 首:《明皇安乐图》、《筑城行》、《早行》、《闻城中募兵有感二首》(选 1)、《戊辰即事》、《和仲弟十首》(选 1)。因为后出的缘故,选者的选择面相对宽了些,也自由了许多。正如选者所言:“我选本书,大体上亦是让大家多在大街上看见熟人,不过,又保留一点余地,让读者进入小街僻巷,和陌生人见见面。即有重点地保证了‘主’,又有控制地吸收了‘次’。”

总的看来,现当代对刘克庄诗歌的接受,受时代的风气和钱钟书《宋诗选注》的影响非常明显,主要落在刘诗一少部分反映时事的乐府歌行，而最能体现刘克庄艺术创造力的律绝，尤其是七言律绝，则几乎被摒弃了，致使我们在接受刘克庄诗歌时产生了严重的偏斜，这是十分令人遗憾的。

五、结论

刘克庄的诗名早著，而奠定他诗名的最重要著作是《南岳诗稿》。这部诗稿是刘克庄学习晚唐和“四灵”的重要成果，也显示出刘克庄在诗歌上的才能和创造力。在从宋到清的传播过程中，这部诗稿一直被人们所重视。在明代，由于受诗必盛唐的诗学主张影响，明人接受刘克庄主要以《南岳诗稿》为主，而有明显宋诗特点的作品则多不能接受。到了清代，刘克庄的诗歌被普遍接受，以《宋诗钞》为例，除了抄录《南岳诗稿》中的大部分诗歌外，还抄了大量刘诗中具有明显宋诗特点的作品，充分显示出清人眼光的开阔和对宋诗接受的全面性。当然，无论是明代还是清代，都出现过对刘诗全面否定的情况。如明代李蓘的《宋艺圃集》和清代张景星、姚培谦、王永祺的《宋诗别裁集》，是两种比较著名的宋诗选本，却一首刘克庄的诗歌也不选，这是一个值得注意的现象。在现当代，大约由于时代风气的影响，人们似乎只注意刘克庄诗歌当中具有爱国倾向和反映人民苦难的乐府诗，而忽略了他的《南岳诗稿》和许多其他有创造性的作品，形成了刘诗接受史上的偏斜和失误。

第五章　半个刘克庄——后村词研究

第一节　后村前期词《后村诗余》研究

后村词的创作可分为前后两期。前期以《后村诗余》2 卷(《后村别调》2 卷,与此基本相同)为主①,后期的作品则收入《后村长短句》。

由于《大全集》未能广泛流传,前人很少能读到《后村长短句》。再加上刘克庄的三种词集的名称和收词数量各不相同(《后村诗余》2 卷,收词 120 首;《后村别调》2 卷,收词 122 首;《后村长短句》5 卷,收词 258 首),导致前人往往会发生舛误。

如王易的《词曲史》谓"(后村)有《后村别调》五卷"②;吴梅的《词学通论》亦谓:"《后村别调》五卷。"③

以上两家均认为《后村别调》五卷,显然是误以为《后村别调》就是《后村长短句》,其实这两种词集的卷数和收词数量迥然不同。

龙榆生的《苏辛词派之渊源流变》谓:"潜夫《后村别调》一卷(《彊村丛书》本作五卷)。"④

---

① 此词集共两卷,录自《后村居士集》。据林希逸的序,此书刻于 1249 年(淳祐九年)。因此后村前期的词应是他 62 岁以前的作品。

② 东方出版社 1996 年版。

③ 华东师大出版社 1996 年版。

④ 《龙榆生词学论文集》,上海古籍出版社 1997 年版。

胡云翼的《宋词选》谓："他的词有《后村长短句》，又名《后村别调》。"

中国社会科学院文学研究所编的《唐宋词选》认为："词集名《后村长短句》，又名《后村别调》。"①

唐圭璋主编的《唐宋词鉴赏辞典》中说："词集名《后村长短句》，又名《后村别调》。"②

廖辅叔的《谈词随录》："词集名《后村长短句》，又名《后村别调》，存词二百六十多首。"③

以上数家均把《后村别调》和《后村长短句》混为一谈。事实上，刘克庄的《后村别调》和《后村长短句》在卷数、词数量以及成书时间上都不相同。

游国恩主编的《中国文学史》(三)认为："刘克庄的《后村别调》存词百多首，大部分是长调，比辛词议论更多，气格更接近散文。"

此书只提到《后村别调》，大概是误以为《后村别调》和《后村长短句》是同一书，而且误以为后村词的数量是百多首。

刘锋焘在《豪雄旷放、排宕悲慨的振聋发聩之音——论后村词》一文中写道："一部《后村别调》中，写抱负，叙身世，议现实，抒悲愤，是其主要内容。"④作者显然也是误以为后村的词集(全部作品)名为《后村别调》。

除此之外，还有把后村词的数量弄错的情况，如刘乃昌、朱德才《宋诗选》谓"著有《后村长短句》，存词一百三十余首"⑤。后村三种词集没有一种标明是存词130余首的，这个错误显然有点莫名其妙。

总之，由于刘克庄的《大全集》未能很好地流传，加之各集存词数量、卷数和写作时间各不相同，造成了后村词集名称的混乱，有必要

---

① 人民文学出版社1981年版。
② 江苏古籍出版社1986年版。
③ 广东人民出版社1986年版。
④ 见《宋金词论稿》。
⑤ 人民文学出版社2003年版。

加以澄清。关于后村词的版本流传，可参看饶宗颐的《词集考》卷6[①]。

一、《后村诗余》的内容

《后村诗余》存词120首（《后村别调》存词略有出入），是刘克庄62岁以前的作品。需要指出的是，由于后村词文本传播的原因，前人所读到的大都是前期作品，也就是《后村诗余》中的作品，因此他们的选本也未出《诗余》的范围。近现代的选本则基本上是对前人选本的继承。应该说后村词的精华大多出自前期，其后期则多祝寿词和步韵词，精彩之作不多。

首先，后村前期词中有一种爱国的声音和悲愤的情绪，与辛词的精神一脉相承，因此后人把后村视为辛派词人的中坚和后劲。

刘克庄是一位感时伤国的文人，无论是诗还是词，都蕴含着丰富的家国之情和对外敌入侵的焦虑和不安。在前期的词中，这种声音是主旋律，像《贺新郎·送陈真州子华》、《沁园春·梦孚若》、《玉楼春·戏林推》、《贺新郎·实之三和……》、《满江红·夜雨凉甚……》等，都是代表作。

如《沁园春·梦孚若》：

何处相逢？登宝钗楼，访铜雀台。唤厨人斫就，东溟鲸脍。圉人呈罢，西极龙媒。天下英雄，使君与操，余子谁堪共酒杯？车千乘，载燕南赵北，剑客奇才。

饮酣画鼓如雷，谁信被晨鸡轻唤回。叹年光过尽，功名未立；书生老去，机会方来。使李将军，遇高皇帝，万户侯何足道哉！披衣起，但凄凉感旧，慷慨生哀。

---

① 中华书局1992年版。

这首词是刘克庄悼念亡友方孚若之作。作年未能确定，但刘克庄在淳祐三年(1243年)曾写过《梦方孚若》诗二首，本词亦可能作于此时。方孚若，名信儒，莆田人。“少有隽才，周必大、杨万里见而异之”；“性豪爽，挥金如粪土。”曾三次出使金国，不少屈慑。卒于宁宗嘉定十五年(1222年)，年仅46岁①。

此词上阕写梦境，纯用夸张之笔，颇具豪兴。下阕直抒胸臆，写出了英雄失路的悲愤。俞平伯分析此词谓：“以梦友而悼友，虽为本篇题目，实系借以寓怀。其叙梦境都在虚处传神，用典作比，多夸张之词，仿佛读《大言赋》，不皆纪实。如宝钗楼、铜雀台，不必真有其地；长鲸、天马，不必实有其物；从车千乘，尽剑客奇才，不必果有其人。过片说到醒了，就梦境前后落墨。以睡眠而入梦，以闻鸡而惊觉，借极熟的典故，点出作意。‘叹年光’以下，硬语盘空，纯用议论，引《史记》原文，稍加点改，自然之至。随后在此略一唱叹便收。观其通篇不用实笔，似粗豪奔放，仍细腻熨贴，正如脱羁之马，驰骤不失尺寸也。有评论刘词为议论过多者，如从这篇来看，亦未必尽合，故详言之。”②所论甚为精到。

再如《贺新郎·送陈真州子华》：

> 北望神州路，试平章、这场公事，怎生分付？记得太行山百万，曾入宗爷驾驭。今把作握蛇骑虎。君去京东豪杰喜，想投戈下拜真吾父。谈笑里，定齐鲁。　　两河萧瑟惟狐兔，问当年祖生去后，有人来否？多少新亭挥泪客，谁梦中原块土？算事业须由人做。应笑书生心胆怯，向车中闭置如新妇。空目送，塞鸿去。

陈真州，名韡，字子华，福建侯官人(事迹见《宋史》卷178《陈韡

① 方信孺事迹见《大全集》卷166《宝谟寺丞诗境方公行状》和《宋史》卷395《方信孺传》。

② 俞平伯《唐宋词选释》下卷第243～244页，人民文学出版社1979年版。

传》)。真州治所在今江苏省仪征,靠近抗金前线。宋宝庆三年(1227年)四月,陈子华以仓部员外郎知真州,后村相送并作此词。

刘克庄在词中明确地提出联络北方起义军的政治主张,斥责苟安的南宋统治者。全词纵论国事,慷慨激昂,颇得散文化和议论化的妙处。整首词一气贯注,大气磅礴,可谓"壮语起儒"之作(杨慎《词品》卷5)。

还如《沁园春·答九华叶贤良》:

> 一卷阴符,二石硬弓。百斤宝刀。更玉花骢喷,鸣鞭电抹,乌丝栏展,醉墨龙跳。牛角书生,虬髯豪客,谈笑皆堪折简招。依稀记,曾请缨系粤,草檄征辽。　　当年目视云霄,谁信道凄凉今折腰。怅燕然未勒,南归草草,长安不见,北望迢迢。老去胸中,有些垒块,歌罢犹须着酒浇。休休也,但帽边鬓改,镜里颜凋。

上片写军营生活,意气豪迈,下片写以酒浇灌胸中块垒,以"镜里颜凋"作结,感喟壮志未酬。全篇慷慨悲凉,用典多而能融,真堪与稼轩比肩,谓之南宋后期的"正气歌"可也。俞陛云谓此词:"笔锋犀利,若并刀剪水;音节高亢,若霜夜鸣笳;临水高咏,千载下如闻叹息声也。"①陈廷焯评"一卷阴符……醉墨龙跳"等句云:"有如门下马气如虹之概。"评"老去胸中……镜里凋颜"云:"粗豪之甚,亦悲壮之甚。"②

刘克庄此方面的佳句尚多,如:

> 叹臣之壮也不如人,今何及!(《满江红·夜雨甚凉》)
>
> 未必人间无好汉,谁与宽些尺度?(《贺新郎·实之三

---

① 俞陛云《唐五代两宋词选释》,上海古籍出版社1985年版。

② 陈廷焯《词则·放歌集》,上海古籍出版社1984年版。

和有忧边之语，走笔答之》）

男儿西北有神州，莫滴水西桥边泪。（《玉楼春·戏呈林节推乡兄》）

帐下健儿休尽锐，草间赤子俱求活。（《满江红·送宋惠父入江西幕》）

其次，刘克庄写过一定数量咏物词，并在某些作品中融入自己的爱国之思和焦虑之情。

刘克庄《大全集》中的咏物诗甚多，其中数量最多的是咏花诗，仅咏梅诗就多达百十首以上。刘克庄的咏物词的数量也很多，尤其是咏花词。不但在词中表现了他对花的深爱，而且还表达了他深厚的爱国之思和对故国失地深深的依恋和惆怅之情。如他的《昭君怨·牡丹》：

曾看洛阳旧谱，只许姚黄独步。若比广陵花，太亏他。
旧日王侯园圃，今日荆榛狐兔。君莫说中州，怕花愁。

本词所选词牌就给予了神州陆沉之慨。以“花相”芍药在南宋的备受青睐，反衬“花王”牡丹在旧时汴洛的寂寞无主。此牡丹既是花，同时又是沦落区的遗民形象。结句“名为惜花，实惜中州，旧国旧都的哀怨，借对扬花洛花的褒贬抑扬表现出来”①。

除了写牡丹，后村还借鸿雁以寄托故国之思。如《忆秦娥·梅谢了》：

梅谢了，塞垣东解鸿归早。鸿归早，凭伊问讯，大梁遗老。　浙河西面边声悄，淮河北去炊烟少。炊烟少，宣和

① 俞平伯《唐宋词选释》下卷。

宫殿，冷烟衰草。

这首词借鸿雁起兴，表达了刘克庄对沦陷区遗民的深切同情和对故土的依恋。作者借鸿雁把江南和河北联系在一起，使鸿雁有了新的富有时代特征的意义。尤其是最后“宣和宫殿，冷烟衰草”两句，借断垣衰草表现出对祖国山河的无限哀思。刘克庄似乎特别善于从这种残瓦和衰垣中获得创作的灵感。刘克庄的词作素以豪放著称，但这首词的主要风格却很含蓄，结尾颇有“篇终接混茫”的余韵。

刘克庄有的咏物词写得情思飞动，颇有浪漫的气息。如他的咏月词《清平乐·五月十五夜玩月》二首：

纤云扫迹，万顷玻璃色。醉跨玉龙游八极，历历天青海碧。　水晶宫殿飘香，群仙方按霓裳。消得几多风露，变教人世清凉。

风高浪快，万里骑蟾背。曾识嫦娥真体态，素面元无粉黛。　身游银阙珠宫，俯看积气濛濛。醉里偶摇桂树，人间唤作凉风。

第一首写飞月，写月宫上的《霓裳羽衣》乐曲，想象奇丽，不同凡响。第二首则写深入月宫，犹以写嫦娥“素面元无粉黛”的光彩。而“俯看积气濛濛”一句，似含微旨。两首词充满浪漫的色彩，与辛词《太常引》相较，有出蓝之胜。

刘克庄咏物词尚多，如《长相思·惜梅》、《卜算子·惜海棠》二首、《昭君怨·琼华》、《六州歌头·客赠牡丹》、《摸鱼儿·海棠》等，都是优秀之作。

第三，刘克庄写过不少节俗词，一方面反映了南宋高度发达的文化和节俗，另一方面反映出后村的爱国之情。

刘克庄集中的咏节日和习俗的诗甚多，是南宋文化在刘克庄诗中的集中表现。刘克庄亦写过一些咏节俗的词，并在词中表现出其忧国怀抱，这是一种难得的声音。如他的《贺新郎·九日》：

湛湛长空黑，更那堪、斜风细雨，乱愁如织。老眼平生空四海，赖有高楼百尺。看浩荡，千崖秋色。白发书生神州泪，尽凄凉、不向牛山滴。追往事，去无迹。　少年自负凌云笔。到而今、春华落尽，满怀萧瑟。常恨世人新意少，爱说南朝狂客，把破帽、年年拈出。若对黄花孤负酒，怕黄花也笑人岑寂。鸿此去，日西匿。

开首三句，含有风雨如晦，八表同昏之慨，深深寄寓着刘克庄对南宋末年时局险恶的深重忧虑。“老眼……”三句忽然宕开一笔，写眼前浩荡万里的千崖秋色，胸次为之一开，音调也由开始的低咽转向慷慨，先沉郁而后勃发，声调和情调表里如一。“牛山泪”本为常典，但与“神州泪”对举，忧国忧民之怀抱顿现[①]。“白发书生神州泪”一句实为本词的主旨。陈廷焯《放歌集》卷2选了这首词，评之云“悲而壮”，并且接着说：“南宋有如此将才，如此安方，如此士气卒不能恢复者，谁之过耶？”[②]可谓中肯之评。

还如《贺新郎·端午》：

深院榴花吐，画帘开、练衣纨扇，午风清暑。儿女纷纷夸结束，新样钗符艾虎。早已有、游人观渡。老大逢场慵作戏，任陌头、年少争旗鼓。溪雨急，浪花舞。　灵均标致高如许，忆生平、既纫兰佩，更怀椒糈。谁信骚魂千载后，波底垂涎角黍。又说是、蛟馋龙怒。把似而今醒到了，料当年、醉死差无苦。聊一笑，吊千古。

---

① 可参考吴熊和对此词的赏析，见唐圭璋主编《唐宋词鉴赏辞典》1986年版。

② 陈廷焯《词则》。

词的上阙写端午节热闹的景象，但作者却“老大逢场慵作戏”。下阙写感想，特别突出屈原高洁的人格和爱国精神，这在南宋末期有着特殊的意义。南宋的灭亡原因甚多，但士大夫普遍无耻，不恤国事，就是其中一个重要的原因①。刘克庄写这首词是大有深意的和预见性的，前人看得很清楚，如黄蓼园云：“非为灵均雪耻，实为无识者下一针砭，思想超越，意在笔墨之外，可细玩之。”②

另外，后村的节俗词还有几首，如《生查子·元夕戏陈敬叟》、《临江仙·庚子重阳》等，《生查子·元夕戏陈敬叟》一首颇得婉约的妙处。

第四，刘克庄写过一些题跋词，表达了对词的看法；另外还有一部分寿词和步韵词。

刘克庄题跋诗甚多，包含着他的丰富而又深刻的诗学思想。刘克庄的词中也偶有题跋，表明他是一位善于思考的文艺理论家。他前期的题跋词有《贺新郎·跋唐伯玉奏稿》、《最高楼·再题周登乐府》、《鹧鸪天·戏题周登乐府》等三篇（后期有一首《汉宫春·题钟肇长短句》）。如《最高楼·再题周登乐府》：

> 周郎后，直数到清真。君莫是前身。八音相应谐韶乐，一声未了落梁尘。笑而今，轻郢客，重巴人。　　只少个、绿珠横玉笛，更少个、雪儿弹锦瑟。欺贺晏，压黄秦。可怜樵唱并菱曲，不逢御手与龙巾。且醉眠，篷底月，瓮间春。

周登词已失传，但刘克庄高度评价了他的词，并表达了自己对词的看法。刘克庄本人虽然以才气胜，但却对周邦彦赞不绝口。正如李调元所评：“刘后村克庄词以才气胜，迥非剪红刻翠比。然服膺周

---

① 陈登原：“士大夫兼并货殖以外，非尤当于用，即模稜圆滑。”（《国史旧闻》卷 39《南宋季年病象》）

② 《蓼园词评》（唐圭璋《词话丛编》，中华书局 1986 年版）。

邦彦不容口，见之于《最高楼》一词云……”[①]足见刘克庄词学趣味是很丰富的。关于这一点，我们后面还会谈到。

另外，刘克庄还有一首“自寓其词品”（刘熙载语）的《贺新郎·戏上闻歌有感》。俞陛云高度评价此词：“托彼美以通辞，表余心之高洁，如怨如诉，绝妙词也。”[②]同时，像词中的“粗识国风关雎乱，羞学流莺百啭。总不涉、闺情春怨”和“我有平生离鸾操，颇哀而不愠，微而婉”等句子，实际上也可作词论读的[③]。

除了以上几方面的内容，刘克庄前期还写过一些寿词和步韵词。由于前期的刘克庄胸中有真气充盈，因而他的寿词和步韵词也有不少可读的作品。

如《最高楼·戊戌自首》，透过表面的狂放，我们可以强烈地感到出其才高遭弃、壮志难酬的悲愤。再如《贺新郎·戊戌寿张守》、《水龙吟·自和前二首》之二等寿词，都是较好的作品。另外，刘克庄前期步韵词，如《贺新郎·实之三和有忧边之语，走笔答之》、《水调歌头·再和喜归》、《水调歌头·三和解印有期戏作》也是比较优秀的作品。但总体上来说，这种寿词和步韵词多数是刘克庄创作中的糟粕，是后村追求创作数量的心态在创作中的反映，不足为法。

第五，后村词取径较广，除了豪放疏宕的作品，他还写过一定数量的婉约词。

刘克庄曾经说过，他从小熟背稼轩的词集[④]，还说过“羞学流莺百啭，总不涉、闺情春怨”的话，加之他被视为辛派的有力继承者，因此，在常人的心目中，后村的词风天然就是豪放，最多是疏宕和悲愤，而与婉约无涉。实际上后村词风的形成是有一个过程的。起初，刘克庄不但学辛词，而且还学习过苏轼、秦观和周邦彦等大家的作品。

---

① 李调元《雨村词话》卷3（《词话丛编》本）。
② 俞陛云《唐五代两宋词选释》。
③ 可参考刘熙载《艺概》卷4《词曲概》，上海古籍出版社1978年版。
④ 《大全集》卷98《辛稼轩集序》。

如他的《哨遍》一词，不仅檃括韩愈的《送李愿归盘谷序》，而且学苏轼以《哨遍》檃括陶渊明《归去来兮辞》，用其调且步其韵。后村还有一首《大酺》(一谓赵以夫作)。全词如下：

正绿荫浓，莺声懒，庭院寒轻烟薄。天然花富贵，逞夭红殷紫，叠葩重萼。醉艳酣春，妍姿浥露，翠羽轻明如削。檀心鸦黄嫩，似离情愁绪，万丝交错。更银烛相辉，玉瓶微浸，宛然京洛。

朝来风雨恶，怕僝僽、低张青油幕，便好倩、佳人插帽，贵客传笺，趁良辰、赏心行乐。四美难并也，须拼醉、莫辞杯酌。被花恼，情无着。长笛何处，一笑江头高阁，极目水云漠漠。

《大酺》是由周邦彦所创的长调，《清真词》中只有一首。刘克庄此首长调完全是花间一路的风味，模仿周词的痕迹也甚为明显，大约是其前期的作品。本词载于《花草粹编》卷24，而《后村诗余》、《后村别调》和《后村长短句》未收。刘克庄称赞周登长短句时就说过"欺贺晏，压黄秦"的话，可想他对婉约一路也是情有独钟的。但到后来，刘克庄以辛弃疾和陆游为师，选择了豪放一路。但这中间显然是有一个过程的，绝非一蹴而就。即使如此，前期也有不少具有婉约风味的作品，如《昭君怨·牡丹》、《卜算子·惜海棠》、《前调·片片蝶衣轻》、《前调·乱丝盎中丝》、《清平乐·五月十五夜玩月》、《前调·风高浪快》、《忆秦娥·暮春》、《前调·上巳》、《前调·泥滑滑》、《前调·春酲薄》、《前调·梅谢了》等大都是风味清纯的作品。如《忆秦娥·暮春》：

游人绝，绿阴满野芳菲歇。芳菲歇。养蚕天气，采茶时节。　　枝头杜宇啼成血，陌头杨柳吹成雪。吹成雪。淡烟微雨，江南三月。

小词全用白描，不事用典，画出一副清新自然的江南三月风光。读过小词，我们似乎可以闻到江南三月泥土的芬芳。

再如《卜算子·惜海棠》其二：

> 片片蝶衣轻，点点猩红小。道是天公不惜花，百种千般巧。　　朝见树头繁，暮见枝头少。道是天公果惜花，雨洗风吹了。

用问答的方式写花开花落，笔调轻松，诙谐幽默，笔调摇曳多姿。吴世昌称之为“寄托之上乘”①，可谓别有心会。

刘克庄此种具有婉约风味的小令，颇得花间的妙处，较之他的豪放词，另具一种美学特色。但在过去，由于时代风气的影响，人们对这些妙品或熟视无睹②，或认为其“价值不大”③，实在是有失偏颇。事实上，要全面认识刘克庄词的价值，准确地评价刘克庄词在文学史上的地位，全面了解刘克庄词风的发展脉络，让一个完整的刘克庄站立起来，我们就必须充分认识和考察其婉约词及其婉约词风。

二、《后村诗余》的艺术成就

应该说刘克庄之所以能奠定他作为辛派词人后劲的地位，主要还是依靠他前期的著作《后村诗余》。其艺术成就主要表现在如下几个方面：

---

① 见《词林新话》卷4，北京出版社1991年版。
② 如中国社会科学院文学研究所《中国文学史》(二)(1962年版)和游国恩《中国文学史》(三)(1964年版)等文学史。
③ 北大中文系专门化1955级集体编著《中国文学史》(二)第481页，人民文学出版社1959年版。

首先，刘克庄词的基本风格豪放疏旷，并充满一股悲愤之气。

刘克庄词的豪放和疏旷是和他的个性以及自身的遭遇相一致的。刘克庄出道很早，并受到当时的大儒叶适的高度赞扬，认为他将建大旗鼓，领导当代文坛①。但首先，在宋宁宗十七年(1224年)，刘克庄因写《落梅》诗而遭当国者的愤怒，被罢官，并被闲置多年②，这对刘克庄的一生产生了深刻的影响；其次，由于刘克庄后期陷入党争的夹缝中，动辄得咎，使他在政治上非常失意；再次，刘克庄的家族成员在他的晚年相继去世，使其陷入了深刻的悲痛和绝望当中。另外，南宋后期国势内忧外困，又使思想敏锐的刘克庄比常人有更多的悲哀和痛苦。所有这一切都在他的作品中留下了深深的烙印。到了后期，刘克庄的作品由悲愤转向疏狂，可谓是长歌当哭，也由此可见南宋后期文人内心的扭曲程度。

刘克庄词往往在所谓的豪放之中透出深深的悲愤和无以名状的痛苦。如《沁园春·梦孚若》、《贺新郎·送陈真州子华》、《满江红·夜雨凉甚……》等作品，都透着这种情绪。如冯煦认为"后村词与放翁、稼轩犹鼎三足"，"伤时念乱，可以怨矣"，胸次非"剪红刻翠者比"③，以及陈廷焯所谓的"沉痛激烈，几欲敲碎唾壶"④，其实是道出了刘克庄词的精神本质的。

其次，后村词具有议论化和散文化的倾向，而且有不少作品颇得议论的好处。

后村词大多运用长调，而长调本身就要求词具有铺张和开扬的作风，因此议论化和散文化实际上是和后村词的选调有关系的。另外，刘克庄内心有深广的悲愤和忧患意识，有着丰富的历史知识和深刻的洞察力，这就容易使他在词中融入经史子集，形成散文化的句式

---

① 《水心集》卷29《题刘后村〈南岳诗稿〉》。

② 参看程章灿《刘克庄年谱》。

③ 见冯煦《六十一家词选·例言》。

④ 见陈廷焯《白雨斋词话》卷6(《词话丛编》本)。

和议论风发的气势。实际上，刘克庄的这种努力也是为了纠正当时词坛上流行的过于雕琢的形式主义词风，其积极意义不言而喻。但也不可否认，议论化和散文化也造成了他的词比较散漫，铸词造句不够精练，缺乏深沉与精警等缺陷。

再次，后村词中大量用典，有掉书袋之嫌。

胡适认为，刘克庄的某些词，以才气和悲壮的感情驱遣典故，是好词，而且还认为"是辛派词的特别长处"①。郑宾于也对后村的用典给予了较高的评价，认为后村的典故"运用自如，终不觉得，是以可贵"②。刘克庄的代表作如《满江红・送宋惠父入江西幕》、《满江红・和王士之韵送郑伯昌》、《贺新郎・端午》、《贺新郎・九日》、《贺新郎・实之三和……》等词中的典故，皆驱遣自如，叫人浑然不觉。但有些作品，尤其是一些步韵词，因无感而发，只好堆垛典故，不见什么精彩之处。

最后，关于后村词中的俗。

宋词的发展始终都处在雅俗的互动和交融中。北宋的"以诗为词"实际上就是词去俗趋雅的表现，而南宋的格律派词实际上也是趋雅的。但在趋雅的同时，词也失去了它原有的活力和乡土气息，逐渐走向死亡。实际上，刘克庄词是在同南宋过分雕琢的格律派相抗争的过程中发展起来的，并深受当时趋俗的审美取向的影响，表明了文学发展的总体动向。但很多人看不到这一点，依旧恪守过去雅文学传统，认为其词"直致近俗"③。即使在现代，也有不少人对其词之俗颇多批评之词④。但胡适认为其通俗词"能加入一种高超的意境与情感，却能不失去白话词的好处"。⑤ 林庚也认为后村的不少小令

---

① 胡适《白话文学史》第343页，百花文艺出版社2002年版。

② 郑宾于《中国文学流变史》(下)第300页，中州古籍出版社1991年影印版。

③ 见张炎《词源》(《词话丛编》本)。

④ 参看王易《词曲史》(东方出版社1996年版)、吴梅《词学通论》(华东师大出版社1996年版)。

⑤ 胡适《白话文学史》第355页。

"都颇得通俗的好处"[①]。

可见刘克庄词中的俗，实际上是南宋后期市民文化在刘克庄词中的积极反映，是南宋后期的求俗美学趣味在词中的自然显现，表明了文学发展的根本动向，是值得重视的。

第二节　《后村长短句》中的后期词研究

刘克庄后期的词存于《大全集》中，但是由于《大全集》未能很好地流传，因而他后期的词也几乎未能传播。根据前人的词选，我们似乎可以断定，古人大多没有读到他后期的作品。而今人虽然能读到《大全集》，词选却也基本上未出古人的范围，所选词目基本上未出其前期词集《后村诗余》的范围[②]，只有唐圭璋的《全宋词简编》选了一首后期的词《朝天子・宿雨频飘洒》。这就不能不让人产生一种疑惑，刘克庄后期的作品究竟有哪些内容？为什么一首都不能入选呢？难道一首都不值得选吗？为了解答以上的问题，我们必须全面了解刘克庄后期词的内容。

一、后期词的基本内容

刘克庄后期的词作共计 136 首。另外《全宋词》辑词 6 首，其中《水调歌头・和西外判宗湖楼韵》一首收入《后村别调》，溢出《诗余》和《长短句》；而另 5 首词分别是录自《全芳备祖》卷 5《琼花门》的《贺新郎・琼花》、录自《翰墨大全丙集》十三的《满江红・寿汤侍郎》、录自《截江网》卷 4 的《水调歌头・寿胡祥定》、卷 5 的《乳燕飞・寿干官》和《水龙吟・寿赵癯斋》等。他后期的作品数量超过前期，但内容

① 林庚《中国文学简史》第 430 页，北京大学出版社 1995 年版。

② 可参看第五章第三节《后村词在历代的传播和接受》。

却相当单调,弥眼望去,光是寿词就占了大半;其次是大量的步韵词。虽然刘克庄的步韵词确有优秀之作,但步韵词实是炫才斗气的一种手段,并不值得提倡。如《沁园春·和林卿韵》一词,刘克庄先后十和。虽然他也知道"韵狭不可复和",但还是忍不住要逞强好胜。正因为如此,刘克庄后期词的成就远不能和前期相比,致使今人对这些作品熟视无睹。但无视刘克庄半数以上的作品,仅以其前期作品的高下来评价刘克庄词,甚至任意夸大其思想价值,恐怕不是实事求是的态度。下面我们就来看看刘克庄后期词的基本内容。

(一)刘克庄的寿词

刘克庄词前期也有一定数量的寿词,但在前期创作中只是占很小的比例,也就不会影响他的整体创作成就。但到了后期,词中质量平平,甚至很庸俗的寿词数量陡增。刘克庄这种创作并非是一种个案现象,而是与南宋的整个社会背景息息相关的,是整个南宋社会祝寿风气在创作上的反映。

据刘尊明先生用计算机检索系统对唐圭璋《全宋词》(包括孔凡礼《全宋词补辑》)检索,宋代的寿词总数达 2 554 首,占《全宋词》作品总数(21 055)的八分之一弱,12.13%;可考作者约 431 人,约占总人数的(1 494)的三分之一弱,28.84%。从分布来看,北宋寿词仅 180 首左右,作者约为 32 人,余皆南宋词作。其中作品在 10 首以上的有 56 人,20 首以上的有 25 人。尤其以下列作者的作品为多:魏了翁 100 首、刘克庄 89 首、刘辰翁 89 首、李曾伯 59 首、史浩 51 首、辛弃疾 47 首、沈瀛 43 首、陈著 43 首、黄人杰 41 首、曹勋 33 首、郭应祥 32 首、方岳 32 首、晏殊 30 首、张孝祥 29 首等①。

南宋的寿词为什么如此发达呢?刘文对此进行了深刻的分析。他认为,首先,宋代寿词创作的兴盛,乃是宋代社会祝寿生活和祝寿风气的反映。整个南宋游乐成风,士大夫普遍有一种末世的悲哀情

① 刘尊明《宋代寿词的文化内蕴与生命主题》,载《中国文哲研究通讯》第 3 卷第 2 期。

绪，加之理学的兴盛，都是寿词兴盛的原因。其次，寿词的发达有其内在的机制。这包括音乐属性与娱乐功能的作用，士大夫普遍的结社和对生命流逝而不能升华的悲哀等。至于深层次的原因，则包括对生命价值的提升与实用的需要、理与俗的悖逆、悲歌与反思、生命的普泛化和个性化等①。

刘克庄后期大量祝寿词的出现，和以上原因有着必然的联系。与此同时，刘克庄本身的特殊经历，也导致了他写出大量的祝寿词。首先，刘克庄早年陷于梅花诗案中，心中有着深深的忧患意识；其次，他生性耿直，身陷晚宋党争的夹缝中，政治上郁郁不得志；再次，刘克庄晚年，其亲朋大都享年不永，先后离他而去，这是其写祝寿词内在原因。另外，与贾似道的特殊关系，也使他写了不少祝寿词。

下面我们来看看刘克庄的祝寿词的基本内容。宋人的祝寿词大约分成两类，既自寿和寿人两种，刘克庄的祝寿词也基本上属于此两类。

首先，后村一生留下了 39 首自寿词②，其中前期 11 首，后期 28 首。

如《水龙吟·己亥自寿二首》上阕：

> 年年岁岁今朝，左弧悬罢浑无事。吾衰久矣，吾辰安在，老之将至。懒写京书，怕看除目，败人佳思。把东篱掩定，北窗开了，悠然酌，颓然睡。

诗人壮志未酬而年岁已老。透过表面的闲适，我们不难看出刘克庄内心深深的悲愤和失望之情。

---

① 刘尊明《宋代寿词的文化内蕴与生命主题》，载《中国文哲研究通讯》第 3 卷第 2 期。

② 据刘锋焘《豪雄旷放、排宕悲慨的振聋发聩之音——论后村词》（载于《宋金词论稿》，中国社科出版社 2002 年版）一文统计，刘克庄自寿词 40 余首。实际上，《洞仙歌·癸亥生朝和居厚弟韵，题谪仙像》一首只写李白事，可排除。另外，刘克庄最早的自寿词是写于宋理宗嘉熙二年（1238 年）的《最高楼·戊戌自寿》，是年 52 岁，而非 53 岁。最晚的自寿词写于宋度宗咸淳三年（1267 年）的《水龙吟·丁卯生日》，81 岁，而非80 岁。

再如：

儿时某丘某水，到如今、老亦可樵渔。宝马华轩无份，蹇驴破帽如初。(《木兰花慢·癸卯生日》)

病翁一榻萧然，不知世有欢娱事。雀落庭院，载醪客去，催租人至。(《水龙吟·自和前二首》其二)

由此可见，刘克庄前期的自寿词表现出一种老去无为、时不我待的焦虑和不安。透过表面的疏狂，我们不难看到诗人的痛苦和不安。但这些都还不很强烈，而且时时透出一种对归隐的渴望之情。这时的后村还年轻，还有复出的希望。

但到了后期，随着岁月的老去和国势的倾危，刘克庄建功立业的雄心壮志已付之东流，建功立业的希望已化为泡影。因此他的自寿词的情绪已由悲愤化为疏狂，他的心态似乎已经变得扭曲不堪。

我们先举一首他的《水龙吟·丁巳生日》为例：

不须更问旁人，劝君自拂青铜镜。幅巾短褐，有些野逸，有些村拗。两度呼来，也曾批敕，也曾还诏。笑先生此手，今堪何用，苔矶上，堪垂钓。　　白雪新腔高妙。把侬家、调疏称道。六韬未试，抑诗未作，如何归老。玉带金貂，星儿快活，天来烦恼。待自笺年甲，缴还官职，换山翁号。

这首词作于宋宝祐五年(1257 年)，刘克庄 71 岁。上片回顾自己的为官经历，下片写自己的归隐情怀，语带诙谐，“尽量淡化刚直遭黜的牢骚不平。但如此化悲为笑，化沉痛为轻松，反而加强了感情抒发的力度。轻松俏皮的语气，更让人感到其心中所凝聚、压抑的悲愤不平”①。

① 欧阳代发等《刘克庄词新释辑评》第 146 页，中国书店 2001 年版。

刘克庄后期的诗词，尤其是这种自寿词，确实让人强烈地感觉到他内心凝聚和压抑的悲愤和不平之气，同时我们也感觉到，作者心态已被那种残酷的封建官场挤压得变了形。如《最高楼》：

吾衰矣，不慕勒燕然，不爱画凌烟。此生惭愧支离叟，何功消受水衡钱。错教人，占卦气，算流年。　　漫摘取、野花簪一朵，更拣取、小词填一个。晞素发，暖丹田。罗浮杖胜如旌节，华阳巾不减貂蝉。这先生，非散圣，即臞仙。

这首词作于宝祐三年，是年刘克庄 69 岁。整首词全是反话，从中透出作者的悲愤之情。刘克庄一刻都未曾失去对建功立业的渴望，他一生的最大理想就是勒石燕然，画像凌烟阁，在政治上有一番作为。但在词中却说“不慕勒燕然，不爱画凌烟”，岂不是透出了作者建功立业的心声吗？然而“吾衰矣”，流年似水。而此时的他正闲居乡里，如何能实现自己的理想呢？这首词可谓是长歌当哭，是一种无奈的浩叹。

其次，刘克庄寿词四十余首，词作对象包括寿亲人和寿朋友两大类。

刘克庄与他的族弟刘居厚有着特殊的关系。居厚名希仁，字居厚，嘉定进士，曾官秘书并两主崇禧祠，亦曾在工部所属仓部为官。后村在诗词中先后数十次写到居厚，可见二人情意之深。刘克庄提及居厚的词有 10 首之多，为居厚弟祝寿的词也有 5 首之多①，如《念奴娇・居厚弟生日》：

素馨茉莉，向炎天、别有一般标致。淡妆绰约堪□□，导引海山大士。从者谁欤？青藜阁下，汉卯金之子。云阶

① 这些词是《鹊桥仙・居厚弟生日》、《念奴娇・居厚弟生日》、《鹊桥仙・生日和居厚弟》、《清平乐・居厚弟生日(冰轮万里)》、《清平乐・居厚弟生日(人间喘汗)》等。

月地，夜深凉意如水。　　客又疑这仙翁，唐玄都观里，咏桃花底。且赌樽前身见在，休管汉唐时事。颇颖归迟，机云发早，得似侬兄弟？屐来户外，但言二叟犹醉。

词的上片赞美巨厚，下片写兄弟之间的深情。通过历史人物刘向、刘禹锡、苏氏兄弟和二陆来联系其生平遭际和深厚情感，构思极为巧妙，写法生动俏皮，机趣横生。

刘克庄作为当时的文坛领袖，和众多文人有着密切的关系，如孙季蕃、方蒙仲、陈起等。同时，他和各级官僚，尤其是和中下级的官僚有着非常紧密的联系。除此，刘克庄还和社会上的平民有着广泛的交往，所以，其寿词很多。另外，当时社会上结社和游乐之风的大盛，也是刘克庄写大量寿词的重要原因。如《鹊桥仙·乡守赵丞相生日》：

去年无麦，今年多稼。尽是君侯心地。向来寺寺总拘桩，今有不拘桩底寺。　　省仓展日，米场镌价，万落千村蒙惠。更将补纳放宽些，便是个、西京循吏。

词的上片颂扬赵乡守善政，下片希望赵乡守为民请命。这虽然是一首祝寿词，实际上是在反映社会问题，表现出后村对百姓命运的关心。刘永济高度评价此词，认为："此种直接反映社会之词，颇不易见。由此词可知宋时官吏常拘守封桩库规例，不肯用以救民之急，又可知'补纳'制度，如严限期日，大足病民，故作者劝其'放宽些'便更是好官也。"①

需要特别提出的是，后村后期写了多首为当时的宰相贾似道祝寿的词。

贾似道作为南宋后期的宰相，具有比较杰出的军事才能和政治

① 刘永济《唐五代两宋词简析》，上海古籍出版社1981年版。

才能，为南宋的抗（元）蒙事业作出了自己的贡献。但由于贾似道本人的一些失误，尤其是丁家洲之战的溃败，加速了南宋的灭亡，因而被后人彻底唾弃，并且担当了所有的历史罪过。刘克庄早年受知于贾似道之父贾涉，晚年又多次遭贬谪，五主道观，长期闲居在家，受到似道的援引，心中自是充满了感激之情，因而写了不少贺贾之作，这都在情理之中[①]。另外，刘克庄到了晚年，由于身体的衰老和精神的颓废，深知过去的理想已难以实现，因而在贾似道身上寄托了自己的理想和抱负，这也是顺理成章的事情。但有人认为这是刘克庄的人生污点，并努力为之辩污。其实只要肯定贾似道的历史功绩，或者部分地肯定他的历史地位，那么抹在刘克庄脸上的污垢就会不洗自去，一切辩污的努力就显得多余了[②]。

我们来看一首刘克庄写给贾似道的《贺新郎·傅相生日壬戌》：

> 低局从头错。解危机、除非唤取，国棋来著。不信胡儿能胆大，南岸安他阵脚。谈笑里、乌巢空幕。西起岷峨东海岱，有捷旗、露布无胥拆。莘渭后，到秋壑。　　淮田犁遍吴田获。问台家、山河宇宙，是谁擎托。自觉怀中残锦尽，采色彰施技薄。视柳雅、韩碑瞠若。稽首鲁公黄发颂，世何人、堪继奚斯作。楚狂语，莫删却。

此词作于宋景定三年（1262 年）八月八日。全词颂扬贾似道督军守鄂却敌之功，喻贾似道为破袁绍之曹操，气势颇壮。关于鄂州之役的是非曲直本文不拟详论[③]，但刘克庄在贾似道身上寄托了自己的复国希望和理想却是事实。而且全词气势飞扬，“不信胡儿能胆

① 参看《福建省志·列传》卷 14《宋十一》；明见《刘克庄贺贾之作新论》，《文学遗产》2003 年第 5 期。

② 参看拙文《历史的天空》一文。

③ 参看何忠礼等《南宋史稿》，杭州大学出版社 1999 年版；胡昭曦主编《宋蒙（元）关系史》，四川大学出版社 1992 年版。

大”一句，显示出必胜的信心和决心。因此不分是非曲直，在断定贾似道为奸臣的前提下，把刘克庄的寿贾词说成是“谗附权奸”的谀词，并不是一种实事求是的态度。

不过总体上来讲，刘克庄的祝寿词写得过多过滥，艺术上成就并不高。这一方面是寿词难写，不易出新。正如张炎所言：“难莫难于寿词，倘尽言富贵则陈俗，尽言功名则谀佞，尽言神仙则迂阔虚诞，当总此三者而为之，无俗忌之词，不失其寿可也。松椿龟鹤，由所不免，却要融化字面，语义新奇。”[①]沈义父也说：“寿词最难作，且宜戒寿酒、寿香、老人星、千春百岁之类。须打破旧曲规模，只形容当人事业才能，隐然有祝颂之意方好。”[②]另一方面，许多寿词往往陷于一种形式，很少真情实感，很难打动人。因此，后村较好的寿词往往是自寿词，以及为自己的亲人写的寿词。

（二）刘克庄的步韵词

刘克庄一生写了大量的步韵词，后期尤多。如《贺新郎·己未九日同季弟子侄饮仓部弟免庵，艮翁宫教来会》一词，刘克庄凡六用韵；《转调二郎神·余生日……》凡五和；《沁园春·和林卿韵》凡十和，而且还是“韵狭不可复和”；《念奴娇·丙寅生日》凡六和；《满江红·丹桂》凡六和；《汉宫春·秘书弟家尚红梅》凡四和。

在他前期，确有一些优秀的步韵词，如我们曾引过的《贺新郎·实之三和有忧边语，走笔答之》。但后村前期的步韵词并不多。到了后期，步韵词在后村词中大量出现。这些步韵词确有写得不错的作品，如《沁园春·七和》：

> 安得奇才，颈系单于，首提子璋。便做些功业，胜穷措大，聚萤武子，吞凤君章。笑杀竖儒，错翻故纸，屈马何曾有艳香。榆塞外，恰枣红时候，想羽书忙。　腰钱骑鹤维

① 张炎《词源》（唐圭璋《词话丛编》）。
② 沈义父《乐府指迷》（唐圭璋《词话丛编》）。

扬，分表事谁能预测量。叹防身一剑，壮图濩落，建侯万里，老境相将。读枕函书，宝家藏笏，免使他人笑弗堂。吾衰矣，虽尚存右臂，不解擎藏。

本词作于宋咸淳二年(1266年)，作者80岁。整首词壮怀激烈，写出作者壮怀难酬的悲愤。调子十分悲壮，节奏有力，毫无衰瑟之气。

再如《汉宫春·秘书弟家赏红梅》四首，写梅开梅谢，多用比喻、典故、神话，非常生动。而四首词各有重点，像一组电影镜头，构成了一幅完整的红梅组图。如其二：

多谢句芒，露十分春信，一种仙姿。主人领客卜夜，也唤分司。天葩国艳，几曾烦、薄粉浓脂。微似有、酒潮玉颊，更无粟起香肌。　　犹记老婆年少，爱斜簪宝髻，浅印红眉。回头笑他桃杏，太赤些儿。而今零落，更禁当、多少风吹。君看取，梢头点滴，绝胜树下纷披。

本词写红梅盛开。风格轻松喜悦，透出作者很深的爱梅之情。除了梅花，诗人还对许多花卉表现出浓厚的兴趣并形诸笔端。在后村笔下，花的耐寒本性、孤高的品格和而庄的意态、清凉而无脂粉气的质地，这些品性都是和他所追求的人生境界相一致的，也与南宋后期愈演愈烈的植物表德风气相统一①。

但是，刘克庄步韵词内容多是咏隐退之情和叹老嗟卑之作，意境往往重复，多有累赘之嫌。刘克庄不但好写组词，也喜欢写组诗，这是他晚年创作的一大弊端。

(三) 其余的作品

刘克庄后期词的成就远不及前期，但也不能一笔抹煞、熟视无

① 参看第二章第三节《江湖清味——南宋后期植物表德风气中的咏物诗》。

睹。这不但是因为他后期也写过一些成功之作，而且，了解他后期的词，对我们全面了解他的创作，对他的创作做出全面而准确的评价是非常必要的。

除了前文所举的寿词和步韵词，刘克庄还写过一些成功之作。如《沁园春·剥啄谁欤》、《沁园春·寄竹溪》、《沁园春·梦中作梅词》、《汉宫春·秘书弟家赏红梅》、《念奴娇·七月望夕观月……》、《木兰花慢·客赠牡丹》、《满江红·端午》、《八声甘州·雁》、《踏莎行·巧夕》《卜算子·燕》等，都是比较优秀的作品。如《沁园春·梦中作梅词》：

> 天造梅花，有许孤高、有许芬芳。似湘娥凝望，敛君山黛，明妃远嫁，作汉宫妆。冷艳谁知，素标难亵，又似夷齐饿首阳。幽雅意，纵写之缣楮，未得毫芒。　　曾经诸老平章，只一个孤山说影香。便诏书存问，漫招处士，节旄落尽，早屈中郎。日暮天寒，山空月堕，茅舍清于白玉堂。宁淡杀，不敢凭羌笛，告诉凄凉。

此词上阙赞梅之孤高冷艳，下阙写美之芬芳。多用比喻，使整首词“既有表现力又有点朦胧美，产生既可感受其美又并不具体清晰却反而更启人遐想的艺术效果”①。

二、对刘克庄后期词的基本评价

由于刘克庄在后期写了过多的祝寿词和步韵词，加之他后期情绪颓废和疏狂，因而其后期的创作完全不能和前期相比，但也不能对其后期的创作视而不见。一方面，刘克庄后期也有成功之作，如我们前面提到的《沁园春·梦中作梅词》、《汉宫春·秘书弟家赏红梅》等作品。另一方面，后村后期的创作也是我们从整体上考察后村词的

① 欧阳代发等《刘克庄词新释辑评》，第321页。

重要材料。

在过去，由于后村词版本流传的原因，古人只能读到《后村诗余》里的作品，因而他们读词选词大抵不出《后村诗余》的范围。他们对刘克庄词的评价和审视仅限于前期的作品。作为现当代人，得益于现代的印刷术和技术，完全有条件读到刘克庄的全部词作，完全有条件对一个完整的刘克庄作出评价和审视。然而遗憾的是，现当代人对刘克庄词的评价和取舍几乎完全建立在古人的基础之上，也就是建立在其前期的作品之上，而无视后村的另一半作品，或者只是轻描淡写地以一言半语否定之，这是十分片面的。

第三节　后村词在后世的流传和接受

刘克庄的词主要有三种版本，即毛氏汲古阁《宋六十名家词》本《后村别调》、朱孝臧《彊村丛书》本《后村长短句》和陶湘涉园《影宋金元明本词》本《后村居士诗余》。其中《后村别调》不分卷，收词 122 首，是清以来最为流行的本子。书中有溢出后两本以外的《水调歌头·和西外判宗湖楼韵》一首，证明毛晋所据原本可能不止《后村居士集》一种。《后村长短句》5 卷，收词 258 首，是别本的两倍多。此本乃据《大全集》参考各种本子校刻的，书后有校勘记，可参看。《后村居士诗余》乃陶湘据宋本《后村居士集》第 19、20 卷两卷影刻，存词 120 首。以上各本编排次序各不相同。刘克庄的词向无注本，今人钱仲联《后村词笺注》4 卷是目前最为完善的注本。

一、刘克庄词在历代的传播和接受

从本质上讲，刘克庄的词只有两种系统，即《大全集》196 卷本和《后村居士集》50 卷本。据元代刘埙云："未几，后村卒，其家尽荟萃其生平所著，别刊小本为《大全集》。”[①]而林希逸曾在《大全集序》中提到：“二十年共成《后》、《续》、《新》三集。”刘希仁在《大全集序》中也说：“有《前集》刊于莆，既而《后》、《续》、《新》三集复刻于玉融。”那么，所谓“别刊小本”，实际上就是指《前》、《后》、《续》、《新》四个集子，也就是说，《大全集》就是这四个集子的合成本。其编者是后村的第三子刘山甫。这个本子在元初尚存[②]，但到明代，只有天一阁抄本完整地保存了刘山甫所刊《大全集》的原貌。清代有张金吾影写天一阁抄本，而《四部丛刊》本亦是据天一阁本影印[③]。《大全集》在元明清实际上只有抄写本，甚至像卢文弨这样的大藏书家都感叹难见此书[④]，一般人就可想而知了。

在相当长的时间内，刘克庄的作品实际上只有《后村居士集》50卷在社会上流传，因而刘克庄词只有《后村诗余》和《后村别调》（此二书应是出自一个系统）中的120余首词在社会上流传，而他的另一半作品，即《大全集》中的《后集》、《新集》和《续集》中的词，却未能流传。因此，古人所读到的刘克庄词实际上是他62岁以前的作品，也就是他前期的作品[⑤]。我们所看到的有关刘克庄词的评价也是古人对这120余首词的评价，而绝非是刘克庄词的全部[⑥]。由于古今人们所看到的文本不同，所得出的结论自然不会相同，而且也应该不同，但实际情况却并非如此。事实上，今人是在不知不觉中拿古人对刘克庄

---

① 《隐居通义》卷21“刘后村诸制”。

② 《隐居通义》卷21“履祥仕闽归，又惠余一部”。

③ 参看《持静斋藏书记要》卷之下。

④ 参看《爱日精庐藏书志》卷31：“卢氏抱经（文弨）林本《后村集》跋云：‘《后村集》有百九十六卷，求知数年，卒不见。’又云：‘石门吴氏《后村诗抄》亦无出此集外者，岂其全者？’非予不及见，即前辈亦未之见也？则是书之罕观久矣。非书城之巨观，艺林之鸿宝哉？”

⑤ 据林希逸《后村先生大全集序》云：“予戊申备数守莆，方得《前集》刊之郡庠，于是纸价倍常。”（卷首序）戊申为理宗八年（1248年），后村62岁，《后村居士集》结集于此年前后。

⑥ 钱仲联笺注《后村词笺注》收后村词264首；欧阳代发、王兆鹏《刘克庄词新释辑评》收词269首。

词的评价来作为我们今天衡量刘克庄作品的标准，显然会失之偏颇，甚至会发生谬误。

为了了解后村词的流传情况，我们不妨列举清以前几种有代表性的选本。

1. 黄升《花庵词选》

本书共计 20 卷，前有黄升和胡德方序，作于淳祐九年（1249 年），亦应刻于此年。此书收罗颇广，“精于持择，去取亦特为谨严，非《草堂诗余》之类参杂俗格者可比。又每人名下各注字号里贯，每篇题下亦间附评语，俱足以资考核。在宋人词选，要不失为善本也”①。其中《中兴以来绝妙词选》卷 7 选后村词 23 首，皆出自《后村诗余》。

2. 赵闻礼《阳春白雪》

此书 8 卷，外集 1 卷，选后村词 4 首：《贺新郎·深院榴华吐》（卷 3）、《摸鱼儿·海棠》（卷 5）、《六洲歌头·谢人送牡丹》（卷 6）、《满江红·金甲雕戈》（外集）。

3. 陈耀文《花草粹编》

此书 24 卷，“虽纠正之详不及万树之词律，选择之精不及朱彝尊之《词综》，而裒集之功实居二家之前，创始之功亦不容以后来掩矣”②。《花草粹编》选后村词 15 首。其中小令有《长相思·寄远》（卷 1）、《生查子·元夕戏陈敬叟》（卷 2）、《昭君怨·曾看洛阳旧谱》（卷 2）、《清平乐·别意》③（卷 6）、《浪淘沙·纸帐素屏遮》（卷 9）、《踏莎行·甲午重九牛山作》（卷 12）等 6 首，长调有《满江红·金甲雕戈》（卷 17）、《念奴娇·壬寅自寿》④、《念奴娇·菊花》（卷 20）、《木兰花慢·寿王实之》（卷 21）、《沁园春·赠孙季蕃》、⑤《贺新郎·端午》、《贺新郎·九日》、《摸鱼

①② 《四库全书总目提要》卷 199。

③ 《后村长短句》作《丹阳舟中作》；《后村别调》两题并存。

④ 《后村词笺注》卷 1 题为《壬寅生日》。

⑤ 《后村诗余》和《后村长短句》题作《送孙季蕃吊方漕西归》。

儿·感叹》[①]、《大酺·牡丹》(卷24)等9首,但未录中调。

4. 卓人月、徐士俊《古今词统》

此书16卷,其中选刘克庄词9首。即《昭君怨·琼花》(卷3),《卜算子·惜花》[②]、《卜算子·片片蝶衣》(卷4),《清平乐·别意》、《清平乐·赠维扬陈参议文侍儿》、《忆秦娥·上巳》(卷5),《浪淘沙·丁未生日》、《浪淘沙·旅况》(卷7),《玉楼春·感怀》[③](卷8)等。

5. 康熙《御定历代诗余》

此选成书于康熙四十六年,共计120卷。"所录词自唐至明凡一千五百四十调,九千余首,厘为一百卷。又词人姓氏十卷,词话十卷。""凡柳周婉丽之音,苏辛奇恣之格,兼收两派,不主一隅。"[④]书中《凡例》亦言:"是选录其风华曲丽而不失于正者为准式。其沉郁排宕,寄托深远,不涉绮靡,卓然名家者,尤多收录。"此书按调选词,所选后村词共计47首。其中小令有《如梦令》、《昭君怨》、《长相思》、《生查子》、《卜算子》、《清平乐》、《忆秦娥》、《玉楼春》、《踏莎行》、《临江仙》等,共计17首;长调有《最高楼》、《满江红》、《水调歌头》、《念奴娇》、《木兰花慢》、《水龙吟》、《沁园春》、《摸鱼儿》、《贺新郎》等30首。

6. 朱彝尊、汪森《词综》

其中正编30卷,补6卷[⑤]。"是编录唐宋金元词通五百余家,于专集及诸选本外,凡稗官野记中有片语足录者,辄为采掇,故多他选未见之作。""谓小令当法汴京以前,慢词则取诸南渡,又谓论词必出于雅正。"[⑥]是书选后村词11首,其中卷14选《忆秦娥·暮春》、《玉楼春·呈林节推》、《贺新郎·端午》、《贺新郎·游周氏花园》[⑦]、《满

① 与《花庵词选》同题。《后村诗余》和《后村长短句》无题。
② 《后村诗余》和《后村长短句》题作《惜海棠》。
③ 《后村词笺注》卷4题为《戏呈林节推乡兄》;《后村诗余》和《后村长短句》题作《戏林推》。
④ 《四库全书总目提要》卷199。
⑤ 据中华书局1975年影印版《词综》,《四库全书总目提要》作34卷。
⑥ 《四库全书总目提要》卷199。
⑦ 《后村诗余》无题。

江红·落日登楼》、《清平乐·赠维扬陈师文参议家舞姬》、《摸鱼儿·怪新来》、《长相思·寄远》等8首,卷35选《摸鱼儿·海棠》、《卜算子·海棠为风雨所败》、《长相思·饯别》等3首。

7. 陈廷焯的《词则》

此书分4集24卷,选词2 360首,即《大雅集》6卷571首,《放歌集》6卷419首,《闲情集》6卷655首,《别调集》685首。陈廷焯有《白雨斋词话》,主张词的风格雅正,词的内容有比兴和寄托,并且提出沉郁顿挫的词学理论,影响极大。他的《词则》亦以雅正为归,"《大雅》为正,《放歌集》、《闲情集》、《别调集》副之,总名之曰《词则》。求诸《大雅》,故有余师,即遁而之他,亦即可于《放歌》、《闲情》、《别调》中求大雅,不至入于岐趋"①。本书共选刘克庄词10首。其中《闲情集》卷2选《清平乐·赠维扬陈师文参议家舞姬》1首,《别调集》卷2选《长相思·朝有时》1首,《放歌集》卷2选《满江红·落日登楼》、《沁园春·梦方孚若》、《沁园春·赠孙季蕃》、《沁园春·寄九华叶贤良》、《贺新郎·九日》、《玉楼春·戏呈林节推乡兄》、《忆秦娥·感旧》、《忆秦娥·梅谢了》等。

8. 唐圭璋笺注、上彊村民重编《宋词三百首笺注》

朱氏所选"至精","大要求之体格、神致,以浑成为主旨"(况周颐《序》)。而唐氏的笺注"博收广采","汇宋以后各家之说","较他家尤备"(吴梅《笺序》)。本书选后村词4首,即《生查子·元夕戏陈敬叟》、《贺新郎·端午》、《前调·九日》、《木兰花·戏林推》等。

为了准确地了解后村词的传播,我们把以上诸词选与《后村诗余》、《后村别调》及《后村长短句》进行比对。

首先,《花庵词选》和《阳春白雪》皆宋人所选,两种选集中的后村词作皆不出《后村诗余》的范围。其中《花庵词选》选后村词多达42首,而这些词全是后村前期的作品,因为此词选与《后村居士集》的成

① 见《词则·序》。

书年代大致相同。(一为1248年,一为1249年。)

其次,明代的两个词选,除了个别词题与《后村诗余》有所不同外,两种书所选词皆未出《后村诗余》。我们有理由相信,明代这两个选本所依据的底本是《后村诗余》,至多不会超过这个本子。需要注意的是,《花草粹编》卷24收后村《大酺·牡丹》一首,《全宋词》失收,应是一首逸词。此词学周邦彦之迹甚明,风格柔丽,属花间一派,当是后村前期的作品。这首词的发现,对我们了解后村早期词的风格是有帮助的。

再次,我们看后村词在清代的四个选本。其中《历代诗余》是一本大型的词选,选后村的词多达47首。令人惊奇的是,这些词有46首出于《后村诗余》,另外一首《如梦令·今夜荼蘼风起》见于《全芳备祖》前集卷15"荼蘼门",《全宋词》列入存目,列无名氏名下。从风格和内容来判断,此词应是刘克庄前期的作品,是其逸词,有必要补于后村词集。另外三种所选词皆未出《后村诗余》的范围。

据以上的比对,我们看得非常明白,刘克庄的词选皆不出《后村诗余》的范围,所录词都是后村62岁以前的作品,因此后世所传播的都是他前期的词,而收录他后期词作的《后村长短句》却未能流传。这就产生了一个问题,前人对后村词的评价,都是依据《后村诗余》,也就是根据他前期的作品所作出来的。因此古人留给我们的并非一个完整的刘克庄。评价虽然大体正确,也反映出后村词的基本面貌,但是,这只是后村前期词的面貌和基本的特色。让我们先来看看后人几个选本中的词选。

为了方便起见,我们把近现代人所选后村词列表如下①:

① 俞陛云《唐五代两宋词选释》(上海古籍出版社1985年版);胡云翼《宋词选》(上海古籍出版社1978年3月新版);龙榆生选《唐宋名家词选 》(上海古籍出版社1978年版);俞平伯选释《唐宋词选释》(人民文学出版社1978年版);中国社会科学院文学研究所编《唐宋词选 》(人民文学出版社1981年版);廖辅叔《谈词随录》(广东人民出版社1986年版);唐圭璋《全宋词简编》(上海古籍出版社1986年版);唐圭璋主编《唐宋词鉴赏辞典》(江苏古籍出版社1986年版);刘乃昌、朱德才选注《宋词选》(人民文学出版社2003年版)。

编者	选集名称	所选篇目
俞陛云	《唐五代两宋词选释》选 9 首	《满江红·夜雨凉甚……》、《清平乐·顷在维扬……》、《沁园春·梦孚若》、《前调·寄九华叶贤良》、《前调·郡会闻歌姬有感》、《满江红·二月二十四夜海棠花下作》、《清平乐·五月十五夜玩月》、《长相思·惜梅》、《生查子·元夕戏陈敬叟》
胡云翼	《宋词选》选 12 首	《满江红·送宋惠父入江西幕》、《一剪梅·余赴广东……》、《贺新郎·送陈真州子华》、《沁园春·梦孚若》、《玉楼春·戏林推》、《贺新郎·实之三和……》、《前调·九日》、《前调·席上闻歌有感》、《满江红·夜雨凉甚……》、《忆秦娥·梅谢了》、《卜算子·片片蝶衣轻》、《清平乐·五月十五夜玩月》
龙榆生	《唐宋名家词选》选 11 首	《沁园春·梦孚若》、《满江红·夜雨凉甚……》、《前调·送宋惠父入江西幕》、《前调·和王士之韵送郑伯昌》、《水龙吟·自和己亥自寿》、《贺新郎·送陈真州子华》、《前调·端午》、《前调·九日》、《前调·实之三和……》、《风入松·福清道中作》、《玉楼春·戏林推》
俞平伯	《唐宋词选释》选 4 首	《沁园春·梦孚若》、《前调·答九华叶贤良》、《满江红·夜雨凉甚……》、《昭君怨·牡丹》
中国社会科学院文学研究所	《唐宋词选》选 9 首	《沁园春·梦孚若》、《前调·答九华叶贤良》、《昭君怨·牡丹》、《满江红·夜雨凉甚……》、《贺新郎·送陈仓部知真州》、《前调·九日》、《玉楼春·戏呈林节推乡兄》、《卜算子》(片片蝶衣轻)、《忆秦娥》(梅谢了)
廖辅叔	《谈词随录》选 7 首	《沁园春·梦孚若》、《贺新郎·送陈真州子华》、《前调·九日》、《玉楼春·戏呈林节推乡兄》、《昭君怨·牡丹》、《风入松·福清道中作》、《满江红·夜雨凉甚……》

(续表)

编者	选集名称	所选篇目
唐圭璋	《全宋词简编》选 23 首	《沁园春·梦孚若》、《前调·答九华叶贤良》、《生查子·元夕戏陈敬叟》、《满江红·送宋惠父入江西幕》、《前调·送王实之》、《前调·四首并和实之》、《贺新郎·送陈子华赴真州》、《前调·杜子昕凯歌》、《前调·端午》、《前调·九日》、《前调·席上闻歌有感》、《贺新郎·实之三和……》、《一剪梅·余赴广东……》、《玉楼春·戏林推》、《卜算子》(片片蝶衣轻)、《朝天子·宿雨频飘洒》、《昭君怨·牡丹》、《满江红·和王士之韵送郑伯昌》、《水龙吟·平生酷爱渊明》、《风入松·福清道中作》、《清平乐·风高浪快》、《前调·赠陈参议师文侍儿》、《忆秦娥·梅谢了》
唐圭璋	《唐宋词鉴赏辞典》选 10 首	《沁园春·梦孚若》、《前调·答九华叶贤良》、《昭君怨·牡丹》、《满江红·夜雨凉甚……》、《贺新郎·送陈子华赴真州》、《前调·九日》、《玉楼春·戏林推》、《卜算子·片片蝶衣轻》、《清平乐·五月十五夜玩月》、《忆秦娥·梅谢了》
刘乃昌、朱德才	《宋词选》选 12 首	《沁园春·梦孚若》、《前调·答九华叶贤良》、《昭君怨·牡丹》、《满江红·夜雨凉甚……》、《贺新郎·送陈真州子华》、《前调·九日》、《前调·席上闻歌有感》、《前调·实之三和……》、《玉楼春·戏呈林节推乡兄》、《卜算子·片片蝶衣轻》、《清平乐·五月十五夜玩月》、《忆秦娥·梅谢了》

除了表格中的词选，尚有几种选本，如唐圭璋《唐宋词简释》(上海古籍出版社 1981 年版)、梁令娴《艺衡馆词选》(广东人民出版社 1981 年版)、刘永济《唐五代两宋词简释》(上海古籍出版社 1981 年版)、刘逸生《宋词小札》(广东人民出版社 1981 年版)、张璋选、黄畬笺注《历代词萃》(河南人民出版社 1983 年版)、常国武《新编宋词三

百首》(人民文学出版社 2000 年版)等,选刘克庄词都较少,当然也未出《后村居士诗余》的范围,我们不拟讨论。

从列入表格的几种选集中,我们发现一个十分有趣的现象,那就是以上选本,除了《全宋词简编》,皆不出《后村诗余》的范围。即使是《全宋词简编》虽超出了这个范围,但也只选了 1 首,而其余 23 首无一例外地全出自《后村诗余》,且这 23 首词也涵盖了其余所有词选。若是翻看文学史,所引用的词篇则更无法超出这个范围。由此我们似乎可以得出了一个比较明确的结论,那就是现当代人对后村词的接受未能摆脱古人的影响。

二、历代对刘克庄词的评价

刘克庄在《辛稼轩集序》中说:"公所作大声鞺鞳,小声铿鍧,横绝六合,扫空万古,自有苍生以来所无。其秾纤绵密者,亦不在小晏、秦郎之下。余幼皆成诵。"①后人以此为依据,很自然地把后村划为辛派词人。事实上,后村的作品除了豪放旷达的一面,还有纤秀婉丽的一面;除了爱国的词篇,还有许多无聊乏味的寿词。

关于刘克庄词,后人普遍认为是效辛稼轩而不及者,其基本风格是"直致近俗"、"雄力排奡"、"悲壮激烈"、"纵横排宕"、"真气百倍"、"沉痛"、"雄放"、"粗豪"。如:

> 潜夫负一代时名,《别调》一卷,大约直致近俗,效稼轩不及也。②
>
> 《别调》一卷,大率与辛稼轩相类。杨升庵谓其壮语足以立懦,余窃谓其雄力足以排奡云。③

① 见《大全集》卷 98。
② 见张炎《词源》(《词话丛编》本)。
③ 见毛晋《汲古阁宋六十名家词·后村别调跋》。

后村词与放翁、稼轩犹鼎三足，其生丁南渡，拳拳君国，似放翁；志在有为，不欲以词人自域，似稼轩。如《玉楼春》……伤时念乱，可以怨矣。又其宅心忠厚，亦往往于词得之。《满江红·送宋惠父入江西幕》云……。胸次如此，岂剪红刻翠者比邪？①

刘后村克庄有《满江红》十二首，悲壮激烈，有敲碎唾壶、旁若无人之意。南渡后诸贤皆不及也。②

南宋以还，元风益著。虽周柳之纤丽、辛刘之雄放，风气所竟，不可相强。③

东坡以横绝一代之才，凌厉一世之气，间作倚声，意若不屑，雄词高唱，别为一宗，辛刘则粗豪大甚矣！④

词则思矫然自异，力洗铅华，大致效稼轩而逊其魄力，虽颇纵横排奡而一泻无余。⑤

虽纵横排宕，亦颇自豪，然于此事，究非当家。⑥

如刘克庄诸作，磊落抑塞，真气百倍，非白石、玉田辈所能到。可知南宋词人，不尽草窗一派也。⑦

以上这些评价，应该说是针对刘克庄前期词，对《后村别调》和《后村诗余》词风的基本评价，顶多只是"一面之词"。而现当代人对后村的评价却基本上是依据前人的"一面之词"，而不是针对《后村长短句》的整体评价。加之受时代风气的影响，对后村词的评价就难免发生某种舛误和偏差。

---

① 见冯煦《六十一家词选·例言》。
② 见李调元《雨村词话》卷3。
③ 见谢章铤《赌棋山庄词话》卷3(《词话丛编》本)。
④ 见郭麐《灵芬馆词话》(《词话丛编》本)。
⑤ 见丁丙《善本书室藏书志》卷31。
⑥ 见《四库全书总目提要》卷200。
⑦ 见焦循《雕菰楼诗话》(《词话丛编》本)。

首先，刘克庄是重要的辛派词人，具有辛派词的豪放和悲壮，具有爱国的胸襟。

几乎所有的研究著作都注意到：刘克庄词是对辛词精神的继承以及对辛词的着力模仿，词中表现出作者的爱国襟怀和豪放气度。同时，人们也认识到刘克庄词中所包含的一股郁闷之气。

如胡云翼认为："后村也是一个很想做点事业的人，虽然终于没有什么成就。在他的许多词里面，抒发了不少的感怀和愤慨……"①他在后来的《宋词选》中也说：

> 刘克庄是南宋后期独树一帜的重要词人。关怀国家的命运和揭露统治阶级的内部矛盾，是他的词的主要内容。《宋六十一家词选·例言》里有一段对他极其推重的评语：……刘克庄词继承了辛派词人的爱国主义传统以及其豪放的风格。②

薛砺若《宋词通论》认为：

> 他的词纯学稼轩，为辛派重要作家。其《玉楼春》下阕：……杨升庵谓其壮语足以立儒，如此词者，诚足以当之无愧了。兹选录其中最杰出者二阕如下：《满江红·赤日黄埃》……此词与稼轩《满江红》诸阕相较，其模仿之迹，不难立辨。一切音吐辞彩与稼轩尤极神似。《清平乐·宫腰束素》……此词末二句写得亦极隽美，为不经人道者。③

薛氏认为刘克庄词学稼轩，属辛派重要词人。同时从具体的词

---

① 胡云翼《宋词研究》第141～143页，巴蜀书社1989年版。
② 胡云翼《宋词选》第374～375页，上海古籍出版社1978年版。
③ 薛砺若《宋词通论》第308页，上海书店1985年版。

中加以比较，谓其词与稼轩“尤极神似”。这种感觉和分析是准确的。

北京大学1955级集体编的四卷本《中国文学史》(二)认为：

> 在他的词里抒发的感慨都与国家大事相连。“两淮萧瑟惟狐兔。……”(《贺新郎》)抒发了自己的壮志，并斥责了南宋统治阶级的苟且偷安。再如“……谈年光过尽……”(《沁园春》)则是自己壮志未遂的感慨。这些都有辛词的激愤悲壮。较之辛词，并不逊色。除了这类词外，他也作了不少纤秀婉丽的词，价值不大，兹不赘叙述。①

肯定刘克庄的激愤悲壮的作品，但认为其风格纤秀婉丽的词价值不大，实在是时代风气在文学史中的反映。

中国社会科学院文学研究所编的《中国文学史》(二)认为：

> 词集有《后村别调》(又名《后村长短句》)，举《贺新郎·送陈真州子华》一阕为例：……这首词对当时只图苟且偷安的人表示愤慨，写法虽比较粗疏，却有克庄自己的风格。不像另有一些词如《沁园春·梦孚若》那样，完全模仿稼轩，有失本色。至于《玉楼春·戏林推》中“男儿……”这一类的名句，推己及人，用词唤起人们的忠君爱国之心，也是值得称道的。②

此书认为《贺新郎·送陈真州子华》写法虽然“比较粗疏”，却显示了自己的风格，而《沁园春·梦孚若》则专学稼轩，未见自己的本色。持论虽然过于严厉，但对刘克庄和辛词风格差异的感觉却是非

---

① 北大中文系专门化1955级集体编著《中国文学史》(二)第481页，人民文学出版社1959年版。

② 中国社科院文研所编《中国文学史》(二)第673～674页，人民文学出版社1962年版。

常细微的。

詹安泰则列刘克庄词入“豪迈奔放”一类，认为：

> 这一词派有陆游、陈亮、刘过、刘克庄等。陆游比辛稍前，词风在苏、辛之间，一内容与辛接近，故不归苏派而归辛派。刘克庄比辛稍后，词风在陆、辛之间，“与放翁、稼轩，犹鼎三足”。①

詹氏认为刘克庄“词风在陆、辛之间”，此说甚精微细致，抓住了后村词的某些本质特征。

周笃文认为，刘克庄的词“重在炼意而不在炼字，思想境界比较充实”②，指出了刘克庄词的最基本特色，而这种特色也是豪放词派区别于格律词派的本质特征。

对刘克庄词的内容(实际上是部分内容)，也有人给予了极高的评价，认为“是词中的杜甫”。如许河山认为：

> 他继承了《诗经》以来的现实主义传统，是词中的杜甫。他的词，是他的时代和社会的反映，它不是流莺的哀鸣，而是时代的悲歌。在南宋后期词人远离现实、追求词藻格律的形式主义词风中，超越凡响，卓然挺立。……词品即人品，刘克庄词在思想内容上取得这样辉煌的成就，不是偶然的，而是作者的襟怀、胸次在词中的反映。③

许氏谓刘克庄词乃词中杜甫，并充分肯定他与格律词风分道扬

---

① 见詹安泰《宋词风格流派略谈》一文，收入《宋词散论》，广东人民出版社 1980 年版。
② 周笃文《宋词》第 109 页，上海古籍出版社 1980 年版。
③ 许河山《爱国的诗篇　时代的悲歌——刘克庄词初探》，《湘潭大学学报》1984 年第 4 期。

镳的不同凡响，同时肯定了刘克庄人品和胸次，实是发前人之所未发。

杨海明也认为：

> （后村的词）和辛词比起来，就更富有自己所处的时代特色，那就是：几乎随处可感一种焦灼感、危机感。……因而，在他的词中所反映的现实生活的“宽度”和“深度”比之辛词来，都显得更加深广。……刘克庄的思想内容已随着社会危机的加深，有了更大的拓展。而与此相辅相成的是，它对现实政治的“批判性”也有所加强。①

杨氏认为刘克庄词反映生活的“宽度”和“深度”超过了辛词，而且对社会的“批判性”也有所加强。

如果单从刘克庄词的部分内容，尤其是从前期的某些词来看，许、王的判断确有其独到和深刻的地方。但从刘克庄词的全部内容来看，尤其是当我们读到他写的大量寿词，这种感觉就未免会大打折扣，这种评价也就不免失之偏颇。

除此之外，程千帆承毛晋、冯煦、张炎之说，认为“豪迈奔放，雄健疏宕”是后村词的主体风格，但“与辛词相较，气势稍弱，骨力略逊”②。常国武认为，刘克庄词“最突出又最有特色的是那些忧国伤时、愤世嫉俗的篇什”③。郭预衡主编的《中国古代文学史》（三）认为，刘克庄词在三个方面可与放翁、稼轩鼎足而三：“一是他对词的认识较高，因而显得词品较高”；“二是鉴于上述认识，他的词内容较充实，多有爱国忧民之作”；“三是与这些内容相关，风格上亦多豪迈激

---

① 杨海明《唐宋词史》第486～489页，江苏古籍出版社1987年版。
② 程千帆、吴新雷《两宋文学史》第383页。
③ 孙望、常国武主编《宋代文学史》（下）第279页。

越之气，壮语足以立懦，雄力足以扛鼎。”①

刘锋焘在《豪雄旷放、排宕悲慨的振聋发聩之音——论后村词》一文中认为：

> 后村继承了前代词人爱国、报国的思想传统及其豪放的词风，他的词既具苏词之“旷”，又有辛词之“豪”。当然，由于时代环境、自身经历以及襟怀等缘由，他的旷词从总体上不如苏词之旷逸，他的豪词亦不如辛词之宏，而且整体上真气也不如辛词那么充沛。尽管如此，他的词作毕竟自具特色，独立于当时词坛，也为宋代抒发豪情壮志的豪放词添了有力的一笔。②

所论较为公允持平和全面。尤其是指出，后村词除了具有辛词的豪放之外，尚有苏词的“旷”的一面。指出后村词风有继承苏词的一面，这种认识是深刻的。

其次，刘克庄词的议论化和散文化。

对刘克庄词中的议论，很多人都认识到它的积极意义，尤其是冲破格律派束缚的意义，但同时也认识到过多的议论化和散文化的句子所带来的弊端。如胡云翼认为：

> 他着重地发展了词的散文化、议论化。特别是他的长调最不受传统的格律的限制，说理叙事，运用得非常自由。以他的著名的《贺新郎·送陈真州子华》为例，通篇都是环绕恢复中原问题发表自己的意见。……这一类来自散文或散文化的词句，都用得很自然、生动。由于不受文字和种种格律的拘束，作者开阔自由地组织了丰富的内容。但他的

---

① 郭预衡主编《中国古代文学史》(三)第265～266页。
② 刘锋焘《宋金词论稿》。

词有时议论过多，削弱了作品的艺术形象性，也是一病。①

游国恩主编的《中国文学史》认为：

和辛弃疾以词唱和的陈亮、刘过等和比他稍后的刘克庄、刘辰翁等，词风上都明显受到辛弃疾的影响，形成了南宋中叶以后声势浩大的爱国词派。他们用词记交游，发感叹，具有共同的爱国思想倾向，同时进一步把词推向散文化、议论化的道路。他们喜欢采用带有古诗或散文意味的《水调歌头》、《念奴娇》、《贺新郎》、《沁园春》等长调，而像五代北宋词人所惯用的《浪淘沙》、《蝶恋花》、《临江仙》、《踏莎行》等小令却相对地减少了。在语言上较少婉约词派词人的雕琢习气，又带来了恣肆粗犷的作风。他们既没有岳飞、辛弃疾那样的政治抱负与战斗经历，艺术上也不及辛词的精练，这就不能不消弱了作品的动人力量。刘克庄的《后村别调》存词百多首，大部分是长调，比辛词议论更多，气格更接近散文。他发展了辛词奔放、疏宕的一面，而缺乏它的深沉与精警。②

中国社会科学院文学研究所编的《唐宋词选》谓：

他是南宋后期重要的辛派词人。词的内容以关怀国家大事、抒发个人抱负为主，笔力豪宕，风格粗犷肆放，学辛弃疾而能有自己的特点。尤其在词的散文化、议论化和打破格律的束缚等方面更有所发展，但缺点也恰恰在于说理太

---

① 胡云翼《宋词选》第374～375页。

② 游国恩等主编《中国文学史》(三)第138～141页。

多，比较散漫，铸词造句不够精练，减弱了艺术感染力。①

以上三家都指出了刘克庄词议论化和散文化的意义和特色，认为是对冲破格律的束缚和克服格律派的雕琢习气是有积极意义的。但同时也指出了其词“比较散漫，铸词造句不够精练”，“缺乏深沉与精警”等缺点。

而杨海明则认为，后村的词：

由于题材内容的拓展和抒情言志的需要，刘克庄的词风也有了进一步“议论”的趋向。……而这种“议论化”的趋向，又必然会伴来另一种的“散文化”的倾向。……作者有着如同稼轩相仿佛的那一股“大气”，所以将这些句子组织到词章中去，虽嫌粗率，却也另具一种风味。②

杨氏认为，后村以自己的大气关注于词中，“虽嫌粗率，却也另具一种风味”，这实际上是肯定了这种带着“粗率”味的词风，是词坛上的别一种风味。

但也有人认为，后村词的缺点就是“多议论，大量用典，以文为诗”。如常国武在他主编的文学史中写道：“刘克庄词在艺术上的缺点是多议论，大量用典，以文为诗，因而有时削弱了词的艺术形象，这同他的诗作的缺点颇为相似。词风雄健有余，深厚不足，奔放有余，含蓄不足，同上述缺点也有一定关系。”③

第三，刘克庄词的“掉书袋”。

刘克庄虽然批评辛词的掉书袋，但他也在自己的词里大量用典。对于刘克庄的用典，前人评价不一。

---

① 中国社科院文学研究所编《唐宋词选》第 419 页，人民文学出版社 1981 年版。

② 杨海明《唐宋词史》第 486～489 页。

③ 孙望、常国武主编《宋代文学史》(下)第 284 页。

如胡适在《白话文学史》中认为：

> 刘克庄虽然说辛、陆的词免不了"掉书袋"的习气，但是他自己的词实在是辛派的嫡传……这种词，虽然不免掉书袋，但他有悲壮的感情，高尚的见解，伟大的才气，故还站得住，还不失为好词。这是辛派的特别长处……①

胡适认为刘克庄的某些词，以才气和悲壮的感情驱遣典故，是好词，而且还认为"是辛派的特别长处"。

郑宾于也对刘克庄的用典给予了较高的评价，认为：

> 此类书袋，较之辛陆，正自不减；以其运用自如，终不觉得，是以可贵……苏辛的长处是"在于有感情，有话说；能谋篇，能造句；篇章皆有层次条例，造语必求新鲜有力"（胡适之语）。锻炼而邻于自然，大方而没有粉饰。后村党附苏辛，尝能不失其自己的人格；故在当时能够自树一家，号召词坛。②

但也不能否认，刘克庄词的某些用典并不成功，这也是不争的事实。如前文常国武所指。可见，刘克庄的用典和他词中的议论等艺术手法，利弊参半，必须具体情况具体分析，不可以一言以概之。

第四，刘克庄词的通俗。

刘克庄词确实存在"直致近俗"的特点，古人以此认为他的词品不高。但是，现当代评论家却认为这是刘克庄词的好处。如胡适在《两宋白话文学》（附录《国语文学史》第三编"两宋的白话文学史"）中认为：

---

① 胡适《白话文学史》第342～343页。

② 郑宾于《中国文学流变史》（下）第300～304页。

南宋的词人有两大派。一派承北宋白话词的遗风，能免去柳永、黄庭坚一班人的淫亵习气，能加入一种高超的意境与情感，却能不失去白话词的好处。这一派，我们可用辛弃疾、刘克庄作代表。①

林庚也对刘克庄词近俗的特点给予了充分的肯定，认为"他更能作小令，像《卜算子》……此外像'浅画镜中眉，深拜楼中月。人散市声收，渐入愁时节'，都颇得通俗的好处。然而这一派，毕竟随着诗文的衰歇，最后也终于失去了词的阵地"②。他不但指出刘克庄词近俗的好处，同时也指出其未能得到很好发展的本质原因。

但很多人依旧承张炎之说，认为刘克庄词"直致近俗，乃效稼轩而不及者"。如王易认为：

(后村)有《后村别调》五卷，张炎议其"直致近俗，乃效稼轩而不及者"。集中《沁园春》，《念奴娇》，《满江红》，《水龙吟》，《贺新郎》多首皆极肖。大抵后村龙洲，皆稼轩之羽翼，为龙洲局度不若稼轩之宏，而后村其实又稍逊龙洲之壮，然以视其他效辛者，皆高出数等也。③

吴梅对刘克庄词颇多批评，认为：

《后村别调》五卷，张叔夏谓直致近俗，乃效稼轩而不及者，洵然。集中《沁园春》二十五首，《念奴娇》十九首，《贺新郎》四十二首，《满江红》三十一首，可云多矣。而奔放跅驰，殊无含蕴。且寿人自寿诸作，触目皆是，词品实不高也。

---

① 胡适《白话文学史》第 355 页。
② 林庚《中国文学简史》第 430 页。
③ 王易《词曲史》第 178～179 页，东方出版社 1996 年版。

《古今词话》以《清平乐》“贪与萧郎眉语,不知舞错伊州”。二句妙语,亦不过聪俊人口吻,非词家之极则。①

吴氏不喜刘克庄词,承张炎和《四库全书总目提要》之说,认为其词“直致近俗”而且词品不高,“奔放跅驰,殊无含蕴”。他能看到其词“寿人自寿诸作,触目皆是”,实为实事求是的态度,也是对后村词全面观照的结果,对我们全面了解后村词是有意义的。

另外,龙榆生也认为刘克庄词“直致近俗”,但却肯定了刘克庄词的“雄肆”和“豪中寓讽”等特点。②

对刘克庄词,我们基本上是承传了前人的评价,即肯定后村是重要的辛派词人,具有辛派词的豪放和悲壮,具有一种爱国的声音和爱国的胸襟。在这个方面,古人和现当代人几乎达成了共识。从刘克庄的前期词集《后村诗余》来看③,这个评价基本是准确和令人信服的。但若是阅读了刘克庄的《后村长短句》,尤其读读那些数量可观的寿词和步韵词,读读那一半古人很难读到、而我们又“不屑”去读的词章,则以上结论的全面性就不免会打折扣。这是研究刘克庄词必须注意的一个重要问题。

---

① 吴梅《词学通论》第101～102页,华东师大出版社1996年版。

② 见龙榆生《苏辛词派之渊源流变》一文(原载《文史丛刊》第1集);又见《龙榆生词学论文集》(上海古籍出版社1997年版)。

③ 《后村别调》与《后村诗余》所收词目基本相同,来源也基本相同。

第六章　集大成的诗论

刘克庄是南宋后期的文化领袖，是南宋继陆游、杨万里和范成大后成就最大的诗人。他的诗歌创作具有融汇众体的特征，而诗论实际上也是其创作在理论上的具体体现。刘克庄曾经创作过《后村诗话》，但他的题跋和诗歌中的诗论更具全面性。

刘克庄的诗论不但具有丰富性和辩证性，而且具有变体的思想。但有人指出，他不能指出变的方向，显得徘徊不定①。他对宋诗的评价有矛盾之处，"有点到什么山唱什么歌的味道"②。"作为南宋末年的诗坛领袖，刘克庄很想为一代宋诗作一个公正、全面的总结。作为一个坚持儒家思想原则的人，他的总结又是有限度的，公正而流于折中，全面而缺乏创见。"③其实，刘克庄是一位具有理学家和诗人的双重人格的文化领袖④，他的诗论表面上具有矛盾性，本质上却具有全面性和深刻性，是对其自己创作和宋代文坛的全面总结。

---

① 罗根泽：《中国文学批评史》(三)十四《刘克庄的变体法》，中华书局 1962 年版。

② 陈良运：《中国诗学批评史》，江西人民出版社 2001 年版。

③ 成复旺等：《中国文学理论史》(二)第四编《宋元》，第四章《严羽沧浪诗话与南宋的诗论》，北京出版社，1987 年版。

④ "由后村之道学渊源言，有工于诗之可能性；由后村之学诗历程言，又有深于道之可能。他是在此种关系之下以成其二重人格者。"(郭绍虞《中国文学批评史・刘克庄》)

第一节　刘克庄诗论的内容

刘克庄诗论的内容是十分全面和深刻的，其诗论用力最勤的是对历代文学的总结和批评，对当代文坛的批评和指导，以及对诗歌风格的全面总结。刘克庄诗论的本质特征是“学、力、才、气并重”，“尤其重要的是：他继承了魏了翁的‘才’字，同时标出了‘力’字（以“力”字代了翁的“志”）。此一力字，当来自苏、黄辈之‘笔力’，但下启叶燮的原诗中才、识、胆、力四字并用，其实‘胆’字亦由‘力’中分化而出”①。下面先让我们对其诗论的基本内容作一番简单的剖析。

一、对历代文学的总结

在集大成和融汇众体的意识的激励下，刘克庄对历代的文学传统，尤其是唐代的文学，进行了全面的总结和批判。另外，面对当代诗歌的发展，尤其是针对江湖诗歌的弊端，刘克庄提出了自己的批评意见，显示出他作为文坛领袖的卓绝之处。

1. 对《诗经》和楚骚传统的继承和批判

宋代对《诗经》的研究十分深入和全面，并且打破传统阐释，进一步挖掘诗经的文学内涵，表现出宋儒的怀疑精神和创新意识。在此方面，朱熹的《诗集传》可谓其中的代表作品②。刘克庄对诗经的文学传统也十分重视，并对这一传统进行了全面的继承和发展。

我们首先看几条材料：

盛年出手追风雅，莫与香奁作后尘。（《大全集》卷31《题方海丰诗卷》）

---

① 张健《南宋文学批评资料汇编·叙论》，成文出版社1978年版。
② 参见莫砺锋《朱熹的文学研究》第260～261页，南京大学出版社2000年版。

自从风雅陵夷后，吟到梅村世岂多。(《大全集》卷45《题倪鲁玉诗后二首(龙辅)》其二)

离骚之作，先儒称其吐词为经，义兼风雅。上下数百年间，其名人贤士议论相接，文献不坠，与其国相为存亡，如此皆楚产也。岂特北学于中国哉？(《大全集》卷89《澧州重建州学》)

君生风雅之国，为社友所推，不问可知其诗矣。(《大全集》卷94《贾仲颖诗》)

然陵少实兼风雅、《骚》、《选》、隋、唐众体。(《大全集》卷110《黄贡士诗卷》)

人生七十稀，已践暮迟之境。古诗三百五，忽聆风雅之音。华发生光，汗颜拜贶。恭惟某官，骚坛巨擘，艺苑英髦。(《大全集》卷121《丁县尉(南一)》)

本朝诗，惟宛陵为开山祖师。宛陵出，然后桑濮之淫哇稍息，风雅之气脉复续。(《大全集》卷174《诗话·前集》)

显然，在刘克庄笔下，“风雅”已成为一种判定诗歌高下的价值标准。所谓风雅，实际上是指诗歌要继承《诗经》的传统，要有充实的内容，而且无“桑濮之淫哇”之音。同时，刘克庄认为：“古诗发乎情性，止乎礼义。三百五篇多淫奔之词，若使后人编次，必皆删弃。圣人并存之，以为世戒。其流为后世闺情等作，几于劝淫矣。今皆不取。”① 刘克庄论诗，尤其强调“发乎情，止乎礼义”，如他认为：“三百五篇有出于小夫、贱隶、寺人、媵妾、放臣、逐子之作，而圣笔不能删。高弟子夏名儒，卫宏不能序，韩婴不能传，左史倚相不能知，毛郑不能笺，束皙不能补，王通不能续，其故何也？余观古诗，以六义为主，而不肯于片言只字求工。”②但对《诗经》中描写私奔的爱情诗，后村颇有微词，

① 《大全集》卷128《戊子答真侍郎论选诗》。
② 《大全集》卷111《方俊甫小稿》。

显示出他深受理学影响的一面。

不过刘克庄对《诗经》的艺术特点把握得非常准确，如他认为：

商宋以前殊简短，卫风而下稍淫哇。(《大全集》卷34《答林文之》)

《鸱鸮》、《七月》，诗之祖宗，皆极其节奏变态，而能止顾一切束以四十字，可乎？(《大全集》卷94《野谷集序》)

刘克庄对屈原的作品给予了极高的评价，认为“骚在堪与日月光”①，并把它作为自己师法和学习的典范。如：

萧艾敷荣各有时，深藏芳洁欲奚为。世间鼻孔无凭据，且伴幽窗读楚辞。(《大全集》卷9《兰》)

投床懒取《骚经》看，只嗅梨花解宿酲。(《大全集》卷3《被酒》)

餐饮落英并坠露，重把离骚拈起。野艳幽香，深黄浅白，占断西风里。(《大全集》卷188《念奴娇·菊》)

同时，刘克庄对屈原的作品和人品也有深刻的认识，如：

建士郑君赠余骚辞，文貌音节步趋屈子二十五之作。然《楚辞》惟《骚经》一篇三致意，谆复而不为多，委蛇曲折而不为费。(《大全集》卷109《郑大年文卷》)

芈姓且为虏，累臣安所逃。不能抱祭器，聊复著离骚。(《大全集》卷14《杂咏一百首·屈原》)

灵均标致高如许。忆生平、既纫兰佩，更怀椒醑。谁信

① 《大全集》卷31《训蒙二首》。

骚魂千载后，波底垂涎角黍。又说是、蛟馋龙怒。把似而今醒到了，料当年、醉死差无苦。聊一笑，吊千古。(《大全集》卷190《贺新郎·端午》)

禽兮其出为瑞。饫体泉与竹兮，实知味腐鼠之味。灵均惜其高逝兮，圣丘叹其不至。岂若尔鸡兮，驯扰之易。违野逆之性兮，负豢养之愧。(《大全集》卷49《吐绶鸡赋》)

菊之名著于周官，咏于诗骚。植物中可方兰桂，人中惟灵均渊明似之。(《大全集》卷101《跋建阳马揖菊谱》)

念某江湖流落之久，饰以云汉昭回之光。昔灵均自言有众女之余嫉，虞翻遗恨无一人之已知。(《大全集》卷119《受告谢程中书》)

老伴星稀，疏求谢事。圣恩天大，诏许明农。俺生平瓦毁之羞，繇名胜玉成之力。伏念某生发未燥，努力自鞭。为小文章，参大知识。灵均憔悴，惜往日歘绪风。天王圣明，回未光照薄暮。(《大全集》卷120《回林中书》)

孤臣放逐，寻童子之旧游。太守仁贤，记灵均之初度。(《大全集》卷121《壬子生日张守秘丞》)

倘若说刘克庄注重《诗经》的六义传统以及儒家的诗教理论，也就是"诗言志"的传统的话，那么他从屈原和《楚辞》那里吸收的则是抒怀的传统，也就是"诗缘情"的传统。这从以上所引的几条材料中可以看得很清楚。

2. 对汉魏六朝诗歌的继承和批判

刘克庄对汉魏作家，尤其是对曹氏父子、嵇康、阮籍，尤其是陶渊明的诗歌给予了高度的评价。

首先，刘克庄论诗十分强调人格和修养，因此，他对曹操的人格提出了严厉的批评，认为其"德义不足"。如他写道：

昔曹氏父子以翰墨称雄于建安、黄初之间。孟德之诗曰："周公吐哺，天下归心。"是以周公自拟也。子建之诗曰："愿我贤主人，克符周公业。"是以周公拟其父也。夫德义不足，而直以雄心霸气陵践一世，谁其听之？（《大全集》卷100《赵司令楷诗卷》）

诗四言尤难，以三百五篇在前故也。……曹公《短歌行》末云："山不厌高，水不厌深。周公吐哺，天下归心。"且孔融、杨修俱毙其手，操之高深安在？身为汉相，而时人目以汉贼，乃以周公自拟，谬矣！（《大全集》卷173《后村诗话·前集》）

但刘克庄并不以人废诗，而是对他的诗歌给予了很高的评价，认为："曹氏父子所作虽非过沛横汾之比，后世帝王笔力罕及此者。太宗英伟盖世，其诗乃似书生，无复气魄。水心讥贬二曹太甚，此论未公。"（《戊子答真侍郎论选诗》卷128）他比较曹氏父子和唐太宗的诗，认为其笔力在帝王将相中首屈一指，显示出刘克庄很高的识力。

后村高度评价曹植，认为他是建安七子中成就最高的诗人：

古来诗律推曹氏，不数河梁与董逃。唐季三家松最胜，建安七子植尤高。短檠尚课儿精选，老笔真堪仆命骚。极欲留君横槊赋，舟人苦报粤江涛。（《大全集》卷11《曹路分赠诗次韵一首》）

陈思王诗高于建安七子，唐诗人尤推贺、白。（《大全集》卷107《赵崇安诗卷》）

在论及《赠白马王彪》时说："子建此诗忧伤慷慨，有不可胜言之悲"。[①]这一评价不但指出了此诗的基本风格，也准确地指出了建安

① 《大全集》卷173《诗话·前集》。

文学的本质特征，显示出刘克庄有极高的文学识力。对建安文学，后村还高度评价了蔡琰的《胡笳十八拍》，认为："胡笳词为蔡琰自作者高古悲壮，格在建安、黄初之上。"①

除了曹氏父子，后村还对嵇康以及他的创作给予高度的关注②。他一方面高度评价嵇康：

> 叔夜真龙凤矣，嗣宗犹螟赢然。一以广陵散死，一以劝进表全。(《大全集》卷24《夜读几案间杂书得六言二十首》其一)

另一方面又对他的道德准则提出批评，并表示出深切的惋惜之情。如他写道：

> 嵇康《幽愤诗》云："性不忤物，频致怨憎。"按康傲钟会，不与语。《与山涛书》自言"薄周、孔而非汤、武"，其所忤也大矣。子元、子上见书自无可全之理，况加以士季乎？虽欲采薇散发，颐性养寿。岂可得也？(《大全集》卷173《诗话·前集》)
>
> 嵇康以"非汤武"三字杀身。如"韩亡子房奋，秦帝鲁连耻"之句，谓之及形已具可也，康乐安得全乎？然康乐若以改物为耻，窃负而逃可也，为渊明亦可也。既仕宋乃欲为子房、鲁连，于又未有所安，悲夫！(《大全集》卷173《诗话·前集》)

---

① 《大全集》卷104《胡笳十八拍》。

② 嵇康成为刘克庄创作中不可或缺的一个意象，如："叔夜形骸已不堪，安能扶曳事朝参"(《大全集》卷42《得归》)；"朝闻四辈之趣周，夕报一人之毁布。懒如叔夜，形骸渐已不堪。老去仲舒，笔砚非其所乐"(《大全集》卷118《谢台谏》)等。

由此可见刘克庄的诗论深受传统儒学的影响。

不过刘克庄最欣赏的则是阮籍和陶渊明的创作，尤其是他们的五言诗。如：

> 自有诗人以来，惟阮嗣宗、陶渊明自是一家，譬如景星、庆云、醴泉、灵芝，虽天地间物，而天地亦不能使之常有也。然嗣宗跌荡，弃礼矜法，傲犯世患，晚为劝进表以求容，志行扫地，反累其诗。渊明多引典训，居然名教中人，终其身不践二姓之庭，未尝谐世，而世故不能害。人物高胜，其诗遂独步千古。（《大全集》卷94《赵寺丞和陶诗》）

刘克庄高度评价阮、陶诗，认为他们的诗“如景星、庆云、醴泉、灵芝”，可谓前无古人，后无来者。而且每每提到古诗，刘克庄往往会以阮、陶并称，如他说：“古诗淡泊简远，有陶、阮遗意；律诗切近帖妥，唐家数中名作也。”①但两者的差别是阮籍的诗品为人品所累，而陶渊明是“人物高胜，其诗遂独步千古”。这种把人品和诗品结合起来、综合考察作家的历史地位和成就的做法，是刘克庄诗论的一大特点。再如：

> 然士之生世，鲜不以荣辱得丧挠败其天真者。渊明一生，惟在彭泽八十余日涉世故，余皆高枕北窗之日，无荣乌乎辱，无得乌乎丧，此其所以为绝倡而寡和也。（《大全集》卷101《宋吉甫和陶诗》）

刘克庄对渊明的人品给予了崇高的评价，指出其人格“无荣乌乎辱，无得乌乎丧”，是其诗“绝倡而寡和”的本质原因，这显示出后村深刻的眼光和识力。

---

① 《大全集》卷96《吴归父诗》。

倘若说刘克庄对汉魏诗还比较欣赏的话，那么他对南朝诗就颇不以为然，如：

> 南朝有脂粉气，他唐夸锦绣堆。去接休文声响，梦太白脚板来。（《大全集》卷 24《冬夜读几案间杂书得六言二十首》其二十）
>
> 盛年出手追风雅，莫与香奁作后尘。（《大全集》卷 31《题方海丰诗卷》）
>
> 汉魏以前犹古雅，宋齐而下稍淫哇。（《大全集》卷 31《训蒙二首》其一）
>
> 易全何患乾坤毁，《骚》在堪争日月光。漆简字更经学误，玉台体出选诗亡。（《大全集》卷 31《训蒙二首》其二）

他认为南朝诗脂粉气太浓，缺失了风雅的传统。这和刘克庄的一贯主张是一致的。但对南朝诗，刘克庄并不是一概否定，而对三谢，尤其是谢朓的诗歌深表赞赏。如他认为：

> 所引谢宣城"好诗流转圆美如弹丸"之语，余以宣城诗考之，如锦工机锦，玉人琢玉，极天下之巧妙。穷巧极妙，然后能流转圆美。近时学者往往误认弹丸之论而趋于易。（《大全集》卷 95《江西诗派》）

刘克庄论诗主张学、力、才、气并重，融合众体，对各种艺术风格都采取兼收并蓄的态度。所以他对谢朓的诗歌那种流转圆美的风格还是非常欣赏的。不过，刘克庄还是认为："诗至三谢，如玉人之攻玉，锦工之攻锦，极天下之工巧组丽，而去建安、黄初远矣。"①

---

① 《大全集》卷 173《诗话·前集》。

需要注意的是，刘克庄对《文选》十分重视，认为是继《诗经》、《楚辞》后最重要的选本[1]，是古诗的代表，是一种诗歌的类型，被称为“选体”[2]。如：

> 近世诗学有二：嗜古者宗《选》，缚律者宗唐。其始皆曰，吾为选也，吾为唐也。然童而学之，以至于老有莫能改气质而谐音节者，终于不《选》不唐，无所就而已。余谓诗之体格有古律之变久之，情性无今昔之异。《选》诗有芜拙于唐者，唐诗有佳于《选》者。（《大全集》卷97《宋希仁诗》）

与此同时，刘克庄对徐陵所选的《玉台新咏》提出了严厉的批评，认为：“徐陵所序《玉台新咏》十卷，皆文选所弃余也。六朝人少全集，虽赖此书略见一二，然赏好不出月露，气骨不脱脂粉，雅人壮士见之废卷。昔坡公笑箫统之陋，以陵观之，愈陋于统。如沈休文《六忆》之类，其亵慢有甚于《香奁》、《花间》者，然则自《国风》、《楚辞》而后，故当继以《选》诗，不易之论也。”[3]虽然也肯定了其保存文献之功，有不少诗句，如“是妾愁成瘦，非君重细腰”，“弦断犹可续，心去最难留”，“城中皆半额，非妾画眉长”，“怨黛舒还敛，啼妆拭更垂”等，“有唐人精思所不能及者”[4]。但认为其选多脂粉气，“亵慢有甚于《香奁》、《花间》”，所论抓住了这部选集的本质特点。

刘克庄往往《选》、《骚》并举，使其成为矫正诗风的典范和武器。如：

> 《选》《骚》意度卑唐体，晋宋文章让谢家。（《大全集》卷

---

① “然少陵实兼《风》、《雅》、《骚》、《选》、隋唐众，……”（《大全集》卷110《黄贡士诗卷》）。
② “逮汉、魏、苏、李、曹、刘之作号为《选》体。”（《大全集》卷98《林子显》）。
③ 《大全集》卷173《诗话·前集》。
④ 《大全集》卷177《诗话·前集》。

13《答谢法曹》)

情性所发前无古,《骚》《选》虽高不必同。(《大全集》卷16《题端溪王使君诗卷》)

3. 对唐诗的继承和批判

前朝诗,尤其是唐诗,是宋代文学最重要的发展资源。后村学诗不但师法李杜等大家数,而且对唐代文学其他家数也多有师法。

首先,刘克庄最推崇的大家数当推李杜。《大全集》卷181《诗话》辟有专章论李杜,足见其对这两位大家数的推崇和重视。

在论及他们的时候,后村往往是李杜并重,反对扬杜抑李的倾向。如:

元微之作子美墓志及铭,皆高古。如云:子美"上薄风骚,下该沈、宋。言夺苏、李,气吞曹、刘,掩颜、谢之孤高,杂徐、庾之流丽,尽古今之体制,兼文人之所独真",说得出。其评李杜,谓太白"壮浪纵恣,摆去拘束,模写物象,及乐府歌诗,诚亦差肩子美矣。至若铺陈终始,排比声韵,大或千言,次犹数百,词气豪迈,属对律切,李尚不能历其藩翰,况堂奥乎?"则抑扬太甚。(《大全集》卷181《诗话·新集》)

由于深受江西的影响,刘克庄对杜甫尤为推崇,但他决不厚此非彼。对李白及其创作,刘克庄一生也是推崇有加,目为唐代诗坛的巨匠,同时对王安石等人的偏见给予了有力的反驳。如:

杨大年、欧阳公皆不喜杜子美诗,王介甫不喜太白诗,殊不可晓。介甫之说云:"白诗十句九句说妇人酒耳。"独不思命高将军脱靴,识郭汾阳于贫贱时,比开元贵妃子丁飞燕,岂说妇人酒者所能为耶? 晦翁亦云:"近时诗人何曾梦

见太白脚后板?”(《大全集》卷181《诗话·新集》)

刘克庄的批驳可谓针锋相对,所引朱熹的论说犹觉痛快淋漓。

刘克庄论诗学、力、才、气并重,因而李杜等大家数的力量和气魄是后村最为看重的。如:

> 前人谓杜诗冠古今,而无韵者不可读。又谓太白律诗殊少。此论施之小家数可也。余观杜集无韵者,惟夔府诗题数行,颇艰涩,容有误字脱简。如《三大礼赋》,沉着痛快,非钩章棘句者所及。太白七言近体如《凤凰台》,五言如《忆贺监》、《哭纪叟》之作,皆高妙。未尝细考而轻为议论,学者之通患。韩退之尝云:“气,水也;言,浮物也。水大则物之浮者小大毕浮。气之与言犹是也。气盛则言之短长与声之高下者皆宜。”此论最亲切。李杜是甚气魄,岂但工于有韵者及古体乎?(《大全集》卷176《诗话·后集》)

认为韩愈的气盛宜言说“最亲切”,这实际上抓住了李杜作品的最本质特点,可谓不易之论。而“李杜是甚气魄,岂但工于有韵者及古体乎”一语,正是刘克庄对李杜最真切的感受。

李白在文学史上最大的历史功绩,是通过自己的创作,扫除了齐梁萎靡的诗风,恢复了诗歌风雅的传统。对这一点,刘克庄是看得很清楚的:

> 陈拾遗、李翰林一流人,陈之言曰:“汉魏风骨,晋宋浮艳。”“仆尝暇时观齐梁间诗,彩丽虽繁,而兴寄都绝,每以永叹。”李之言曰:“梁陈以来,艳薄斯极。沈休文又尚以声律。将复古道,非我而谁?”陈《感遇》三十八首,李《古风》六十六首,真可以扫齐梁之弊而追还黄初、建安矣。昔南塘力勉余

息近体而续陈李之作，余泊世故，忽忽不经意而老至矣。聊记其言，以念同志。（《大全集》卷176《诗话·后集》）

杜甫是江西诗派的鼻祖，在宋朝文人的心目中具有崇高的地位。刘克庄对杜甫的创作，尤其是杜甫在诗中所表现出来的气魄和力度，是十分推崇的。如：

余谓善评杜诗，无出半山“吾观少陵诗，谓与元气侔”之篇，万世不易之论。（《大全集》卷181《诗话·新集》）

把杜诗推崇到与元气相侔的境界，这实际上是和宋儒的宇宙精神相一致的。杜甫的诗歌中已经透露出一种宋人的人生哲学和理想，因此杜甫和杜诗已经被大大提升和神化了，已经超出了诗的精神本身。但后村并不迷信古人，他对杜甫诗歌的推崇是建立在对杜诗全面接受和融汇的基础之上的。他对杜甫的诗歌进行了精心而又细致的分析，表现出一种深邃的艺术眼光。如：

《岳阳楼》……岳阳楼赋咏多矣，须还此篇独步，非孟浩然辈所及。

《八哀诗》……但每篇多芜辞累句，或为韵所拘，殊欠条鬯。不知《饮中八仙》之警策。盖《八仙》篇，每人只三两句，《八哀诗》或累押二三十韵，以此知繁不如简，大手笔亦然。

《天育骠骑歌》……又《题韦偃马》……少陵马诗多矣，此二篇及《曹霸丹青引》尤老苍，一洗万古。

《前出塞》……《后出塞》云……此十四篇笔力与《文选》中《拟古十九首》并驱。

《韦偃双松图》云……韦、毕、李之画今皆不存，赖诗以传。内“白摧朽骨龙虎死，黑入太阴雷雨垂”，天造险语，尽古松奇怪之状。《李尊师松障歌》云："更觉良工心独苦。"前辈多称此句。

《催宗文树鸡栅》篇押十八韵，颇奇涩，欠浏亮。然宗文能领会，非若阿买之不识字。

《摘苍耳篇》云……公虽羁旅奔窜，一饮啄间不忍自求温饱，侵星驱出采摘者，不知是畦丁或苍头，诗但云童儿，往往是宗文兄弟尔。

《舞剑器行》，世所脍炙绝妙好辞也……余谓此篇与《琵琶行》一如壮士轩昂赴敌场，一如儿女思怨相尔汝。杜有建安、黄初气骨，白未脱长庆体尔。（以上《大全集》卷181《诗话·新集》）

《壮游诗》押五十六韵，在五言古风中尤多悲壮语……虽荆卿之歌，雍门之琴，高渐离之筑，音调节奏不如是之跌荡豪放也。

《闻官军临贼》篇二十韵，多佳句。如云……其叙时事甚悲壮老健。末云："家家卖钗钏，只待献香醪。"宁卖钗钏以易香醪，可见时人厌乱之极。

《秦州》五言二十首，内云……唐人游边之作，数十篇中间有三数篇，一篇中间有一二联可采。若此二十篇，山川城郭之异，土地风气所宜，开卷一览尽在是矣。网山《送蕲师》云："杜陵诗卷是图经。"岂不信然！《听角》篇云："万方声一概，吾道竟何之。"听角者多矣，孰如此言之悲哉！

《登高》云："无边落木萧萧下，不尽长江滚滚来。万里悲秋长作客，百年多病独登台。"此二联不用故事，自然高妙，在樊川《齐山九日》七言之上。（以上《大全集》卷182《诗话·新集》）

刘克庄在《诗话·新集·李杜》和《诗话·新集·此一篇专为杜

陵补遗》两卷中对杜甫诗歌的思想和艺术进行了全面而深刻的分析和点评，显示出很高的审美眼光和深刻的艺术感悟力。在肯定杜甫成就的同时，也实事求是地指出其缺点和不足，分析至微入妙，深入文心，非在艺术上有卓绝眼光之人不能为。

其次，刘克庄对唐代其余的大小家数，如陈子昂、孟浩然、王维、高适、岑参、韦应物、刘长卿、韩愈、柳宗元、张籍、王建、孟郊、贾岛、卢仝、李贺、李商隐、温庭筠、杜牧等，都有过深刻的研究，所论大都恰到好处。如：

> 高、岑二公诗，气魄力量，音调节奏，生逢开元承平之际，与李杜二公更唱迭吟，所谓治世之音也。天宝乱离之后，所作率多穷愁感叹意，录之以观世变。(《大全集》卷182《诗话・新集》)

刘克庄肯定了高、岑的“治世之音”，同时也指出他们在天宝乱后的穷愁之叹，通过高、岑的创作，深刻地揭示出文随世变这一文学发展的客观规律。再如：

> 韦苏州绝句云……唐诗多流丽妩媚，有粉绘气，或以辨博名家。惟苏州继陈拾遗、李翰林崛起，为一种清绝高远之言以矫之，其五言精巧处不减唐人。至于古体歌行，如《温泉行》之类，欲与李杜并驱。前世惟陶，同时惟柳可以把臂入社，余人皆在下风。(《大全集》卷183《诗话・新集》)

刘克庄认为，大历时期发展了唐诗“流丽妩媚，有粉绘气”的诗风，而韦应物以“一种清绝高远之言以矫之”，使自己的创作继承陈子昂、李白的传统，也使自己的作品具有一种骨力。刘克庄的认识十分深刻。

除了大历诗人，后村还对中唐韩孟诗派、元白诗派、张王乐府以及晚唐诗，作出了深刻的分析。如对韩孟诗派的创作，后村的分析甚为深入：

> 余尝谓选古今诗，先正惟韩、欧、曾、范，大儒惟周、程、张、邵，及近世朱、张、吕、叶不可以诗论。然诸老先生之集具存，或未尝深考而细味之，或畏其名盛而不敢轻下注脚。自唐以来，李、杜之后便到韩、柳。韩诗沉着痛快，可以配杜。但以气为之，直截者多，隽永者少。(《大全集》卷185《诗话·新集》)
>
> 韩、柳齐名，然柳乃本色诗人。自渊明没，雅道几熄，当一世竞作唐诗之时，独为古体以矫之，未尝学陶和陶。集中五言凡十数篇，杂之陶集，有未易辨者。其幽微者，可玩而味其感慨者可悲而泣也。(《大全集》卷185《诗话·新集》)

对韩愈的创作，尤其是对他诗歌中所表现出的气势，刘克庄甚为欣赏，认为“沉着痛快，可以配杜”，但认为韩愈以文为诗和以议论为诗的作品非本色，缺乏隽永之态。他还认为柳宗元的诗符合本色，是对陶诗以来逐渐丧失的雅道的矫正。

刘克庄对韩孟诗派其余的诗人都多有评析，如对卢仝的古朴奇怪的作品就甚为欣赏：

> 玉川诗有古朴而奇怪者，有质俚而高深者，有僻涩而条鬯者。元和大历间诗人多出韩门，韩于诸人多称其名，惟玉川常加先生二字。退之强项，非苟下者人者。今人但诵其《月蚀》及《茶》诗，而他作往往容易看了。此公虽与世殊嗜好，然以诗求之，于养生概有所闻，其序闺情酒兴，缠绵悲壮，唐以来诗客酒徒不能道也。其间理到之言，他人所弃

者，今存于篇。(《大全集》卷183《诗话·新集》)

刘克庄对张王和元白等人的乐府表现出极大的兴趣，认为能“道尽人意中事”。他写道：

乐府至张籍、王建，道尽人意中事，惟半山尤赏好，有“看若寻常最奇崛，成如容易极艰辛”。此十四字，唐乐府断案也。本朝惟张文潜能得其遗意。(《大全集》卷183《诗话·新集》)

“看似寻常最奇崛，成如容易却艰辛”，半山语也。乐府妙处要不出此二句。世人极力模拟，但见其寻常而容易者，未见其奇崛而艰辛者。(《大全集》卷100《方寔孙乐府》)

事实上，刘克庄自己的创作也深受中唐乐府的影响，绍定元年(1228)那年，他写的一组乐府《筑城行》、《开壕行》、《运粮行》《苦寒行》、《国觞行》、《军中乐》、《寄衣曲》、《大梁老人行》、《朝陵行》、《破阵曲》等十首①，其风格酷似张王和元白的乐府。另外，李贺的诗歌也是刘克庄取法的对象，认为“李长吉歌行，新意险语，自有苍生以来所绝无者。樊川一序，极骚人墨客之笔力，尽古今文章之变态，非长吉不足以当之。”②刘克庄还说：“乐府李贺最工，张籍、王建辈皆出其下，然全集不过一小册……余幼而学之，老矣无一字近傍焉，因止不复为。”③足见其对李贺乐府的喜爱。

对晚唐诗人，刘克庄也多有继承，尤其推崇李商隐和温庭筠等诗人，认为：“温庭筠与李商隐同时齐名，时号温李。二人诗记览精博，才思横逸，其艳丽者类徐、庾，其切近者类姚、贾。义山诗尤煅炼精

① 均见《大全集》卷8。
② 《大全集》卷186《诗话·新集》。
③ 《大全集》卷100《吕炎乐府》。

粹，探索幽微，不可草草看过。世传飞卿傲妇翁，亦可见其不羁。”①

总之，刘克庄对唐代诗歌，尤其是对其中大家数的作品，进行了全面的继承和批判，显示出极高的才识。而且他也在自己的创作中学习李白、杜甫、韩愈、白居易、李贺等人，显示出其融汇众体的努力。

二、对宋代文学的总结

作为南宋后期的文坛领袖，后村对宋代文学，尤其是江西诗派、“四灵”和江湖诗歌进行了全面总结和深刻的批评，显示出其卓越的识力。

首先，让我们看看刘克庄对宋代几位大家数的评价。

论及宋初诗歌时，刘克庄分析说：

> 余尝评本朝诗，昆体过于雕琢，去情性寖远。至欧、梅始以开拓变拘狭，平澹易纤巧。子曰：“辞达而已矣。”岂必挦扯义山入杜乎？通守所作近情切理者，有王黄川、邵康节之风。意所欲言，辞必足以发之。（《大全集》卷110《刁通判诗卷》）
>
> 国初诗人，如潘阆、魏野，规规晚唐，格调寸步不敢走也作。杨、刘则又专为昆体，故优人有挦扯义山之诮。苏、梅二子稍变以平淡豪俊，而和之者尚寡。至六一、坡公巍然为大家数，学者宗焉。（《大全集》卷95《江西诗派·黄山谷》）

刘克庄批评宋初的诗歌过于雕琢，缺乏性情，规摹晚唐，都不足为大家数。

在刘克庄的眼中，宋代的大家数应是欧阳修、梅尧臣、苏舜卿、苏轼、黄庭坚、陈师道、陈与义、陆游、范成大、杨万里等人。

---

① 《大全集》卷184《诗话·新集》。

我们先看看后村对宋诗最杰出的代表苏轼的评价：

坡诗略如昌黎，有汗漫者，有典严者，有丽缛者，有简澹者。翕张开合，千变万态，盖自以其气魄力量为之，然非本色也。他人无许大气魄力量，恐不可学。和陶之作，如海东青、西极马，一瞬千里，了不为韵束缚。(《大全集》卷177《诗话·前集》)

在刘克庄的诗歌美学理想中，诗歌的大境界和大气魄占有十分重要的地位。李杜的创作就是其中的佼佼者。而东坡诗歌最大的特色也是以大气魄和大力量为之，“翕张开合，千变万态”，但“波澜富而句律疏”，非诗家本色。关于后村的本色论的本质，我们会在后文论述。

再看刘克庄对宋诗的另一位代表黄庭坚的评论：

豫章稍后出，会萃百家句律之长，究极历代体制之变，搜猎奇书，穿穴异闻，作为古律，自成一家，虽只字半句不轻出，遂为本朝诗家宗祖，在禅学中比得达摩，不易之论也。(《大全集》卷95《江西诗派·黄庭坚》)

刘克庄高度评价黄诗，“会萃百家句律之长，究极历代体制之变”，“为本朝诗家宗祖”，充分肯定了黄庭坚在宋诗史上的地位。但也指出其诗“煅炼精而情性远”。虽然句律精严，但缺乏感人的力量，也是一病。

刘克庄认为，能够避免苏轼和黄庭坚的缺点的诗人是陈与义，并对其诗歌给予高度的评价：

以简严扫繁缛，以雄浑代尖巧，第其品格，故当在诸家

之上。(《大全集》卷177《诗话·前集》)

但他最欣赏的诗人却是梅尧臣和陆游,把他们目为宋代诗歌的集大成者。后村一生中最推崇的诗人当推陆游,而且作为自己的创作的师法对象。在后村看来,放翁"学力似杜甫"(《大全集》卷177《诗话·前集》),诗歌中具有丰富的学问,充足的"力量"和"才思",而且"皮毛落尽",脱尽一切人工的痕迹,达到了诗的极致。后村之所把放翁目为宋诗的集大成者,原因是多方面的,但放翁诗中那种堂堂的正气和恢复故土的气概,则是刘克庄崇拜放翁最重要的原因之一。

另外,刘克庄还把放翁作为自己生活和师法的典范,如:

> 日三百颗沃馋涎,肘后丹方勿浪传。晚与放翁争旷达,荔枝颠向海棠颠。(《大全集》卷32《采荔二绝》其一)
>
> 初余由放翁入,后喜诚斋,又兼取东都、南渡、江西诸老上及于唐人大小家数,手抄口诵。(《大全集》卷96《刻楮集》)
>
> 三百篇寂寂久,九千首句句新。譬宗门中初祖,自过江后一人。(《大全集》卷36《题放翁像二首》其一)
>
> 诚翁仅有四千首,惟放翁几满万篇。老子胸中有残锦,问天乞与放翁年。(《大全集》卷38《八十吟十绝》其八)

其次,对"四灵"和江湖诗派的评价和批评。

刘克庄从小熟背辛弃疾的词,学诗从放翁入。但他取法深广,并不以此为限。在当时的风气下,刘克庄年轻时的创作深受"四灵"的影响。"四灵"诗"敛情约性,因狭出奇","于时刘潜夫年甚少,刻琢精丽,语特惊俗",思新句工,"涉历老练,布置阔远"[①],深受大儒叶适的

---

① 《水心先生文集》卷29《题刘潜夫南岳诗稿》。

赞赏。

起初，刘克庄对“四灵”诗歌还是颇为欣赏的，如他写道：

有时千载事，只在一联中。(《大全集》卷7《赠翁卷》)

近世理学兴而诗律坏，惟永嘉四灵复为言，苦吟过于郊、岛，篇帙少而警策多，今皆亡矣。(《大全集》卷98《林子显》)

但随着创作和阅历的深入，刘克庄对“四灵”的弊端有了十分深刻的认识，如：

近岁诗人，惟赵章泉五言有陶、阮意，赵蹈中能为韦体。如永嘉诸人，极力驰骤，才望见贾岛、姚合之藩而已。余诗亦然。(《大全集》卷94《瓜圃集序》)

余尝病世之为唐律者，胶挛浅易，窘局才思，千篇一体。而为派家者，则又驰骛广远，荡弃幅尺，一嗅味尽。(《大全集》卷94《刘圻父诗序》)

在刘克庄看来，“四灵”等人的创作最大的缺点是“胶挛浅易，窘局才思，千篇一体”，这种作品虽然极莹洁，但充其量“才望见贾岛、姚合之藩而已”，离后村所推崇的大境界和大气魄相去甚远，实在不足以成就大家数。

同样，刘克庄对江湖诗人的创作缺点看得也很清楚，如：

近时诗人，竭心思搜索，极笔力雕镌，不离唐律。少者二韵，或四十字，增至五十六字而止。前一辈以此擅名，后生歆慕，人人有集。皆轻清华艳，如露蝉之鸣木杪，翡翠之戏苕上，非不娱耳而悦目也，然视古诗盖有等级，毋论《骚》、

《选》,求一篇可以藉手见岑参、高适辈人,难矣!虽穷搜索之功,而不能掩其寒俭刻削之态。(《大全集》卷97《晚觉翁稿》)

近时小家数不过点对风月花鸟,脱换前人别情闺思,以为天下之美在是。然力量轻,边幅窘,万人一律。(《大全集》卷97《听蛙诗》)

江湖诗人和"四灵"的缺陷颇有相同之处,那就是缺乏那种碧海鲸波式的气魄,其创作"皆轻清华艳",缺乏力量并且具有"寒俭刻削之态"。

另外,江湖诗人的创作的缺陷是词繁意少,率意成章,缺乏"高远之趣"。如:

余尝患近人之作多俗间浅近之言,少事外高远之趣,达者酣豢宠利,穷者梦想功名,情见乎词,千人一律。(《大全集》卷96《林同诗》)

余览近人之作,长恨其词繁而意少。(《大全集》卷103《汪荐文卷》)

前辈谓:有意而言,意尽而言止,为天下之至言。试以此说观近人之集,类无意而言者也,意尽而言未止者也。如使君所作,则非有余于辞,而不足于意矣。惟少故精,惟精故传,奚以多为哉?(《大全集》卷101《王元邃诗》)

自"四灵"后,天下皆诗人,诗若果易矣。然诗人多而佳句少,又若甚难何欤?(《大全集》卷106《何谦诗》)

刘克庄的创作中虽然有浅俗的一面,后期也曾有求多的倾向,但从总体上来说,他的创作还是强调锤炼,反对率易。所以他对江湖诗人贪多求快的作风是深表不满的。

再次，对理学诗的看法和批评。

刘克庄认为“理学兴而诗律坏”，如：

> 唐文人皆能诗，柳尤高，韩尚非本色。迨本朝，则文人多诗人少，三百年间，虽人各有集，集各有诗，诗各自为体，或尚理致，或负材力，或逞辨博，少者千篇，多至万首。要皆经义策论之有韵者尔，非诗也。自二三巨儒及十数大作家，俱未免此病。（《大全集》卷194《竹溪诗》）

刘克庄此段话实际上在比较唐代的文人之诗和宋代的文人之诗，在肯定了唐代文人皆能诗的前提下，认为宋代文人多不能诗，原因是“或尚理致，或负材力，或逞辨博，少者千篇，多至万首。要皆经义策论之有韵者尔，非诗也”。而尚理致，负材力，逞辨博等都是文的品质，非诗也。也就是说，宋代的文人之诗仅是文而已，皆不是诗。和唐朝的文人韩、柳的诗有距离。再如：

> 古人不及见后世之偶然比兴风刺之作，至列于经。后人尽诵读古人书，而下语终不能仿佛风人之万一。余窃惑焉，或古诗出于情性，发必善。今诗出于记问，博而已。自杜子美未免此病。于是张籍、王建辈稍束起书袋，刬去繁缛，趋于切近。世喜其简便，竞起效颦，遂为晚唐体。益下去古益远，岂非资书以为诗失之腐，捐书以为诗失之野欤？（《大全集》卷96《韩隐君诗》）

在刘克庄看来，古诗，也就是风人之诗，“出于性情，发必善”。今人之诗（实际上是江西诗歌）却出于记问，仅仅是表示博学而已。“四灵”虽然捐去学问，但由此而产生的晚唐体却“去古益远”，离刘克庄的审美理想相去甚远，因此，他感叹道：“岂非资书以为诗失之腐，捐书以为诗失之野欤?”这实际上还是主张性情和学问并重,缺一不可。

但在很多时候,刘克庄对理学家的诗给予极高的评价,如:

> 嘲弄风月,污人行止,此论之行已久。近世贵理学而贱诗,间有篇咏,率是语录讲义之押韵者耳。然康节、明道于风月花柳未尝不赏好,不害其为大儒。恕斋吴公深于理学者,其诗皆关系伦纪教化,而高风远韵尤于佳风月好山水大放厥辞,清拔骏壮。先儒读《西铭》云:“某合下有此意思,然须子厚许大笔力。”公学力足以畜之,笔力足以泄之,分康节之庭而升明道之堂,非今诗人之诗也。(《大全集》卷111《吴帅卿杂著·恕斋诗存稿》)

刘克庄一方面批评“近世贵理学而贱诗”的习气,理学家之诗“不过是语录讲义之押韵者耳”。但在同时,他也赞扬了邵雍、程颢和吴帅卿等大儒的诗,尤其称扬吴帅卿的诗“高风远韵尤于佳风月好山水大放厥辞,清拔骏壮”。如:

> 乾、淳间,艾轩先生始好深湛之思,加煅炼之功,有经岁累月缮一章未就者,尽平生之作不数卷,然约敌繁、密胜疏、精掩粗。(《大全集》卷194《竹溪诗》)
>
> 竹溪诗比其师。槁干中含华滋,萧散中藏严密,窘狭中见纡余。当其捻须搔首也,搜索如象罔之求珠,斫削如巨灵之施凿,经纬如鲛人之织绡。及乎得手应心也,简者如虫鱼小篆之古,协者如韶钧广乐之奏,偶者如雄雌二剑之合。天下后世诵之曰诗也,非经义策论之有韵者也。(《大全集》卷194《竹溪诗》)

林光朝(艾轩)为当时的大儒,后村的思想深受其影响,对其作品评价也甚高。而林希逸则是艾轩的三传弟子，在后村看来，他的诗歌“槁干中含华滋，萧散中藏严密，窘狭中见纡余”，大有陶诗之高境。我们再引一段长文：

> 本朝五星聚奎，文治比汉、唐尤盛。三百余年间，斯文大节目有二：欧阳公谓昆体盛而古道衰，至水心叶公则谓洛学兴而文字坏。欧、叶皆大宗师，其论如此，余谓昆体若少理致，然东封西祀，粉饰太平之典，恐非穆修、柳开辈所长。伊洛若欠叶藻，然通书西铭，遂与六义并行，亦恐黄、秦、晁、张诸人所未尝讲。公之文多万言，少千字，出入经史，贯通伦类，操简立就。初不经思，虽踏壁冥搜者不能逮。及其研理学，衍师说，章分句析，千条万绪会归于一，虽立雪、饱参者有愧色。至于表、笺、启、记、序、铭、古律诗，汇分胪列。台阁之文温润，金石之作古雅，有似汪綦者，有似苏、曾者，有似《骚》、《选》者，有似唐风者，可谓无昆体偏而得洛学之全矣。(《大全集》卷98《平湖集》)

对宋代三百余年间的文章，“大节目有二：欧阳公谓昆体盛而古道衰，至水心叶公则谓洛学兴而文字坏”。但刘克庄对欧、叶两位大儒的结论并不苟同，认为对“昆体若少理致”然而却有穆修、柳开所不曾道者。“伊洛若欠叶藻”，但“与六义并行”，“亦恐黄、秦、晁、张诸人所未尝讲”。实际上刘克庄清楚地看到昆体和洛学的独到之处，主张兼而取之，达到陈公的境界，即“无昆体偏而得洛学之全”。后村对宋代大儒的作品甚为推崇，如他写道：

> 义理至伊洛，文字至永嘉无余蕴矣。止斋、水心诸君人之作，皆以穷巧极丽擅天下，合济之文独古淡平粹，不待穷巧极丽，亦擅天下。自止斋、水心一辈人皆尊事之，犹袁、郭

之称黄、宪，嵇、阮之服山涛也。盖其言议风旨有在于文字之外者矣。(《大全集》卷99《王秘监合斋集》)

陈傅良、叶适都是理学大家，他们的作品“皆以穷巧极丽擅天下”，但对合济“古淡平粹”之文亦很推崇，足见其趣味之广。

总之兼理学家和文学家于一身的刘克庄，不但对缘情的作品情有独钟，而且对理学家的创作也难以割舍。但与此同时，刘克庄也认识到理学对文学的消极影响，显示出他的诗学思想的辩证性。

第二节　刘克庄的诗学理想

刘克庄不但对南宋文坛和整个文学史进行了全面和深刻的总结，而且提出了许多深刻的诗学思想。这些思想分散于《大全集》，很不集中，而且从表面上来看前后矛盾，事实上他的诗学思想是建立在其集大成理论之上的，具有理论的全面性和辩证性。为了全面了解后村的集大成思想，我们先来看看他的诗学理想。

一、刘克庄崇尚大气魄、大境界和大家数，反对虫鸣和小家数。为此，后村强调笔力和句法，主张锻炼和推敲，提倡兼容众体。

(一) 注重力量和才学

注重学问和功力是元祐时期的审美取向，也是江西诗派的法宝。后村诗学深受江西影响，注重学、力、才、气，并力求这几方面融会贯通，从而形成大境界和大气魄。因此后村论诗最强调力度，尤其是杜甫诗中所表现出来的那种“脍鲸”之力。如：

源流不乱知归趣，篇什无多见苦心。贯虱功夫须切近，

脍鲸力量要雄深。(《大全集》卷9《还黄镛诗卷》)

奈何行推敲,不使坐赓载……投竿鳌堪钓,拔剑鲸可脍。兹事要力量,斯文极变态。(《大全集》卷16《答庐陵彭士先》)

万卷楼高谁敢上,五言城小不能当。几曾费我挥斤力,尚欲传君啮镞方。(《大全集》卷18《题方至诗卷》)

吾闻海上鲸堪脍,休把鸾刀切蚁肝。(《大全集》卷27《温陵诸贤接刊拙稿竹溪直院有诗助噪戏和一首》)

吾闻海上鲸堪脍,沮洳何缘有大鱼。(《大全集》卷40《六和谢其见访》)

力大鳌来吞钓饵,心专虱看似车轮。(《大全集》卷31《题方海丰诗卷》)

鲲鲸吞吸与鼠殊量,龙象蹴踏非驴所堪。孰能起寔之于九泉而与翁游哉?(《大全集》卷97《听蛙诗》)

在刘克庄看来,大小家数的本质差别就是力量不同,大家数可以融会小家数,而小家数则无力融会大家的创作,显得"用尽气力而不近傍"。如刘克庄写道:"退之效卢、孟,欧公效苏、梅,坡公效黄、秦,辄逼真而反胜之。譬如老禅与学人问答,机锋当有余。郭功甫效太白,潘邠老效老杜,用尽气力而不近傍,譬如窭人学富家调度事,力苦不足也。"①

江湖诗人创作的最大缺点是词繁意少,缺少力度和风骨,有感于此,后村学诗强调才力。为此目的,后村在诗中熔铸实数和典故,如:

诗道不胜玄,难于问性天。莫求邻媪诵,姑付后儒笺。至质翻如俚,尤癯始似仙。吾非肝肺异,先得子同然。(《大

① 《大全集》卷104《苏文忠公书少游五言帖》。

全集》卷7《敖茂才论诗》)

万卷胸中融化成，却怜郊岛太寒生。霜蹄历块骏无匹，赤子探珠龙失惊。(《大全集》卷18《题六二第诗卷》)

(二) 崇尚大家数，反对小家数和虫鸣

刘克庄推崇大家数，认为："盖逐字逐句铢铢而较者，决不足为大家数，而前辈号大家数者，亦未尝不留意于句律也。"[①]"家数"本指技法，在宋代则用来指创作成就突出、卓然自成一家面目的艺术风格。刘克庄标举大家数，目的是"为在唐人的基础上推陈出新，自树一帜，颇注意师承的巧妙化用，故好辨体，以求立志高，入门正，发展潜力远大"。[②] 在刘克庄看来，小家数失之寒瘦，不足鸣国家之急。这些议论实际上是针对江湖诗人而发的。如：

世间小家数，不瘦失之寒。都未饱鲸脍，徒然烹虮肝。(《大全集》卷25《题近稿二首》其二)

变风而下世无诗，幼学西昆壮耻为。老去仅名小家数，向来曾识大宗师。(《大全集》卷35《病起十首》其九)

肯为唐季小家数，须做僧中大辨材。(《大全集》卷37《黄宽夫示诗不已自和前二首答之》其一)

凡大家数擅名今古，大丹之成者也；小家数各鸣所长，内丹之成者也。(《大全集》卷96《王与义诗》)

近时小家数，不过点对风月花鸟，脱换前人别情闺思，以为天下之美在是。(《大全集》卷97《听蛙诗》)

使语意俱到，巧拙相参，它日必为大作者，而不为小家数矣。(《大全集》卷100《表弟方遇诗》)

尤善集句。所资取非一家，凡古今大诗人、小家数之作

---

① 《大全集》卷174《诗话·前集》。

② 汪涌豪《范畴论》，第五章《范畴与文体》，复旦大学出版社1999年版。

皆默记。或即事，或对客，感触之顷，欬唾而成。如裴度用蔡人，临淮代汾阳，一指挥间，莫不受令。(《大全集》卷 108《喻景山例略赋集句诗卷》)

皆雄浑老苍，沉著痛快，小家数不能及也。(《大全集》卷 173《诗话・前集》)

某幼尝濡染，壮益研寻，以小家数之文当大典册之任。始自比追风之骠，历足块，轻久乃如上水之舡，撑篙力竭。(《大全集》卷 120《谢宰执》)

在刘克庄看来，小家数的最大缺点是缺乏力量，不足以“当大典册之任”。小家数不过是“点对风月花鸟，脱换前人别情闺思”而已，缺乏感奋人心的力量。

小家数的创作不过如“寒蛩”、“蛙蚓”之鸣，毫无夭矫之态，不足以“鸣盛世”。如：

勉旃鸣盛世，切勿效寒蛩。(《大全集》卷 7《答陈珍》)

蛩鸣竞起为唐体，牛耳谁堪主夏盟。(《大全集》卷 10《题永福黄生行卷》)

竞为蛙蚓号鸣态，乌睹龙鸾夭矫姿。(《大全集》卷 11《丁酉九月十四日黄源岭客舍题黄瀛父近诗》)

方当夭矫惊春蛰，未可呻吟学冻蛩。(《大全集》卷 23《答徐雷震投赠》)

需要指出的是，刘克庄主要是从是否继承《诗经》的传统来判定大小家数的，大家数的创作应该是鸣国家之急的，如：“其一：湘弦泗磬有遗声，肯作秋蛩唧唧鸣”①，“黄鹄池边需应制，劝君莫学冻蛩

① 《大全集》卷 20《题听蛙方君诗卷二首》。

吟”①，“古德皆曾经棒喝，今人不肯事推敲。吟于万首等蛩响，续三百篇无凤胶”②等都是如此，而小家数则不然。

（三）主张锻炼推敲，反对率易

“苦吟”和“锻炼推敲”实为晚唐和江湖诗人的“家法”，刘克庄对此是心许的。不过刘克庄的目的是想通过锻炼和推敲，达到杜甫诗歌那种高境界。在他看来，杜甫等唐人诗歌之所以能有取得如此高的成就，之所以能产生如此巨大的力量，就是他们的作品是经过锻炼和推敲的结果。如：

> 杨子雕镌夸赋丽，唐人锻炼说诗深。（《大全集》卷46《抄戊辰十月近稿七首》其六）
>
> 杜说新诗犹费改，韩评推字不如敲。（《大全集》卷37《黄宽夫示诗不已自和前二首答之》其二）
>
> 月须玉斧修成后，仙待金丹炼熟时。（《大全集》卷37《题赵检察贽卷》）

刘克庄认为，诗歌只有锻炼才会精粹。如：

> 诗必穷始工，必老始就。必思索始高深，必锻炼始精粹。赵君安中，未冠中春官。出门行顺境，而卷中佳句清拔流丽。它人掏擢胸肾，呕出心肝，形容不得者，君独等闲词组道尽。夫非穷而工、未老而就、不思索而商深、不锻炼而精粹者，天成也。或以人力为之，虽勉而不近矣。然有天资欠学力，一联半句偶合则有之，至于贯穿千古，包括万象，则非学有所不能。君所闻于师者详矣，奚待余言？（《大全集》卷106《赵孟頫诗》）

① 《大全集》卷26《答括士李同二首》。
② 《大全集》卷37《题黄景文诗宽夫》。

微露毫芒足奇怪，少加锻炼愈高深。(《大全集》卷26《答括士李同二首》其二)

友山诗攻苦锻炼而成，诗深而语清。(《大全集》卷99《李贾县尉诗卷》)

后村认为，只有锻炼和推敲才会使诗歌更加高深和精粹。但是，后村反对过分锻炼而伤害骨力。如：

棒喝机锋捷似飞，推敲事业费寻思。师归定被丛林笑，腹里无禅却有诗。(《大全集》卷9《赠辉书记二首》其二)

诗家事业可怜生，骨朽人间有集行。锻炼鬼犹惊险语，折磨天亦妒虚名。长倚驴背嫌肩耸，欲投鲸牙恨力轻。吟得擅场成底事，不如黄策挹浮荣。(《大全集》卷25《和黄户曹投赠又二首》其二)

汉家旃厦崇经术，莫事推敲枉费心。(《大全集》卷18《送方至》)

茂瞻诗师康节，流出肺腑，不以锻炼斫雕累气骨。(《大全集》卷106《周梦云诗文》)

推敲觅句浑如故，卧起诗人始觉衰。(《大全集》卷39《改诗》)

（四）强调笔力

刘克庄高度评价黄庭坚的句律，认为是“粹百家句律之长”(《大全集》卷95《江西诗派·黄庭坚》)，并且在创作中努力学习并加以实践。刘克庄在自己的诗论中多次提到“笔力”，这一概念实际上也包含句律。如：

杜《八哀诗》，崔德符谓可以表里《雅》《颂》，中古作者莫

及。韩子苍谓其笔力变化，当与太史公诸赞方驾……（《后村诗话·后集》卷2）

石曼卿诗……集中《华山》、《泰山》、《嵩山》五言长篇各一首，笔力在薛能之上。（《后村诗话·续集》卷1）

时于湖年未三十，而笔力高简如此。（《后村诗话·续集》卷1）

《猎较集》，前已摘数联，晚温故读，再录昔遗忘者……此老笔力有谪仙风骨。（《后村诗话·续集》卷4）

长吉歌行，新意险语，自有苍生以来所无。樊川一序，极骚人墨客之笔力，尽古今文章之变态，非长吉不足以当之……（《后村诗话·新集》卷5）

太白《古风》云……此六十八首，与陈拾遗《感遇》之作笔力相上下，唐诸人皆在下风。（《后村诗话·前集》卷1）

显然，刘克庄所谓的"笔力"实际上是包含着"句律"这一概念的。刘克庄评论诗文特别强调大家数的笔力，所谓笔力，其实就是指作品所表现出来的力度。他对东坡诗歌中的笔力尤为欣赏，如：

平生酷喜坡长句，笔力今谁可夺胎。（《大全集》卷8《熊主簿示梅花十绝诗至，梅花已过，因观海棠，辄次其韵》）

本朝评坡文者众矣，往往称其天才超轶，笔力浩大而已。（《大全集》卷97《诗境集》）

坡公此记：议论，天下之名言也；笔力，天下之至文也……（《大全集》卷110《跋坡公石钟山记》）

惟坡公海外笔力，益老健宏放，无忧患迁谪之态。（《后村诗话·后集》卷1）

后村所谓的笔力，除了指诗文通过句法结构所表现出来的力量外，其实就是指诗文中的气势、文采。

除了笔力，后村还多次提到老笔。如：

写物只今须老笔，染根何处有灵芽。(《大全集》《太守林太博赠瑞香花五和》卷8)

短檠尚课儿精选，老笔真堪仆命骚。(《大全集》卷11《曹路分赠诗次韵一首》)

学士朋来似堵墙，共看老笔出提纲。(《大全集》卷30《梦与尤木石论史感旧七绝句》其一)

华堂需被记，老笔岂能工。(《大全集》卷41《题陈主学达观堂二首》其一)

它日，余将求续集而观老笔焉。(《大全集》卷94《刘圻父诗》)

往往皆初筮之文，暮年老笔不可得而见矣。(《大全集》卷107《退斋遗藁》)

书短檠弃掷，仆乌睹青藜杖之光？老笔森严，公占紫薇花之样。(《大全集》卷124《丁外生日林中》)

老去怜才癖转深，爱君笔力擅词林。……汉家旃厦崇经术，莫事推敲枉费心。(《大全集》卷18《送方至》)

刘克庄所谓老笔，其实就是指一种畅达而不受句律束缚的笔力，也就是他说的"条鬯而不缚律，放纵而不逾矩，真老笔也"①。他还曾说过："百艺惟诗老始工，未应冻死杜陵翁。"②那他所谓的老笔实际上就是"诗老始工"的另一种说法。

（五）以气为主

为了使诗歌获得力量，刘克庄还强调诗文以气为主，如：

---

① 《大全集》卷110《刁通判诗卷》。
② 《大全集》卷24《春寒二首》其二。

昔之评文者曰："文以气为主。"又曰："气盛，则言之短长、与声之高下皆宜。"本朝评坡文者众矣，往往称其天才超轶，笔力浩大而已。至我阜陵独曰："气高天下，乃克为之。"呜呼！阜陵之言，可谓尽坡公之平生矣。故诗境方公时语出惊人……艺之至者不两能：涑水不工四六，南丰不能诗，公何以能集众而擅一家哉？岂非阜陵所谓"气高天下"者为之本欤？(《大全集》卷97《诗境集》)

卷中二韵者，四十字者，五十六字者，尚可以心思笔力为也。至其大篇险韵，窘狭处运奇巧，平易中现光怪。如决河啮而注，强弩持满而发，不极不止，非心思笔力为也。夫子曰："辞达而已矣。"翁其辞达者欤？韩子曰："气盛则言之短长与声之高下者皆宜。"翁其气盛者欤翁？(《大全集》卷97《晚觉翁稿》)

刘克庄继承传统的文气说，认为只有"气盛"和"气高天下"才能创造出东坡那种"天才超轶，笔力浩大"的作品。再如：

文以气为主，少锐老惰，人莫不然。世谓鲍昭(照)、江淹，晚节才尽；余独以气有惰而才无尽。子美夔州、介夫钟山以后所作，岂以老而惰哉？余亦酷嗜，岁月几何，颜发益苍，事物夺其外，忧患攻其内，耗亡销铄，不复有一字矣。圻父幸在世故胶扰之外，为事物忧患之所恕。养气益充，下语益妙。它日余将求续集而观老笔焉。(《大全集》卷94《刘圻父诗》)

刘克庄认为，鲍照、江淹文气"少锐老惰"，但也不尽然。如杜甫夔州以后和王安石钟山以后的作品，文气并未见少惰。刘圻父老年也是"养气益充，下语益妙"。因此，刘克庄提出"老气"一词，如：

才力有定禀，文字无止法。君以盛年挟老气，为之不已，诗自姚合、贾岛达之于李杜，文自公、穀达之于左、马，四六自杨、刘达之于欧、王。翡翠、鲸鱼并归摹写，大鹏、尺鷃咸入把玩，则格力胸而体统全矣。(《大全集》卷99《跋姚镛县尉文稿》)

此种“老气”实为一种健壮刚大之气，是一种元气，是一种使诗歌达到更高境界的内在驱动力。与此同时，刘克庄结合自己的身世和创作提出“功专气全”这一概念。如：

诗比他文最难工，非功专气全者不能名家。余观他人诗及以身验之，良然。顷游江淮幕府，年壮气盛，建业又有六朝陈迹，诗料满目。而余方为书檄所困，留一年阅十月，得诗仅有二十余首。及出幕奉南岳祠，未两考得诗三百，非必技进，身闲而功专尔。俄复起家，涉世事之触发于心，诗之积蓄于腹者愈多。然已避谤持戒，十余年间一句一字不敢出吻。非曰才尽胆薄，而气索矣！子实……益放于诗，机轴老成，音节顿挫，处烦碎而功专，经忧患而气全。(《大全集》卷99《黄慥诗》)

在刘克庄看来，诗最难工，因此必须“功专气全”才能者名家。当他在“江淮幕府”近两年，“年壮气盛”而且“诗料满目”，然为公务书檄所困作诗极少。而奉南岳祠的几年因“身闲工专”得诗三百。梅花诗案后的十余年则由于“胆薄气索”，诗句不敢轻出唇吻。那么，刘克庄在此所谓的“气”实指胆气。

（六）兼容众体

为了获得力量，使诗歌具有“鹤天鲸海”式的境界，刘克庄还主张兼容众体。实际上在北宋的变革时期已经产生兼容包蓄的思想，不过不是兼容众体，而是泛化文学观念以及交融文学、音乐和绘画等艺术为一体。后村这种兼容众体的思想除了受这种思潮的影响外，集大成的思想的影响应该是其中一个更重要的因素①。

二、继承和发展诗穷而后工的理论

“诗穷而后工”之论首发于欧阳修，继为苏轼及苏门诸君子大事张扬，遂成一代流风②。刘克庄以诗论所承苏轼之处甚多，对“诗穷而后工”一说阐发也甚多。如：

> 格力穷方进，功夫老始知。(《大全集》卷6《乍归九首》其九)
>
> 谓穷乃工诗自唐始，而李杜为尤穷而最工者。(《大全集》卷94《王子文诗》)
>
> 杜公所以光焰万丈，照耀古今，在于流离颠沛不忘君父。(《大全集》卷106《再跋陈禹锡〈杜诗补注〉》)
>
> 观人言语可以验其通塞。郊、岛诗极天下之工，亦极天下之穷。方其苦吟也，有先得上句，经年始足下句者；有断数须而下一字者。做成此一种文字，其人虽欲不穷，不可得也。元白变其体求以谐俗，茗坊酒垆往往传诵，诗稍滥觞矣。然元至宰相，白亦侍从。余所谓通塞之验非耶？抱瓮翁盖嘉泰、开禧间大诗人，集中奇古刻深者本色，人读十过方解。然生有高名，殁不沾寸禄。诗虽工，何为者？岂文颇趋平易，务使人易晓。或谓其与乃翁机轴相反。余曰：士一身之通塞，六亲之休戚系焉。使人人学郊、岛，则诗人之家皆当咽于陵之李而食首阳之薇矣！孔子曰：“辞达而已矣。”

① 这个问题我们将在第三节加以论述。

② 可参张健《〈诗穷而后工说〉之探究》一文，载于《中国文学批评论集》，天华出版事业股份有限公司1979年版。

岂惟辞哉？余既哀抱瓮翁之穷，又将贺岂文之达矣！（《大全集》卷10《柯岂文诗》1）

诗能穷人之说，余以身验之，信而有证。（《大全集》卷109《跋黄挺之诗卷》）

刘克庄通过对前人的创作和人生的检验，尤其是通过李白、杜甫、孟郊、贾岛，甚至是自身的经历，深刻地阐释了文学史的这一著名规律，而且还进一步提出“诗非达官显人所能为”这一说。如：

诗非达官显人所能为，纵使为之，不过能道富贵人语。世以王岐公诗为至宝丹，晏元献不免有腰金枕玉之句。绳以诗家之法，谓之俗可也。故诗必天地畸人、山林退士然后有标致，必空乏拂乱，必流离颠沛，然后有感触。又必与其类锻炼追琢然后工……若达官贵人之评，盖富贵人语也，非诗家语也。（《大全集》卷109《章仲山诗》）

张健对此段话有深入的阐发，可以参考。

三、崇尚自然，反对人工和雕镌

首先，刘克庄反对过分雕镌，反对有过多的脂粉气，认为这样会破坏诗歌的自然和浑成。如：

真妍非粉黛，至巧谢雕镌。（《大全集》卷6《题许介之诗草》）

早知粉黛非真色，晚觉雕镌损自然。（《大全集》卷17《三叠》）

在刘克庄看来，南朝、晚唐诗歌之所以缺乏骨力，就在于有过多的脂粉气和秾华，因此主张扫除。如：

南朝有脂粉气，李唐夸锦绣堆。（《大全集》卷24《冬夜读几案间杂书得六言二十首之二十》）

诗至中山不可加，直至幽澹扫秾华。（《大全集》卷12《诸人颇有和余百梅诗者，各赋一首》）

其次，刘克庄反对人工，追求“不求工而自工”的境界。如：

然杂博伤正气，绨绘损自然，其病乃在于太工。（《大全集》卷94《退庵集》）

大率有意于求工者率不能工，惟不求工而自工者为不可及。求工不能工者滔滔皆是，不求工而自工者，非有大气魄大力量不能。（《大全集》卷132《回信庵书》）

他认为，诗歌的境界应该是“不经意”和“非常巧”。这实际上是一种诗歌的高境界，非经千锤百炼不能达到。如：

若不经意而穷天下之思索，若不修辞而极文章家之巧妙。（《大全集》卷108《跋真窖遗文》）

织千机锦非常巧，熏一铢香已觉多。（《大全集》卷10《题庐陵罗生诗卷》）

刘克庄反对雕镌，提倡“辞达”，这实际上是和苏轼的诗学理论一脉相承的。如：

余尚评本朝诗：昆体过于雕琢，去性情浸远，至欧、梅始以开拓变拘狭，平澹易纤巧。子曰：“辞，达而已矣。”岂必捋

扯义山入杜乎？（《大全集》卷110《跋刁通判诗卷》）

惟晚觉翁之作则不然：其贯穿融液，夺胎换骨，不师一家，简缛浓淡，随物赋形，不主一体……夫子曰："辞，达而已矣！"翁其辞达者欤？（《大全集》卷97《晚觉翁稿》）

四、追求平淡

平淡是陶渊明诗歌的最大特征，而宋人对陶诗有着特殊的爱好，和陶诗蔚然成风。由于深受陶诗和理学的影响①，平淡成为宋代诗歌的重大美学追求。刘克庄的诗歌风貌呈丰富多样之态，但毫无疑问，平淡是其中的一格。刘克庄也对平淡有自觉的追求。如：

和平冲澹之语可咀而味，愤悱悲壮之词可愕而怒，流离颠沛之作可怨而泣。（《大全集》卷148《赵仲白墓志铭》）

公贯穿群书，为文未尝起草，初若不入思，细视皆平夷妥帖，无斧凿痕。尝从山阴陆公游问诗，陆公为大书"诗境"二字。龙泉叶公适"蕲许可晚有，文星真莆中"之句，盖为公发。陈郎中孔硕见公近作曰："渐趋平淡矣。"平淡，诗之极致。所谓中庸不可能者。（《大全集》卷166《宝谟寺丞诗境方公行状》）

刘克庄认为"和平冲澹之语可咀而味"，"平淡，诗之极致"，这和宋朝的审美理想是相一致的。而且后村的创作也在努力追求这种境界，认为："先贤平易以观诗，不晓尖新与崛奇"②；"老来字字趋平易，免被儿童议刻深"③。

---

① 可参考张毅《宋代史学思想史》（中华书局1995年版）中的有关论述。
② 《大全集》卷8《答惠州曾使君韵》其二。
③ 《大全集》卷13《三月二十五日饮方校书园十绝之十》。

五、追求“清”的诗歌境界

“清”的概念源于六朝品藻人物，后来才成为一种诗学观念。唐朝的大历诗人和姚、贾以及南宋的“四灵”诗，都有“清”的一面。刘克庄早年深受“四灵”的影响，诗风清丽，因而他的诗学理论中对“清”这一概念也十分重视。如：

君在诗人里，功夫用最深。古如神入铸，清似鬼仙吟。(《大全集》卷3《哭周晋仙》)

前身莫是寒山子，携得清诗满袖来。(《大全集》卷9《赠辉书记二首》其一)

新年采薇食，诗比旧年清。(《大全集》卷21《偶题二首》其二)

诗料满天地，诗人满江湖，人人为诗，人人有集，然惟极天下之清，乃能极天下之工。(《大全集》卷109《跋毛震龙诗稿》)

刘克庄早年和僧道诗人多有交往，故对寒山子一流的诗风尤为欣赏。与此同时，他往往以仙家之境来比“轻清”之境，反对重而浊的诗风。如：

诗贵轻清，恶重浊。王君诗如人炼形，跳出顶门，绝天下之轻，如人绝粒不食烟火，极天下之清。(《大全集》卷99《王元度诗》)

前辈有“学诗如学仙”之论，窃意仙者，必极天下之轻清，而后易于解脱；未有重浊而能仙也。(《大全集》卷96《王与义诗》)

不过刘克庄反对文字过清过峻，认为“文字不可过清也，过清则肖乎癯，‘仁义之人，其言蔼如’，未尝癯也；不可过峻也，过峻则立乎独，‘德不孤，必有邻’，未尝独也。”①在后村看来，“繁秾不如简澹，直肆不如委婉，重而浊不如轻而清，实而晦不如虚而明”②。“轻清”和“简澹”、“委婉”、“虚明”一起，被他视为理想的诗歌审美状态。

六、刘克庄论本色

在文学批评中，本色是指某种文体的基本特征。在宋代，尊体的呼声很高。如谓：“荆公评文章，常先体制而后文之工拙。”③“论诗文当以文体为先，警策为后。”④刘克庄论诗文亦重本色。如：

> 文师南丰、诗师豫章，二师皆极天下之本色，故后山诗文高妙一世。（《大全集》卷95《江西诗派序》）
>
> 末年慕用寒山子，不是行家本色诗。（《大全集》卷47《晚意》）

刘克庄对韩愈、苏轼等人的诗歌评价甚高，尤其首肯他们的力量和气魄，但却认为非本色之作。如：

> 唐文人皆能诗，柳尤高，韩尚非本色。（《大全集》卷94《竹溪诗》）
>
> 坡诗如昌黎……盖自以其气魄力量为之，然非本色也。（《后村诗话·前集》卷2）
>
> 韩《南山诗》，设“或如”者四十有九，词义各不相犯，如

① 《大全集》卷99《张季文卷》。
② 《大全集》卷97《跋真仁夫诗卷》。
③ 《豫章黄先生文集》卷26《书王元之竹楼记后》。
④ 张戒《岁寒堂诗话》卷上，《历代诗话续编》，中华书局1983年版。

缫甕茧，丝出无穷。柳《寄张澧州》诗，就“瑕”字内押八十韵，未尝出韵，如弯硬弓，臂有余力。尽斯文变态，穷极天下精博，然非诗之极致。(《后村诗话·后集》卷2)

韩、柳齐名，然柳乃本色诗人。(《后村诗话·新集》卷5)

对韩愈诗非本色的指责由来已久，如黄庭坚云：“诗文各有体，韩以文为诗，杜以诗为文，故不工耳。”①沈括云：“韩退之诗，乃押韵之文耳，虽健美富赡，而终不近古。”②刘克庄不但坚守文体的界限，而且提出“诗必与诗人评之”、“诗非本色人不能评”的观点。如：

诗必与诗人评之……然主人不习为诗，于诗家高下深浅未尝涉其藩墙津涯，虽强评要未抓着痒处。……诗非本色人不能评。贺、韩皆自能诗，故皆重二李之诗。余少有此癖，所恨涉世深，为俗缘分夺，不得专心致意。顷自柱史免归入山十年，得诗二百余首，稍似本色人语。俄起家为从官词臣，终日为词头所困，诗遂绝笔。何以异于蒙仲哉？君足迹遍江湖，宜访访外本色人与之评。(《大全集》卷109《刘澜诗集》)

刘克庄提出诗非诗人和本色人不能评的观点，说明他深刻地认识到，只有诗人能够对诗歌创作的特殊规律有深刻的了解，然而非本色人为之仍则不免有隔靴搔痒之憾。刘克庄此论可谓甘苦之言，为本色论增色不少③。

---

① 陈师道《后山诗话》，《历代诗话》，中华书局1981年版。

② 魏泰《东轩笔记》卷12，中华书局1983年版。

③ 可参王水照主编《宋代文学通论·文体篇》第三章《尊体和坡体》(河南大学出版社1997年版)和汪涌豪《范畴论》第五章《范畴和文体》(复旦大学出版社1999年版)。

第三节　集大成诗论的本质

一、引论

刘克庄诗论表面上很分散，不成系统。实际上这些诗论具有显著的集大成特色，具有辩证性和包容性，值得我们深入研究。

刘克庄诗论的内容是非常丰富和深刻的，但也表现出相当的矛盾性。罗根泽指出："惟其要变体，所以不止自己不肯据守江西规模，也惋惜永嘉胶挛晚唐……这一则可见他的不满意四灵的沾沾贾姚，二则可见他自己却也徘徊不定……又颇表推崇，也是徘徊不定。因此，他虽提倡变体，但并不能指出变体的方向……仍想变于古，可又留恋于唐。"①

陈良运认为："刘克庄在政治上推崇理学家……但在诗歌理论观点方面，却有反理学的倾向，如他说过'近世理学兴而诗律坏'(《林子显诗序》)的话……这个批评是相当尖锐的，上及唐代杜甫，实际上把以杜甫为宗的江西诗派也批了，又'多至万首'者，疑指其老师陆游也……然而他对宋诗的评价又有与此有矛盾之处……这就有点到什么山唱什么歌的味道。"②

成复旺等认为："作为南宋末年的诗坛领袖，刘克庄很想为一代宋诗作一个公正、全面的总结。作为一个坚持儒家思想原则的人，他的总结又是有限度的，公正而流于折衷，全面而缺乏创见。但是宋诗的弊病实在太突出了，而他又究竟是懂得什么是诗的。因此，刘克庄

① 罗根泽《中国文学批评史》(三)十四《刘克庄的变体法》，中华书局1962年版。
② 陈良运《中国诗学批评史》，江西人民出版2001年版。

诗论中最有价值的部分,是对宋诗概念化倾向的批判的总结。”①

通过以上三条材料,我们可以得出几点结论:

(一)刘克庄徘徊于古、律之间。一方面想专造古体,一方面又留恋于唐律,在诗体方面看不到变的方向。刘克庄推崇《选》体(古体),曾一度想废弃律体而专造古体,认为“古诗出于性情,发必善;今诗出于记闻,博而已”②。既然如此,刘克庄当然想去律就古。另外,刘克庄之所以崇尚古体,还受其时代风气的影响:一是宋末的江西诗人多宗陶谢③;二是受大儒真德秀《文章正宗》(其中多选五古)的影响。

(二)在理学和诗学之间刘克庄的态度是有矛盾的。一方面,刘克庄本人是大儒真德秀的弟子,深受理学的濡染,并对他们的作品给予很高的评价(如艾轩的作品)。如谓:“或曰:‘本朝理学古文高出前代,惟诗视唐似有愧色。’余曰:‘此谓不能言者也。其能言者,岂惟不愧于唐,盖过之矣。’”④另一方面,又认为“近世理学兴而诗律坏”。这实际上在客观上显示出了理学与文学之间的矛盾和紧张关系。因此,也影响了他对宋诗的态度。

(三)刘克庄对宋诗的总结“公正而流于折衷,全面而缺乏创见”。作为深受儒学浸染的文坛领袖,从表面上看,刘克庄的诗论确如郭绍虞所说:“沧浪之长在识,后村之长在学。重在识,故锋芒毕露人或失之偏;重在学,则不拘一格,而转若无所见其长。”⑤

透过表面上的矛盾,我们显然能够感觉到刘克庄诗论中的集大成特征。

---

① 成复旺等《中国文学理论史》(二)第四编《宋元》第四章《严羽沧浪诗话与南宋的诗论》。

② 《大全集》卷96《韩隐君诗》。

③ 林希逸谓:“今江西诸吟人又多祖陶谢矣。陶谢,诗之典型也:不待雕镌,而态度浑成,趣味闲适,一字百炼而无炼之之迹,学者亦难矣。”(《竹溪鬳斋十一稿续集》卷13《跋赵次山云舍小稿》)

④ 《大全集》卷94《本朝五七言绝句》。

⑤ 郭绍虞《宋诗话考》。

二、集大成思想的内涵

"集大成"一词首见《孟子·万章下》:"孔子之谓集大成。集大成也者,金声而玉振之也。"但第一次用此概念评诗的是苏轼。苏轼曾说过:"子美之诗,退之之文,鲁公之书,皆集大成者也。"又:"子瞻谓杜诗、韩文、颜书、左史,皆集大成者也。"①王水照先生说:"其具体含义乃指杜、韩、颜、左均具有奄有众长、吸纳万川的恢宏气势和格局,达到了艺术造诣的极至……'集大成'这一概念,本身同时又包含盛极而变、变而后衰的思想,这是尤为深刻的。"②

刘克庄继承苏轼的集大成思想,对唐宋文学的本质特征作出了总结,认为:"本朝诗自有高手,李、杜唐之集大成者也,梅、陆本朝之集大成者也,学唐而不本李、杜,学本朝而不由梅、陆,是犹喜蓬户之容膝,而不知有建章千门之巨丽,爱叶舟之掀浪,而不知有龙骧万斛之负载也。"③又云:"诗之盛固诗之衰欤?"④

在刘克庄看来,所谓的集大成,除了继承包含王师所分析的"奄有众长、吸纳万川的恢宏气势和格局"和"含盛极而变、变而后衰的思想"外,似乎包含了更多的内涵。为此,我们必须分析后村把唐之李、杜和宋之梅、陆列为集大成的代表人的本质原因。

刘克庄认为,李白在文学史上最大的功绩,是扫除了齐梁萎靡的诗风,恢复了诗歌风雅的传统。如:

> 李之言曰:"梁陈以来,艳薄斯极。沈休文又尚以声律。将复古道,非我而谁?"陈《感遇》三十八首,李《古风》六十六首,真可以扫齐梁之弊而追还黄初、建安矣。(《大全集》卷

① 见陈师道《后山诗话》,《历代诗话》,中华书局1981年版。
② 王水照主编《宋代文学通论》第31页。
③ 《大全集》卷99《李贾县尉诗卷》。
④ 《大全集》卷104《苏文忠公书怀素自作无言帖》。

176《诗话·后集》)

> 李杜是甚气魄，岂但工于有韵者及古体乎？(《大全集》卷176《诗话·后集》)

李白之所以成为唐诗的集大成者，主要是他的诗歌扫除齐梁，恢复建安风骨和风雅的传统。除此，他的诗歌还具有大气魄和大力量。

至于杜诗歌的集大成性质，早在元稹为杜甫所作的《唐故工部员外郎杜君墓系铭并序》中已经论及①。后村在诗话中也引及此文②。杜甫的创作"上薄风骚，下该沈、宋；言夺苏、李，气吞曹、刘，掩颜、谢之孤高，杂徐、庾之流丽，尽古今之体制，兼文人之所独专"。"上薄风骚"以及"尽古今之体制"等，实际上是和刘克庄的诗学理想相一致的。

李、杜诗歌的集大成性质前人已论及，但梅、陆诗歌的集大成性质却是由后村首先提出来的。我们都知道苏、黄是宋代诗歌的杰出代表，那么刘克庄为什么舍苏、黄而取梅、陆呢？后村对苏、黄诗歌的评价有一段著名的话：

> 元祐后，诗人迭起。一种则波澜富而句律疏，一种则煅炼精而情性远。要之不出苏、黄二体而已。(《大全集》卷177《诗话·前集》)

在刘克庄看来，苏、黄诗虽然是宋诗的代表，但各有缺陷，一是句律疏，一是性情远，自然不符合刘克庄的理想。

让我们再来看看他对梅尧臣的评价：

> 欧公诗如昌黎，不当以诗论。本朝诗，惟宛陵为开山祖

① 元稹《元氏长庆集》卷56。
② 《大全集》卷181《诗话·新集》。

师。宛陵出，然后桑濮之淫哇稍息，风雅之气脉复续，其功不在欧、尹下。世之学梅诗者，率以为淡。集中如……殊不草草。盖逐字逐句铢铢而较者，决不足为大家数，而前辈号大家数者，亦未尝不留意于句律也。(《大全集》卷177《诗话·前集》)

在刘克庄看来，梅尧臣最大的贡献是使“风雅之气脉复续”，而且认为，他的“淡”并非率易而成，并非不留意于句律，但又不仅仅“逐字逐句铢铢而较者”。正因为如此，他才无愧于宋诗的开山鼻祖，成为宋诗的集大成者。

至于陆游，则无疑代表了刘克庄诗学理想的最杰出的实践者。刘克庄认为：

近岁诗人，杂博者堆仗，空疏者窘材料，出奇者费搜索，缚律者少变化。惟放翁记问足以贯通，力量足以驱使，才思足以发越，气魄足以陵暴。南渡而后，故当为一大宗。末年云：“客从谢事归时散，诗到无人爱处工。”又云：“外物不移方是学，俗人犹爱未为诗。”则皮毛落尽矣。(《大全集》卷177《诗话·前集》)

刘克庄之所以把放翁目为宋诗的集大成者，原因是多方面的，但放翁诗中那种堂堂的正气和恢复故土的气概，恐怕是最主要的原因。如：“不及生前见虏亡，放翁易箦愤堂堂。遥知小陆羞时荐，定告王师入洛阳。”[①]再如：“它作皆激烈慷慨，南渡后放翁可以继之。”[②]

综上所述，我们似乎可以看出刘克庄集大成的本意。首先，必须继承风雅的传统。李白、杜甫、梅尧臣和陆游都做到了这一点。其

① 《大全集》卷11《端嘉杂诗》二十首其四。
② 《大全集》卷95《江西诗派·晁叔用》。

次，必须句律严密，有感人的力量。苏诗的缺陷是“句律疏”，黄诗的缺陷就是“性情远”。再次，诗要有大气魄和大力量。

作为深受儒家影响的诗人，刘克庄论诗最重风雅的传统。苏轼是宋诗的最杰出的代表，但刘克庄并未把他视为集大成者，认为其作品“句律疏”，而且诗非本色，但更本质的原因恐怕还在于：刘克庄认为苏诗未能继承风雅的传统。

需要指出的是，刘克庄对陈与义的诗歌给予高度的评价：

> 及简斋出，始以老杜为师。《墨梅》之类尚是少作。建炎以后，避地湖峤，行路万里，诗益奇壮……造次不忘忧爱，以简严扫繁缛，以雄浑代尖巧，第其品格，故当在诸家之上。（《大全集》卷177《诗话·前集》）

刘克庄认为简斋诗继承杜甫“不忘忧爱”的传统，“简言”而“雄浑”，“品格”在诸家之上。刘克庄虽然并未明言陈与义的诗歌为宋诗的集大成者，但实际上他的诗已经符合刘克庄所谓的集大成的特征。

三、刘克庄诗论中的集大成思想

作为一文坛领袖，刘克庄诗论中具有强烈的集大成意识。

首先，刘克庄诗论兼容风骚，融理学家和文学家的理论为一炉，形成集大成思想的内核，显示出理学和文学相互间动态平衡的发展过程。

刘克庄的诗论融苏轼的理论、严羽的理论和朱熹的理论为一炉，显示出其理论的包容性。

前文已论及，刘克庄的诗论强调《诗经》的风雅传统，而这种传统的本质实际上就是“诗言志”和诗歌的“美刺”功能，即强调诗歌应该反映正统的儒家思想。与此同时，刘克庄也强调学习《楚辞》，继承“诗缘情”的传统。言志与缘情虽为我国的两大诗学传统，但其本质并不相同。

到了宋代，随着理学的发达，诗学逐渐发展成为“以意、理为主”、“道体文用”和“兴趣”说等三种观念。“以意、理为主”的观点实际上是美刺教化的文学功能论在本体论上的反映。它反映了宋代的士大夫要求诗文成为表现其思想观念的工具，是其政治需要的反映。与此同时，士大夫还要求诗文成为人格修养的工具，成为人的内在精神、人格境界、人生理想的呈现形式，因此提出“道体文用”的观念。但人的精神世界是异常丰富和多彩的，他们除了干预社会和自我完善之余还要“游于艺”，即满足人们审美的需要。严羽的“兴趣说”就是这种审美需要的反映①。

刘克庄诗学完整地融这三种诗学观念，即融“以意、理为主”、道体文用和“兴趣说”等为一体，成为其集大成理论的核心内容。刘克庄也以此作为评定诗歌的最高典范。“以意、理为主”实际上是理学家的诗学观念。纵观宋代诗学史，朱熹的诗学可谓是集宋代理学家诗学之大成的。刘克庄不但在理学上为其苗裔，在诗学上也深受其熏陶和影响，如对《诗经》和《楚辞》的看法和评价等②。刘克庄主张融理学与文学为一体，各得其长。如：“台阁之文温润，金石之作古雅，有似汪綦者，有似苏、曾者，有似《骚》、《选》者，有似唐风者，可谓无昆体偏而得洛学之全矣。”③而且刘克庄也继承欧阳修的“诗穷后工”说，并对吕本中、陆游等人都有不同程度的继承和发扬。尤其是对苏轼和严羽的诗学理论，刘克庄更是多有心会。如对苏轼的诗学，刘克庄继承了他的集大成理论，崇尚自然、反对束缚以及论辞达的理论等，可以说刘克庄对苏轼艺术中的高境是心领神会的。如：“若不经意而穷天下之思索，若不修辞而极文章家之巧妙。”④再如：“惟晚

① 参考李春青《宋学与宋代文学观念》第九章《诗学对宋学精神的背离》，北京师大出版社 2001 年版。
② 参考臭砺锋《朱熹文学研究》。
③ 《大全集》卷 98《平湖集》。
④ 《大全集》卷 108《跋真窖遗文》。

觉翁之作则不然：其贯穿融液，夺胎换骨，不师一家，简缛浓淡，随物赋形，不主一体。……夫子曰：'辞，达而已矣！'翁其辞达者欤？"①都是对苏氏诗学的继承和发扬。至于和严羽，两人之间相同之处更多。如刘克庄云：

> 余窃惑焉，或古诗出于情性，发必善。今诗出于记问，博而已。自杜子美未免此病。于是……益下去古益远，岂非资书以为诗失之腐，捐书以为诗失之野欤？（《大全集》卷96《韩隐君诗》）

严羽云：

> 夫诗有别材，非关书也；诗有别趣，非关理也。然非多读书、多穷理，则不能极其至。所谓不涉理路，不落言筌者，上也。诗者，吟咏情性也。（《沧浪诗话·诗辨》）

比较两人的论述，如出一辙，但后村不但反对以记闻为诗，还直刺杜甫，就显得比严羽深刻，而严羽就不免陷于矛盾的境地。另外，严羽推崇笔力雄健，气象浑厚，也与刘克庄的诗学观点十分相似。虽然刘克庄是时尚的代表，而严羽与时尚相去甚远，但二人的相通之处显而易见，绝非像有人说的那样泾渭分明、针锋相对②。

总之，刘克庄身兼理学家和文人于一身，具有双重人格，因而也使得自己的诗论具有更深刻的包容性和全面性，具有非常明显的集大成特征。

---

① 《大全集》卷97《晚觉翁稿》。

② 参看黄鸣奋《严羽、刘克庄诗论辨析》，载《严羽学术研究论文选》，鹭江出版社1987年版。

其次,融汇众体是刘克庄集大成思想的理想。

为了获得力量,使诗歌具有“鹤天鲸海”式的境界,后村主张兼容众体,也就是融液众格。实际上在北宋的变革时期文学创作已经产生兼容包蓄的思想,不过不是兼容众体,而是泛化文学观念以及交融文学、音乐和绘画等艺术为一体①。刘克庄这种兼容众体的思想除了受这种思潮的影响外,集大成思想的影响应该是其中一个更重要的因素。试看刘克庄的论述:

百家众体皆融液,一字陈言亦铲除。(《大全集》卷40《和除字韵问大渊来期》之七和)

然少陵实兼《风》、《雅》、《骚》、《选》、隋、唐众体,非不欲放他姓人社家。(《大全集》卷110《黄贡士诗卷》)

君永嘉人,智足以知四灵之端,而欲合诸家之长。(《大全集》卷97《宋希仁诗》)

在刘克庄看来,兼容众体就是取各体之长,使自己的作品获得“险夷、浓淡、深浅、密疏”等各种风格,并尽可能将这些风格融为一体。如:

麻沙刘君圻父,融液众格,自为一家。短章有孔鸾之丽,大篇有鲲鹏之壮。枯槁之中含腴泽,舒肆之中富揫敛,非深于诗者不能也。(《大全集》卷94《刘圻父诗》)

圻父得之夷淡而失之槁干,季仙得之深密而失之迟晦。惟敬叟才气清拔,力量宏放,险夷、浓淡、深浅、密疏,各极其态,不主一体。至其为人,旷达如列御寇、庄周,饮酒如阮嗣宗、李太白,笔札如谷子云,行草篆隶如张颠、李潮,乐府如

① 参看张毅《宋代文学思想史》第三章第二节《兼蓄包容的思想倾向》。

温飞卿、韩致光。余每叹其所长非复一事。(《大全集》卷94《陈敬叟集》)

明翁诗兼众体,而又遍行吴楚百粤之地。眼力益高,笔力益放。卷中歌行跌宕顿挫,钊蛟缚虎手也。及敛为五七言,则又妥帖丽密,若唐人锻炼之作。订其品,自元和、大历溯于建安、黄初者也。(《大全集》卷94《野谷集赵漕汝镃》)

但要兼容众体也决非易事,这需要大力量和大气魄,如:

凡诗以千首如一首为易,以一笔兼众体为难,以众句叙一事为易,以一句贯一篇为难。君所作首首不相犯,句句皆自锻,若粹众长、倩他手而成者,尤善于借彼明此,缩多为少。(《大全集》卷108《黄珩和梅绝句》)

昔之文章家未有不取诸人以为善。然融液众作而成一家之言,必有大气魄,陵暴万象而无一物不为吾用,必有大力量。唐人评昌黎公之文雄伟不常,比之武事。余谓诗亦然。盖虽古名将必用素拊练士卒,素服习弓马,廉颇为楚将则无功,晋惠公乘郑驷则败,岂非气魄力量有所限局欤?若李临淮因郭汾阳之营屯壁垒,一号令之而精采变;李广夺胡儿弓马南驰,且射杀追者。此岂有法之可传哉?……杂取前人警句,无论小家数,若李、杜、韩、柳、欧、苏、黄、陈大宗师,亦皆俯首受令于旗鼓之下。其气魄力量固已关古今骚人墨客之口而夺之气矣。(《大全集》卷109《陈秘书集句诗》)

虽然兼容众体可以使自己的诗歌显示出大力量和大气魄,也可以"参众作而后见工拙"①,但要想做到这一点也决非易事。因此后

① 《大全集》卷98《刻楮集后续》。

村有时也会发出感叹:“鹤天鲸海无边际,莫费工夫纳百家。”[①]事实上,在中国文学史上,真正能融汇众体的作家只有一位,那就是杜甫,别的诗人是很难做到这一点的。刘克庄在自己的实践中也努力贯穿他这种诗学理想,但还是叫人觉得融而未化。

再次,包容了平淡、华采两派,是刘克庄集大成思想的审美取向。

台湾学者张健曾指出:“南宋批评家,除张戒外,大致仍都遵循北宋重平淡的传统(以朱熹为代表),只有姜夔、陈模、刘克庄不全忽视华采,金人元好问、王若虚亦富折中气息,但元稍偏华,王稍偏淡,严羽则超越浓淡问题之外,至少不在意……最能代表后村主张的当推《跋野谷集》一文:‘诗当由丰而入约,先约则不能丰矣。’这也是集大成——包容了平淡、华采两派……”[②]此论甚确。

第四,锻炼和天成交融,是其集大成思想的手段。

在第二节中,我们已对刘克庄的锻炼说作了说明。从中可以看出,刘克庄是集锻炼理论之大成的[③]。刘克庄虽强调锻炼,但同时也强调“流出肺腑,不以煅炼斫雕累气骨”[④]。与此同时,他还推崇天成和自然,认为:

> 大率有意于求工者率不能工,惟不求工而自工者为不可及。求工不能工者滔滔皆是,不求工而自工者,非有大气魄大力量不能。(《大全集》卷132《回信庵书》)

再看苏轼的一段话:

> 吾文如万斛源泉,不择地而出,在平地滔滔汩汩,虽一

① 《大全集》卷34《答林文之》。
② 《南宋文学批评资料汇编·叙论》。
③ 参考明见《论刘克庄的诗歌“锻炼”说》,《西南师大学报》2003年第3期。
④ 《大全集》卷106《周梦云诗文》。

日千里无难，及其与山势曲折，随物赋形而不可知矣。所可知者，常行于所当行，止于不可不止，如是而已矣，其他虽吾亦不能知矣。（《东坡全集》卷100《说文》）

由此可以看出，刘克庄的“不求工而自工”之论，实际上是继承了苏轼的天成的诗学理论。而融锻炼和天成为一体，正是刘克庄诗论的集大成特质和巨大包容性在诗论中的体现。

四、刘克庄集大成诗论产生的条件和他的诗学意义

首先，南宋诗歌向唐诗回归的倾向，是刘克庄集大成诗论产生的条件之一。

应该说，诗歌发展到南宋，面临着极大的挑战。首先，江西诗派的弊端日渐显露，人们对其资书以为诗的作风深感不满。其次，“四灵”努力破除“江西”的壁垒，但捐书以为诗又失之野。至于江湖诗人，大多是“词繁而意少”和“少事外高远之趣”。因此，南宋诗歌从整体上来看，普遍存在向唐诗回归的趋向。这一趋向反映出人们对中国诗歌价值尺度判断上所表现出来的矛盾，在客观上反映出人们对宋诗创作和宋诗这种特定文化形式的疑问和迷茫。与此同时，产生了吕本中的“活法”、陆游的“功夫在诗外”、杨万里的“师法自然”等诗学思想，从理论上显示出宋人向唐诗回归的动向。尤其是严羽的《沧浪诗话》，向宋诗发起了最强烈的挑战：

近代诸公乃作奇特解会，遂以文字为诗，以才学为诗，以议论为诗。夫岂不工，终非古人之诗也。盖于一唱三叹之音，有所歉焉。且其作多务使事，不问兴致；用字必有来历，雅韵必有出处，读之反覆终篇，不知著到何在。其末流甚者，叫嚣怒张，殊乖忠厚之风，殆以骂詈为诗。诗而至此，可谓一厄也。（《沧浪诗话·诗辨》）

严羽此论一出，影响十分深远，但也成为宋诗一厄。

与此相对应，刘克庄集大成式的诗论也是针对宋代诗坛的弊端和诗歌回归唐诗这一倾向而发的。不过刘克庄并没有全盘否定宋诗，而是在诗论中表现出兼容并蓄和辩证的态度，显示出集大成诗论的深刻性和全面性。

其次，南宋末期的文学处于转型期，这是刘克庄集大成诗论产生的另一个重要条件。

到了南宋后期，文学进入了一个转型时期，文学的重心开始由传统的诗歌向小说、戏剧等转移。应该说，中国文学的真正的转型期是在南宋后期，而并不是苏轼所处的元祐时期和南宋前期的朱熹时代。苏轼虽然提出了集大成的理论，但他的理论本身并不具有集大成特色。在分析苏轼的集大成理论的时候，王水照先生曾说过一段非常精辟的话："宋人之所以适时地提出'集大成'的文学思想，从深层意义上讲，也是时代风云际会所酝酿而成的。它一方面折射出宋代文明的高度发展和定型化，才促使像苏轼这样的本人就是'百科全书'式的集大成人物，得以概括出这一文艺概念；另一方面也预示着宋代文学已处于中国文学发展的一个转型时期，传统的诗和文（包括宋代开始兴盛的词）已经高度成熟、定型、完美，达到了再造辉煌和艺术危机并存的境地，文学的重心已在准备转向到另一个方面——小说、戏曲就是今后作家们展示才华的新的领域。对宋代文学的走向作宏观考察时，这应是一基本的把握。"[①]苏轼的时代，宋代文学（诗、词、文）还处于高度发展时期，若把王师此论移来解释后村的集大成诗论则是非常准确的。需要说明的是，朱熹是理学家诗论的集大成者，其诗学理论也具有相当的丰富性和深刻性，但由于他一生的大部分时间都用来研究和讨论理学，文学创作时间相对较短，而且所处的时代尚在南宋的中期，所以他也无法对宋代文学作出全面的总结。

---

① 王水照主编《宋代文学通论·绪论》第32～33页。

刘克庄诗学具有全面性和深刻性，对宋诗的历史地位给予了充分的肯定。严羽的《沧浪诗话》虽然指出宋诗的缺点，对人们深刻地了解宋诗的特色有巨大的启发意义；但也不可否认，严羽的理论产生了极大的弊端。明代前后七子的诗学理论和创作实际上就体现了沧浪理论的本质特征。由于严羽的影响，明人甚至大言“宋无诗”，而使自己的创作获得了“瞎盛唐”的雅号，这实际上从反面显示出刘克庄集大成诗论的全面性和深刻性。

事实上，中国诗歌无出唐宋两种类型。而后村对唐宋大小家数的诗歌进行了全面的总结，对唐宋诗歌的优长和弊端都有深刻的认识。刘克庄早在南宋后期就能较为辩证地分析唐宋诗，比明人的理论全面、深刻得多。纵观中国诗论史上的唐宋诗之争，宗宋者实际上都是在为宋诗争地位。直到清朝，人们才认识到宋诗的价值，才开始收集和保存宋诗①。这也从客观上显示出刘克庄集大成诗论的深刻性。

---

① 齐治平《唐宋诗之争概述》，岳麓书社 1984 年版。

附录一　刘克庄研究综述*

在过去的刘克庄研究中，人们的重点主要集中在他的诗词和诗论，而对他的散文和骈文却很少顾及。近几年人们研究的中心似乎更多地放在了诗歌上，但对他的散文和骈文依旧无暇顾及，这恐怕主要是与人们对南宋的散文重视不够、研究不充分有关。下面就刘克庄研究作一下简单的回顾。

一、刘克庄的生平和思想

关于刘克庄的生平和家世，台湾学者孙克宽有《晚宋诗人刘克庄补传初稿》(《东海学报》3 卷 1 期)。作者“参互史实，暨集中文字，及同时人所写志状补为之传。”除了生平，作者还论及与刘克庄有重大关系的贾似道问题，并对后村的诗歌、四六、词、记序之文提出了自己的意见，时有卓见。《刘后村的家世与交游——刘后村与晚宋政治之一》(《大陆杂志》22 卷 12 期)、《晚宋政争中之刘后村——刘后村与晚宋政治之二》(《大陆杂志》第 23 卷第 7、8 期)，前一文从刘克庄的家庭背景、后村的师友交游、江湖诗案与刘后村等几个方面考察了后村的交往，为我们进一步研究刘克庄的作品和生平奠定了良好的基础。后一文中作者认为“后村平生，涉及晚宋政治有三件大事，一是

---

* 此文发表于《古典文学知识》2004 年第 4 期。

被牵入江湖诗案，与史弥远为敌，他终身论事也龃龉于济王案的昭雪。其二是和郑清之的关系，即跻身于端平朝列，又在淳祐间置身通显，可是和郑氏闹了个不欢而散。其三就是牵入史嵩之'夺情'案内，和嵩之也成了不解之仇”。此文结合刘克庄的作品和宋史全面剖析了刘克庄和史嵩之、郑清之的关系，并论及了刘克庄的晚节以及和贾似道的关系，极有益于我们对刘克庄著作的全面了解。另外，他还撰有《刘后村与四灵、江湖》一文（《中国诗季刊》10卷3期）。李国庭《刘克庄生平三考》（《福建论坛》1991年第4期）一文考证出刘克庄的出生日月为七月二十九日，考证了刘克庄在“梅花诗案”后“不调十年”的虚实，并为刘克庄的所谓“晚节污点”作了考证，认为“仅凭一般交往和几篇失误文字，就说他和贾结交、晚节有污点，实在是表浅之论，冤枉了作古数百年的爱国学者刘克庄”。向以鲜《刘克庄家世考略》一文对刘克庄的家族人员的生平事迹作了考证，认为刘克庄的家世到刘克庄已相当冷落，“这对后村的忧国忧民的情怀会有相当的影响”。“后村祖父辈皆有极高的文化学术修养，皆精于理义（程朱）之学，这是后村思想的摇篮。而后村母亲的崇佛参禅，也直接熏陶着他。”亲人相继去世，加之命运多舛，使刘克庄的诗文染有浓重的悲伤色彩。他的《人在江湖》乃是刘克庄的交游考。第一部分考得47人，皆有传可查，生卒年明确；第二部分考得8人，只可考知卒年。第三部分考出29人，与刘克庄交往密切但生卒年俱不可考。他的《非儒非佛亦非仙——刘克庄思想概说》对刘克庄的本体论、伦理观、宗教观、修养论、教育论、史学观以及对理学的认识等几个方面进行了论述。明见在《刘克庄与贾似道》（《西南大学学报》1998年第1期）一文中认为：“许多论者都认为南宋作家刘克庄晚年谗事贾似道，实为一大误会。刘、贾之交，源于两家特殊的世交关系，并且终止于贾似道公开专横之前。刘克庄未因贾似道得到任何提拔；相反，他对权奸的态度是坚决斗争的。”

有关刘克庄的年谱，主要有张筌的《刘后村先生年谱》（《之江学报》第1卷3期)、宋湖民《刘后村先生年谱》(《兴化文献》,吉隆坡1947年版)、李国庭《刘克庄年谱简编》(《福建图书馆学刊》1990年1～2期)、程章灿《刘克庄年谱》等几种。前两谱有开启之功,但比较简略。李谱虽曰"简编",但却是一部很全面的刘克庄年谱。不过据作者称,这只是他的《刘克庄年谱长编》的"简缩本",希望以后能看到他的"长编"。程谱后出而愈精,是一部刘克庄研究的力作,为我们继续深入研究刘克庄的作品奠定了良好的基础。只是在他的征引文献里只录了张谱和宋谱,却未录远较前两谱精纯的李谱,不知是何故。

二、刘克庄词

在过去的几十年内,刘克庄词是人们关注的重点。刘克庄一直被认为是一位辛派词人的中坚和健将。如游国恩等主编的文学史认为:"刘克庄的《后村别调》存词百多首,大部分是长调,比辛词议论更多,气格更近散文。他发展了辛词奔放、疏宕的一面,而缺乏它的深沉与精警。"(《中国文学史》第3册第141页)程千帆、吴新雷即把后村目为"南宋后期的辛词继承者"。认为在辛弃疾以后的词坛,刘克庄所写有关国家大事的词"乃是一种稀有的、令人激动的充满希望的声音";认为刘克庄词的主导风格是豪迈奔放,雄健疏宕,但与辛词相比则显得气势骨力略逊(《两宋文学史》第383页)。常国武认为,刘克庄词"最突出又最有特色的是那些忧国伤时、愤世疾俗的篇什"。刘克庄词的特色是豪迈奔放,雄健疏宕,在艺术上的缺点是"多用议论,大量用典,以文为词,因而有时削弱了词的艺术形象"。(孙望、常国武《宋代文学史》(下)第284页)

杨海明在《论爱国词人刘克庄的词》(《福建论坛》1984年第1期)一文中指出:"刘克庄自然继承和发展了辛词的豪放词风,进一步发挥了'以诗为词'乃至'以文为词'的特色(同时也发展了他的比较散漫的缺点),形成了自己以'纵横排宕'、挥洒自如的总体风格。"并指出刘克庄词具有"有力"和"疏放"的特色。徐山河的《爱国的诗篇,时代的悲歌:刘克庄词初探》(《湘潭大学社会科学学报》1984 年第 4 期)认为,刘克庄“是‘辛派’词人中的佼佼者。当南宋后期许多词人远离现实,留恋于‘燕燕轻盈,莺莺娇软’之际,刘克庄却在词中为时局的艰难而感叹、而呼号,为祖国的安危而悲伤、而痛苦,从而使他的词成为时代生活的镜子、爱国热情的颂歌”。他在《羞学流莺百啭——刘克庄词散论》(《文学评论丛刊》第 30 辑)中写道,刘克庄的词“在思想内容上,以对现实的深刻反映,高昂的爱国主义精神,千百年来深深感染着读者;在艺术表现上,他的词以对豪放派词风的发展,对婉约词风的革新,在南宋后期词坛上独树一帜。”李国庭在《辛派词人刘克庄》(《文史知识》1984 年第 7 期)中认为,刘克庄词继承辛弃疾的传统,是辛派词人中成就最大的一位。“他的诗清新、自然,闪烁着爱国、悯民的光辉,是对陆游诗风的直接继承和发展,其他各种文体也不乏独到之处,确实无愧于造诣全面的大学者称号。”徐山河《十六首后村词编年考》(《湘潭大学学报》1983 年第 3 期)、向以鲜《〈后村词笺注〉商榷》(《南开学报》1986 年第 5 期)、程章灿《后村词编年补考》(《福建论坛》1984 年第 1 期)等三篇文章则是对钱仲联《后村词笺注》的补充,有利于此书的进一步完善和提高。陈先汀《试论后村词的特色——兼谈刘克庄对豪放词的发展》(《福建师专学报》1998 年第 3 期)一文主要分析了刘克庄词的艺术特色,并认为后村对豪放词的发展作出了自己的杰出贡献。陈文珍《刘克庄豪放词及与莆田文化之关系》(《三明高等专科学校学报》2002 年第 3 期)一文则从地域文化、士人心态的角度出发,认为:“刘克庄的豪放词与莆田的文化传统和诗歌创作传统有着密切联系,所以只有真正了解了莆田的文化传统、士人性格特点和诗歌创作传统,对刘克庄豪放词才会有较深刻的了解。”

在刘克庄研究中,他的词无疑是人们最用力的一个领域,而且刘克庄也一直被誉为辛派词人的杰出代表之一,如杨文、徐文等都是如此,而杨文甚至认为刘克庄词中所反映生活的宽度和力度上比辛词更深广。但明见在《刘克庄辛派词人考》(《西南师大学报》1994 年第 1 期)中却提出了不同意见,认为“刘克庄不是辛派词人,后村词的主调是消极颓废的。”刘锋焘在《后村词的基本特色及其在南宋词坛的地位》(《陕西师大学报》1996 年第 4 期)一文中亦不满意仅把后村誉为“爱国词人”、“辛派词人”、“豪放词人”的老套,认为“后村的词,主要表现出两种情调:豪放和疏旷。豪放中含着苍凉悲慨,疏旷中体现出旷愤的色彩。”另外,他在《刘后村寿词浅论——简谈后村与贾似道的关系》(《陕西师大学报》1998 年第 3 期)一文中认为:“后村的寿词真实地反映了其身世、思想、抱负,反映了他真实的生活、情怀,同时也反映了他人格中的污点,具有不可忽视的研究价值。”而向以鲜的《南宋词雄》则从后村词集之版本、刘克庄关于词之理论和后村词之创作等三个方面论述了后村词的成就。他认为:“对后村词不能赞之太高,也不能贬之太低。平心而论,其词在艺术上有时显得粗糙,总的成就是不及辛稼轩的。但是后村词集中也不乏佳作,尤其是那些抒写政治怀抱、爱国热情的词章。在南宋衰亡、士大夫偏安妥协之时,却有一种振聋发聩的力量。”(向以鲜《超越江湖的诗人》第 255 页,巴蜀出版社 1995 年版)可谓持平之论。

关于后村词的整理笺注和校点,则有钱仲联笺注的《后村词笺注》(上海古籍出版社 1980 年版)、章谷校点的《后村长短句》(上海古籍出版社 1988 年版)以及欧阳代发、王兆鹏编写的《刘克庄词新释辑评》(中国书店出版社 2001 年版)等。钱仲联的笺注颇为精善,全书用《彊村丛书》为底本,全录朱孝臧的校记外,再参用汲古阁本、《四部丛刊》影印《大全集》赐砚塘旧抄本、陶氏涉园影刻《后村居士诗余》作校,增加校记。《全宋词》以外的词,也一并收入。所作笺释一是作品的本事和有关交游等,二是作品的故实成语。编年词两卷,计 130 首;无法系年的,仍照《彊村丛书》原来的次序,《全宋词》所辑词 6 首附在后,共 2 卷,记词 134 首。书后附有刘克庄的行状、墓志铭、县志本传、省志本传、《后村别调》《后村长短句》《后村居士诗余》三本的目次、《全宋词》后附的存词目，毛晋、朱孝臧、陶湘的序跋三篇，颇便读者。而《刘克庄词新释辑评》一书则是在钱注的基础上完成的。全书收词 269 首，编年词 148 首，不编年的 121 首。这部书吸收了不少新的研究成果，对刘克庄的每一首词都作了注释和赏析，并收辑了刘克庄词的评论，可以认为在某些方面是对钱注的补充和提高。

另外，这些年出现了不少对刘克庄词的鉴赏文章，如《唐宋词鉴赏集》（人民文学出版社 1983 年版）和《唐宋词鉴赏辞典》（上海辞书出版社 1988 年版）收有多篇后村词的鉴赏文章。

三、刘克庄诗和诗论

过去，由于受时代风气的影响，人们对刘克庄作品关注的中心和焦点是词，而对他的诗歌却很少顾及。钱钟书的《宋诗选注》（人民文学出版社 1958 年版）无疑是那个时代最杰出的著作。他认为刘克庄的诗歌给人的印象是滑溜得有点“机械”，可谓抓住了刘克庄诗的要害和症结。

近些年来人们突破了“宋诗味同嚼蜡”的束缚，开始全面认识宋诗，尤其是江湖诗人的作品。如程千帆、吴新雷认为，从刘克庄的大量作品来看，“成就最高的还是写日常生活的五言律诗和咏时事的乐府”。他的“缺点是贪多率意，有些作品未免粗滥，或带有江湖诗人的熟滑的通病”。（《两宋文学史》第 465 页）常国武认为，作者反映民族矛盾、表现爱国思想、批评时政以及同情人民疾苦的诗，都是比较精彩的。刘克庄诗的“重要特色是笔力比较雄健，气势较为开阔。”另外，“大量使用事典也是后村诗的一个特点。”（孙望、常国武《宋代文学史》下第 222 页）但是刘克庄诗也有粗野、浅露、用事冗塞的缺点。他常常喜欢以文为诗，采用生硬拗捩的句法入诗，使人生厌。另外许总认为，刘克庄的创作“在总体上仍然是‘苦吟不脱晚唐诗’，显示出与江湖派中大多数平民诗人共同的艺术趣味”（许总《宋诗史》第 827 页，重庆出版社 1997 年版）。

胡明的《刘克庄诗词轨迹与心路历程》(《河北师院学报》1987年第4期)通过对后村诗词的综合研究,认为应该“使一个历史上完整的刘克庄从他的作品上活起来”,“使我们清晰看出那样一个时代,那样一种社会政治的形势下诗人文人的思想行为的动态轨迹”。张瑞君的《论刘克庄的诗歌创作成就》(《河北大学学报》1990年第2期)、《刘克庄与唐诗》(《河北大学学报》1994年第4期)和《刘克庄和杨万里诗歌的继承关系》(《河北大学学报》1995年第4期)等几篇文章比较全面地剖析了刘克庄诗歌的思想内涵以及后村诗歌的渊源,指出后村的诗歌受杜甫、韩愈、张王乐府以及李贺等唐代诗人的影响,分析了后村的诗歌对陆游、杨万里诗歌的继承关系。张宏生的《融通和超越——论刘克庄诗》(《漳州师院学报》1994年第1期)一文论述了刘克庄诗歌的独创性,分析了刘克庄的政治诗表现出来的高度政治敏感,同时指出刘克庄师法“四灵”并不断超越的艺术个性。向以鲜的《超越江湖的诗人》则较为全面地分析了后村诗的思想和艺术,代表了近几年刘克庄诗歌研究的最高成就。而他的《超越江湖的诗人》是到目前为止,笔者所见到唯一研究刘克庄的专著。

刘克庄是一位杰出的诗歌理论家,除了他的《后村诗话》外,还有许多题跋和散论,都包含着深刻的诗学理论见解。因此,刘克庄的诗论,一直是人们关注的焦点。首先值得重视的是郭绍虞的《宋诗话考》(中华书局1979年版)。这部书成于1971年,是宋诗研究的一部力作。其中《后村诗话考》、《江西诗派小序考》对刘克庄的诗话评论充满卓见,如他在评论刘克庄诗话和严羽诗话的不同时认为:“沧浪之长在识,后村之长在学。重在识,故锋芒毕露或失之偏;重在学,则不拘一格,而转若无所见其长。《后村诗话》之不及《沧浪诗话》者在此。然而网罗众作,见取材之博,评衡惬当,见学力之精,如《四库总目提要》所云:‘宋代诸诗,其集不传于今者十之六,亦皆赖是书以存。’则有《后村诗话》之长,而为《沧浪诗话》所不及者。盖沧浪长于识,则要言不烦,诗论可尽在诗话之中。后村长于学,故诗论可散见于文集，而诗话则只限于评诗。”此可谓评论刘克庄诗学的钥匙。他的《中国文学批评史》(百花文艺出版社1999年版)、朱东润的《中国文学批评史大纲》(上海古籍出版社1983年版)、王运熙、顾易生主编的3卷本《中国文学批评史》皆有专门章节论及刘克庄的诗论。尤其是王运熙、顾易生主编的7卷本《中国文学批评通史·宋金元卷》，从指点宋诗求发展、诗非小计呈“本色”、“忧时元是诗人职”、“模写万殊由寸笔”、“参透黄陈向上关”和“公论无过日月评”等六个方面，全面论述了刘克庄的诗学思想。台湾学者张健则认为，后村的文学主张是学、力、才、气并重(《南宋文学批评汇编·叙论》成文出版社1978年版)。

王达津的《刘克庄的诗论》从论诗的思想性和借鉴作用、论宋诗和对宋诗的肯定、创作论和欣赏论等方面论述了后村的诗学思想和贡献(见《古代文论研究丛刊》1985年第10辑)。黄鸣奋的《严羽、刘克庄诗论辨析》分析认为：“就主要倾向而言，刘克庄是时尚的代表。他恪守儒家传统诗教，深受程朱道学影响，标举性情理义、比兴美刺之说，这些见解有重视文学社会功能的一面，但常常忽视了诗歌本身的特质。”(见《严羽学术研究论文选》，鹭江出版社1987年版)陈先汀的《刘克庄文学思想管窥》(《福建论坛》1998年第5期)认为，刘克庄的文学思想有强烈的政治性和人民性。明见《论刘克庄的诗歌‘锻炼’说》(《西南师范大学学报》2002年第3期)认为，刘克庄建立了锻炼的体系，“既锻炼精工，又精炼而不雕琢，从而达到精工与自然的统一”。他在《论刘克庄诗歌的师法观》(《河北大学学报》2002年第3期)一文中总结了刘克庄所提出的八条师法原则，即师意不师貌、师众不师寡、师大兼师小、师流先师源、师诗先师人、在师法中求变化、师法中求自我和“暗合”之法等，认为“这构成了中国诗学史上最完备、应用性最强的锻炼说体系，就有集大成的意义”。牟鹭玮《刘克庄诗论精神之管窥》(《钦州师范高等专科学校学报》2002年第2期)认为“后村强调诗人德性的培养，追求轻清简淡的诗风；重性情既注重诗歌内在的思想感情力量，并要求诗人有广博的学识，丰富的阅历和情感体验等，能够比较好地处理言义关系。”

四、其他

另外，明见《论刘克庄的自然美学观》(《东疆学刊》1997 年第 3 期)是第一篇研究刘克庄美学的论文，文认为：“刘克庄的自然美学观源自道家的哲学精蕴，并对之加以承继发挥，形成了‘天籁天成’、‘质素朴拙’、‘平易通俗’、‘适意畅达’、‘大全混成’、‘道技精游’等六个层面。”他的自然美学观具有独特的中和性，以此和不良文学现象作斗争独具意义。他的《论刘克庄关于作官与作诗的矛盾价值观》(《三峡大学学报》2002 年第 1 期)联系刘克庄的生平作官与作诗的矛盾，认为刘克庄在“价值判断上重视作诗，但价值取向上重视作官。重做诗的价值判断来源于古代对文学价值判断的不断提高；重做官的价值判断又来源于古代文人的人生抉择观。而宋代科举将做诗和做官尖锐地对立起来，是产生刘克庄矛盾价值观的最直接原因”。万宝璋《空巷无人一国狂——从刘克庄诗词看南宋莆田杂剧百戏》(《文史知识》2000 年第 3 期)则通过刘克庄的诗词研究莆田地区的百戏和杂剧。

至于《后村千家诗》的研究，则有胡问侬、王浩叟的《后村千家诗校注》(贵州人民出版社 1986 年版)和李更、陈新校证的《分门纂类唐宋时贤千家诗校证》(人民文学出版社 2002 年版)。李、陈书中附有《考述》一文，论证《后村千家诗》为托名之作。

关于刘克庄的著述，有李国庭的《刘克庄生平及著作述概》(《福建图书馆学刊》1988 年第 2 期)、向以鲜的《书城变迁》(见《超越江湖的诗人》)和祝尚书的《宋人别集序录・后村先生大全集》(中华书局 1999 年版)等。

总的来说，过去的刘克庄研究主要集中在词和诗论，而对刘克庄的近五千首诗歌的研究却很不充分。至于他的散文和骈文则几乎无人涉足，这不能不说是刘克庄研究的一个重大缺憾，因为他的作品在当时“学诗者宗焉，学文者宗焉，学四六者宗焉”（《大全集》卷194）。希望今后有更多的学者对此投入精力和时间，以期刘克庄的研究上一个新的台阶。

附录二 《后村千家诗》的真伪及《千家诗》的流传*

谢枋得、王相的《千家诗》是流行于明清两代的启蒙读物，影响很广。但关于它的渊源，大家比较一致的看法是:《千家诗》起源于署名刘克庄的《分门纂类唐宋时贤千家诗选》，又称《后村千家诗》。全书22卷，分时令、节候、气候、昼夜、百花、竹林、天文、地理、宫室、器用、音乐、禽兽、昆虫、人品等14门，133类，录诗1 281首。此书单行本久已失传，后来仅在清曹寅所刻《楝亭十二种》中得见①。

有人认为《千家诗》起源很早，追溯其源流，可上溯至南宋时的诗人刘克庄②。最有代表性的看法当属清代阮元给《后村千家诗》作的《提要》。《提要》认为:"是书为向来著录家所未见，惟国朝两淮盐课御史曹寅曾刻入《楝亭丛书》中。前后亦无序跋。案:《后村大全集》内有《唐五七言绝句选》及《本朝五七言绝句选》、《中兴五七言绝句选》三序，或镂版于泉，于建阳，于临安，则克庄在宋时固有选诗之目。此则疑当时辗转传刻，致失其缘起耳。""大致如赵孟奎《分类唐诗

---

* 此文发表于《古籍整理》2004年第1辑。

① 参看李更、陈新校证《分门纂类唐宋时贤千家诗选校证》，人民文学出版社2002年版。

② 张哲永《千家诗评注·前言》，华东师范大学出版1981年版；李宗为《千家诗、神童诗、续神童诗·前言》，上海古籍出版社1993年版；古一然《千家诗评注·前言》，人民文学出版社1999年版。

歌》，所选亦极雅正，多世所脍炙之什。”①这些都是想当然的说法，并无实据。仔细研究《后村千家诗》和《大全集》中的《后村诗话》、《唐绝句选序》、《本朝绝句选序》、《中兴绝句选序》、《唐绝句续选序》、《本朝绝句续选序》、《中兴绝句续选序》等，我们发现，所谓《后村千家诗》应是托名刘克庄的伪作，绝非刘克庄自己所选。所选的诗并非与有的研究中所说的“基本上反映了唐、宋两代诗歌各自的风貌”②，也不像“是一本村塾儿童的启蒙读物”。这本诗选选唐人的作品寥寥，北宋也不多，而南宋，尤其是南宋后期的作品占七成以上，其中江湖诗人的作品占了相当的比重。因此，这部诗选相当片面，并不足以代表唐、宋诗歌的基本风貌。

首先我们来看看后村的选诗情况和选诗标准。据刘克庄自己的说法，他曾两度选唐宋人的绝句。一次在六十岁左右，“余尝选唐人绝句诗既板行于莆、于建、于杭。后十余年觉前选太严，而名作多所遗落”③，于是有了续选的想法。对第一次所选唐宋绝句数量，刘克庄有明确说明，即唐代、北宋、南宋五七言绝句各二百首，总计六百首。“余家童子初入塾，始遗五七言各百首口授之。”④“暇日始取所尝记诵南渡前五七言，亦各百首授童子。”⑤“乃取中兴以后诸篇五七言，各选百首。内五言最难工，前选犹有未满人意者，此编则一一精善矣。穷乡无借书处，所见□□，取狭可恨，唯此一条耳。至于江湖诸人，约而在下，姜夔、刘翰、赵蕃、（赵）师秀、徐照之流，自当别选。”⑥由于借书不便，刘克庄对自己所选的作品并不满意，而且这次并未选江湖诗人的作品，这就为十余年后的续选埋下了伏笔。到了宝祐丙辰（即宋理宗宝祐四年，刘克庄七十岁）刘克庄把自己十余年来所选唐、宋人的五七六言绝

① 阮元《揅经室集·外集》卷1。
② 胡问侬、王浩叟《后村千家诗校注·前言》，贵州人民出版社1986年版。
③ 《大全集》卷97《唐绝句续选序》。
④ 《大全集》卷96《唐五七言绝句序》。
⑤ 《大全集》卷96《本朝五七言绝句序》。
⑥ 《大全集》卷96《中兴五七言绝句序》。

句，即《唐宋绝句续选》、《本朝绝句续选》和《中兴绝句续选》等三种，分别刊行。对这次所选诗歌数量，后村亦有明确说明："乃汇诸家五七六言，各再取百首，名《续选》。四五言（引者注：疑指五言）仅得七十首，以六言三十首足言。"①"起建隆迄宣、靖，得诗如《唐续选》之数。"②"如之何限以二百篇也？《续选》如东都之数……既而又以中兴七言拾遗百篇附卷末。"③也就是说，刘克庄每部分选二百篇，但《中兴绝句续选》又附七言绝百篇于书后，共计诗七百篇。应该说，刘克庄此次选绝句的目的与第一次是不同的。前一次是作为村塾儿童的启蒙教材，选择较严，数量也比较适中。然而第二次选绝句的目的，则主要是为了存诗。"诗愈盛，选愈严，遗落愈多，后世愈遗恨矣。此《本朝续选》之所作也。"④尤可注意者，刘克庄十分重视六言绝句。"唯五言仅六十首，而六言加十焉。野处编六言，终唐三百年上，得三十余篇。余于本朝得七十篇，倍于唐矣。"⑤"盖六言尤难工。柳子厚才高，集中仅得一篇。惟王右丞，皇甫补阙所作绝妙，今学古者所未讲也。使后世崇尚六言，自余始，不亦可乎？"⑥"六言，如王介甫、沈存中、黄鲁直之作，流利似唐人，而妙巧过之。后有深于诗者，必曰：'翁之言然。'"⑦刘克庄自己在创作中也身体力行，一生创作了大量六言诗，虽乏成功之作，却显示出作者对这种诗体的偏好。

总之，刘克庄两次所选皆五七六言绝句，并未选五七六言律诗，也明确表示不选李杜的作品，"切情诣理之作，匹□□女不弃也。否则巨人作家不录也，唯李杜当别论。"⑧"前选未收李、杜，今并屈二公。"⑨这些都与《后村千家诗》的内容大相径庭。后村两次选诗的目的并不相同，一概视为是当私塾教材的说法并不准确。《大全集》中并无把前后所选诗合为一集的说法，更无所谓"千家诗"的记载。倒是

①⑥⑨ 《大全集》卷97《唐绝句续选序》。
②④⑦ 《大全集》卷97《本朝绝句续选序》。
③⑤ 《大全集》卷97《中兴绝句续选序》。
⑧ 《大全集》卷96《唐五七言绝句序》。

《序》中一再提到的“野处洪公”，值得我们注意。如说：“或儆余曰：子徒知野处之详，而不知议者病后村之略也。”①“使野处公编朝绝句，殆不止万首。”②此“洪公”即洪迈，他所选的即现在流传的《万首唐人绝句选》。可以肯定，后村是有戒于他选诗之宽泛而严格自己的选诗标准的。

其次，我们还发现《后村千家诗》选了36首《大全集》中未收的诗篇。即《暮春》(1)（又作《春暮》，出《宋诗钞后村集补》）、《暮春》(2)、《秋晚》（本篇见《全宋诗》卷3081，出谢枋得《千家诗》卷2）、《未开梅》（本篇《全宋诗》据本书收入卷3081。又见《全宋诗》卷3129严粲卷，出《中兴群公吟稿》戊集卷7）、《桂花》、《种柳》、《雪》、《江行》、《寺》二首、《砚》、《书》、《笛》（传为谢枋得编的《千家诗》亦收此诗，署赵嘏，但《全唐诗》赵嘏集中不见，待考）、《莺》（本篇见《全宋诗》卷3081，题作《莺梭》，出《宋诗钞补后村集补》）、《子规》、《雁阵》、《蜂》、《蝶》、《道士》、《李术士善医卜》、《寿曹使四月八日》、《寿太守》（本篇见《全宋诗》卷3081，系《寿建宁太守二首》之一，出《新编事文类聚翰墨大全》）、《寿建宁叶守》十首（以上十篇前八篇见《全宋诗》卷3081，题作《庆建州叶守》，出《新编事文类聚翰墨大全》；后两篇《全宋诗》未收）、《寿建宁太守》（本篇见《全宋诗》卷3081，系《寿建宁太守二首》之二，出处同上）、《寿叶倅武子》二首（以上两篇亦见《诗渊》第6册第4573页，《全宋诗》未收）、《寿黄丞母》（本篇《新编通用启札截江纲》卷五署刘克庄）。《大全集》卷1注说得很清楚：“公少作几千首。嘉定己卯，自江上奉司归，发故箧尽焚之，仅存百首，是为《南岳旧稿》。”因此，这36首诗很可能就是后村年轻时候的作品，也就是嘉定己卯（1219年），作者33岁以前的作品。作者所焚毁的几千首诗有一部分恐怕已在社会上流传，而被《后村千家诗》的编者收入。这也就是说，刘克庄在《后村千家诗》中选自己已烧毁的几十首作品，这是很难叫人想

---

① 《大全集》卷97《唐绝句续选序》。
② 《大全集》卷97《本朝绝句续选序》。

象的。诚然，一个人的思想和趣味是会随着社会的变化和年龄的增长而不断发生转移的，但很难想象，一个六七十岁的人会到社会上去收集他过去毁掉的少作，然后再选一部分入《后村千家诗》。另外，《后村千家诗》虽名为“千家”，实际上选诗却相当片面，唐诗选的比例相当小，所选北宋诗占比例也有限。《后村千家诗》主要选了南宋、尤其是南宋后期的作品，选得最多的是刘克庄、戴复古、潘牥、朱淑真、葛长庚、华岳、赵葵等人的作品，其中刘克庄本人的诗选了多达 91 首，在全部诗中占 6%略强。而对他最佩服的老师陆游的诗却只选了 11 首，不及自己诗歌的 1/7。至于宋诗的代表人物苏轼、黄庭坚的作品，他也只各选 16 首和 9 首。而江湖诗派的代表人物戴复古的诗歌选了多达 55 首，占总集的 4.3%。另外，朱淑真、潘牥的作品各收了 59 首和 40 首，在总集中各占 4.6%和 3.2%。从上面的简单统计可以看出，《后村千家诗》选诗相当片面，选诗也相当庞杂，并不足以代表唐、宋诗歌的面貌。从《后村诗话》和刘克庄的大量题跋中我们可以看出，后村是一位艺术眼光很高的诗人和理论家，他选诗怎么会如此走眼呢？即使《后村千家诗》真的是他选的，那么他为什么把自己的作品选了 91 首之多，而对自己的弟弟，当时著名的诗人刘克逊的作品却一首不选呢？这不能不叫人感觉迷惑。根据以上的分析，我们完全可以肯定，《后村千家诗》是一部托名刘克庄的伪作，其选者很可能是南宋后期的江湖诗人或书商。选诗的目的恐怕就是为了赚钱，此种诗选大约也很难作为私塾教材。至于成书的年代，我们可以根据《后村千家诗》所收后村的作品与《大全集》进行比对，做出初步的推断。下面是《后村千家诗》中部分诗歌的写作年代①。作于 24 岁有《西山》、《秋风》2 首，32 岁有《清凉寺》1 首，33 岁有《除夕》、《老马》2 首，34 岁有《乍暑》、《月下听孙季蕃吹笛》和《穴蚁》3 首，35 岁有《伏日》、《夏旱》、《咏邻人兰花》、《紫薇花》、《旱莲》、《山茶》、《西

① 程章灿《刘克庄年谱》，贵州人民出版社 1993 年版。

淙山观鱼》、《郊坰》、《郊行》、《羊毫笔》、《邛杖》、《书灯》、《蟾蜍砚滴》、《闻笛二首》、《闻笛》、《邻家孔雀》、《燕》、《猫捕燕》19 首，36 岁有《怀安道中》、《鹊》、《刘仙岩》3 首，38 岁有《黄田人家别墅缭山种海棠为赋二绝之二》、《池上溜花盛开一本》、《芙蓉二首之二》3 首，39 岁有《熊主簿示梅花十绝，诗至，梅花已过，因观海棠，辄次其韵》（选五首）、《再和熊主簿十绝》（选五首）10 首，42 岁有《太守林太博赠瑞香花》、《四和》2 首，44 岁有《兰花》、《茉莉》2 首，46 岁有《获砚》、《再获一砚自和》2 首，47 岁有《上巳》1 首。所选多为后村三十到四十岁之间的作品，最早的是《西山》、《秋风》，后村二十四岁时的作品；最晚的一篇是《上巳》，乃后村四十七岁时的作品。那么《后村千家诗》成书年代至少应在 1233 年以后。应该说，这部诗选的质量并不高，所选作品失之过滥过繁，它的失传并不奇怪。但有幸的是，这部诗选失而复得，保存了潘牥、林季谦等人许多早已失传的作品，也保存了几十首后村毁弃的少作，这不能不说是此书的一大贡献①。

托名后村的《后村千家诗》流传至今，而刘克庄自己的诗选流传情况又是怎样的呢？这就有必要了解另一种《千家诗》的流传情况。《后村千家诗》出现之后，有多种《千家诗》在社会上流传，如谢枋得的《千家诗注解》（七言）、程一本的《增刻千家诗选》、黎恂的《千家诗注》2 卷、王相的《新镌五言千家诗》等。而现在流行的《千家诗》即是谢枋得选的七言《千家诗》和王相选的《新镌五言千家诗》的合辑本，由王相统一注解。全书收诗 121 家，226 首（其中羼入二首明人的作品）。此书之所以流传，恐怕在于选目适中、通俗，取材广泛，非常适合启蒙的儿童诵读。如李白的《静夜思》、王之涣的《登鹳雀楼》等，都易于上口。据有人调查，王相的注本有两种通行的本子：一种是清末金陵李光明庄刊刻的《增补千家诗笺注》，“清末以后的一些石印本，如上海锦章书局、广益书局的《绘图千家诗注释》，以及最近的长春

---

① 关于《后村千家诗》的真伪可参考程章灿《所谓千家诗考》（《中国诗学》第 4 辑，南京大学出版社 1998 年版）及李更、陈新校证《分门纂类唐宋时贤千家诗选校证》。

本,其正文与金陵本基本相同,只是绘图各有变化”[①];另一种是1944年上海万友书局出过的《千家诗》排印本,1957年东海文艺出版社也出过排印本,1980年浙江人民出版社出过重排本。最近几年又有多种注释本出现,各有特色[②]。

书中谢枋得所选七言诗,据有人分析,“出现在明中叶以前,上推到南宋的谢枋得时期已经有了”[③]。而两首明诗,即《送天师》、《送毛伯温》,显系嘉靖十八年七月后、王相作注以前的刻家赘入的。有人认为《千家诗》“大半在后村选中,盖据其增删之耳”。清人翟灏:“今村塾所谓《千家诗》者,上集七言绝八十余首,下集七言绝四十余首,大半在后村选中,盖据其增删之耳。”(《通俗编》卷7《文学》)这只是一种推测而已,并无实据。我倒非常赞同这种推断,认为“刘克庄是福建莆田人,他的选本被后来流亡在福建教书的谢枋得作为教材,并对它有所增删”。而刘克庄所选诗,因专选绝句,不选五七言律诗,这就难免影响到它的流传。好在谢枋得得而增删,才使我们在现在流传的《千家诗》中略见后村选诗的痕迹,亦是有幸。不过在没有充分证据之前,我们还是应该把《千家诗》署名谢枋得、王相为好。有人在《千家诗》前面径直冠以刘克庄的大名这似乎并不是一种严肃的态度。至于那托名刘克庄的《后村千家诗》,则与后村选诗毫不相干。

---

① 冀勒《千家诗琐谈》,载《学林漫谈》第三辑,第139页,中华书局1981年版。

② 如张哲永《千家诗评注》、李宗为《千家诗、神童诗、续神童诗》、潘慧惠《千家诗附神童诗》(齐鲁书社1993年版)、李宗为《千家诗译注》(上海古籍出版社1999年版)、古一然《千家诗评注》(人民文学出版社1999年版)、陈崎、吴红凌译注《图文本千家诗》(汉语大词典出版社2001年版)和赵万里等注释《图文本千家诗》(上海古籍出版社2002年版)等多种。

③ 《千家诗琐谈》,载《学林漫谈》第三辑,第140页。

附录三　略论贾似道与刘克庄的关系[*]

贾似道(1213～1275),字师宪,号秋壑,台州人。在理、度宗朝任宰相十五年。贾似道作为一个文臣,除了治理国家外,还对文化艺术有着相当浓厚的兴趣。他和门人廖莹中曾编印过书籍,翻印过碑帖[①]。他所藏的字画、金石等亦十分丰富[②]。他还曾编过《促织经》2卷、《悦生随抄》100 卷,今人编《全宋诗》卷 3346、3347 存诗 2 卷[③]。方岳曾赞其《送朝客》颈联:“梅花见处多留句,谏草藏来定得名”,认为“圆妥优游”[④];吴莱曾赞其《青词》文好[⑤]。可见贾似道有相当的文采,也因此成为晚宋文人集团的领袖[⑥]。宋季的著名文人,如吴文英、刘克庄、赵孟坚、周密、方回等人,都和贾似道有相当密切交往,并由此背上了不幸的恶名。其实,除了大骂贾似道奸佞并上疏要求斩贾似道的方回外,其余的人都是无辜的。但限于篇幅,本文不对以上诸人一一论及,而就刘克庄和贾似道的交往以及对他的所谓的“晚节

---

* 此文发表于《兰州学刊》2004 年第 3 期。

① 参看《癸辛杂识·后集》“贾廖刊书”和“贾廖碑帖”条。

② 参看《癸辛杂识》后集《贾廖刊书》、《贾廖碑帖》、《向氏书画》等条及《至正直记》、《清河书画舫》、《云烟过眼录》、《宋稗类钞》等书中的相关记载。(参考丁传靖的《宋人轶事汇编》卷八十《贾似道·廖莹中》条)。

③ 傅璇琮等主编《全宋诗》第六十四册(北京大学出版社)。

④ 方岳《深雪偶谈》。

⑤ 吴莱《三朝野史》。

⑥ 参看张春晓《贾似道与宋季文人的历史暧昧》,第二届宋代文学国际学术讨论会交流论文。

污点”问题，简单谈谈自己的看法。

刘克庄和贾似道是世交，林希逸谓：“公受知忠肃贾公（涉），辨章（似道）尤相亲敬。”[①]刘克庄在《大全集》中致贾似道的书笺很多，如《与贾丞相书》三篇、《谢贾丞相饯行诗启》、《与淮阃贾知院书》、《与丞相书》、《又与丞相书》等。至于献给贾似道的诗、词、启等则更多。如启有《回贾制置启》、《贺贾丞相启》、《贺贾丞相拜太师启》、《贺贾太师再相启》、《贺太师平章启》、《进开国伯谢平章启》等；诗词有《淮捷一首》、《凯歌十首呈贾枢使》、《贺新郎·傅相生日壬戌》、《满江红·傅相生日癸亥》、《满江红·傅相生日甲子》、《沁园春·傅相生日丁卯》等。从这些文字交往看来，刘克庄和贾似道的关系绝非一般，他献给贾似道的诗词启和书信也绝不是泛泛的应酬之笔，而是表达了对贾似道的信赖和希望，绝非像一般辨污文章所说的是什么不明真相和受蒙蔽[②]。

刘克庄和贾似道的密切交往，被认为谗事权奸，以至于成为刘克庄晚年的一大污点，《宋史》也因此不予立传。

清朝的王士禛认为：“后村论扬雄《剧秦美新》及作《元后诔》，言‘天下之所废，人不敢支。历世运移，属在新圣’云云，蔡邕代作群臣上表，言卓‘黜废顽凶，援立圣哲’云云，又论‘阮籍跌宕弃礼法，晚为《劝进表》，志行扫地’，皆词严义正。然其《贺贾丞相启》略云：‘像画云台，令汉家九鼎之重；手扶日毂，措天下泰山之安。昔茂弘叹丘墟百年，孔明欲宫府一体。彼徒怀乎此志，公克践于斯言。’《贺贾太师复相启》云：‘孤忠贯日，只手擎天。闻勇退则眉攒杜陵老之愁，睹登庸则心动石徂徕之喜。’《再贺平章启》云：‘屏群阴于散地，聚众芳于本朝。无官可酧，爰峻久虚之位；有谋则就，所谓不召之臣。’谀词谗语，连章累牍，岂真以似道为伊周武乡之比哉？抑蹈雄、邕之覆辙而

① 《大全集》卷194林希逸《后村先生刘公行状》。

② 参看李国庭《刘克庄生平三考》、明见《刘克庄与贾似道》、程章灿《刘克庄年谱》等。

不自觉耶？按：后村作此时年已八十，惜哉！”①

《四库全书总目提要》卷163《后村集提要》亦云：“克庄初受业真德秀，而晚节不终。年八十乃失身于贾似道。王士禛《蚕尾集》有是集跋，称其论扬雄作《剧秦美新》及作《元后诔》，蔡邕代作群臣上表。又论阮籍晚作劝进表，皆词严义正。然其《贺贾丞相启》、《贺贾太师复相启》、《再贺平章启》，谀词谗语，连章累牍，蹈雄邕之辙而不自觉。”

此论一出，附和者甚多，如认为刘克庄“晚年为贾似道一出，君子惜焉”②，或认为王士禛所言“非苛论也”③。近人也认为：“四库提要后村集条引王士禛跋云……所指责信非诬罔，宜乎元方回评其诗文多微词也。”④或认为：“可惜他和贾似道交，成为晚节的污点。”⑤

既然有污点，既然为后村的晚节可惜，于是后人就不惜挖空心思为其辨污。如近人张钧衡认为：“后村殁于咸淳五年，致仕于景定四年，似道虽当国，尚未至如咸淳之盛。君子与人为善，即颂非其实，未尝不望其从善盖愆，况真西山于史相谀词谗语不亚于后村，何宽于真而严于刘耶？”⑥他认为，后村在世时贾似道尚未达到权力的高峰，也就是说刘克庄尚不知内情。程章灿即认为张氏所言“庶几知人论世，持论平允”。他分析说：“克庄晚年与贾似道来往甚多，关系密切，开庆元年似道纳币乞和，克庄僻处闽南，真相未悉，献诗颂捷，不宜苛责。景定元年三月似道还朝，荐引克庄任秘书监等职。克庄擅文名与时，其与似道既早相交，则似道荐其复出亦不无爱重文才用其所长之意。其后似道势位日隆，权倾朝野，克庄则已致仕里居。《集》中所

① 王士禛《蚕尾集》卷10《跋刘后村集》。
② 《清乾隆兴化府莆田县志》卷22《人物志·文苑传·刘克庄》。
③ 民国《福建通志·列传》卷14《刘克庄传》。
④ 孙克宽《晚宋诗人刘克庄补传初稿》，载《东海学报》3卷1期。
⑤ 钱仲联《后村词笺注·前言》。
⑥ 《适园丛书》第三集《后村题跋·张钧衡跋》。

见诸贺启及祷颂诗文，皆囿于官场礼仪，社交习俗，未足厚非。”[①]

陈祥耀认为：刘克庄“晚年入朝，正当误国权奸贾似道当政，他虽急求解官，但去朝之后还为贾的拜太师和‘平章军国重事’写贺启，因而为后世所讥。他称赞贾似道，有玷名节；但贾当时以出师欺骗朝廷，隐匿乞和襄阳、樊城被蒙军包围的事，刘克庄未必知情。到贾似道西湖赐第，贪黩腐化的行径大暴露，已是在他写贺启之后；襄樊沦陷，贾的误国真相大白，则是在他死后。他以年逾八十的老人远居福建乡下，对贾后来的行径可能不大清楚，未必是甘心阿谀这个误国的败类。”[②]立论也似张氏，认为刘克庄对贾似道的行径不太清楚。李国庭认为此论“审慎而较客观”，是他“所见纠正此前贬损刘克庄晚节的佳论”。并进一步指出：“刘克庄年高七十四而四入朝，的确是理宗本人极器重的结果，决非贾相举荐的；不是刘克庄需要去巴结贾似道，倒是贾似道需要笼络理宗如此器重的老臣刘克庄。”最后的结论是：“仅凭一般交往和几篇失误文字，就说他和贾结交、晚节有污点，实在是表浅之论，冤枉了作古数百年的爱国学者刘克庄。”[③]明见进一步阐发其说，认为“许多论者都认为南宋作家刘克庄晚年谗事奸臣贾似道，实为一大误会。刘、贾之交，源于两家特殊的世交关系，并且终止于贾似道公开专横之前。刘克庄未因贾似道而得到任何提拔；相反，他对奸臣的态度始终是坚决斗争的。”[④]

以上的辩解，或谓刘克庄不明真相，或谓贾、刘之交在贾似道横行之前，或谓刘克庄绝未得到贾似道提拔，不一而足。但都难以令人信服。事实上，所谓污点的本质，在于刘克庄结交权奸贾似道，倘若肯定贾似道的功绩，或者肯定其有功有过，则污点便不洗而自去，何须辨污呢？

---

① 《刘克庄年谱》第 319 页。

② 陈祥耀《福建历代名人传略·刘克庄》。

③ 李国庭《刘克庄生平三考》，载《福建论坛》1991 年第 4 期。

④ 明见《刘克庄与贾似道》，载《西南师范大学学报》1998 年第 1 期。

参 考 文 献

《全唐诗》　中华书局 1960 年版
《江湖小集》　[宋]陈起辑　《四库全书》本
《江湖后集》　[宋]陈起辑　《四库全书》本
《两宋名贤小集》　[宋]陈思编　[元]陈世隆补　《四库全书》本
《后村千家诗校注》　胡问侬等校注　贵州人民文学出版 1986 年版
《分门纂类唐宋时贤千家诗选校证》　李更等校证　人民文学出版社 2002 年版
《瀛奎律髓》　[元]方回编选　明成化三年刊本
《瀛奎律髓汇评》　李庆甲集评校点　上海古籍出版社 1986 年版
《石仓历代诗选》　[明]曹学佺　《四库全书》本
《积书岩宋诗选》　[明]王化淳　《四库存目丛书补编》本
《宋金元明四朝诗选》　[清]张豫章等　《四库全书》本
《宋百家诗选》　[清]曹庭栋　《四库全书》本
《宋元诗会》　[清]陈焯　《四库全书》本
《宋金元诗永》　[清]吴绮　《四库存目丛书》本
《宋诗钞》　[清]吴之振等　中华书局 1986 年版
《宋诗纪事》　[清]厉鄂　上海古籍出版社 1983 年版
《宋诗纪事补正》　钱钟书补正　辽海和辽宁人民出版社 2003 年版
《宋诗别裁集》　[清]张景星等　上海古籍出版社 1978 年版
《宋诗精华录》　陈衍评选　上海商务出版社 1937 年版
《宋诗精华录译注》　蔡义江等　上海古籍出版社 1999 年版
《宋诗选注》　钱钟书选注　人民文学出版社 1989 年版
《全宋诗》　傅璇琮等主编　北京大学出版社 1991～2001 年版
《西昆酬唱集》　王仲荦注　上海书店 2001 年版
《永嘉四灵诗集》　陈增杰校点　浙江古籍出版社 1985 年版
《宋林和靖先生诗集》　[宋]林逋　《四部丛刊》本

《梅尧臣集编年校注》　朱东润校注　上海古籍出版社 1980 年版
《欧阳修全集》　李逸安点校　中华书局 2001 年版
《王荆公诗集补笺》　[宋]李壁注　李之亮补笺　巴蜀书社 2002 年版
《经进东坡文集事略》　[宋]郎晔撰　《四部丛刊》本
《苏轼诗集》　[清]王文诰辑注　中华书局 1982 年版
《苏轼文集》　[宋]苏轼撰　中华书局 1986 年版
《豫章黄先生文集》　[宋]黄庭坚撰　《四部丛刊》本
《黄庭坚诗集注》　[宋]任渊等注　中华书局 2003 年版
《山谷诗集注》　[宋]任渊等注　上海古籍出版社 2003 年版
《陈与义集校笺》　[宋]陈与义　白敦仁校笺　上海古籍出版社 1990 年版
《晦庵先生朱文公集》　[宋]朱熹撰　《四部丛刊》本
《水心文集》　[宋]叶适撰　《四部丛刊》本
《叶适集》　[宋]叶适撰　中华书局 1977 年版
《诚斋集》　[宋]杨万里撰　《四部丛刊》本
《范石湖集》　[宋]范成大撰　中华书局上海编辑所 1977 年版
《剑南诗稿校注》　[宋]陆游撰　钱仲联校注　上海古籍出版社 1985 年版
《清苑斋诗集》　[宋]赵师秀撰　《四库全书》本
《西岩集》　[宋]翁卷撰　《四库全书》本
《芳兰轩集》　[宋]徐照撰　《四库全书》本
《二薇亭诗集》　[宋]徐玑撰　《四库全书》本
《西山先生真文忠公文集》　[宋]真德秀撰　《四部丛刊》本
《后村集》　[宋]刘克庄撰　《四库全书》本
《后村先生大全集》　[宋]刘克庄撰　《四部丛刊》本
《后村先生题跋》　[宋]刘克庄撰　《适园丛书》本
《后村题跋》　[宋]刘克庄撰　《丛书集成初编》本
《竹溪鬳斋十一稿续集》　[宋]林希逸撰　《四库全书》本
《深雪偶谈》　[宋]方岳撰　《四库全书》本
《秋崖诗词校注》　[宋]方岳撰　黄山书社 1998 年版
《龙洲集》　[宋]刘过撰　上海古籍出版社 1978 年版
《石屏诗集》　[宋]戴复古撰　《四部丛刊》本
《文山先生全集》　[宋]文天祥撰　《四库全书》本

《桐江集》　[元]方回撰　《四库全书珍本初集》本
《桐江续集》　[元]方回撰　《四库全书》本
《郝文忠公集》　[元]郝经撰　乾隆原刻,道光补刊本
《紫山先生大全集》　[元]胡祇遹　《四库全书》本
《历代诗话》　[清]何文焕辑　中华书局1981年版
《历代诗话续编》　丁福保辑　中华书局1983年版
《宋诗话全编》　吴文治主编　江苏古籍出版社1998年版
《清诗话》　丁福保辑　上海古籍出版社1978年版
《清诗话续编》　郭绍虞辑　上海古籍出版社1983年版
《宋诗话集佚》　郭绍虞辑　中华书局1980年版
《宋诗话考》　郭绍虞撰　中华书局1979年版
《后村诗话》　王秀梅校点　中华书局1983年版
《沧浪诗话校释》　[宋]严羽撰　郭绍虞校释　人民文学出版社1961年版
《石洲诗话》　[清]翁方纲撰　人民文学出版社1981年版
《宋代文艺理论集成》　蒋述卓等　中国社会科学出版社2000年版
《宋金元文论选》　陶秋英等选　人民文学出版社1984年版
《宋人诗话外编》　程毅中等编　国际文化出版公司1996年版
《石遗室诗话》　陈衍撰　辽宁教育出版社1998年版
《民国诗话丛编》　张寅彭主编　上海书店出版社2002年版
《韩国诗话中论中国诗资料选萃》　邝健行等选　中华书局2002年版
《稀见本宋人诗话四种》　张伯伟编　江苏古籍出版社2002年版
《今传是楼诗话》　王揖唐撰　辽宁教育出版社2003年版
《陆游资料汇编》　孔凡礼等编　中华书局1962年版
《杨万里范成大资料汇编》　湛之编　中华书局1964年版
《李清照资料汇编》　褚斌杰编　中华书局1984年版
《黄庭坚和江西诗派资料汇编》　傅璇琮编　中华书局1978年版
《苏轼资料汇编》　四川大学中文系编　中华书局1994年版
《秦观资料汇编》　周义敢等编　中华书局2001年版
《宋人轶事汇编》　丁传靖辑　中华书局2003年版
《宋诗研究》　庄蔚心撰　上海大东书局1925年版
《元代汉文化之运动》　孙克宽撰　中华书局1967年版
《宋诗散论》　张白山撰　上海古籍出版社1984年版

《谈艺录》　钱钟书撰　中华书局 1984 年版
《管锥编》　钱钟书撰　中华书局 1986 年版
《江西诗派研究》　莫砺锋撰　齐鲁书社 1986 年版
《中国古代文体散论》　褚斌杰撰　北京大学出版社 1990 年版
《宋诗》　房开江撰　上海古籍出版社 1991 年版
《中国诗体流变》　程毅中撰　中华书局 1992 年版
《刘克庄年谱》　程章灿撰　贵州人民出版社 1993 年版
《宋诗臆说》　赵齐平撰　北京大学出版社 1993 年版
《宋诗研究》　胡云翼撰　巴蜀书社 1993 年版
《宋诗纵横》　赵仁珪撰　中华书局 1994 年版
《宋代文学思想史》　张毅撰　中华书局 1995 年版
《江湖诗派研究》　张宏生撰　中华书局 1995 年版
《超越江湖的诗人——后村研究》　向以鲜撰　巴蜀书社 1995 年版
《宋元诗社研究丛稿》　欧阳光撰　广东高等教育出版社 1996 年版
《宋代文学通论》　王水照主编　河南大学出版社 1997 年版
《理学文化与文学思潮》　韩经太撰　中华书局 1997 年版
《推陈出新的宋诗》　莫砺锋撰　辽海出版社 1998 年版
《王水照自选集》　王水照撰　上海教育出版社 2000 年版
《朱熹文学研究》　莫砺锋撰　南京大学出版社 2000 年版
《南宋遗民诗人群体研究》　方勇撰　人民出版社 2000 年版
《首届宋代文学国际研讨会论文集》　王水照等编　复旦大学出版社 2001 年版
《宋诗融通与开拓》　张宏生撰　上海古籍出版社 2001 年版
《宋代文学研究年鉴》(1997～1999)　武汉出版社 2001 年版
《姜夔与南宋文化》　赵晓岚撰　学林出版社 2001 年版
《元前陶渊明接受史》　李剑锋撰　齐鲁书社 2002 年版
《宋代咏梅文学研究》　程杰撰　安徽文艺出版社 2002 年版
《今古诗歌研究》　张仲谋撰　中国社会科学出版社 2002 年版
《中国古典诗学新论》　张晶等撰　北京广播大学出版社 2002 年版
《南宋的选本研究》　张智华撰　北京师范大学出版社 2002 年版
《宋代文学研究年鉴》(2000～2001)　武汉出版社 2002 年版
《宋代文化与文学研究》　张海鸥撰　中国社会科学出版社 2002 年版
《宋诗特色研究》　张高评撰　长春出版社 2002 年版

《宋代文史考论》　诸葛忆兵撰　中华书局2002年版
《中国古代文体形态研究》　吴承学撰　中山大学出版社2002年版
《宋代体派论》　吕肖奂撰　四川民族出版社2002年版
《黄庭坚与宋代文化》　杨庆存撰　河南大学出版社2002年版
《中国文学论丛》　钱穆撰　北京三联出版社2002年版
《宋代散文研究》　杨庆存撰　人民文学出版社2002年版
《宋文论稿》　朱迎平撰　上海财大出版社2003年版
《第二届宋代文学国际研讨会论文集》　莫砺锋编　江苏教育出版社2003年版
《中国文学史批评史大纲》　朱东润撰　上海古籍出版社1957年版
《中国文学批评史》　罗根泽撰　中华书局1962年版
《中国文学批评论集》　张健撰　天华出版事业有限公司1979年版
《中国文学批评史》　王运熙等主编　上海古籍出版社1981年版
《唐宋诗之争概论》　齐治平撰　岳麓书社1984年版
《中国文学批评》　方孝岳撰　北京三联出版社1986年版
《中国文学理论史》　成复旺撰　北京出版社1987年版
《严羽学术研究论文选》　福建师大中文系等编　鹭江出版社1987年版
《中国文学批评史》　郭绍虞撰　百花文艺出版社1999年版
《宋金元文学批评史》　王运熙等撰　上海古籍出版社1996年版
《中国诗学思想史》　萧华荣撰　华东师大出版社1996年版
《宋代诗学通论》　周裕锴撰　巴蜀书社1997年版
《范晞论》　汪涌豪撰　复旦大学出版社1999年版
《中国古代诗歌句法理论的发展》　王德明撰　广西师大出版社2000年版
《中国诗学研究》　张伯伟撰　辽海出版社2000年版
《中国诗学批评史》　陈良运撰　江西人民出版社2001年版
《南宋文学批评资料汇编》　张健撰　成文出版社1978年版
《宋学与宋代文学概念》　李青春撰　北京师大出版社2000年版
《方回的唐宋律诗学》　詹航伦詹　中华书局2002年版
《古代文学理论研究》第二十辑　徐中玉等主编　华东师大出版社2002年版
《中国古代文学批评方法研究》　张伯伟撰　中华书局2002年版
《黄庭坚诗学体系研究》　钱志熙撰　北京大学出版社2003年版
《中国文学史》　北大中文1955级撰　人民文学出版社1959年版

《中国文学史稿》　吉林大学中文系编　吉林人民出版社 1959 年版
《中国文学史》　复旦大学中文系　中华书局 1959 年版
《中国文学史》　社科院文研所编　人民文学出版社 1962 年版
《中国文学史》　游国恩等主编　人民文学出版社 1964 年版
《中国文学史》　[日]吉川兴次郎撰　四川人民出版社 1987 年版
《中国文学流变史》(下)　郑宾于撰　中州古籍出版社 1991 年影印版
《两宋文学史》　程千帆等撰　上海古籍出版社 1992 年版
《中国散文史》　郭预衡主编　上海古籍出版社 1993 年版
《中国文学史》　[日]前野直彬主编　上海古籍出版社 1995 年版
《中国文学简史》　林庚撰　北京大学出版社 1995 年版
《中国散文史》　陈柱撰　东方出版社 1996 年版
《宋代文学史》　孙望、常国武主编　人民文学出版社 1996 年版
《中国古代文学史》　郭预衡主编　上海古籍出版社 1998 年版
《宋诗史》　许总撰　重庆出版社 1997 年版
《中国诗史》　[日]吉川兴次郎撰　复旦大学出版社 2001 年版
《白话文学史》　胡适撰　百花文艺出版社 2002 年版
《中国古代文学发展史》(中)　张毅撰　南开大学出版社 2003 年版
《全宋词》　唐圭璋编　中华书局 1999 年版
《后村别调》　[宋]刘克庄撰　《汲古阁宋六十名家词》本
《阳春白雪》　[宋]赵闻礼选　《续修四库全书》本
《唐宋诸贤绝妙词选》　[宋]黄昇选　《四部丛刊》本
《中兴以来绝妙词选》　[宋]黄昇选　《四部丛刊》本
《花庵词选》　[宋]黄昇选　《四库全书》本
《绝妙好词笺》　[宋]周密辑　[清]查为仁等笺　《四部备要》本
《花草粹编》　[明]陈耀文辑　《四库全书》本
《古今词统》　[明]卓人月等辑　《续修四库全书》本
《历代诗余》　[清]沈辰垣等辑　《四库全书》本
《词综》　[清]朱彝尊等选　上海古籍出版社 1978 年版
《词选》　[清]张惠言选　中华书局 1957 年版
《词则》　[清]陈廷焯　上海古籍出版社 1984 年版
《宋六十一家词选》　[清]冯煦　光绪刊本
《宋词选》　胡云翼选　上海古籍出版社 1978 年版
《唐宋名家词选》　龙榆生选　上海古籍出版社 1978 年版

《唐宋词选释》　余平伯选释　人民文学出版社 1978 年版
《宋词三百首笺注》　上彊村民重编　唐圭璋笺注　上海古籍出版社 1979 年版
《后村词笺注》　钱仲联笺注　上海古籍出版社 1980 年版
《艺概》　[清]刘熙载撰　上海古籍出版社 1978 年版
《宋词散论》　詹安泰撰　广东人民出版社 1980 年版
《宋词》　周笃文撰　上海古籍出版社 1980 年版
《宋词纪事》　唐圭璋编　上海古籍出版社 1982 年版
《宋词通论》　吴熊和撰　浙江古籍出版社 1985 年版
《词史》　刘毓盘撰　上海书店 1985 年影印版
《宋词通论》　莫砺若撰　上海书店 1985 年影印版
《词学论稿》　华东师大中文系　华东师大出版社 1986 年版
《灵溪词说》　缪钺、叶嘉莹撰　上海古籍出版社 1987 年版
《唐宋词史》　杨海明撰　江苏古籍出版社 1987 年版
《宋词研究》　胡云翼撰　巴蜀书社 1989 年版
《日本学者中国词学论文集》　王水照等编　上海古籍出版社 1991 年版
《词林新话》　吴世昌撰　北京出版社 1991 年版
《南宋词史》　陶尔夫等　黑龙江人民出版社 1992 年版
《词集考》(唐五代宋金元编)　饶宗颐撰　中华书局 1992 年版
《词曲史》　王易撰　东方出版社 1996 年版
《词学通论》　吴梅撰　华东师大出版社 1996 年版
《宋词正体》　施以对撰　澳门大学出版中心 1996 年版
《龙榆生词学论文集》　龙榆生撰　上海古籍出版社 1997 年版
《吴熊和词选论集》　吴熊和撰　杭州大学出版社 1999 年版
《唐宋词与唐宋歌妓制度》　李剑亮撰　杭州大学出版社 1999 年版
《谈词偶得　清真词释》　俞平伯撰　人民文学出版社 2000 年版
《宋金词论稿》　刘峰焘撰　中国社会科学出版社 2002 年版
《宋韵—宋词人文精神与审美形态探论》　孙维诚撰　安徽大学出版社 2002 年版
《唐宋词简释》　唐圭璋选释　上海古籍出版社 1981 年版
《艺衡馆词选》　梁令娴选　广东人民出版社 1981 年版
《唐五代两宋词简释》　刘永济选释　上海古籍出版社 1981 年版
《宋词小札》　刘逸生撰　广东人民出版社 1981 年版

《唐宋词选》　社科院文研所选　人民文学出版社 1981 年版
《历代词萃》　张璋选、黄畲笺注　河南人民出版社 1981 年版
《唐宋词鉴赏集》　本社编　人民文学出版社 1983 年版
《唐五代两宋词选释》　俞陛云选释　上海古籍出版社 1985 年版
《谈词随录》　廖辅叔撰　广东人民出版社 1986 年版
《全宋词简编》　唐圭璋选编　上海古籍出版社 1986 年版
《唐宋词鉴赏辞典》　唐圭璋选编　江苏古籍出版社 1986 年版
《后村长短句》　章谷校点　上海古籍出版社 1988 年版
《新编宋词三百首》　常国武选　人民文学出版社 2000 年版
《刘克庄词新释辑评》　欧阳代发等撰　中国书店出版社 2001 年版
《宋词选》　刘乃昌等选注　人民文学出版社 2003 年版
《词话丛编》　唐圭璋辑　中华书局 1986 年版
《诗词散论》　缪钺撰　上海古籍出版社 1982 年版
《宋史纪事本末》　[明]陈邦瞻撰　中华书局 1977 年版
《宋史》　[元]脱脱等撰　中华书局 1978 年版
乾隆《莆田县志》　[清]宫兆麟等撰　乾隆二十三年刊本
《鹤林玉露》　[宋]罗大经撰　中华书局 1983 年版
《齐东野语》　[宋]周密撰　中华书局 1983 年版
《东轩笔记》　[宋]魏泰撰　中华书局 1983 年版
《随隐漫录》　[宋]陈世崇　《四库全书》本
《东京梦华录》　[宋]孟元老撰　《四库全书》本
《演繁露》　[宋]程大昌撰　《四库全书》本
《岁时广记》　[宋]吕原明撰　《四库全书》本
《梦粱录》　[宋]吴自牧撰　《四库全书》本
《岁时广记》　[宋]陈元靓撰　《四库全书》本
《苇航漫游稿》　[宋]胡仲弓撰　《四库全书》本
《画史》　[宋]米芾撰　《四库全书》本
《宋史全文》　[元]无名氏撰　《四库全书》本
《啽呓集》　[元]宋无撰　《四库全书》本
《隐居通义》　[元]刘埙　《丛书集成》本
《咸淳遗事》　[元]无名氏　《四库全书》本
《三朝野史》　[元]吴莱撰　《四库全书》本
《钱塘遗事》　[元]刘一清撰　上海古籍出版社 1985 年版

《西湖游览志余》　[明]田汝成　上海古籍出版社 1980 年版
《元史》　[明]宋濂等撰　中华书局 1978 年版
《蚕尾集》　[清]王世贞撰　《四库全书》本
《续资治通鉴》　[清]毕沅撰　中华书局 1957 年版
《廿二史札记》　[清]赵翼撰　中华书局 1963 年版
《香祖笔记》　[清]王士禛撰　上海古籍出版社 1982 年版
《初学集·桑海综录》　[清]钱谦益重辑　上海古籍出版社 1985 年版
《揅经室集》　[清]阮元撰　中华书局 1993 年版
《十三经注疏》　中华书局 1980 年版
《国史旧闻》　陈登原撰　中华书局 2000 年版
《福建通志·列传宋十一》　陈衍主编　1922 年刊本
《四库全书总目提要》　[清]纪昀撰　中华书局 1965 年版
《四库全书总目提要辨证》　余嘉锡撰　中华书局 1980 年版
《宋人别集序录》　祝尚书撰　中华书局 1999 年版
《爱日精庐藏书志》　[清]张金吾撰　《续修四库全书》本
《善本书室藏书志》　[清]丁丙撰　光绪二十七年刊本
《持静斋藏书记要》　[清]莫友芝撰　1934 年北平来薰阁刻本
《学林漫谈》第三辑　《学林漫谈》编辑部　中华书局 1981 年版
《两宋财政史》　汪圣铎撰　中华书局 1995 年版
《蒙古入侵前夜的中国日常生活》　[法]谢和耐撰　江苏人民出版社 1998 年版
《中国象棋史》　张如安撰　团结出版社 1998 年版
《中国象棋史丛考》　朱南铣撰　中华书局 2003 年版
《宋代绘画史》　徐书城撰　人民美术出版社 2000 年版
《中国史纲要》　翦伯赞主编　人民出版社 1983 年版
《简明宋史》　周宝珠等撰　人民出版社 1985 年版
《元朝史》　韩儒林撰　人民出版社 1986 年版
《宋元战争史》　陈世松等撰　四川社科院 1988 年版
《中国通史》第五册　蔡美彪等撰　人民出版社 1988 年版
《宋蒙(元)关系史》　胡昭曦主编　四川大学出版社 1992 年版
《南宋史稿》　何忠礼等撰　杭州大学出版社 1999 年版
《宋代思想史论》　[美]田浩编　社会科学文献出版社 2003 年版
《中国史通论》　[日]内藤湖南撰　社会科学文献出版社 2004 年版

后　记

本书是根据我的博士论文修改而成的。2001 年我有幸师从王水照先生攻读博士研究生，从事宋代文学研究。复旦三年，我得到了王先生的亲切关怀和教诲，在此论文出版之际，再次向恩师表达不尽的感激之情。

我还要感谢马兴荣先生、刘永翔先生、束景南先生、罗时进先生、萧瑞锋先生、陈尚君先生、骆玉明先生、汪涌豪先生，他们在论文答辩会上对我的论文给予了充分的肯定并提出了许多宝贵的改进意见，使我受益匪浅。我尤其要感谢陈尚君和马兴荣两位先生。陈先生不但惠借自己的藏书，还对刘克庄的研究提出了许多宝贵的建议。马先生对我的论文提出了许多宝贵的意见并且希望我的论文早日出版。在此我还要特别感谢我的同门王祥师兄，他对我能够顺利完成论文帮助良多。感谢东方出版中心的编辑，他不辞辛劳审阅和校订我的论文，使论文增益不少。

本书得到江西科技师院出版基金的资助，谨致谢忱。

王述尧

2007 年 12 月 20 日

图书在版编目(CIP)数据

刘克庄与南宋后期文学研究／王述尧著.—上海：东方出版中心，2008.2

ISBN 978-7-80186-836-7

Ⅰ.刘… Ⅱ.王…Ⅲ.刘克庄(1187~1269)—古典诗歌—文学研究 Ⅳ.I207.22

中国版本图书馆 CIP 数据核字(2008)第 050619 号

刘克庄与南宋后期文学研究

出版发行：东方出版中心
地　　址：上海市仙霞路 345 号
电　　话：021-62417400
邮政编码：200336
经　　销：全国新华书店
印　　刷：上海锦佳装璜印刷发展公司
开　　本：890×1240 毫米 1/32
字　　数：260 千
印　　张：10
插　　页：4
印　　数：0,001—2,000
版　　次：2008 年 2 月第 1 版第 1 次印刷
ISBN 978-7-80186-836-7
定　　价：20.00 元
